# 책벌레의 하극상

사서가 되기 위해서라면 뭐든지 할 수 있어

## 제 2 부 신전의 견습무녀 III

### 카즈키 미야
miya kazuki

길찾기

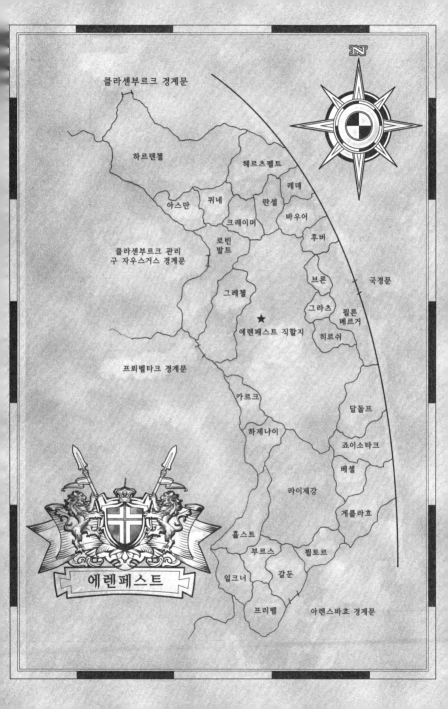

## 길베르타 상회

**벤노**
길베르타 상회 주인이며 마인의 사업
상 보호자.

**코린나**
벤노의 여동생. 상회 후계자. 자기 공
방을 운영하는 솜씨 좋은 재봉사.

**루츠**
길베르타 상회의 수습생(다루아). 마인의 파트너이
자 컨디션 관리 담당자.

**마르크**
길베르타 상회의 다프라. 벤노의
유능한 오른팔.

## 신전 관계자

**신전장**
신전의 최고 권력자. 평민인 마인
에게 위압당한 일로 미움을 품고
있다.

**프랑**
마인을 보좌하는 회색 신관. 원래
는 신전장의 유능한 측근이었다.

**길**
마인을 보좌하는 회색 신관 견습
생. 마인을 곤란하게 만드는 문제
아다.

**델리아**
마인을 보좌하는 회색 무녀 견습
생. 신전장이 마인의 정보를 캐내
려는 목적으로 파견했다.

**신관장**
신전에서 마인을 보호하는
입장. 마인의 마력량과 계산
능력을 사들였다.

| | | | |
|---|---|---|---|
| 디도 | ·······루츠의 아버지 | 푸고 | ······벤노가 데려온 요리사 |
| 칼라 | ·······루츠의 어머니 | 엘라 | ······벤노가 데려온 견습 요리사 |
| 지크 | ·······루츠의 둘째형 | 요한 | ······솜씨 좋은 견습 대장장이 |
| 랄프 | ·······루츠의 셋째형 | | |

# 등장인물

## 1부 줄거리

책을 무엇보다도 사랑하는 대학생 모토스 우라노는 신식이라는 병에 시달리는 병사의 딸 마인으로 전생했다. 문맹률은 높고 책이 매우 비싼 귀중품인 이 세상에서 책을 읽지 못해 괴로와하던 마인은 깨달음을 하나 얻었으니, 책을 구할 수 없다면 직접 만들면 되지였다. 식물로 된 종이 만들기부터 시작해 여러모로 분투하지만, 신식 환자는 마력을 흡수하는 마술 도구 없이는 오래 살 수 없다. 이 세계에서 비로소 한 사람 몫으로 인정받는 행사인 세례식 날, 마인은 신전에서 무엇보다도 멋진 장소인 도서관을 발견하고, 신전장과 직접 담판한 끝에 마력을 제공하는 조건으로 청색 견습무녀가 된다.

## 마인 가족

### 마인

주인공. 신식을 앓고 있어 허약한 병사의 딸. 신식을 앓을 때 끓어 오르는 열의 정체가 마력임이 밝혀져 원래는 귀족만 받아들이는 청색 견습무녀가 되었다. 책을 읽기 위해서라면 수단방법을 가리지 않는다.

### 권터

마인의 아빠. 남문 경비반장. 가족 사랑이 지나쳐 주위 사람들이 기막혀하곤 한다.

### 에파

마인의 엄마. 염색공. 자주 폭주하는 남편과 딸 때문에 쓴웃음이 떠나지 않는다.

### 투리

마인의 언니. 견습 재봉사. 상냥하고 남을 잘 돌본다. 마인 왈 '정말 천사'.

## 제2부 신전의 견습무녀 Ⅲ

**일러스트** 시이나 유우   **지도제작** 후지시로 요   **번역** 김 봄   **디자인** 백진화 윤아빈
**편집** 정성학 김일철   **마케팅** 이수빈   **주간** 조성길

제2부

# 신전의 견습무녀 Ⅲ

# 프롤로그

"칼스테드 님, 페르디난드 님께서 오셨습니다."

시종의 보고를 받은 칼스테드가 응접실로 이동하니 자신의 정처인 엘비라와 장남 에크하르트가 기쁜 듯이 페르디난드와 대화하는 모습이 보였다. 칼스테드는 페르디난드를 따르는 두 사람의 모습에 쓴웃음을 지었다. 신전에 들어간 그를 지금도 추종하는 귀족은 극소수다.

"페르디난드 님."

칼스테드의 부름에 페르디난드가 돌아보았다. 인사하고 자리를 권하자 시종들이 바로 접대 준비를 시작했다.

"엘비라, 에크하르트. 한창 얘기 중에 미안한데 자리를 비워 주지 않겠나? 극비 이야기를 나눌 거라서."

"알겠습니다."

칼스테드가 물리치면 불만스럽게 째려보곤 하는 두 사람이 페르디난드가 한 마디 던지면서 가볍게 손을 젓자 두말없이 방을 나갔다. 칼스테드는 자신에게 보이는 태도와 페르디난드에게 보이는 태도가 전혀 다른 두 사람에게 약간 불만을 느꼈지만, 새삼스러운 일도 아니다.

술과 안주 준비를 마친 시종들도 퇴실하고, 방에는 칼스테드와 페르디난드만 남았다. 문이 완전히 닫혔는지 확인한 칼스테드는 어깨의 힘을 빼고, 딱딱한 말투를 버리고 옛 친구를 대하는 태도로 바꾸었다.

"일부러 여기까지 오게 해서 미안하네, 페르디난드. 저쪽 상황이 좀 귀찮아졌거든……."

칼스테드는 술잔을 들어 한 모금 마시고, 독이 없음을 확인한 후 페르디난드에게 권했다. 그 술잔을 페르디난드는 가볍게 들어 입에 갖다 대었다. 누그러진 표정으로 보아 술이 취향에 맞는 모양이다.

"뭐, 이미 귀찮게 될 줄 알았다. 시키코자의 어머니가 여기저기에 떠들면서 호소하고 다닌다지? 이쪽에도 신전장님한테 불만이 들어왔거든."

그의 말대로였기에 칼스테드는 쓴웃음을 지으며 끄덕였다.

열흘 전에 있었던 토론베 토벌 때, 기사단장인 칼스테드는 시키코자와 다무엘을 청색 견습무녀의 호위로 붙였다. 동행한 기사 중에 마력이 낮고, 토론베 토벌의 경험이 없었기 때문이었다. 격전 장소와 조금 떨어진 곳에서 대기하는 신전 관계자의 호위라면 둘이라도 잘 해내리라 생각했다. 하지만 두 사람은 호위 대상을 다치게 했고, 두 번째 토론베를 출현시키는 중대한 실수를 범했다. 현재 두 사람 다 처분이 정해질 때까지 기사 기숙사에서 근신 중이다. 그런데 가벼운 처벌을 원한 시키코자가 자기 가족에게 연락을 취했고, 그의 어머니가 권력자에게 수습을 호소하며 돌아다니는 것이다.

"베로니카 님께도 울며불며 매달렸다더군. 그러니 이걸 자네가 반납하러 가는 것보다 내가 대신 반납하는 편이 좋을 것 같아서 말이야……."

칼스테드는 그렇게 말하며 페르디난드가 들고 온 마술구 상자를 가리켰다.

"베로니카 님과는 되도록 얼굴을 마주치고 싶지 않은데, 고맙군."

페르디난드가 들고 있는 상자는 영주와 영주가 허가한 자 외에는 절대 열 수 없다. 그 속에는 기억을 엿보는 마술구가 들어 있다. 토론베 토벌 후, 토지를 치유하는 의식에서 놀라운 마력을 보인 평민 출신 청색 견습무녀가 에렌페스트에 있어서 해로운 존재인지 아닌지 조사하기 위한 물건이다.

청색 견습무녀는 어둠의 신이 내린 축복을 내려받은 듯한 반짝이는 밤하늘 색 머리카락과 달 같은 금색 눈동자가 인상적인 반듯한 얼굴을 가진 어린아이다. 더욱 눈길을 끈 것은 세례식을 마친 나이로 보이지 않는 어린 겉모습이었다. 하지만 어려 보이는 모습과는 달리 마력은 놀랄 만큼 강대했다. 황폐해진 땅 전체를 녹색으로 채워도 전혀 피곤해 보이지 않는 모습을 보면 중급 귀족이면서도 하급 귀족의 마력량밖에 없는 신전 출신 시키코자보다 마력이 몇 배나 많다는 사실을 금방 알 수 있었다. 평범한 견습무녀가 가질 수 있는 마력이 아니다. 이대로 성장하면 도대체 얼마나 거대한 마력을 가지게 될까.

칼스테드 자신은 그 의식을 치뤄 본 적도, 신구를 만진 적도 없어 그녀의 마력량이 대체 어느 정도인지 가늠하기 어려웠다. 하지만 페르디난드가 속히 악의의 유무를 조사해야 한다고 주장하고, 영주가 기억을 엿보는 마술구의 사용을 허가할 정도면 틀림없는 이상 사태다.

"……그래서, 결과는 어떻게 됐나?"

칼스테드가 상자를 건네받으면서 마술구를 사용한 결과를 묻자 페르디난드는 드물게 노골적으로 피곤한 표정을 드러내며 관자놀이를 눌렀다.

"악의도, 위해(危害) 의지도 전혀 없어. 그저 진저리가 날 만큼 머릿속에 책밖에 없더군."

상당히 귀찮은 듯한 표정이지만, 페르디난드의 분위기가 언뜻 달라진 느낌이 들었다. 그의 아버지가 돌아가신 후, "주변 압력에 반항하기도 귀찮다. 될 대로 되라지." 라며 만사를 포기하고 신전에 들어갔던 때와 비교하면 마치 표정에 감정과 생기가 돌아온 듯했다.

"마인은 다른 세계에서 고위 귀족으로 살았던 기억을 가진 아이였다. 어린애 몸이지만, 성인이었던 기억이 있더군."

"뭐? 뭐라고?"

마인에 관한 이야기가 하도 기가 찬 나머지 페르디난드의 말이 금방 이해되지 않았다. 무심코 되물어 버린 칼스테드에게 페르디난드는 다시 똑같은 말을 반복했다. 마인을 의심하여 마술구를 쓰면서까지 위험을 확인한 그의 말이니 틀리지 않겠지만, 쉽게 믿기 어려운 내용이었다.

"뭐랄까……. 황당무계한 이야기군."

억지로 목소리를 쥐어짠 칼스테드에게 페르디난드가 수긍했다.

"그야 그렇겠지. 실제로 마인의 기억을 엿본 나도 황당무계하더군. 그런 얘기를 누가 믿겠나. 하지만 사실이다. 마인은 다른 세계에서 살았던 기억을 가진 채 평민의 상식까지 보태졌으니 언행이 상당히 엉뚱해 보이지. 그러나 악의적인 의사는 전혀 없었다. 그 기억을 에렌페스트를 위해 쓸 수 있다면 상당히 유익할 거다. 정말 책밖에 모르는 아이라 어떻게 쓸지는 주변 사람들이 잘 꼬드겨야겠지만."

사실 칼스테드가 신경이 쓰인 건 몇 번 들어도 이해할 수 없는 별나라 얘기보다는 매우 많아진 페르디난드의 말수였다. 타인의 머릿속에 동조하여 기억을 보는 행위를 한 후인데도 의외로 기분이 나빠 보이지 않았다.

"자네, 제법 마음에 들었나 보지?"

"무슨 소리야?"

"그 마인이라는 청색 견습무녀 말이야."

귀족의 수가 격감하여 마력이 부족한 이 시대에 마력량이 많은 견습무녀는 매우 귀중하다. 하지만 페르디난드는 평민인 청색 견습무녀를 과분할 정도로 배려하고 있었다. 자기 기수(騎獸)에 태우고, 시종을 둘이나 붙이고, 대기 중에도 호위를 붙이는 등 과잉 보호로도 부족해서 직접 만든 반지와 회복약까지 주었다. 무엇보다 수많은 기사 앞에서 청색 견습무녀의 비호를 선언했다. 페르디난드가 그런 말까지 할 줄 몰랐던 칼스테드는 깜짝 놀랐던 그 당시 상황을 떠올렸다.

칼스테드의 지적에 페르디난드는 노골적으로 불쾌한 표정을 지었다.

"······딱히 마음에 든 건 아니야. 이용 가치가 높을 뿐이지."

"그래?"

페르디난드는 마력이 풍부하고 계산 능력이 높아 신전 일을 시키기 편하고, 전혀 다른 상식이 깔린 발언이 신선하다고 변명하기 시작했다. 칼스테드는 그것이 마음에 들었다는 말과 무엇이 다른지 묻고 싶어졌다. 하지만 일부러 지적하지 않았다. 페르디난드는 자신에게 소중한 존재를 남이 보지 못하게 숨기거나, 아니면 멀리하려는 버릇이 있다. 특히 신전에 들어간 후로 그 버릇이 더욱 심해졌다.

'고집이 세고 깐깐한 페르디난드가 웬일로 마음에 들어 한 사람이다. 잘못 지적해서 거리를 두게 할 수야 없지.'

페르디난드와 어릴 적부터 친하게 지내 온 칼스테드는 그렇게 생각했다. 하지만 그러기 위해선 조심할 점이 한둘이 아니다.

"그만한 마력을 보인 탓에 기사단을 중심으로 청색 견습무녀의 소문이 파다해. 마인의 신변이 예상보다 훨씬 위험할지도 몰라."

"그렇겠지. 내 예상보다 강대하더군. 아무리 내 보호 아래에 있다고 선언해 봤자 난 고작 신관이다. 마력을 갈구하는 귀족들이 무리를 지어 달려들면 언젠가 위험해지겠지. 과연 그들의 간섭을 전부 피할 수 있다고는 장담할 수 없군."

페르디난드는 감정을 읽을 수 없는 무표정한 얼굴로 담담하게 말했다. 하지만 그것이 자신의 부족한 힘에 답답해하고 상당히 분한 표정이라고 판단할 수 있는 자는 거의 없으리라.

"그럼 어쩔 셈인가?"

"자네가 마인을 양녀로 받아 주지 않겠나?"

예상치 못한 부탁에 칼스테드의 눈이 휘둥그래졌다. 기사단장인 칼스테드는 상급 귀족이다. 자신의 양녀로 삼는다는 뜻은 마인에게 상급 귀족에 상응하는 마력량이 있다는 말이다.

"그 녀석은 되도록 빨리 귀족 측에 거두는 편이 좋아. 아무것도 배울 수 없는 청색 견습무녀의 신분으로 남겨서는 안 돼. 마인은 귀족원에서 마력 제어를 배워야 해. 하지만 신전이면 몰라도 귀족 세계에서나는 녀석에게 큰 방패가 돼 줄 수 없지. 쓸데없는 위험만 제거하면되는데 신용하고 맡길 만한 곳이 없더군."

칼스테드는 생각해 보았다. 페르디난드가 신용하면서 평민 출신 마인에게 그 마력량에 걸맞은 교육과 대우를 해 줄 집이 몇이나 있을지.

'우리 집밖에 없군.'

"자네가 마인을 양녀로 들여도 부끄럽지 않게 교육할 계획이다. 게다가 마인은 자기 힘으로 이익을 창출하는 재능이 있어. 양육에 부족한 부분은 내가 준비하지."

"자네가 그렇게까지 신경 쓰다니 웬일인가?"

입 밖에 튀어나온 칼스테드의 지적에 페르디난드는 살짝 눈을 내리깔았다. 의자에 깊이 고쳐 앉고, 긴 손가락을 깍지 끼며 할 말을 찾는 듯 침묵했다. 그리고 천천히 입을 열었다.

"평민인 마인에게 강력한 방패가 없으면 어떤 취급을 받을지 몰라. 그리고 나와 똑같은 경험을 하는 자가 없었으면 하는 바람에서다. 그저 그뿐이야."

그 이유가 다가 아닐 터이다. 하지만 거짓이 없는 진심이었다. 페르디난드의 씁쓸한 과거를 잘 아는 칼스테드는 몰래 한숨을 쉬고, 창가로 시선을 돌렸다.

"……딱히 내가 양녀를 받아들여도 상관은 없다만, 자네가 제일 먼저 내게 부탁했다는 사실이 알려지면 귀찮아지는 사람이 있지 않나?"

누구를 가리키는 말인지 감지했는지 페르디난드의 표정이 험악해지더니 "다 성가시군……." 하고 관자놀이를 톡톡 두드리기 시작했다. 험악해진 지금 표정이 사실은 상당히 긴장이 풀린 상태라고 말할 수 있는 자도 거의 없으리라. 여전히 읽기 어려운 페르디난드에게 칼스테드는 쓴웃음을 지었다.

# 인쇄 협회

신관장이 마술구를 써서 나의 전생 기억을 엿보았다. 상당히 놀랐지만, 무고함을 증명하려면 어쩔 수 없다고 생각했다. 하지만 경험해 보니 그 마술구가 훌륭한 물건이라는 사실을 깨달았다. 그걸 쓰면 읽은 책을 꿈속에서 다시 읽을 수 있다. 나는 마술구를 또 써 달라고 신관장에게 부탁했지만, 단박에 거절당하고 말았다.

'본래 목적은 나의 위험도와 가치 여부의 판단이었겠지만, 가끔 동조해 줄 수 있잖아요. 짠돌이 신관장님.'

속으로는 조금 투덜거려 봤지만, 지금까지처럼 신관장과 벤노의 관리 아래 상품을 개발하는 만큼 도움이 되고, 특히 악의가 없다고 판단해 준 점은 감사했다. 덕분에 나는 지금까지와 다를 바 없는 생활을 보내게 된 것이다.

'게다가 뼈저리게 느꼈거든.'

내가 우라노 시절에 얼마나 엄마에게 사랑받았는지, 그리고 지금의 가족도 나를 얼마나 사랑해 주는지. 전에 해 주지 못했던 만큼 지금의 가족에게 제대로 효도하고 싶었다. 가족과 함께 있는 시간을 당연하다고 생각하지 말고 소중히 키워 나가고 싶다고 생각했다.

"마인, 어제부터 종이 제작이랑 병행해서 그림책 인쇄에 들어갔어."

다음 날, 나는 오랜만에 길베르타 상회로 가면서 루츠에게 최근의 마인 공방과 시종들의 상태를 들었다.

"있지, 루츠. 그림책이 몇 권 정도 완성될까? 종이는 총 몇 장 만들었어?"

"80권이 한계야. 지금 제작 중인 종이를 포함해서 80. 지금 완성된 종이로는 75~76권인데 한꺼번에 만들려면 조금이라도 많은 편이 좋잖아?"

"응, 고마워. 추워져서 힘들겠지만 힘내."

루츠의 계산대로라면 어린이용 성경 2탄은 80권 정도 나온다고 한다. 저번 인쇄에서 방법을 익힌 회색 신관들이 계속해서 찍어 낸다면 완성까지 그리 많은 시간이 걸리지 않을 터였다. 이제 내가 생각해야 할 것은 그림책의 시장 진출이다. 나는 발밑을 바라보면서 중얼거렸다.

"······책을 팔려면 새로운 협회를 세우는 편이 좋을 텐데."

"협회?"

"응. 인쇄 협회나 출판 협회 같은 거······. 귀족이 가진 지금까지의 책과 우리가 만든 마인 공방 책은 전혀 종류가 다르잖아?"

지금까지 이 세계에 존재한 책은 한 글자씩 직접 베껴 쓴 양피지를 모은 것이었다. 알록달록하면서 세밀한 일러스트가 들어가고, 가죽 표지에는 금박과 보석까지 장식해서 예술적으로 가치가 높아야 하는 책들이었다.

"우리가 만든 책은 예술적인 가치가 낮긴 하지. 어린이용 그림책이기도 하고······."

"그것뿐만 아니라 제작 방법 자체가 완전히 달라. 이건 신관장님한테 들은 얘기인데 지금까지 책은 한 공방에서 만든 것이 아니래."

지금까지는 본문을 쓰는 사람, 그림을 그리는 사람, 종이를 모아

꿰매고 다듬는 사람, 가죽 표지를 만드는 사람, 표지에 금박과 보석 세공을 장식하는 사람……. 모든 과정을 전문 공방의 전문 장인에게 맡겨야만 한 권의 책이 완성되었다. 그래서 책 공방이란 것 자체가 존재하지 않았다.

하지만 마인 공방에서 만들어 파는 책은 간단하지만 인쇄술을 사용하여 한 공방에서 단숨에 몇 권이나 똑같은 책을 만든다. 책을 만들어 파는 새로운 사업인 이상, 이익과 기술을 확보하고 품질을 유지하려면 그 사업을 통솔할 협회가 필요하다.

"우선은 벤노 씨한테 상담해야겠어……."

내가 만든 책은 우선 루츠를 통해 길베르타 상회에서 판매하는 루트를 거친다. 그렇게 되면 새로운 사업으로 인쇄 협회를 설립해야 할 사람은 벤노다. 그 벤노가 다른 사람에게 인쇄 협회를 맡기지 않겠지만, 그에게 상당한 부담이 되지는 않을까.

"본업은 길베르타 상회잖아? 거기에 린샴 공방, 식물지 협회와 그 공방, 봄에는 완성을 바라보는 이탈리안 레스토랑, 거기에 인쇄 협회까지. 정신없이 바빠져서 벤노 씨 몸이 망가지진 않을까 걱정이야……."

나는 내가 아는 범위에서 벤노의 일거리를 손가락으로 세었다. 대부분이 나와 관련된 일이라는 사실에 경악했다. 벤노가 과로사한다면 원인은 나다. 새파랗게 질린 나를 보며 루츠는 떨떠름한 표정을 지었다.

"바쁜 건 주인님이 좋아서 하는 일이니까 괜찮아. 넌 걱정 안 해도 돼. 그리고 마르크 씨가 제지하지 않으면 아직 견딜 만한 거야."

제 발로 바빠지려는 벤노와 그를 전면적으로 지지하는 마르크. 둘의 관계를 생각하면 벤노보다 마르크의 과로사를 걱정해야 하는지도 모른다.

"마인! 너 대체 무슨 짓을 했어!?"

마르크에게 안방으로 안내받자마자 벤노의 우레와 같은 호통이 떨어졌다. 인쇄 협회 설립 제안 건은 아직 입도 뻥긋하지 않았고, 상담이 목적이라 혼날 이유도 없다. 전혀 짚이는 데가 없던 나는 눈을 끔뻑이며 고개를 저었다.

"왜, 왜 그래요!? 아직 아무 짓도 하지 않았는데요!?"

"상급 귀족이 의뢰해 왔다. 급히 너의 의식용 의상을 만들라면서. 그런데도 아무 짓 안 했다고? 얼른 불어! 무슨 짓 했어!?"

그 말에 의뢰한 상급 귀족이 누구인지 생각난 나는 손바닥을 톡 쳤다.

"아~, 상급 귀족이라면 칼스테드 님인가? 기사단의 단장님이신데요, 제대로 약속을 지켜 주셨네요. 다행이다~."

"다행은 무슨! 이쪽은 갑작스러운 상급 귀족의 호출에 심장이 덜컹했다! 무슨 일이 있으면 바로바로 보고해, 이 바보 녀석!"

벤노의 말에 내가 그 상황에 놓인다면 어떨지 상상을 하자 순간 핏기가 싹 가셨다. 영문도 모르는 상급 귀족의 긴급 호출은 그야말로 공포였다.

"미, 미안해요! 열 때문에 쓰러져서 거기까지 생각이 미치지 못했어요."

기사단과 관련된 일은 발설 금지라고 엄격히 주의를 들은 터라 걱정하는 루츠나 시종들에게도 자세히 말하지 못했다. 벤노에게 보고해야겠다는 생각마저 전혀 못 한 셈이다.

"뭐, 됐다. 심장에는 나쁘지만 상급 귀족과 거래가 트였으니 이참에 이 기회를 유리하게 쓰마. ……그나저나 며칠 전에 완성한 네 의식용 의상은 대체 어쨌길래?"

"기사단에 관련된 일은 발설 금지라 말할 수 없지만, 못쓰게 되어 버렸어요."

너덜너덜해진 의상을 떠올리자 어깨가 축 처졌다. 내가 가슴 앞에서 X자를 만들어 설명을 거부하자 벤노가 머리를 벅벅 긁으며 일단 납득하는 표정을 보였다.

"별수 없지. 이쪽도 쓸데없는 얘기는 모르는 편이 좋을 때도 있어. 그래서 의상 건이 아니라면 오늘은 무슨 용무냐?"

"어린이용 성경 2탄을 만들기 시작했으니 판로 쪽으로 상담할까 해서요. 새로운 식물지를 만들 땐 식물지 협회를 세웠잖아요? 이번에는 인쇄 협회를 세울 필요가 있지 않을까 하는데……."

서자판을 보면서 내가 고안한 인쇄 협회의 필요성을 설명하자, 벤노는 턱을 쓰다듬으며 재차 끄덕였다.

"인쇄 협회라. ……언젠가 필요해지겠지. 누군가에게 권리를 빼앗기기 싫으니까 처음부터 만들어 두는 편이 좋겠어. 마인, 지금 내게 몇 권 정도 팔 수 있지?"

"……앞으로 만들 책은 교과서로 쓸 예정이라, 전에 만들어 둔 책이라면 20권은 팔 수 있어요."

결국 옷을 살 때 팔지 못했으니, 이번에 팔려면 20권은 팔 수 있다. 증정본으로 5권, 고아원 식당에 비치한 5권 외에는 공방에 그대로 쌓여 있다.

"루츠, 공방에 가서 가져와. 물품을 보이지 않으면 인쇄 협회 설립 허가를 못 받아."

루츠가 신전으로 뛰어갔다. 방에 남은 나는 협회 설립의 서류에 필요한 사항에 대해 벤노의 질문을 받았다. 서둘러 신청용 서류를 기입하는 벤노는 정말 바빠 보였다. 벤노의 미간에 새겨진 주름을 보며 괜히 이 이상 일거리를 늘리기 미안해졌다.

"……인쇄 협회를 세우면 벤노 씨가 너무 바빠지겠죠? 괜찮아요?"

걱정하며 말하자, 벤노는 나를 힐끗 보고 코웃음을 쳤다.

"네가 걱정할 건 없어. 그리고 협회를 세웠다고 인쇄 공방이 늘어나는 건 아니다."

"네? 왜요? 인쇄 공방이 늘어나지 않으면 책도 많아지지 않잖아요?"

"우선 구매층이 좁아. 식물지 공방 자체도 아직 부족해. 인쇄용 잉크의 제조법도 보편화되기 전이다. 아무것도 없는 상황에서 협회만 만들었다고 크게 바빠지지는 않아."

식물지 협회는 기득권자도 있었고, 새로이 참여하게 되기 전에 벤노 자신이 공방을 세우려고 했기에 정신없이 바빴다. 하지만 인쇄 협회는 인쇄 재료가 갖춰지지 않아 당분간은 공방을 늘릴 수 없다고 한다.

"인쇄까지 고생했는데 책이 늘어나지 않다니 이게 대체 무슨 일이래요. 벤노 씨가 바쁘지 않은 건 다행이지만, 인쇄 협회가 번창하지 못하는 이 상황은 전혀 기쁘지 않네요."

"인쇄 협회가 바빠질지 어떨지는 네가 만든 책이 얼마나 세간에 받아들여질지에 달렸지."

서류를 작성하면서 벤노가 중얼거렸다. 나는 문맹률과 구매층을 생각하면서 대답했다.

"어린이용 성경은 어린 자식이 있는 귀족…… 특히 그리 유복하지 않은 하급 아니면 중급 귀족에게 팔릴 거예요. 그러니까 앞으로 당분간은 신화나 기사 이야기로 그림책을 만들 예정이에요."

열 때문에 드러누워 있는 동안 생각했다. 토론베 토벌 때 기사단이 썼던 마법 무기와 치유 의식, 그리고 신의 축복을. 모든 기사가 손에 든 빛나는 지휘봉은 아마 마력을 쓰기 위한 촉매 역할일 것이다. 마력만 있으면 형태를 쉽게 바꿀 수 있다. 하지만 신의 축복이니, 치유 의식이니, 대규모 마법이나 마술을 쓰려면 신의 이름이 필요하다.

내가 내린 축복도 신의 이름을 부름으로써 우연히 생겼고, 기억하기 힘들었던 기도문에도 신의 이름이 등장한다. 무기에 어둠의 신의 축복을 얻는 데도 기도가 필수였다. 즉, 귀족 사회에서 대규모 마법을 쓰려면 반드시 신의 이름을 기억해야 한다.

"귀족은 반드시 신의 이름을 기억해야 해요. 그리고 귀족과 왕래하는 대형 상점의 점원들도 신들의 이름을 기억해야 하죠? 벤노 씨도 신관장님께 인사할 때 신의 이름을 썼잖아요. 그러니까 '공부를 위한 책'이라는 선전 문구를 붙이면 귀족과 대형 상점 상인들한테 팔릴 거예요."

"……귀족을 조금씩 알게 된 네 말이니까 착안점은 나쁘지 않아. 다만, 이대로는 볼품이 없군. 역시 가죽 표지를 씌우자."

벤노의 지적에 나는 천천히 고개를 저었다.

"아뇨. 마인 공방 책은 이대로 진행할 거예요. 가죽 표지가 필요하다면 그 사람이 직접 가죽 공방에 주문하면 돼요."

"그 이유는?"

벤노의 적갈색 눈이 날카롭게 빛났다. 나는 척, 하고 집게손가락을 들었다.

"첫 번째는 업무 분산이에요. 길베르타 상회를 통해서 주문하면 한 공방에 의뢰가 집중되잖아요? 납품일이나 품질 유지, 경쟁 원리를 고려하면 한 공방이 업무를 독점하는 건 좋지 않아요."

"그러고 보니 넌 전속 공방을 두는 걸 싫어했었지."

이탈리안 레스토랑에 관련한 소통 과정에서 벤노 머릿속에 나는 전속을 두기 싫어한다는 인상이 박힌 모양이다. 하지만 딱히 전속 공방이 싫은 건 아니다.

"단골 공방이 있어도 딱히 상관없어요. 하지만 그 공방의 업무가 잔뜩 밀려 있는 걸 알면서도 다른 곳에 부탁할 수 없는 답답한 상황이 싫을 뿐이에요. 그리고 한 곳에 일감이 집중되면 쓸데없는 분쟁이 일어날 테고요."

내가 입술을 삐죽이자 벤노는 코웃음을 쳤다.

"그리고?"

"두 번째는 손님의 취향이에요. 비싸게 주고 살 책이라면 자기 취향에 맞추고 싶잖아요? 그럼 손님이 자기 입맛대로 만드는 편이 만족도가 높을 거예요. 우리가 대충 가죽 표지를 씌우는 것보다 알맹이만 제공하면 귀찮게 표지를 벗겨내지 않아도 되잖아요? 마인 공방의 책은 실로만 엮어서 쉽게 풀리고, 가공도 쉬워요."

두 번째 손가락을 세우고 설명하면서 나는 그림책 2탄의 제본에 대해 생각했다. 특별히 만든 아교를 써서 표지를 접착할 계획이었지만, 가공을 전제한다면 지금까지처럼 실로 고정하는 상태가 좋을지도 모른다.

"세 번째는 시간이에요. 훌륭한 표지로 하면 한 권을 만드는 데 시간이 걸려요. 마인 공방의 장점은 똑같은 책을 단기간에 만든다는 점이에요. 그런데 표지 제작에 시간이 걸리면 대량 생산에는 악수죠. 게다가 표지에 시간을 투자하기보다 책 종류를 늘리고 싶고요."

나는 훌륭한 책 한 권보다 많은 책을 원했다. 완성까지 긴 시간을 기다리긴 싫었다. 완전히 내 개인적인 사정이지만, 절대 양보하기 싫은 부분이었다.

"네 번째는 가격이에요. 저렴하지 않으면 가뜩이나 좁은 구매층이 넓어지지 않아요. 우선은 책을 사게 하는 게 가장 중요하죠. 허세를 부리고 싶은 가난한 귀족이라도 가공 작업하는 단골 공방이 바쁘다는 핑계를 대면 두말없이 살 수도 있고, 저처럼 본문을 중시하고 외관에 관심 없는 손님도 분명 있을 거예요."

내가 가죽 표지를 하지 않는 이유를 나열하자, 벤노는 복잡한 표정을 지었다.

"네가 최대한 책 가격을 내려서 널리 팔고 싶다는 정열은 잘 알겠다. 최대한 가격을 올려서 이익을 독점하고 싶은 상인의 생각과 정반대군."

일반적으로는 상품 가치를 높이기 위해 장식에 공을 들이고, 쉽게 사지 못하게 애태움으로써 가치를 높여서 조금이라도 높은 가격으로 이익을 취한다고 벤노가 말했다.

"……제 방식으로는 안 되나요?"

"아니, 이 마을 내에서만 장사한다면 몰라도 다른 영지까지 폭넓게 장사하려면 그렇게 나쁘진 않아. 지금까지의 책과 다른 점을 전면으로 내세우는 것도 좋을 거다.”

벤노는 한 번 눈을 감은 후, 상인 특유의 날카로운 적갈색 눈으로 나를 응시했다.

“이건 상인의 감이다만…… 책에 관해서는 되도록 너의 제안대로 가는 편이 좋겠다. 단, 이제까지의 상식과 달랐기 때문에 내가 납득할 수 있는 이유를 너한테 끌어내고 싶었어.”

“그럼 차라리 박리다매로 진행해요.”

“아니, 이익은 정확히 얻는다. 그 전제 아래 넓게 파는 거다, 바보야.”

‘벤노 씨의 이익 우선 방침은 흔들림이 없네.’

신청 서류가 완성될 즈음에 루츠가 가방에 책을 넣어 돌아왔다. 그 것을 벤노에게 팔고 나는 대금화 3닢을 손에 넣었다. 책이 저렴해지 려면 갈 길이 멀다는 생각에 한숨이 나오는 반면에 두둑해진 주머니 에 안도의 한숨도 나왔다. 이 돈으로 눈이 내리기 전까지 고아원과 내 방에도 조금은 식재료를 살 수 있을 것 같다.

“마인, 상업 길드에 가자.”

벤노는 루츠에게 책을 들리고는 걸음이 느린 나를 평소처럼 안아 올려 상업 길드로 향했다. 상점을 나서면 거리엔 수확한 농작물을 실 은 짐마차가 왕래했다. 겨울 준비가 시작된 마을은 농작물을 팔러 온 농민과 두둑하게 장을 보는 사람들로 평소보다 훨씬 붐볐다. 게다가 이 집 저 집에서 양초를 만드는 고약한 쇠기름 냄새가 진동했다.

“저기, 벤노 씨. 귀족을 상대로 냄새가 덜 나는 양초가 팔릴까요?”

부자 귀족은 밀랍을 쓴다고 들었다. 하지만 돈을 절약하고 싶은 귀족이라면 팔릴지도 모른다. 고아원에서 만든 허브 양초가 떠올라 질문하자, 벤노는 무슨 말이냐는 듯이 눈썹이 씰룩거렸다.

"냄새가 덜 나는 양초라고?"

"아. 그 염석해서 약초를 섞은 거구나. 아직 써 보지 않았는데 양초 자체에서 나는 냄새도 일반적인 양초보다 덜 나긴 하지."

"루츠! 왜 나한테 보고 안 했나!"

벤노의 노성에 루츠의 비취색 눈이 동그래졌다.

"네? ……고아원의 겨울 준비를 보고할 때 말씀드렸습니다. 동시에 진행한 아교 제작에 집중하시느라 주인님이 못 들으신 것 아닐까요."

"아아……. 일리가 있군."

벤노는 양초 만들기보다 아교 제조가 신기하고 흥미로웠던 모양이다. 이곳에도 아교는 존재하지만, 대부분 필요할 때 필요한 만큼만 사들이므로 상품을 만드는 공방이 아닌 한 개인이 만들지는 않는다.

"우리 동네가 가난해서 그렇지 부유층은 염석된 양초를 사는 줄 알았거든요. 벤노 씨가 쓰는 양초는 연한 노란색인가요? 흰색인가요?"

"연한 노란색이다. 쇠기름과 밀랍이 반반이다만……."

"그럼 부유층이 쓰는 양초도 염석하지 않겠군요."

벤노는 거의 돈으로 겨울 준비를 해결한다고 말했었다. 그런 벤노가 염석한 양초를 모른다면 이 마을에는 없다고 판단해도 좋다.

"우리 집에선 일부러 만들지 않고 사니까 밀랍 공방에 제조법을 팔아도 되겠군."

"그럼 봄이 오면 밀랍 공방에 가서 정보를 팔고, 등사원지 제작에 협력하라고 하겠어요."

양초 이야기를 하면서 우리는 사람들의 출입이 빈번해진 상업 길드의 2층을 빠져나와 3층으로 올라갔다. 그리고 접수대에서 벤노가 인쇄 협회 등록 신청을 하는 동안 수습생 차림의 프리다가 직원실 안에서 나타났다. 담홍색 갈래머리를 살랑이며 살짝 미소 짓는 프리다는 키가 자라서인지 초여름에 봤을 때보다 훨씬 분위기가 어른스러웠다.

"어머! 마인, 안녕."

"프리다, 오랜만이야. 카트르 카르의 매출은 어때?"

프리다를 마지막으로 만난 건 여름에 열렸던 카트르 카르의 시식회다. 대성공으로 끝난 시식회 덕분에 카트르 카르의 이름과 맛, 만든 사람인 일제와 프리다의 이름도 알려졌다는 소문을 들었다.

"아주 순조로워. 귀족들 사이에도 호평이 자자해. 다른 과자는 없냐는 말도 들릴 정도야. 마인, 뭔가 없니? 적정가에 살게."

생글생글 웃으며 레시피를 조르는 프리다에게서 시선을 돌리고 나는 벤노를 보았다. 눈이 마주친 순간, 번뜩이며 부라리는 눈에서 거절의 뜻을 읽었다. 조금 전처럼 궁핍했더라면 두말없이 팔았을 것이다. 주머니 사정은 여유로워야 하니까.

"벤노 씨한테 혼날 것 같고, 오늘은 주머니도 넉넉하니까 다음에 가르쳐 줄게."

이미 옆에 있는 벤노가 허락하지 않을 걸 예상했는지 프리다는 그다지 안타까워하지는 않는 표정으로 볼을 괴며 말했다.

"어머, 안타까워라. ……그나저나 신전에 들어갔다고 들어서 걱정했는데 건강해 보이네. 이제 신식 열은 아무렇지 않은가 봐? 계약해 줄 귀족은 찾았니?"

"걱정해 줘서 고마워. 아직 신식 문제는 괜찮아. 귀족과 계약할 예정은 여전히 없어. 난 가족과 함께 있고 싶거든."

"그러니? 그래도 제안은 많이 들어오지?"

이상하다는 듯이 프리다가 고개를 갸웃거렸다. 나도 마찬가지로 고개를 갸웃거렸다. 귀족한테서 계약을 제안받은 적도 없다.

"제안도 없고, 계약할 생각도 없으니까 괜찮아. 봄이 되면 동생이 태어나거든. 그런 상황에 귀족과 계약하고 싶겠어?"

지금 계약해 버리면 앞으로 태어날 아기 얼굴도 못 보게 된다. 그런 상황은 죽어도 싫었다.

"어머, 축하드린다고 어머님께 전해 줘. 그리고 한가하면 놀러 와. 일제도 기다리고 있어."

"……음, 당분간은 바빠. 해야 할 일이 산더미라."

신전에 가고부터 정신없이 바쁘다. 쓰러져서 쉬는 날을 빼면 집에서 뒹굴뒹굴하는 날이 없을 정도로 할 일이 태산이다.

"네가 바쁜 건 새로운 협회 설립과도 관계가 있니?"

"맞아. 내가 가장 하고 싶은 일이거든."

지금은 두꺼운 종이를 잘라 판지를 만들지만, 등사기 인쇄도 하고 싶고, 활판 인쇄도 도전하고 싶었다. 종이는 물론 잉크 개량도 필요하다. 정신없이 바쁘지만, 머릿속이 책으로 가득해서 즐거웠다.

"마인이 가장 하고 싶은 일이라……. 책, 말이니?"

"응! 첫 책을 완성했어. 앞으로 많이 만들어서 팔 거야. 프리다도 사 줘."

"실물을 보지 않고는 산다는 약속은 못 해."

프리다는 쓴웃음을 지으며 가볍게 고개를 저었다. 친구인데도 사

주지 않다니. 역시 벤노가 경계하는 상인 수습생이다. 나는 루츠가 든 짐에서 어린이용 성경책 한 권을 꺼내어 프리다에게 내밀었다. 이왕이면 귀하게 자란 데다가 상인의 안목도 가진 프리다의 평가를 듣고 싶었다.

"이게 실물이야. 어때?"

마찬가지로 평가가 궁금했는지, 수속 중이던 벤노가 손을 멈추고 프리다에게 시선을 옮겼다. 프리다의 눈은 상품을 훑어보는 상인의 눈이 되어 책을 바라보았다.

"……확실히 책이네. 그런데 알맹이뿐이야?"

본문을 팔락팔락 넘겨 보면서 프리다가 질문했다. 일단 꽃 표지를 달았는데 이곳의 책에 익숙한 사람에게 종이 표지는 표지도 아닌 모양이다.

"그 꽃이 붙은 종이가 표지야. 가죽 표지는 각자 단골 공방에 가져가서 취향대로 만들게 할 생각인데, 단골 공방이 없으면 길베르타 상회가 소개해 줄 수도 있어."

프리다가 벤노를 힐끗 쳐다보면서 말했다.

"길베르타 상회가 소개하는 공방을 쓰지 않아도 되는 점이 좋네. 이 책은 얼마니?"

프리다의 말에 나는 벤노를 쳐다보았다. 벤노가 얼마나 자기 이익을 얻을 생각인지 나는 잘 몰랐다.

"소금화 1닢과 대은화 8닢이다. 살 거냐?"

"물론. 사겠어요."

즉답한 프리다가 벤노와 카드를 맞춰 어린이용 성경책을 샀다. 냉큼 사는 프리다도 대단하지만, 책 한 권에 대은화 3닢이나 이익을 챙기는 벤노도 대단하다. 가격을 좀 더 올려서 내 이익을 더 확보해 둘 걸 그랬나 보다. 자신이 완벽한 상인이 되지 못하는 사실에 낙담한 내게 프리다는 그림책을 덮고 생긋 웃었다.

"마인, 다음 그림책은 '각 계절의 권속'이 자세히 적힌 그림책이 좋아. 나 다섯 신의 권속을 외우기가 힘들거든."

이번 어린이용 성경은 최고신과 계절에 관계된 다섯 신에 관한 이야기다. 다섯 신의 권속에 관한 내용은 나오지 않는다. 이런 요청이 있으면 다음 그림책을 만들기 쉬우므로 환영이다.

"고마워, 프리다. 다음은 권속에 관한 그림책을 만들어 볼게."

나는 서자판을 꺼내 메모해 뒀다. 그 모습을 보던 프리다가 깜짝 놀라워했다. 서자판을 들여다보고 철필을 눈여겨보았다.

"마인, 그건 뭐니? 이것도 벤노 씨가 권리를 가지고 있니?"

"……정말 잇속이 밝은 아가씨로군."

순간적으로 서자판에 눈독 들인 프리다를 내려다보며 벤노가 감탄 섞인 한숨을, 프리다는 낙담하는 한숨을 내쉬었다.

"벤노 씨보다 먼저 마인을 잡지 못한 게 분해서 못 참겠어. 아무리 잇속에 밝아도 전혀 도움이 안 되잖아."

# 요한의 과제

그 뒤 내가 프리다와 가볍게 잡담하는 동안 벤노는 절차를 마쳤다. 등록 완료까지는 며칠 걸리므로 상업 길드에서 처리할 일은 이것으로 끝이다.

"또 봐, 프리다."

나는 프리다에게 손을 흔들고 계단 앞까지 내 발로 걸었다. 하지만 2층은 사람이 많아서 이리저리 치이지 않도록 벤노에게 안겨 가기로 했다. 얼른 인파를 뚫고 나가려고 벤노가 발걸음을 내디뎠을 때, 2층의 북새통 속에서 외침이 들렸다.

"기다려요! 기다려 주세요! 길베르타 상회 아가씨!"

그 목소리에 나는 벤노와 얼굴을 마주 보았다.

"……코린나 씨한테 열렬한 팬이 있네요."

"바보야. 내가 안고 있는 너지 누구겠냐. 현실 도피하지 마."

'그야 이렇게 사람 많은 곳에서 큰 소리로 부르는 데다 길베르타 상회의 아가씨도 아닌데 대답하고 싶지 않은걸.'

"주위 시선이 따가우니까 밖으로 나가요. 정말 용무가 있다면 쫓아오겠죠."

벤노를 재촉해서 우리는 얼른 상업 길드를 나왔다. 예상대로 큰 소리로 부른 사람은 우리 뒤를 따라왔다. 길드 건물을 나온 곳에 있는 중앙광장에서 벤노가 멈춰서 나를 내려 주었다. 몸을 빙글 돌리자, 곱슬곱슬한 밝은 주황색 머리를 뒤로 질끈 묶은 십 대 중반쯤 되는 소년이 길드 건물에서 빠져나와 달려오는 모습이 보였다.

'아, 요한이다.'

그러고 보니 요한에게 주문할 때는 항상 길베르타 상회의 수습복이었다. 그 생각이 미치는 동안 요한이 내 눈앞에까지 왔다.

"무슨 용건이지?"

내 뒤에 선 벤노의 목소리에 요한은 숨을 고르더니 겨울 준비로 많은 사람들이 오가는 중앙광장 분수대 앞에서 털썩 무릎을 꿇었다.

"길베르타 상회 아가씨! 제 후원자가 되어 주세요!"

'이게 무슨 말이야?'

주위의 시선이 나를 푹푹 찌르는 바람에 따끔따끔하기까지 했다. "어머, 뭐야?" "무슨 일이지?" 하는 소곤거리는 소리에 가만히 있을 수가 없었다.

"여긴 사람들 눈도 있고, 할 얘기가 있다면 요한네 공방에 가도 괜찮겠어요?"

"안 돼. 대화는 우리 상점에서 해."

요한의 공방에 가자고 제안했더니 벤노는 상점으로 오라고 했다. 나를 길베르타 상회 주인의 딸로 착각하는 것 같기에 상점에서 떨어지는 편이 좋겠다 싶었는데 벤노는 그러도록 허락하지 않았다.

"네가 이번엔 무슨 골칫거리를 만들지 파악해야 하니까 나와 루츠 앞에서 대화해."

"알았어요. 그럼, 요한. 길베르타 상회에 와 주겠어요?"

내가 말을 걸자 요한은 활짝 핀 얼굴로 일어났다.

"물론이지. 아가씨 혼자 공방에 보내면 당연히 아버님이 걱정하실 테니까."

"부녀지간이 아니야!"

나와 벤노가 동시에 소리쳤다. 나는 깜짝 놀라 눈과 입을 쩍 벌리는 요한 앞으로 한 발 앞으로 나아가서 올려다보았다.

"전 마인이에요. 벤노 씨한테 신세를 지고 있지만, 벤노 씨와는 부녀지간도 아니고, 길베르타 상회의 수습생도 아닙니다."

"뭐? 그치만 길베르타 상회 수습복 차림에 상업 길드 카드도 들고 있었는데…… 정말 아빠랑 딸 아냐?"

동요하면서도 부녀로 착각한 몇 가지 이유를 드는 요한의 얼굴빛이 단숨에 어두워지며 망연자실한 표정으로 중얼거렸다.

"마인은 내가 후원하는 공방장이다. 네 나이쯤이면 그 시험이지? 얘기를 들어 보지."

벤노가 하는 수 없다는 표정으로 그렇게 말하더니 나를 번쩍 안아들고 성큼성큼 걷기 시작했다. 이런 행동이 부녀지간이라는 오해를 사는 원인인데도 벤노는 내 보폭에 맞추기가 어지간히 싫은지 고치려고 하지 않았다. 따라오는 사람을 전혀 배려하지 않는 벤노의 속도에 빨리 걷는 요한과 그 뒤를 루츠가 종종걸음으로 따라왔다.

"저기, 저 두 사람 정말 아빠랑 딸 아니야?"

"아니야. 주인님은 독신이야."

깨끗이 단념하지 못한 요한의 목소리에 루츠가 어처구니없다는 듯 말했다. 그 속삭이는 대화가 벤노의 귀에도 정확히 들렸는지 벤노가 요한을 째려보았다. 깜짝 놀라 몸을 움츠리는 요한의 모습이 벤노의 어깨너머로 보고 있던 내 눈에도 확실히 보였다.


상점의 안방에 들어가자 루츠는 차를 끓이러 마르크를 따라 구석 계단을 올라갔다. 대장간의 장인인 요한은 큰 상점 주인의 집무실에 들어온 적이 없었던 모양이다. 송구스러운 듯 쭈뼛쭈뼛 주위를 두리번거리며 권해 준 의자에 앉았다. 수많은 시선이 집중된 광장에서 '후원자가 되어 주세요!' 라 소리치던 사람과 동일인으로 보이지 않았다.

"벤노 씨, 그 시험이라니 뭔가요?"

영차, 하고 의자로 기어 올라간 내가 테이블에 몸을 내밀며 묻자, 벤노는 시선을 요한에게 돌렸다.

"요한, 네 용건이다. 네가 설명해."

벤노의 눈총에 요한이 화들짝 놀라 자세를 고쳤다. 요한의 시선이 나와 벤노를 번갈아 보면서 단어를 찾는 듯 이리저리 굴렀다.

"……대장간 협회에서는 수습생 다프라가 성인이 될 때 어엿한 대장장이로 인정받기 위한 시험이 있어."

요한은 말이 유창한 편은 아니었다. 단어를 찾으며 조용한 어조로 느릿느릿하게 말하기 시작했다. 대장간 협회의 과제는 공방 손님 중에 자신의 실력을 인정하여 투자해 줄 후원자를 성인식 전까지 찾고, 그 후원자가 지시한 물건을 1년 이내에 만드는 시험이라고 했다.

무기나 일상품 등 후원자가 요청하는 물건은 다양하지만, 이 과제에서 가장 중요한 점은 스스로 자기 실력에 투자해 주는 후원자를 찾는 것이라고 했다. 완성품의 품질, 투자한 후원자의 만족도는 물론, 앞으로 공방을 유지하기 위해 도움이 되는 후원자 선택도 채점의 기준이 된다. 그리고 이 시험에 떨어지면 다프라 계약은 중단되고 다루아 계약으로 떨어지게 된다고 요한은 설명했다.

"요한은 실력이 좋으니까 후원자 정도야 금방 찾을 수 있지 않나요?"

의아한 점을 묻자, 요한은 푹 떨군 고개를 천천히 저었다.

"난…… 너무 세밀하게 집착해서 손님한테 그다지 평판이 좋지 않아."

주문받은 물건의 꼼꼼한 지시를 원하며, 끈질기게 질문을 반복하는 요한을 손님들은 자세히 묻지 않으면 못 만드는 실력이라고 판단한 모양이다. 어떻게 보면 대강 주문해도 원하는 물건을 뚝딱 만들어 내는 장인이 실력이 좋은 장인인지도 모른다. 하지만 요한은 까다로운 지시를 완벽하게 소화하는 기술이 있다. 지금은 공방에 들어오는 주문에서 세밀한 부분을 거의 요한이 맡고 있다고 했다. 당연히 대장간은 그런 요한을 놓치고 싶지 않겠지만, 협회가 낸 과제에서 결과를 내지 못하면 어찌할 방도도 없다.

"대장간 협회에서 아직 후원자를 못 찾은 수습생 다프라가 나뿐이라……. 가을 끝 무렵에 성인식이 있는데 어찌할 줄 몰라서……."

이곳에는 계절 첫머리에 세례식이 있고, 계절 끝 무렵에 성인식이 있다. 요한의 성인식이 가을에 있다면 이미 가을이 깊어진 지금부터 후원자를 찾으려면 남은 시간이 정말 부족하다.

"기다리셨습니다, 주인님."

루츠와 마르크가 차를 가지고 내려왔다. 차를 따른 마르크는 가볍게 인사하고는 방을 나가고 루츠는 벤노의 뒤에 섰다. 벤노는 한 모금 차를 들이키고 요한을 힐끗 보았다.

"마인은 공방장이지만 언뜻 보기에도 어린애다. 너의 스승이 난색을 표하던 걸 봤을 텐데."

요한은 어쩔 줄 몰라 하며 몸을 웅크렸다.

"그렇긴 하지만, 나를 위해 꼼꼼한 설계도를 가져오는 손님이 아가씨 정도라……."

　본래 미성년자인 나를 후원자로 정하면 주위에서 반대한다고 한다. 미성년자가 쓸 수 있는 돈은 뻔하기 때문이다. 하지만 나는 몇 번이나 거액의 주문을 한 실적이 있고, 개인 카드를 들고 있으며 요한의 실력을 높게 평가했다. 게다가 요한의 세밀한 질문에 기쁘게 응하고, 실력을 칭찬하고, 여러 차례 요한을 지명했다. 요한을 지명하며 일감을 주문한 시점에서 후원자 자격이 있다고 했다. 다만, 미성년자이므로 부모나 보호자의 허가와 보증이 필요한 모양이었다.

　"후원자가 되어 줄 만한 사람은 길베르타 상회의 아가씨 말고는 없다. 안 되면 어쩔 수 없지만 부탁이나 한 번 해 보고 와라! 하고 스승님이 공방에서 내쫓았어."

　큰 상점의 딸이라면 아버지를 졸라 정식 후원자가 되어 줄지도 모른다. 그렇게 길베르타 상회가 후원자가 되어 준다면 자신의 평가도 높아진다.

　"그랬는데 설마 부녀지간이 아니라니……."

　요한의 어깨가 축 처졌다. 벤노가 공방뿐만 아니라 상업 길드에서도 나를 안고 돌아다니고, 루츠와 둘이서 수습복 차림으로 고액의 주문을 하러 온 모습을 보고 완전히 길베르타 상회 주인의 딸이라고 믿어 버렸다고 한다. 그러고 보니 주변 사람들 눈에는 부녀지간으로 보인다고 오토도 전에 말했었다. 나이 차이도 적당한 탓일지도 모른다. 하지만 독신인 벤노에게는 짜증스러웠는지 험악한 눈으로 나를 노려보았다.

　"마인이 어떻게 내 딸이냐. 내가 부모였다면 이렇게 멍청하고 위기감 제로에 생각 없는 녀석으로는 안 키워. 적어도 코린나 정도쯤은 신중한 성격으로 컸을 거다."

독신이라도 일찍이 부모를 여의고 여동생을 교육해 온 벤노의 말에 나는 입술을 삐죽거렸다. 힘껏 벤노를 노려봤지만, 오히려 나와 부녀 지간이란 취급을 당한 벤노가 더 꽁해 있다.

"저기, 부녀지간이 아니라면 후원자는 무리일 테니 이만……."

험악한 분위기를 감지한 요한은 포기한 얼굴로 그렇게 말하며 일어 나려고 했다. 나는 그 소매를 덥석 잡았다. 후원자가 되느냐 마느냐와 는 상관없이 부탁하고 싶은 일이 있었는데 요한이 후원자를 찾는다면 지금이 기회다.

"벤노 씨, 벤노 씨. 우후후~. ……저 요한이 만들어 줬으면 하는 물건이 있는데요."

요한의 소매를 잡은 나는 벤노에게 미소 지었다. 그러자 벤노는 이 미 예상했다는 듯 관자놀이를 누르며 천천히 한숨을 쉬었다.

"알겠다. 후견인으로서 허가를 내고, 내가 보증인이 되마."

벤노는 가볍게 손을 흔들며 허가해 주었다. 허가가 너무 간단하게 떨어지자 놀란 사람은 오히려 요한 쪽이었다.

"저기, 보증인은 후원자의 투자금이 떨어지면 대신……."

"장사꾼이 보증인의 의미도 모르겠냐? 걱정하지 마라. 마인은 돈 이 떨어질 걱정이 없으니까 보증을 망설일 필요가 없어."

만약 돈이 부족해져도 지금 인쇄하는 그림책을 팔면 금방 이익이 생기고, 냄새가 덜 나는 양초의 제작법만 팔아도 투자금 정도는 금방 회수할 수 있다며 벤노가 어깨를 으쓱이며 말했다.

"'돈 걱정은 필요 없다'는 의미에서 넌 좋은 후원자를 잡은 거다."

누구나 갑부 후원자를 안달하며 원한다. 요한은 벤노의 말에 웃음

꽃이 피었다.

"꿩장하다, 아가씨! 내 후원자가 되어 주는 거지? 마인…… 씨?"

나를 보며 호칭을 고민하는 요한의 머리를 벤노가 가볍게 콩 쥐어박았다.

"어이, 후원자에게 '님'이라고 붙여야지. 나이나 겉모습으로 봐서는 '님'이란 호칭이 안 어울리겠지만, 명색이나마 너에게 투자해 줄 상대다."

"죄송합니다, 마인 님."

요한은 허둥대며 머리를 숙였다. 나는 가볍게 웃으며 신경 쓰지 말라며 손을 저었다. 호칭 따위 뭐든 상관없다. 딱히 중요하지 않으니까. 내게 중요한 건 앞으로 요한이 만들어 줄 과제 작품이다.

"그럼 요한이 만들어 줬으면 하는 물건의 설계도와 목록은 내일이라도 공방에 가져갈게요."

오늘, 지금부터 남은 시간 동안 열심히 설계도와 제작 방법을 정리하자고 생각했다. 좀이 쑤신다며 기합을 넣고 있으니 요한이 놀란 듯 눈을 끔뻑였다.

"네? 모, 목록이요? 저, 저기 시험 작품은 하나로 정해져 있는데요?"

"응. 내가 부탁할 것도 하나예요. **'금속 활자'**를 부탁할 거니까 전부 합쳐서 하나죠."

이곳에서 사용하는 총 35가지 기본 문자에는 알파벳의 대문자와 소문자, 일본어의 히라가나와 가타카나처럼 음이 같은 문자가 두 종류 있다. 당연히 양쪽 활자를 다 만들게 할 생각이다. 일단 모음은 50벌씩, 자음은 20벌씩 있으면 충분하리라.

"내가 후원자가 된다면 제작을 부탁할 물건은 **'금속 활자'**예요. 세밀하고 양이 많아서 매우 힘들겠지만, 어쩔래요? 나를 후원자로 둬서 후회하지는 않을까요?"

가볍게 활자에 관해 설명하자 전혀 생각지 못한 과제였는지 요한은 눈을 깜빡이며 도움을 요청하듯 벤노와 루츠에게 시선을 돌렸다. 둘은 얼굴을 마주 보고 가볍게 끄덕였다.

"남의 말은 주의 깊게 들어. 난 분명 '돈 걱정이 필요 없다는 점에서는' 좋은 후원자라고 말했다."

"마인의 억지를 못 따를 것 같으면 처음부터 포기하고 다른 후원자를 찾는 편이 좋아. 항상 이렇거든."

조언인지 추궁인지 모를 두 사람의 말에 요한은 무릎 위에서 주먹을 쥐고 눈을 꼭 감았다. 잠시 망설이더니 결심한 듯 강렬한 눈빛으로 나를 보았다.

"……부탁합니다. 제 후원자가 되어 주세요."

나는 그 날 하루 동안 의욕적으로 설계도와 제작 방법을 상세히 표시한 의뢰서를 만들었다. 그리고 다음 날 아침에 공방에 가져갔다. 요한은 정말 하루 만에 가져올 줄은 몰랐다며 깜짝 놀랐지만, 의뢰서를 보자 의욕을 불태웠기에 맡겨 둬도 문제가 없을 듯했다.

"루츠, 이걸로 활자 인쇄에 또 한 발 다가갔네."

"……신나 보이네, 마인."

"이 고비를 넘기면 활판 인쇄까지 얼마 안 남았어. 요한이 활자를 완성하면 압착기를 개조해서 인쇄기를 만들 거야. 그 전에 봄이 되어야겠지만. 겨울 동안에 넉넉히 벌어 둬야지."

# 잉크 협회와 겨울의 시작

가을도 막바지에 이르러서 어린이용 성경 2탄이 완성되었다. 교과서로 20권을 챙겨 두고 40권은 벤노에게 팔아 대금화 6닢을 손에 넣었다. 요즘 들어 가난에 헐떡였었는데 단숨에 부자가 되었다. 그리고 프랑과 로지나가 우리 집에 와서 가족들과 겨울 생활에 관해 상의했고, 그림책으로 번 돈으로 남은 겨울맞이 준비를 하며 충실히 보냈다.

고아원과 내 방과 우리 집도 겨울 준비가 거의 끝나 금방이라도 눈이 내릴 것 같은 추위가 닥쳤을 무렵, 나는 신전에서 돌아가는 길에 루츠의 보고를 받았다.

"마인, 주인님께서 오전 중에 잉크 협회 회장과 잉크 공방 주인이 찾아왔었대."

"……역시 다른 종류의 잉크란 걸 눈치챘구나?"

길베르타 상회에서 팔기 시작한 어린이용 성경은 예상대로 귀족과 이어진 부호들에게 조금씩 팔리기 시작했다고 한다. 그림책을 보면 잉크의 차이는 단숨에 알 수 있다. 조금 파란 발색이 도는 몰식자 잉크와 검댕과 건성유로 만든 유화 잉크는 크게 다르다.

당연히 한 눈에 다른 잉크임을 알아본 잉크 협회가 새 잉크의 제조자를 찾았지만, 협회 내에는 해당자가 없었다. '짐작 가는 제조자가 있다'고 말한 사람은 견학했던 잉크 공방의 주인이었던 모양이다.

"길베르타 상회의 꼬맹이가 제조법이 다른 잉크를 알고 있다고 했다."

그 발언을 듣고 잉크 협회의 회장과 공방 주인이 길베르타 상회에 찾아왔다고 한다. "길베르타 상회는 다른 잉크 협회를 만들 계획인가?" 하고 물으러.

길베르타 상회는 이미 전과가 있다. 양피지 협회에 대항해서 식물지 협회와 공방을 세웠고, 그 일로 조금 저렴한 식물지가 시장에 돌기 시작했다. 정식 계약서는 양피지만 사용한다는 공존 방식을 정했지만, 대량 생산이 가능한 식물지는 매출이 좋았다. 그런 상황에서 제조법이 다른 잉크를 쓴 식물지 그림책을 대대적으로 팔기 시작하면 기득권자가 경계하는 건 당연했다.

"내일 길베르타 상회에 오래. 주인님이 할 말이 있대."

"알았어."

나는 항상 있는 일이라며 거리낌 없이 받아들였고, 다음 날은 루츠와 함께 신전이 아닌 길베르타 상회로 향했다.


"벤노 씨, 안녕하세요."

"오, 마인. 왔냐."

벤노의 손짓에 나는 테이블로 향하고, 루츠는 구석 계단을 올라갔다. 다프라 수습생인 루츠는 손님께 드릴 차를 끓이는 연습 중이다. 내가 루츠를 배웅하고 자리에 앉자 벤노도 손을 멈추고 테이블 쪽으로 다가왔다. 그리고 내 정면에 앉아 입을 열었다.

"예상대로 잉크 협회가 나타났어. 넌 분명 잉크 제조법을 공개해서 생산을 통째로 맡기고 싶다고 했지?"

"네. 이 이상 벤노 씨만 실적이 올라가면 적만 늘어날 테고, 잉크 제조는 길베르타 상회의 본업과는 전혀 관계가 없잖아요? 마인 공방에서 만들 양만큼만 눈감아 준다면 돈을 받고 위임해 버려도 괜찮을 것 같아요."

인쇄술을 보급하려면 잉크도 대량으로 필요해진다. 오직 자작만 하면 얼마 안 가서 힘들어지겠지. 그렇다면 제조가 가능한 곳에 위임해 버리면 된다.

"금액은 얼마 정도 받을 셈이냐?"

"음, 제가 신전에 바치는 금액과 비슷할 정도…… 이익의 10%는 어때요?"

내 제안에 벤노가 언짢은 표정을 지으며 고개를 천천히 저었다.

"너무 싸다."

"하지만 널리 퍼지면 이익은 점점 불어날 거예요. 식물지처럼 박리다매로 하고 싶어요."

기본적으로 널리 퍼트리는 일념뿐인 나의 의견을 벤노는 가볍게 손을 저어 거절했다.

"적어도 처음 10년은 30%로 해 둬. 다음 10년은 20%, 그 뒤로는 쭉 10%. 그 정도가 적당해. 새로운 기술을 너무 싸게 팔지 마."

"알겠어요. 이익에 관한 내용은 벤노 씨한테 맡길게요."

이러니저러니 해도 벤노는 내 의견에 확실히 양보해 주고 있다. 그 점을 알고 있기에 믿고 맡겼다.

"차를 가져왔습니다."

루츠가 차를 끓여와 주었다. 긴장한 표정으로 나와 벤노 앞에 달그락, 하고 찻잔을 놓았다. 벤노가 검사하듯이 찻잔을 들고 차를 살핀 후 한 모금 마셨다.

"……아직 멀었어."

"확실히 아직 멀었지만, 조금씩 능숙해지고 있네요. ……루츠, 이번에 프랑한테 배워 볼래? 잘 가르쳐서 길이랑 델리아도 제법 늘었어."

"그래도 괜찮겠네. ……하아."

루츠도 마르크에게 배우며 노력하고는 있지만, 아직 다른 손님에게 낼 수 있을 만한 수준은 아니다. 만만한 나로 연습 중인 셈이다.

"그리고 계약 마술인데……."

"……쓰는 편이 좋은가요?"

비용이 많이 들기 때문에 귀족이 관련되지 않는 한 평소엔 잘 쓰지 않는 계약 방법이다. 지금껏 나와 벤노가 맺은 계약 마술은 두 번이다. 두 번 다 벤노에게는 귀족을 견제하려는 의도가 있었다. 하지만 이번 잉크 협회에는 귀족이 관련되어 있지 않을 텐데.

"이번엔 이익을 취하는 범위가 상당히 넓고, 기간이 길어. 그리고 개인적으로 잉크 협회 회장이 못 미덥거든. 개인이 아닌 잉크 협회와 계약하는 형태로 맺는 편이 무난하겠지."

"잉크 협회랑 계약이요?"

이곳에도 법인같은 사고방식이 존재하는 걸까. 내가 고개를 갸웃거리자 벤노가 천천히 끄덕였다.

"그래. 회장직을 대물림해도 계약이 이어지도록 하는 방법이다."

개인과 계약하면 대물림한 차기 회장이 자신은 계약하지 않았다고 제멋대로 행동하는 족속이 있다고 한다. 그런 일이 몇 번이나 생긴 탓에 이곳에서도 법인과 같은 개념이 생겼다고 한다.

"잉크 제조법을 협회에 판다. 마인 공방에서 만드는 양만큼은 눈감아 준다. 식물지와 함께 널리 퍼트리기 위해 가격을 되도록 저렴하게 설정한다. 이쪽이 얻는 금액은 이익의 30%. 10년마다 이율을 바꾼다. 이것으로 문제는 없지?"

"이 잉크는 양피지에는 흡수가 안 되니까 쓰기 어렵다는 점도 알려 주세요."

벤노와 루츠와 셋이서 우리 쪽 요구 내용을 확인하는 사이 노크 소리가 들리며 마르크가 들어왔다.

"주인님, 잉크 협회에서 손님이 두 분 찾아오셨습니다."

"종을 울리면 들여보내."

"알겠습니다."

고개를 끄덕인 마르크가 일단 물러났다. 동시에 벤노가 험악한 표정으로 일어나 나를 의자에서 내렸다. 그리고 루츠를 향해 턱을 치켜들자, 루츠는 아무 말 없이 끄덕이고는 구석 계단으로 연결된 문을 열었다.

"마인, 잉크 협회와는 내가 협상하마. 넌 되도록 얼굴을 내밀지 않는 편이 좋아. 코린나한테 가 있어. 나중에 계약 마술 용지만 올릴 테니까 위에서 서명해."

"……왜요?"

계약하는 자리에 본인이 없다니 당치도 않다. 눈을 깜빡이는 내게 벤노는 손님이 대기 중인 상점 방향을 노려보며 낮게 중얼거렸다.

"공방 주인은 그렇다 쳐도 잉크 협회의 회장은 직업상 귀족과 연결되어 있고, 나쁜 소문이 자자한 인물이다. 넌 되도록 접촉을 피하는 편이 좋아."

"알겠어요. 벤노 씨 말대로 할게요."

벤노가 경계하는 잉크 협회의 회장이 어떤 사람인지 궁금해서 좀이 쑤셨지만, 나는 바로 루츠와 함께 코린나의 방으로 갔다. 루츠는 나를 코린나의 방에 안내하자 계약 마술의 계약서를 가져와야 하는 역할이 있다며 아래층으로 돌아갔다.

"루츠, 잉크 협회의 회장이 어떤 사람인지 나중에 알려 줘."

"알았어."

루츠를 배웅하고 나는 코린나와 마주했다.

"죄송해요, 코린나 씨. 넘어져 버리는 바람에 옷이 망가졌어요."

"괜찮아, 마인. 마침 잘 됐어. 시침질 좀 할게."

"네. 급히 서두르라는 의뢰 때문에 힘들게 해서 미안해요."

부드럽고 온화한 미소를 지으며 응접실로 안내해 주는 코린나를 따라갔다. 복도 쪽에서 아빠와 마찬가지로 오늘 휴무인 오토가 손을 흔들며 나를 보고 있었다.

"정말이지, 마인. 코린나는 임신 중인데 이렇게 상급 귀족이 빡빡한 주문을 보내게 하다니."

"오토, 내가 업무 일로 참견하는 거 싫다고 몇 번이나 말했지?"

"당신이 걱정돼서 그래, 코린나."

코린나가 매섭게 노려봐도 오토는 전혀 굴하지 않았다. 여전히 러브러브하다. 마치 말을 듣지 않는 어린애를 달래듯 방해하지 말라며 구슬려서 오토를 방에서 내쫓는 코린나를 보니, 오토야말로 코린나의 두통을 일으키는 원인이지 않을까 걱정이 되었다.

"저도 코린나 씨가 걱정이에요. 오토 씨 폭주하지는 않나요? 문에서는 아빠랑 오토 씨의 가족애를 향한 폭주가 똑 닮았다며 소문이 자자하거든요. 첫 아이로 들뜬 오토 씨 때문에 코린나 씨가 힘들까

봐……."

"어머, 그런 소문이 있어? 마인의 어머니도 힘드시겠구나."

후훗 하고 웃으며 코린나는 파란 옷감을 들고 와서 커다란 테이블 위에 펼치기 시작했다.

"의식용 의상은 완성될 것 같나요? ……시간이 모자랄 것 같은데."

"좀 빡빡하긴 해. 공방이 아주 바쁘거든. 하지만 상급 귀족의 의뢰는 아직 적어서 재봉사들이 의욕적으로 움직여 주고 있어. 대금도 미리 지불하셨거든."

저번 의상을 만들면서 다른 의뢰의 드레스에도 쓰려고 옷감을 넉넉하게 염색했다고 했다. 이번엔 그 드레스용 옷감을 써서 공방을 풀가동하여 자수를 넣고 있다고 했다.

"드레스는 다른 천으로 시침질을 한 후에 바느질에 들어가니까 지금부터 염색해도 될 정도로 여유 있어. 마인의 의상은 시급해서 시침질할 여유가 없지만, 저번에 만들었을 때랑 체격도 크게 차이 없지?"

코린나는 그렇게 말하며 여기저기 시침핀이 들어간 파란 천을 내게 입혔다. 커다란 배가 걸려 힘들어 보였다.

"마인, 미안해. 잠깐 가정부를 부를게. 혼자서는 조금 힘드네."

"벌써 배가 많이 부르니까요. 이제 곧 나올 때인가요?"

"응. 겨울 중반쯤이 출산일이래. 건강한 아이라 배를 잘 차. 남자애인가?"

가정부 호출용 종을 딸랑이면서 코린나가 살짝 커다란 배를 어루만졌다. 그러자 "코린나, 불렀어?" 하고 싱글벙글하며 방으로 들어온 사람은 오토였다. 어이없어하는 코린나의 표정에 나도 모르게 웃음이 터져 버렸다.

"아니, 마인이 벤노를 낚아채 간 이상, 웬만하면 나도 이런 작업을 봐 두는 편이 좋을 것 같거든."

"저기, 오토 씨? 제가 벤노 씨를 낚아챘다는 게 무슨 의미인가요?"

나 같은 힘없는 어린애가 벤노 같은 성인 남성을 낚아챌 리가 없잖아.

"무슨 의미라니, 말 그대로지. 벤노는 이대로 마인의 후견인으로서 큰 판을 벌릴 계획이야. 덕분에 지금 난 길베르타 상회의 업무까지 철저히 주입당하는 중이지."

오토는 어깨를 으쓱거리며 코린나를 도왔다. 제법 그럴싸해 보이는 손놀림에서 오토의 노력이 훤히 보이는 듯했다.

"오토 씨, 병사로 안 보일 정도로 능숙하시네요. 이 정도라면 코린나 씨와 함께 상점을 세우는 날도 멀지 않겠는데요?"

"……뭐, 몇 년은 걸리겠지만. 코린나와 아기를 위해서라도 해야지."

"알았으니까 입보다 손을 움직여 줘."

오토에게 지시를 내리며 코린나가 시침질을 끝마쳤다. 기장은 문제없고, 바느질도 저번과 똑같이 하기로 하고 상담을 마쳤다.

코린나가 오토를 쫓아내고 시침질로 헝클어진 내 머리를 정리하거나 옷을 갈아입히는 사이 구석 계단 쪽에서 노크 소리가 들리며 "마르크입니다." 하고 이름을 대는 목소리가 들렸다. 마르크를 맞이하러 구석을 향하는 발소리가 들렸다.

서둘러 옷매무새를 가다듬고 내가 끄덕이자 동시에 응접실 문에서 노크 소리가 들렸다.

"들어와요."

"코린나 님, 마인, 실례하겠습니다."

계약서를 든 마르크와 잉크병을 든 루츠가 들어왔다.

마르크가 둥근 테이블 위에 계약 마술의 계약서를 펼치고 한 항목씩 확인해 주었다. 계약서의 내용은 벤노와 상의했던 내용과 거의 똑같았다. 이쪽에 유리한 숫자가 적혀 있는 항목은 벤노가 협상에서 거머쥔 부분이리라. 또 하나, 처음 보는 항목이 있었다. '이 계약 내용을 잉크 협회의 규약에 명시한다.' 라는 한 문장이다.

"마르크 씨, 이 부분…… 계약 내용을 잉크 협회의 규약에 명시한다는 게 무슨 뜻인가요?"

"협회의 규약은 협회에 속하는 모든 공방에서 지켜야 하는 규정입니다. 즉, 잉크 협회의 규약으로 명시하면 다른 마을의 잉크 협회 규약에도 기재되고, 그곳의 공방에도 적용되게 됩니다."

계약 마술 자체의 범위는 이 마을에 한하지만, 협회의 규약은 다른 마을에도 적용되는 듯하다. 어느 협회든 규약만큼은 통일되어 있다고 했다. 단, 마을과 공방에 따라 규칙에 세세한 차이가 있다고 했다. 나는 헌법처럼 전국적으로 통일된 것이 규약, 조항처럼 지방에 따라 세밀한 차이가 있는 것이 규칙이라고 이해했다.

"그런데 어떻게 다른 마을의 잉크 협회 규약에 기재하는데요? 뭔가 전달 방법이 있나요?"

"이익이 되기 때문에 새로운 잉크 제조법을 파는 겁니다. 이곳 잉크 협회에서 근처 잉크 협회로 제조법을 전달할 때 규약도 함께 개정하게 됩니다."

마르크의 설명에 끄덕이며 잉크를 손에 들었다. 계약서에는 벤노의 이름과 회장 자신의 이름 대신 잉크 협회라고 쓰여 있었다. 그리고 나는 가장 아래에 내 이름을 써넣었다.

"저기, 루츠. 잉크 협회 회장이란 사람 어땠어?"

"……눈빛이 꺼림칙한 녀석이야. 너를 찾고 있었어."

"뭐?"

루츠가 주먹을 꽉 쥐고 목소리를 낮추며 알려주었다.

"그 녀석이 주인님한테 이렇게 말하더라고. 잉크 공방에 다른 제조법으로 만드는 잉크에 관한 이야기를 꺼낸 녀석은 분명 어린애였다. 있다면 얼른 내놓으라고. 널 여기에 숨기길 잘한 것 같아. 길드장보다도 싫었어."

루츠가 '길드장보다도 싫다'고 말할 정도면 상당히 꺼림칙한 분위기를 풍기는 사람이었나 보다. 벤노도 루츠도 경계하고 있다면 나도 경계해 두는 편이 무난하다.

"그것보다 마인, 자, 손 내밀어."

루츠가 나이프를 들고 내게 손을 내밀라고 말했다. 계약 마술에 필요한 채혈을 눈앞에 둔 나는 말을 멈추고 손바닥을 내밀었다. 손끝에 따끔거리는 아픔이 스치더니 피가 뭉실 부풀어 올랐다. 그 피를 계약서에 꾹 누르자 계약서가 금색 불꽃에 휩싸였고, 불에 타 버리면서 계약이 완료되었다. 몇 번을 봐도 불가사의한 현상이다.

"마인 님, 주인님의 지시가 있을 때까지 이곳에 얌전히 계셔 주십시오."

"알겠어요, 마르크 씨."

그 뒤로 오토에게 이번 겨울 예산 계산에 내 손을 못 빌리게 된 데 대한 한탄을 듣고, 코린나와는 태어날 아기 이야기로 수다를 떨었다.

벤노가 심각한 표정으로 계단을 뛰어오른 건 점심때였다.

"마인, 마르크한테 루츠를 바래다주게 하고, 너희 아버지와 언니를 부르게 했다. 넌 데리러 올 때까지 여기서 나오지 마!"

"……마르크 씨가 루츠를 바래다주다니, 대체 무슨 일인데요?"

나는 벌떡 일어나 벤노에게 달려갔다. 벤노는 미간에 힘을 주며 창밖으로 시선을 던졌다.

"상업 길드로 심부름을 간 루츠에게 수상한 남성들이 시비를 걸었다는군. 길베르타 상회 주인의 딸은 어떤 아이냐? 계약서를 들고 위로 올라간 다프라니까 잘 알겠지, 라고."

"계약서라면……."

내 말에 벤노도 천천히 끄덕였다.

"잉크 협회 놈들이다. 그런데 계약이 끝난 후에 정보를 뒤지는 게 이상해."

유리한 계약으로 끌어내기 위해, 혹은 계약 달성을 위해 상대방의 정보를 찾는다면 이해하지만, 이미 계약은 끝났다. 그런데 일부러 루츠를 잡아서 우리 쪽에 경계심을 사면서까지 정보를 찾는 의미를 모르겠다. 몰라서 더욱 무서웠다.

"……뒤에서 무슨 짓을 할지 몰라. 최대한 경계해."

"네."


"데리러 왔다."

"아빠, 투리!"

휴무였던지라 서둘러 데리러 왔는지 아빠와 투리가 숨을 헐떡이며 찾아왔다.

"일부러 불러내서 미안하군."

불려온 벤노가 위층으로 올라와서 아빠에게 그렇게 말했다.

"아니. 이래저래 딸을 지키려고 애써 줘서 고맙네. 대체 무슨 일이 일어난 건지 물어도 되겠나?"

"잉크 협회가 움직이는 건 확실해. 다만, 나도 배후를 아직 잘 모르겠어. 계약이 끝난 지금에 와서 정보를 찾는 점도, 루츠에게 접근한 점도 부자연스럽고."

벤노의 설명에 아빠의 눈빛이 험악해졌다. 투리가 불안한 듯 나를 바라보더니 꼭 껴안았다.

"안전을 기한다면 지금부터 마인은 신전에 박혀 지내는 편이 좋을 거다. 이건 가족들이 판단해야겠지만, 적어도 신전에 있으면 녀석들도 손대지 못하겠지. 그리고 우리도 정보를 모으는 시간을 벌 수 있어."

"……음."

벤노의 말에 아빠는 진중하게 끄덕인 후, 미간에 힘을 주고 나를 안아 올렸다.

"마인, 어떡할래? 신전에 갈까? 집에 갈까?"

만약 내가 혼자가 되기 싫다면 아빠는 집에 데려가 줄 터이다. 하지만 루츠나 가족이 정체 모를 사람들과 연루될 가능성이 커진다.

"……떨어지긴 싫지만 루츠와 가족들한테 무슨 일이 일어나는 건 더 싫으니까 신전에 갈게. 어차피 슬슬 눈도 내릴 때고."

그렇게는 말해도 신전에서 지내기 조금 불안했다. 아빠의 겉옷을 쥔 내 손에 힘이 들어갔다.

나는 그날부터 신전에서 겨울 동면 생활을 보내게 되었다.

# 겨울 동면과 겨울 수작업

아빠와 투리가 나를 신전의 방에까지 바래다주자 프랑이 동그랗게 뜬 눈으로 맞아 주었다. 프랑은 가족과 나를 번갈아 쳐다보며 눈을 깜빡였다.

"마인 님, 어떻게 된 일인가요?"

"프랑, 갑자기 미안해요."

우리를 안으로 들이려는 프랑을 '델리아의 귀에 들어가게 하고 싶지 않다'고 말리며 현관에서 간단히 사정을 설명했다. 잉크 협회장이 정보를 얻으려고 나를 노리고 있는 일, 루츠에게 정체 모를 남자들이 접근한 일, 안전을 위해 조금 일찍 신전에서 겨울을 보내게 되었다는 사정을 이야기했다.

그리고 잉크 협회 회장의 목적이 무엇이고, 애초에 회장의 이름조차 모른다는 점, 귀족과 관련이 있는 나쁜 소문이 도는 인물이므로 되도록 델리아에게 정보가 새어 나가지 않도록 주의해 두었다. 프랑은 난처한 표정으로 일련의 이야기를 듣고, 천천히 끄덕였다.

"알겠습니다. 신관장님께도 이후에 말씀을 드려 놓겠습니다."

"프랑, 우리도 열심히 정보를 수집할 테니 마인을 부탁하마. 종종 상태를 보러 오겠다."

내 어깨를 잡은 아빠의 손에 힘이 들어갔다. 프랑은 똑바로 아빠를 바라보았다.

"알겠습니다. 마인 님도 불안하실 테니 꼭 방문해 주십시오."

"마인, 제멋대로 굴어서 주변을 곤란하게 하지 말아라. 그리고 신관장님께는 반드시 보고해 둬. 상사에게 연락이 제대로 가지 않으면 될 일도 잘 안 풀리거든."

나는 아빠의 병사다운 주의 사항에 쓴웃음 지으며 오른손 주먹으로 왼쪽 가슴을 두 번 두드렸다. 아빠도 표정을 누그러뜨리며 같은 동작을 되돌려 주었다. 투리는 나를 꼭 껴안고 불안함에 흔들리는 파란 눈동자로 바라보았다.

"그럼 마인. 난 다음 쉬는 날에 여기에 올게. 그때까지 착하게 있어야 해?"

"응. 기다릴게."

아빠와 투리를 배웅하고, 나는 방으로 들어왔다. 내 방이지만 신전에서 묵는 건 처음이라 조금 긴장되었다. 저녁을 먹을 시간에 갑자기 찾아온 나를 보고 시종들은 하나같이 화들짝 놀랐다.

"무슨 일이에요, 마인 님?"

"좀 사정이 있어서 오늘부터 신전에서 지내게 되었어요."

"무슨 사정이요?"

고개를 갸웃거리는 델리아의 질문에 나는 음, 하고 말을 흐렸다.

"귀족과 관련될 가능성이 있어서 자세히는 말할 수 없어요."

파란 의상을 입히려는 델리아에게 오늘은 나갈 예정이 없다고 말리고, 나는 주변을 돌아보았다. 평소엔 집에 돌아가 있을 시간이라 무엇을 해야 할지 딱 떠오르지 않았다.

"다들 이 시간엔 뭘 하나요?"

로지나는 뻔했다. 페슈필 연주다. 일곱 점 종까지로 시간이 정해져 있어서 종이 울리기 직전까지 항상 연주한다고 한다. 델리아는 목욕을 준비하는지 주방에서 뜨거운 물을 옮겼다. 목욕 시간은 여자를 갈고닦는 시간이란다. 델리아의 높은 여자력를 보고 배워야겠다.

길은 마인 공방의 현황과 완성된 상품에 관한 보고를 석판에 기록하고 있다. 이 보고는 길베르타 상회의 상품 관리 방법에 기초한 것으로 루츠의 지도를 받으며 공부 중이었다. 프랑은 고아원과 이 방에서 소비한 식재료와 일용품의 보고를 정리하여 추가 의뢰서를 준비했다. 매일 다양한 서류 업무 때문에 정신없이 바쁘지만, 로지나와 빌마에게 분담한 뒤로는 편해진 셈이라고 말했다.

"……난 신관장님께 낼 면담 의뢰 편지라도 쓸까."

집무용 책상에 앉아 신관장과 면담하기 위한 의뢰 편지를 썼다. 답장이 오기까지 며칠은 걸리는데 대체 언제 면담할 수 있으려나.

편지를 쓴 후, 프리다의 의견대로 다음 그림책의 구상을 다듬었다. 각 계절에 관련한 다섯 신의 권속에 관한 이야기를 모으기로 했다.

시중을 받으며 홀로 호화로운 저녁을 먹고, 델리아가 뜨거운 물을 아낌없이 채워 준 욕조에 몸을 담그고, 혼자 푹신푹신한 이불에 들어갔다. 널찍해서 팔다리를 쭉 뻗어도 여유로웠다. 몸을 굴리니 침대 옆 선반에 주전자와 컵, 그리고 시종을 부를 때 쓰는 종이 놓여 있는 것이 보였다.

"안녕히 주무세요, 마인 님."

"잘 자요, 델리아, 로지나."

캐노피 커튼이 닫히자 어두컴컴하고 널찍한 침대에 혼자가 되었다. 맛있는 밥과 뜨거운 물을 마음껏 써도 혼나지 않는 목욕, 폭신하고 편안한 넓은 침대인데도 시끌벅적한 가족들에게 둘러싸여 먹는 밥, 투리와 장난치며 씻는 목욕, 좁은 침대지만 조금이라도 덜 춥도록 가족이 찰싹 달라붙어 자는 쪽이 좋았다.

'아직 하루도 안 지났는데 향수병이라니 꼴사납네.'

시종들은 주인과의 선을 확실히 그었다. 섬기는 태도로 대해 주지만, 내가 마음껏 응석을 부리게 해 주지는 않는다. 얼굴도 모르는 상대가 나를 노리는 불안한 시기이다 보니 혼자는 너무 외로웠다.


신전의 아침은 늦다.

정확히 말하면 시종의 아침은 이르다. 하지만 채비를 하고 아침 준비가 끝날 때까지 주인은 침실에서 나오면 안 되는 모양이다. 일어났더니 "정말! 부르기 전까지 주무세요!" 하고 델리아에게 혼이 났다. 귀족 아가씨는 시종의 일이 끝날 때까지 자는 척이라도 해야 한다는 사실을 처음 알았다. 몰래 일어나 책을 읽으면 야단맞을까?

"그럼 바로 연습하실까요?"

가볍게 아침 식사를 마치면 로지나와 함께 페슈필 연습이다.

"마인 님이 여기서 생활하시면 오실 때까지 기다릴 필요가 없어서 좋군요." 하고 로지나는 멋진 미소로 페슈필을 준비했다.

내가 연습을 시작하면 델리아와 길은 방 청소를 한 뒤 물을 길어다 놓고, 프랑은 신관장에게 면담 의뢰 편지를 전달하고 사정 설명을 하러 갔다. 돌아온 뒤에는 정보를 모을 때까지 방에서 나오지 말라고 엄명하셨다고 전했다. 당분간 신전은커녕 매일 방 안에서 콕 박혀 지내게 될 듯하다.

세 점 종이 울리면 음악 수업은 끝난다. 방에서 나갈 수 없기에 다음에 만들 그림책을 구상하거나, 델리아에게 글자 공부와 간단한 계산을 가르치면서 시간을 때웠다.

"마인 님은 의외로 잘 가르치시네요. 길보다 이해하기 쉬워요."

"그래? 그럼 나도 신전 교실에서 선생님을 할 수 있을까?"

"마인 님, 신전 교실이 대체 무엇입니까?"

델리아의 드문 칭찬에 내가 부끄러워하는데, 프랑이 의아한 표정으로 물었다.

"글을 못 읽는 아이들에게 글을 가르치거나, 글을 읽고 쓸 수 있게 교육하는 자리예요."

"……그건 결정된 사항입니까?"

"네. 겨울 동안의 예정에 들어가 있어요."

프랑은 재차 눈을 깜빡이고, 천천히 고개를 저었다.

"마인 님, 전 보고를 받지 못했습니다. 대체 무엇을 할 계획인지, 어떻게 진행할 예정인지 설명해 주십시오."

"응? 그치만 여기에 쓰여 있잖아요?"

나는 겨울 예정표를 쏙 꺼내 프랑이 볼 수 있게 건넸다. 프랑은 예정표를 본 후, 가볍게 눈을 감고 중얼거렸다.

"이게 신전 교실이었습니까?"

아무래도 '아이들을 가르치는 교육의 장'이라는 의미가 통하지 않았던 모양이다. 투리의 바느질 교실이나 겨울 수작업을 가르치는 것이 교육이라고 생각한 듯하다.

"고아들한테 글을 가르친다고 해도 말야, 마인 님이 선물한 카루타랑 그림책이 있으니까 대충 읽지 않아?"

길이 고개를 갸웃거렸고, 나는 말문이 막혔다.

"쓰, 쓰는 법도 알아야 하잖아요. 읽고 쓰기를 할 수 있으면 시종이 되었을 때나 귀족 저택에 잡역부나 가정부로 갔을 때도 업무가 편해지잖아요? 게다가 숫자를 가르쳐 계산이 가능하게 되면 공방이나 고아원 관리를 스스로 할 수 있겠죠? 모르는 것보다 아는 편이 좋아요."

길이 어제 기록하던 공방 관리에 관한 얘기를 꺼내자 다들 납득하며 끄덕였다. 아직 큰 숫자를 읽지 못하는 길은 회색 신관의 도움을 받으며 보고서를 기록하는 모양이었다.

"마인 님, 그 신전 교실은 대체 어디에서 하나요?"

"남녀가 함께 있을 수 있는 고아원 식당에서 할 거예요. 전 교사 역할을 맡을게요."

"가르치는 일은 회색 신관에게 맡기십시오. 마인 님이 그런 일을 해서는 안 됩니다."

프랑과 로지나가 동시에 거절했다. 나는 역시나 전면에 나서면 안 되는 듯하다.

결국, 수업 진행표 같은 것을 작성하고 먼저 내가 방에서 델리아를 가르친다. 그것을 보고 프랑과 로지나가 식당에서 아이들을 가르친다. 시종 출신이었던 회색 신관들도 교사로 넣고, 프랑과 로지나는 적당한 타이밍에 교사를 그만두는 흐름으로 신전 교실을 열기로 했다.

'음, 오랜만에 칭찬받아서 선생님을 해 보고 싶었는데.'

신전 교실은 겨울 동안 모든 아이가 기본 문자를 쓸 수 있게 할 것, 한 자릿수 덧셈 뺄셈을 할 수 있게 할 것을 목표로 설정했다. 석판과 석필도 대량으로 준비했고, 교과서로 쓸 어린이용 성경책도 있다.

대략의 흐름을 정했을 때쯤에 네 점 종이 울려 퍼졌다. 점심을 먹고 차를 마시는데 루츠가 찾아와 주었다.

"마인, 괜찮아?"

벤노에게 주변 상황과 수상한 인물의 거동을 체크를 받고 나서야 겨우 허락을 받고 나를 보러 와 주었다고 한다. 나는 계단을 뛰어 내려가 거실에서 손을 흔드는 루츠에게로 달렸다.

"루츠, 꼬옥 해 줘."

"으앗!?"

나는 루츠에게 폴짝 뛰어들어 포옹을 요구했다. 사람 온기에 굶주린 내게 따스함을 줬으면 했다. 감각마저 어린애 몸에 따라가는 건지, 스킨십이 많은 가족에게 익숙해져서인지, 책만 있으면 좋았던 우라노 때와 다르게 사람의 체온이 매우 그리워졌다.

"가족과 함께 있지 않으면 외로워. 그만 돌아가고 싶어."

"아직 하룻밤밖에 안 지났어."

나의 불평에 루츠가 곤란한 듯 웃었지만, 하룻밤이라도 외로운 건 외로운 거다.

"금방 익숙해지겠지만, 지금이 가장 외로워."

"글쎄, 그럴까? 앞으로 더 외로워질지도 모르는데?"

"……계속 외로워진다면 나 외로움에 죽어 버릴지도 몰라."

도서실에 가야 책을 읽을 수 있는데 방에 갇혀 있어야 한다. 이 방에는 내가 만든 어린이용 성경책 외에는 책이 없다. 이런 상태로 가족도 없는 쓸쓸함이 계속된다면 삶의 기력을 잃어버릴 것만 같았다.

"……마인은 한눈팔면 금방 지옥을 오가니까 웃어넘길 수가 없네."

"나도 외로워도 참을 테니까 루츠도 귀찮아도 참고 좀 더 붙어 있게 해줘."

"하아, 하는 수 없지."

나는 만족할 때까지 루츠에게 꼭 매달렸다. 루츠는 그런 나를 그대로 둔 채, 길에게 어제 쓴 석판과 자신의 보고서를 비교하게 하고 계산이 틀린 부분을 지적했다.

내가 루츠에게 안겨서 마음의 안정을 찾아 가는 동안 시종들은 "경박해요!"라든지, "숙녀가 어찌……."라든지, "이럴 거면 더 부자이면서 귀족 남성을 고르세요. 정말!"이라든지 "마인 님은 항상 루츠만 의지하고."라고 떠들었다. 하지만 철저히 무시했다. 앞으로 남은 긴 시간 동안 나의 정신적 안정이 제일 중요하니까.

"아아, 그렇지. 마인, 공방에서 할 작업이 없어졌는데 뭘 하면 돼? 겨울 수작업을 시작할까?"

어린이용 성경 2탄의 제작이 끝났고, 판지로 썼던 두꺼운 종이는 남아 있지만, 그림책에 쓸 종이가 거의 동이 난 상태라 더 이상 그림책을 만들 수가 없다. 게다가 강이 얼어붙을 정도로 추워져서 종이 제작도 중단되었다. 요 최근엔 겨울 준비와 잉크 제조를 하고 있지만, 겨울 준비는 대부분 마무리되었고, 잉크의 원료로 쓰는 검댕도 떨어져 간다고 했다.

"그럼 수작업을 설명할 테니까 공방에서 오셀로용 판자랑 공구를 가져와 줄래?"

"알았어. 길, 가자."

"그래."

루츠와 길이 판자와 공구를 들고 왔다. 작은 거실 테이블에서 나는 오셀로 제작 방법을 설명했다.

"이 두꺼운 판자로 게임판을 만들 거야. 여기에 자를 대고 검댕 연필로 쭉 선을 그어. 8칸×8칸으로."

나는 판자 위에 검댕 연필로 쓱쓱 선을 그어 갔다.

"선을 그었으면 이걸로 선을 파야 해."

조각칼의 삼각도와 비슷한 공구를 가리키며 그렇게 말했다. 이 삼각도는 세공사에게 물어 대장간에서 주문한 것이다.

"선을 따라 팠으면 그 홈에 잉크로 선을 그리는 거야. 파낸 곳 위에 덧그리면 되니까 거의 튀어나오지 않지만, 되도록 조심해서 그어."

"알았어."

"그 얇은 판자는 게임판의 네모난 칸 크기에 맞춰서 64개로 자르고, 사포로 문질러서 표면을 정리해. 이건 한 면에 잉크를 칠하면 완성이니까 자르기만 하면 나머진 간단해. 그리고……."

오셀로처럼 나무판을 잘라 장기 유사품, 혹은 체스 유사품처럼 그 위에 글자를 쓰는 설명을 하는데 루츠가 인상을 찡그렸다.

"저기, 마인. 이건 인쇄하면 안 돼?"

"왜?"

"아직 대부분 글을 못 써. 또 쓰는 녀석도 꼭 능숙하지는 않잖아? 작은 판에 쓰는데 글씨가 이상해서 못 읽으면 곤란할 테고."

"음, 하긴 그러네……. 그럼 스텐실처럼 판지를 만들어 볼까?"

루츠는 서자판에 순서를 차례대로 기록해 갔다. 나는 내 서자판의 개선점과 고민할 점을 적어갔다.

그렇게 평소처럼 의논하는 모습을 지켜보던 길이 보라색 눈동자를 흘기며 루츠를 노려보았다.

"……루츠는 항상 이렇게 마인 님한테 방법을 배우고 있었던 거야?"

"청색 무녀는 공방에서 일할 수 없으니까 미리 집에서 배워야 공방에서 일을 하지."

"난 그것도 모르고 루츠는 모르는 게 없는 굉장한 놈인 줄 알았는데, 굉장한 건 마인 님이었네."

나는 뾰로통하게 부풀리는 길의 볼을 콕 찔렀다.

"길, 루츠는 대단한 거예요. 이렇게 한 번 배운 걸 공방에서 설명하고 만드니까. 길은 방금 들은 내용을 아이들한테 가르칠 수 있어요?"

"……못해."

길은 우거지상을 한 채 고개를 푹 숙이더니 벌떡 고개를 들었다. 그리고 나와 루츠가 들고 있는 서자판을 가리켰다.

"그치만 이건 다 내 서자판이 없어서야! 나도 저게 있으면 굉장할 거라고!"

"맞아, 길도 글을 익혔죠? 공방 보고서도 연습 중이고, 슬슬 필요하겠군요. 지금은 밖에 못 나가니까 봄이 되면 준비해 줄게요."

"정말!? 좋아, 반드시 루츠를 이기겠어!"

허리에 손을 올려 폼을 잡고 라이벌 선언하는 길을 루츠는 "되도록 봄까지는 제발 이겨 줘." 라며 가볍게 흘려 넘겼다. 루츠는 봄이 되면 옆 마을의 식물지 공방을 순시하러 가는 벤노를 따라가야 한다. 그래서 길에게 공방을 완전히 맡기고 싶다고 했다.

"아아, 맞다. 이번에 상점에서 수습생 한 명…… 그래 봤자 곧 성인이 될 녀석인데 공방에 데려올게."

"왜? 루츠가 없는 동안 일해 줄 대리야?"

내가 고개를 갸웃거리자 루츠는 실짝 곤란한 표정을 지었다.

"표면상은 나처럼 공방 도우미인데, 여기 시종들의 예절이나 행동을 배워 오라고 주인님이 명령하셨거든."

"아아, 그러고 보니 이탈리안 레스토랑에서 일할 종업원을 키우겠다고 했었지."

나는 그 일도 예정에 넣어야겠다며 서자판에 추가로 적었다.

"……있지, 마인. 오셀로는 알겠는데, 트럼프는 어떻게 만들어?"

"사실 다른 색 잉크가 있으면 좋았을 텐데, 없는 건 어쩔 수 없으니까 일단 검은색으로 만들자."

나는 석판에 마크와 숫자를 적고, 커다란 사각형 안에 예시로 다이아몬드 3을 그려봤다.

"이런 느낌으로 숫자와 총 네 종류의 마크를 만드는 거야."

"제법 양이 많네."

"어, 이 마크 왠지 신의 신구랑 좀 닮았네."

길이 자신 있게 석판에 그려진 다이아몬드를 가리키면서 말했다.

"이건 라이덴샤프트의 창 같아. 이쪽은 플루트레네의 지팡이네."

다이아몬드가 불의 신을 표현하는 상징인 창이고, 스페이드가 물의 신을 표현하는 상징인 지팡이의 형태와 닮았다고 했다. 듣고 보니 신구의 창끝과 지팡이에 장식된 보석 부분이 그렇게 보였다.

"그럼, 길. 바람의 여신 슈첼리아는?"

"그 방패는 동그라미니까 여기엔 없네. 흙의 여신 게두르리히는 성배니까 이런 느낌이고……."

길의 말에 따르면 동그라미가 바람의 여신의 방패. 역삼각형이 흙의 여신의 성배가 된다고 한다. 정확히 네 종류니까 신전에서 익숙한 마크 쪽이 받아들이기 쉬울지도 모른다. 나는 길의 의견을 참고하여 트럼프의 마크를 스페이드, 다이아몬드, 동그라미, 역삼각형, 이렇게 네 종류로 고쳐 그렸다.

"이왕이면 J와 Q와 K도 신의 상징으로 바꿔 버릴까? 그림 그리기도 힘든데."

J는 생명의 신의 상징인 검, Q는 빛의 신의 왕관, K는 어둠의 신의 검은 망토로 나타냈다. 되도록 단순한 그림체가 포인트다. 조커를 어떻게 할까 고민하다가 어둠의 신을 짝사랑하여 생명의 신에게 스토커 행위를 부추긴 혼돈의 여신의 상징, 일그러진 고리로 정했다.

"응, 느낌이 좋아. 신전에서 만든 트럼프다운 분위기가 됐어."

"응, 카루타에도 등장하니까 보기도 쉽네?"

그림을 전부 정하고 길과 기뻐하는데, 루츠가 석판을 보면서 난색을 보였다.

"마인, 이거야말로 판지를 만들어서 인쇄하는 편이 좋아. 절대 똑같이 그리지는 못할 테니까."

"……그러네. 판지는 내가 만들게."

인쇄와 똑같은 방식으로 두꺼운 종이로 판지를 만들고, 판자에 찍어 내는 방법을 취하기로 했다. 어차피 시간은 넉넉하다. 트럼프 판지 정도야 식은 죽 먹기다.

"그럼 마인. 나 오늘은 이만 돌아갈게."

돌려보내고 싶지 않았지만, 가지 말라고 말할 수 없었다. 조그맣게 "……응." 하고 끄덕이자 루츠가 곤란한 미소를 짓곤 내 볼을 꼬집었다. 나는 "아파." 라고 볼을 문지르며 뾰로통하게 루츠를 노려보았다.

"……내일은 투리랑 같이 올 테니까 그런 표정 짓지 마."

"외로워도 참을 테니까 꼭 와야 해?"

돌아가는 루츠를 배웅하자, 길이 걱정스럽게 나를 내려다보았다.

"마인 님, 외로워?"

"응, 항상 옆에 있던 가족이 없으니까 외로워."

내가 신전에 있어야 모두가 안전하다는 건 알지만 집에 돌아가고 싶어졌다. 스스로 선택한 신전행인데 혼자 남겨진 기분이 들었다.

"루츠처럼 나한테 어리광 피울래?"

길이 걱정하듯 고개를 갸웃거리며 그렇게 내뱉은 순간, 등 뒤에서 "안 됩니다!" 하고 냉엄한 목소리가 들려왔다. 깜짝 놀라 돌아보니 그곳엔 무서운 얼굴을 한 프랑이 서 있었다. 프랑은 길의 앞까지 걸어와 조용히 타일렀다.

"길, 마인 님은 주인입니다. 마인 님의 응석을 받는 건 시종의 영역이 아니에요. 친구나 가족과 동등한 대우를 받는 루츠와 당신은 입장이 전혀 다릅니다."

"……알았어."

분한 듯 어금니를 꽉 깨문 길이 천천히 끄덕였다. 그 모습에 프랑의 표정이 조금 누그러졌다. 그리고 내 앞에 무릎을 꿇고 시선을 맞춰 다시 엄격한 표정을 지었다.

"마인 님, 지금 같은 사정 때문에 불안하신 건 이해합니다. 그러니 루츠나 가족들이 방문하셨을 때 이 방 안에서라면 얼마든지 어리광부리셔도 못 본 척하겠습니다. 하지만 시종과는 그에 걸맞은 거리감을 유지해 주셨으면 합니다."

시종과는 서로 친해지지 말고 일정한 거리를 유지하라는 말이었다. 나는 루츠가 돌아간 방향을 다시 한번 바라보았다. 그곳은 이미 아무도 없이 차가운 바람만 불고 있을 뿐이었다. 혹독한 추위에 뺨이 따끔거렸지만, 그런 추위보다 쓸쓸함이 더욱 혹독한 겨울이 될 것 같았다.

# 삼자 회담

신전에 틀어박힌 지 사흘째. 신관장으로부터 '길베르타 상회에 주문한 의식용 의상은 언제 완성되는가?'라는 편지가 도착했다. 면담 일을 정하는 통지가 아닌 사실에 실망하면서 로지나에게 루츠를 불러오게 했다. 고아원에서 겨울 수작업을 설명하던 루츠는 바로 찾아왔다.

"무슨 일이야?"

"신관장님이 편지로 의식용 의상이 언제 완성되는지 물어 오셨어. 미안한데 점심 먹으러 상점에 돌아갈 때 벤노 씨한테 물어봐 줄래?"

그렇게 루츠에게 물어보게 한 결과, 아무리 서둘러도 사흘은 더 걸린다는 답변을 받았다. 나는 오후에 '분발하면 닷새 후에는 완성할 것 같다'고 시간상 여유를 두고 신관장에게 답장을 썼다. 그러면 이제 달달 볶아도 괜찮으리라.

프랑에게 답장을 가져가게 했더니 면담 날짜를 정한 답장과 벤노 앞으로 보내는 초대장을 동시에 들고 돌아왔다.

"루츠, 일주일 후에 칼스테드 님을 호출했으니까 그때 벤노 씨에게 완성된 의상을 가져오라고 전하래."

나는 퇴근 인사와 오늘의 보고 겸 내 방에 들러서 응석을 받아 주는 루츠에게 꼭 매달린 채 초대장을 맡겼다.

"알았어. 집에 갈 때 상점에 들러서 전달할게. ……그나저나 마인. 너 굉장히 불안해 보이는데, 괜찮아?"

"전혀 괜찮지 않아. 눈이 내리기 전에 한 번 집에 돌아가고 싶어."

외로움에 익숙해지기는커녕 향수병이 더욱 심해졌다. 그와 비례해서 방에 놀러 와주는 루츠와 투리에게 안겨 응석 부리는 시간은 점점 늘어났다. 임신 중이라 올 수 없는 엄마에게 응석을 부리지 못한 점도 외로움을 한층 더 심화시키는 것 같기도 했다.

"하아, 눈이 내리기 시작하면 나도 매일은 못 와."

곤란한 표정으로 루츠가 내 머리를 쓰다듬으며 그렇게 말했다. 요즘 오후 근무인 아빠가 일주일에 한 번, 투리는 대략 이틀에 한 번 꼴로 와 주고 있다. 공방의 상황과 수작업 진행을 살피기 위해 매일 와주는 루츠가 못 오게 되면 더 외로워질 것이다.

"눈 따위 안 내리면 좋을 텐데."

당장에라도 눈이 내릴 것 같은 바깥 추위를 생각하니 루츠를 꼭 껴안은 팔에 자연히 힘이 들어갔다.


면담 날, 세 점 종이 울리기 조금 전부터 눈이 흩날리기 시작했다. 갑자기 쌓일 정도는 아니지만, 누가 봐도 본격적인 겨울이 찾아왔음을 알 수 있었다.

"눈이 쌓일까?"

"아직 멀었어요, 마인 님. 오늘 회담이 취소될 일은 없을 겁니다."

페슈필 연습 후에 칼스테드 님을 마주할 인사 연습을 하게 된 나는 로지나에게 아름다운 걸음걸이를 끊임없이 지적받아야만 했다.

'우아함의 길은 정말 힘들어.'

"마인 님, 오후에는 벤노 님께서 오십니다. 연습 시간이 얼마 없어요."

오늘 면담 시간은 다섯 점 종으로 정해졌다. 그 전에 상급 귀족의 편의를 도모하기 위한 나의 기분 파악이라는 핑계로 벤노가 먼저 내 방을 방문하게 되었다. 그때까지 칼스테드 님 앞에서 부끄럽지 않을 정도로 인사를 연습해야만 했다. 나는 다시 기합을 넣고 연습에 집중했다.

"안녕하세요, 벤노 씨, 마르크 씨. ……어? 루츠는 없어요?"

귀족 면담용으로 소매가 긴 겨울 복장 차림인 벤노와 상자를 든 마르크가 들어왔다. 같이 올 줄 알았던 루츠의 모습이 보이지 않자 나는 입술을 삐죽였다.

"눈이 내리기 시작해서 오늘 루츠에게는 마인 공방 쪽을 우선하도록 했다. 좀 있으면 겨울 수작업으로 완성한 상품을 하나씩 들고 올 거다. 네가 회담 자리에 들고 가."

"수작업 상품을요? 왜요?"

신관장과 상급 귀족이 있는 회담 자리에 상인인 벤노가 아니라 왜 내가 들고 가야 하는지 알 수 없어 고개를 갸웃거렸다.

"왠지 팔기 시작하면 영향이 클 것 같거든. 신관장님과 상급 귀족의 의견을 듣고 싶어서 말이다."

"음, 만약 지금까지 비슷한 물건이 없었다면 제법 영향이 클 거예요."

트럼프나 오셀로가 널리 보급되었던 우라노 시절의 기억을 바탕으로 그렇게 대답하자, 벤노는 상당히 불쾌한 표정으로 나를 노려보았다.

"……영향이 클 거예요오? 종이와 인쇄가 초래할 영향도 고려 않고 그냥 보급하겠다는 생각밖에 못 하는 네가 영향이 크다고 단정 지을 정도로 크단 말이냐?"

"종이와 인쇄도 물론 역사를 바꿀 정도로 영향이 있는 건 알아요. 그치만 그냥 내가 필요해서 만들었을 뿐이라……."

인쇄가 문명과 문화의 진보에 얼마나 큰 공헌을 해 왔는지, 얼마나 큰 영향을 초래했는지 알고 있다. 알고 있지만 책을 갖고 싶었으니 어쩔 수 없다.

"왜 그래요, 벤노 씨? 안색이 안 좋은데요?"

"마음이 무거워……. 신관장님과 상급 귀족에 둘러싸여 얘기해야 한다니."

위 부근을 누르는 벤노는 의외로 예민한 구석이 있나 보다. 아무한테나 싸움을 거는 호전적인 성격인 줄 알았는데 긴장하는 벤노를 보니 기분이 이상했다.

"길드장과 기득권자들에게도 일부러 싸움을 거는 벤노 씨가 긴장하네요? 두 분 다 좋은 사람이니까 괜찮다니까요."

"상급 귀족과 길드장을 똑같이 보지 마! 누구 때문에 이런 상황이 된 줄 알기는 하냐!?"

그렇게 고함친 벤노가 책상에 엎드리듯이 고개를 푹 숙였다. 포마드 같은 정발제로 딱딱하게 굳힌 밀크색 앞머리가 한 가닥 떨어졌다.

"주인님, 고개 숙이지 말아 주십시오. 머리 모양이 망가집니다."

마르크가 쓴웃음을 지으며 그렇게 말하자, 벤노는 지긋지긋하다는 듯이 앞머리를 쓸어 올리고 적갈색 눈으로 나를 날카롭게 노려보았다.

"……젠장. 지금만큼은 너의 태평스러운 성격을 절실히 나눠 받고 싶군."

"네? 하지만 의식용 의상만 납품하면 되잖아요. 상급 귀족과 거래가 성립됐다고 기뻐하셨으면서."

"이 생각 없는 놈아! 의상 납품만 받겠다고 나를 신전에 불렀겠냐? 틀림없이 너와 관련된 정보 수집이겠지."

짜증스럽게 노려보는 벤노의 눈빛에 나는 무심코 나를 가리켰다.

"저요? 저한테 모아야 하는 정보 같은 게 있었나요?"

"잉크 협회의 회장을 조사한 정보를 서로 공개하고, 앞으로 너의 대처 방안에 관해 방침을 정하는 회의가 될 거다. 평민의 정보는 나, 귀족 측 정보는 상급 귀족, 그리고 양측의 정보를 듣고 신관장과 의논하는 자리가 되겠지."

그러고 보니 신관장도 정보를 모으겠다고 했었다. 그때까지 방에서 나오지 말라는 명령을 받았다. 그렇다면 정보를 어느 정도 모았다는 뜻일까?

"벤노 씨, 잉크 협회의 회장에 관련해서 뭔가 진전이 있었나요?"

"아니, 지금은 아무것도 없어. 혹독하게 추워진 날씨 때문에 거리가 한산해졌는데, 낯선 놈들이 상점 주변을 어슬렁거리면 눈에 띄거든. ……눈에 띄고 싶지 않다면 벌써 필요한 정보를 모았거나, 아니면 겨울 사교장에서 모을 계획이겠지."

눈에 갇혀 지내게 되는 겨울 동안, 농촌으로 흩어졌던 귀족들이 수확제를 마치고 귀족 마을로 돌아온다. 영주는 봄에서 여름에 걸쳐 중앙에 출두하지만, 영지 귀족들의 사교 시즌은 겨울인 모양이었다. 그곳에서 각지의 영주들과 정보를 교환하거나 모임을 하게 된다고 한다.

"마인 님, 벤노 님, 시간이 됐습니다."

"고맙다, 프랑. 가 보실까요."

벤노의 말에 나는 루츠가 들고 와준 겨울 수작업 세트를 프랑에게 들게 했다. 마르크가 의식용 의상을 담은 상자를 든 것을 확인하고 방을 나섰다. 신관장의 방으로 향하는 복도는 매서울 만치 추웠다. 방을 나오기 싫어지는 추위다.

신관장의 방 앞에 도착했다. 프랑이 종을 울리자 문이 열렸다. 응접용 테이블 쪽에서 이미 도착하여 우아하게 차를 마시는 칼스테드가 보였다.

"신관장님, 칼스테드 님, 오랜만에 뵙습니다. 흙의 여신 게두르리히의 따스함이 그리워지는 나날이 찾아왔지만, 여전히 건강하시지요?"

전신을 갑옷으로 무장한 모습만 봤던 칼스테드가 오늘은 귀족스러운 차림새였다. 적갈색 머리를 벤노처럼 정발제로 고정하여 넓어진 이마가 한눈에 들어왔다. 광택 나는 벨벳 소재로 만든 겉옷은 역시나 후리소데처럼 소매가 길었다. 그 소매에 몇 겹이나 겹친 사치스러운 레이스가 보였다. 단련된 칼스테드의 몸은 어깨가 넓고, 전체적으로 근육질에 탄탄했다. 상당한 관록이 있어 보였다. 다만, 갑옷을 착용했던 때에 비하면 약간 덜 사나워 보였다. 오늘은 옅은 파란 눈동자가 조금 온화하다.

"그대도 여전한 것 같군. 견습무녀 마인."

"진심으로 칼스테드 님께 축복을 빕니다."

내가 실수 없이 인사를 마치자, 다음은 벤노가 인사했다.

신관장의 권유로 자리에 앉고 그 뒤에 시종이 섰다. 가장 상석에는 신관장이 앉고, 왼쪽에 칼스테드, 오른쪽에 나, 가장 아랫자리에 벤노가 앉았다.

"모여 줘서 고맙다. 우선은 의식용 의상부터 받도록 하지."

신관장의 말에 마르크가 한 발 앞으로 나와 벤노에게 나무상자를 건넸다. 가볍게 끄덕인 벤노가 정중한 손놀림으로 상자를 열어 칼스테드 쪽으로 돌려 내밀었다. 나무상자 속에는 천으로 포장된 깊은 바다색의 파란 의식용 의상이 들어 있었다. 이미 촛대 몇 개를 켠 어둑어둑한 방 안에 파도 무늬 자수가 일렁이듯 빛을 반사했다.

"이쪽이 마인 님의 의식용 의상입니다."

칼스테드는 간단히 안을 확인하고, 내게 "이걸로 문제없느냐?" 하고 물었다. 한 번 시침질로 기장을 맞췄고, 실제로도 봤기에 나는 의상과 허리끈을 확인하고 "문제없습니다." 하고 끄덕였다.

"그럼 이것을 견습무녀 마인에게. ……받아 주게."

"감사히 받겠습니다."

내가 의상을 받자, 칼스테드가 턱을 홱 움직였다. 그때 처음으로 눈치챘다. 마치 시종처럼 칼스테드의 옆에 서 있는 사람은 그때의 호위 기사 다무엘이었다. 다무엘이 금이 든 가죽 주머니를 벤노에게 건넸다. 벤노는 안에 든 금액을 확인하고 그것을 마르크에게 넘겼다.

"벤노, 굉장히 재촉당한 모양이지만, 수고했다. 칼스테드, 다무엘. 그대들의 벌도 일단은 종료다."

납품을 주고받는 모습을 가만히 지켜보던 신관장의 말에 벤노는 물론 칼스테드와 다무엘도 긴장에서 해방된 안도의 한숨을 쉬었다. 나는 의식용 의상이 든 상자를 프랑에게 부탁했다. 알겠다는 듯 프랑이 움직여 상자를 들어 주었다.

"일단 시종은 물러나거라."

신관장은 그렇게 말하고 시종을 물리고 도청 방지 마술구를 설치했다. 마력이 없는 벤노도 쓸 수 있게 인물 지정이 아닌 범위를 지정하는 마술구였다. 마석을 네 개 놓고 신관장이 주문을 외자, 그와 동시에 공간이 사각 기둥 같은 형태를 띤 희미한 빛에 휩싸였다.

희미한 빛 너머로 대기 중인 시종들이 보였지만, 소리도 들리지 않았다. 마찬가지로 이쪽 소리도 통하지 않게 되어 있으리라.

신기한 물건을 감탄하는 내 오른쪽에서 표정이 굳어진 벤노가 보였다. 요즘에는 익숙해진 나와 달리, 평민들은 이런 마술을 보면 놀라는 게 당연한 모양이다. 하지만 역시 벤노는 큰 상점의 주인이다. 깜짝 놀라도 표정만 살짝 굳어질 뿐, 나처럼 소리를 지르거나 주변을 두리번거리지 않았다.

"자, 벤노. 그대에게 질문이 있다."

"……무엇이든 말씀하십시오."

신관장의 말에 벤노는 가슴 앞에서 손을 교차했다.

"잉크 협회가 계약 마술을 맺은 직후부터 마인을 뒷조사하기 시작하고, 루츠가 그 표적이 되었다고 들었는데 사실인가?"

"사실입니다. 보통은 조금이라도 유리한 상황에서 계약을 맺기 위해 계약하기 전에 정보를 모읍니다. 계약을 끝낸 직후에 정보를 모으려는 그들의 의도를 모르겠습니다."

신관장은 벤노의 말에 끄덕이고 내게 시선을 돌렸다.

"마인은 그 자와 안면이 있느냐?"

"아니요. 전 계약 때도 만나지 않도록 벤노 님께서 몰래 숨겨 주셨기 때문에 얼굴도 이름도 모릅니다."

"잉크 협회의 회장은 귀족과 깊이 연관이 있고, 나쁜 소문이 무성한 인물입니다. 마인 님과는 절대 접촉을 피하는 편이 좋다고 판단하여 계약을 맺을 때 별실에서 기다리시도록 했습니다."

나와 잉크 협회의 회장을 만나게 하지 않았던 이유를 설명하자, 신관장의 입꼬리가 올라갔다.

"흠. 탁월한 결단이었다. 그 잉크 협회의 회장이라는 사람은 볼프가 틀림없는가?"

"그대가 들었다는 건 어떤 소문이냐? 무슨 근거로 견습무녀에게 해롭다고 판단했지?"

신관장과 칼스테드가 벤노에게 잇따라 질문했다. 잉크 협회의 회장을 모르는 나는 가만히 듣고 있을 수밖에 없었다.

"잉크 협회 회장은 볼프가 틀림없습니다. ……귀족들의 비위를 맞추기 위해서라면 범죄에도 손을 대는 인물이라는 소문이 있습니다. 소문의 어디까지가 진실인지는 알지 못하므로 자세히 말씀드리지 못함을 용서해 주십시오."

칼스테드는 미간을 찌푸리고 턱을 쓰다듬으며 중얼거렸다.

"흐음……. 계약을 먼저 맺어 놓고 대놓고 정보를 수집하는 이유는 혹시 관계가 악화돼도 괜찮다고 판단한 탓이 아닐까?"

칼스테드의 지적에 벤노의 눈이 크게 뜨였다. 계약 마술은 간단히 파기할 수 없다. 그래서 사전 준비가 중요하다. 그 반대로 잉크 협회가 아무리 험악한 분위기를 풍겨도, 예를 들자면 내게 위해를 가해도 전원의 승낙이 없는 한 계약 마술을 파기할 수 없다. 그 점을 이용한 것이 아니냐는 지적에 순간 벤노의 표정에 분노가 서렸다.

"벤노, 볼프가 마인의 정보를 얻으려는 속셈이 뭐인 것 같나? 상인과 평민의 시선으로 본 그대의 생각을 듣고 싶다."

신관장의 말에 벤노가 천천히 단어를 골랐다.

"저희 상인에게 마인 님의 가치는 끊임없이 개발하는 상품과 그것을 창조하는 지식입니다. 하지만 그 가치를 정확히 알고 있는 자는 드뭅니다. 볼프가 마인 님의 상품과 지식의 가치를 눈치챘다면 잉크 협회에 소속되길 원하겠지요. 하지만 마인 님은 이미 길베르타 상회와 상업 길드의 소속이십니다. 그렇다면 돈으로 지식만 얻든, 유괴하고 협박하여 지식을 얻든, 아니면 마인 님의 주변 사람들을 인질로 삼아 지식을 요구하겠지요."

칼스테드는 믿기지 않는다는 눈으로 나를 보았다. 세례식도 안 끝난 나이로 보이는 내가 끊임없이 신상품을 만들어 낼 리가 없다고 생각한 게 틀림없다.

"하지만 마인 님을 유괴하여 협박한들 모든 지식을 얻지는 못할 겁니다. 어마어마한 이익을 원한다면 존재를 지워 버리지는 못하니 아무에게도 눈에 띄지 않게 평생 감금해야 하는데 그건 상당히 어렵기 때문입니다."

자신의 취급에 관한 벤노의 말에 오싹했다. 이익을 목적으로 유괴당해 감금될 위험이 있으리라고 생각해 본 적도 없었다. 큰 상점의 주인인 벤노가 얼마나 나를 우대해 주고 있는지를 깨닫고, 내 주위가 무서워졌다.

"감금이 어렵다니 무슨 이유에서? 평소에 쓰지 않는 방이나 건물이 있다면 감금 따위 쉽지 않은가? 눈에 띄지 않게 유괴하는 쪽이 더 힘들겠지."

칼스테드가 툭 던지듯 말했다. 감금이 쉽다고 말해 버리는 부분이 왠지 무섭다.

"상대가 마인 님의 허약한 몸 상태를 충분히 인지하지 않으면 결국 마인 님께선 어느 사이엔가 돌아가실 겁니다. 마인 님의 경우 유괴보다 감금이 더 어렵습니다."

"흠. 일리가 있군. 반성실에 반나절 들어가면 며칠간 앓아누우니까. 평범한 인질처럼 다루면 정보를 얻기 전에 죽겠어."

신관장이 벤노의 말에 바로 납득했다. 어지간히 반성실 사건을 마음에 담아 두고 있나 보다. 그만한 발열은 일상다반사라서 그만 잊어 버리면 편할 텐데. 그리고 내가 반성실에 들어간 유일한 청색 무녀라는 점도 같이 잊어 주면 좋을 텐데.

"그렇다면 만약 볼프가 어느 정도 지식을 얻은 후에 견습무녀를 귀족에게 팔아먹을 가능성도 있겠군요, 페르디난드 님."

"······마인 님께서 신식인 사실은 알고 있습니다만, 신식 외에 귀족이 노릴 만한 이유가 있습니까?"

의아한 표정을 짓는 벤노의 미간에 주름이 새겨졌다. 신관장은 칼스테드와 눈빛을 주고받은 후, 벤노를 향해 작게 끄덕였다.

"자세히는 밝힐 생각은 없다만······ 이유야 있지. 볼프가 마인을 납치하여 정보를 확보한 후, 귀족에게 팔 가능성이 가장 크다. 그 외에는 귀족이 볼프를 시켜 납치하게 하고, 기회를 엿보아서 볼프에게서 구출하는 식으로 마인에게 빚을 지울 가능성도 있지. 마인을 납치해서 사실은 자신의 아이라고 주장할 가능성도 있군. 그리고 그냥 원한을 풀 가능성. ······암살당할 위험도 있겠군."

'으익! 뭔 짓을 저질렀냐, 이 바보야!'라고 소리치는 벤노 씨의 환청

이 들린다!'

　신관장이 하나하나 손가락을 짚어 가며 가능성을 들기 전까지 나는 낯선 타인이 내 정보를 캔다는 사실이 그저 기분 나쁘다고만 생각했다. 내가 거기까지 위험한 처지일 줄은 몰랐다. 고아원 원장실에 박혀 있길 잘했다고 납득할 만큼 위험한 상황이었다.

　"벤노는 계속해서 상인 사회의 정보를 수집하며 마인의 존재를 끝까지 숨기도록. 겨울 동안은 마인을 신전 밖으로 내보내지 않겠다. 개인 방, 의식의 방, 고아원을 행동 범위로 정하겠다. 어디에 가든 회색 신관이 반드시 붙어 다닐 테니 문제는 없겠지. 문제는 봄 이후다."

　벤노와 칼스테드가 신관장의 말에 끄덕였다.

　"겨울 동안에는 저쪽도 마찬가지로 정보와 협력자를 모을 테니까요."

　"서둘러 대책을 강구해야 한다. 벤노, 이 녀석을 가만히 있게 할 방법이 있는가?"

　신관장은 그렇게 말하며 나를 가리켰다. 모두의 시선이 내게 집중했다.

　벤노는 나를 흘끗 본 후, 완전히 지친 표정으로 천천히 고개를 저었다.

　"없습니다. 정신을 차리면 사건을 크게 벌여 놓고, 잠깐만 한눈을 팔아도 사경을 헤맵니다. 방법을 알았다면 제가 이미 썼을 겁니다."

　"그럴 만도 하지. 역시 눈이 닿는 곳에 가둬 두는 게 상책이군."

　신관장과 벤노가 동시에 나를 보고 깊은 한숨을 쉬었다. 그리고 눈빛을 교환하더니 쓴웃음을 지었다. 뭔가 둘이서만 서로를 이해하고 있다.

"마인, 그대가 움직이면 문제가 일어날 때가 많다. 앞으로도 뭔가 행동하기 전에, 그리고 뭔가 신상품을 만들기 전에 반드시 나와 벤노에게 허가받도록 해라."

신관장의 말을 듣고 나는 가져온 고아원의 겨울 수작업 상품을 떠올렸다. 역시 벤노는 통찰력이 뛰어나다. 나는 프랑이 발밑에 놓아준 고아원 수작업품들을 손에 들었다.

"……이것도 허가가 필요한가요? 고아원에서 겨울 수작업으로 만든 물건인데요."

"그러고 보니 뭔가 만든다고 했었지. 보여 봐라."

나는 트럼프와 오셀로와 체스 유사품을 꺼내어 테이블 위에 나열해 갔다. 설명은 들었지만 실물은 처음인 벤노도 몸을 내밀며 관심 있게 보았다.

"이건 대체 뭔가?"

"트럼프예요. 다양한 놀이 방법이 있는데 고아원에서는 '짝 맞추기'로 놀 생각이에요. 이렇게 잘 섞어서 그림이 그려진 쪽이 바닥을 향하게 하고 나열합니다. 뒤집어서 똑같은 숫자가 나오면 그 카드를 갖는 거죠. 가장 많은 카드를 가진 사람이 이기는 게임이에요."

어린애의 조그만 손으로는 판자 카드를 손에 다 쥘 수가 없으므로 기본적으로 '짝 맞추기'로 놀까 했다. 게임 방법을 알려주자 흥미를 보인 칼스테드가 먼저 게임을 시작했다. 시간이 아까우므로 처음부터 카드 수를 절반으로 줄였다. '짝 맞추기'는 기억력이 좋은 신관장이 압도적으로 승리했다.

"그 외에도 놀이 방법은 다양해요. 판자가 아니라 더 단단한 종이를 만들 수 있다면 가지고 놀기 쉽겠지만요."

블랙잭, 포커, 하트 등 몇 가지 게임을 가르쳐 보았더니 칼스테드의 호감을 끌어내는 데 성공했다.

"마력을 담은 점 카드는 있어도 오락으로만 쓰는 카드는 없지. 무엇보다 한 카드로 노는 방법이 몇 가지나 있다는 점이 좋군. 분명 귀족들 사이에서도 유행할 거다."

"숫자 공부에도 좋아요. 사실 고아들에게 숫자를 외우게 하려고 만든 거예요."

내 말에 신관장은 납득하며 끄덕였다. 그리고 오셀로 판을 가리켰다.

"마인, 이건 뭔가?"

"오셀로예요. 교대로 돌을 둬서 이렇게 사이에 끼인 돌의 색을 바꿔 가다가 마지막에 돌이 많은 쪽이 이기는 게임이에요."

오셀로에 흥미를 보인 사람은 신관장이었다. 나는 게임 상대가 되어 설명하면서 오셀로를 시작했다. 탁, 소리 나게 돌을 두고 뒤집어 갔다. 결과는 전부 흰색, 나의 승리였다.

"……내가 졌나?"

"신관장님은 아직 규칙을 완벽하게 이해하지 못하셨으니까 당연하죠. 앞으로 몇 번 해 보시면 제가 못 이길 거예요."

게임판을 멍하니 바라보는 신관장의 모습에 나는 어깨를 들썩였다. 이론을 모른 채 첫 오셀로를 경험한 상태여서 이겼지만, 결국 머리 좋은 신관장은 순식간에 이론을 이해해 버릴 터였다. 이길 수 있는 기회가 지금뿐인 걸 알고 전력을 다해 상대했다.

"그럼 한 번 더 하지. 이번엔 이기겠다."

"신관장님. 재대결은 다음에 해요. 신관장님께서 오셀로를 사 주신

다면 대결하겠습니다."

"좋다. 사지."

즉시 결정한 신관장을 보고 벤노가 순간 몸을 떨었다. 몰래 테이블 밑에서 '잘했어!'라는 사인을 보내 왔다.

"크흠! 그럼 이건 뭐지?"

"음, '체스'라고 해요. 오셀로와 같은 판 위에서 놀 수 있게 만들었어요. 각각 움직임이 정해진 말로 왕을 잡으면 이기는 게임이죠."

내가 오셀로 돌을 정리하고, 체스 유사품의 말을 움직이는 방법을 설명했다. 칼스테드가 중얼거리며 게임판 위를 노려보았다.

"흠……. 이건 게빈넨과 비슷하군."

"어머, 비슷한 놀이가 있어요? 그럼 그 놀이에 맞춰서 개선하는 편이 좋을까요?"

우라노의 세계에서도 보드게임은 상당히 옛날부터 있었던 게임이다. 이곳에 비슷한 게임이 있어도 이상하지 않았다.

"아니, 귀족들의 놀이에는 마력이 필요하다. 영지를 빼앗는 게임인데, 싸우는 방식이 전혀 다르군. 평민촌에 파는 데는 딱히 문제없겠지."

"귀족들이 사 주지 않으면 그렇게 안 팔릴 텐데요……."

평민촌에는 오락에 돈을 쓰는 부유층이 그리 많지 않다. 매일매일 힘들게 보내는 가정이 대부분이다. 오셀로를 살 때 세트로 끼워 주면 게빈넨과 다른 놀이로서 천천히 귀족들 사이에서 유행할지도 모른다.

고아원의 수작업에 관련된 상품 얘기를 끝내자 도청 방지 결계가 사라졌다. 신관장과 칼스테드가 각자의 시종을 불러 오셀로와 트럼프를 사 주었다. 봄이 되면 팔 예정이므로 프리미엄 가격으로 대은화 4

닢을 받았다. 처음에 소은화 5~7닢으로 가격을 설정하자고 얘기했던 걸 고려하면 바가지도 이런 바가지가 없다.

"벤노, 오늘은 수고했다. 흙의 여신 게두르리히를 지키는 권속의 가호가 있기를."

"뜻깊은 시간을 보내게 해 주셔서 감사합니다. 신관장님, 칼스테드 님, 마인 님. 전 이만 실례하겠습니다."

벤노가 가슴 앞에서 팔을 교차하며 무릎을 꿇었다. 마르크도 뒤에서 똑같이 무릎을 꿇은 후, 두 사람은 퇴실했다. 나도 함께 퇴실하려고 신관장을 보았다.

"그럼 신관장님, 칼스테드 님. 저도······."

"그대에게는 아직 할 말이 남았다. 자."

신관장이 평소에 사용하는 도청 방지 마술구 네 개를 테이블 위에 놓았다. 신관장, 칼스테드, 내가 각각 손에 집고, 나머지 하나를 다무엘이 손을 뻗어 잡았다.

# 기사단의 처분과 그 후의 이야기

벤노가 떠난 빈자리에 다무엘이 향했다. 그 아랫자리에 평민인 내가 앉는 편이 좋겠다 싶어 엉덩이를 일으켰더니 신관장이 제지했다.

"마인, 그대로 앉아라."

"네? 하지만……."

힐끗 다무엘을 쳐다봤지만 다무엘은 회색 눈에 부드러운 웃음을 짓더니 그대로 자리에 앉았다. 일부러 의자를 바꿔 앉는 것도 이상하므로 나는 신관장의 말대로 다시 의자에 앉았다.

모두가 자리에 앉은 것을 확인하고 신관장이 그 자리에 모인 전원을 둘러보았다.

"그럼, 마인. 저번 토론베 토벌 때 일어난 기사의 실수에 대해서 영주님이 내린 처분을 설명하겠다."

"처분, 말씀입니까?"

호위했던 기사에게 처벌이 내려지는 건 알고 있었지만, 어떤 처벌일지 딱히 상세히 알고 싶지 않았다. 그저 앞으로 마주치지만 않으면 그걸로 좋았다. 그런 내 생각을 읽었는지 신관장이 시선을 내리깔았다.

"……아마 그대는 딱히 알고 싶지 않을 테고, 귀족의 사정을 그대에게 공개해야 할지 어떨지 이쪽도 고민했다. 하지만 앞으로 그대에게 필요한 정보가 될 수 있겠다고 판단했다."

천천히 숨을 내쉰 신관장이 칼스테드와 다무엘에게 시선을 돌렸다.

"토론베 토벌에서 호위를 맡은 기사가 호위 대상인 견습무녀를 해하고 사태를 악화시킨 사건에 대해서 영주님은 굉장히 역정을 내셨다. 우선, 기사단인 칼스테드는 신입 교육을 더욱 강화하고, 3개월 치 감봉. 그리고 마인의 의복에 드는 비용의 4분의 1을 부담하게 되었다. 그리고 시키코자는……."

신관장은 담담하게 설명하기 시작했다. 싸움터에서 상사의 명령에 불복하면 작전에도 지장이 생긴다는 점, 또 호위를 맡았으면서도 호위 대상을 해하는 짓은 용서받을 수 없는 일. 기사단에서 명령 위반과 임무 파기는 중죄라고 영주는 판단한 모양이었다.

"영주님께서 시키코자에게 내린 판결은 사형. 일가족에게도 처벌이 내려질 뻔했지만, 그러면 그대에게 향하는 원한과 분노가 커지겠다는 판단 하에 영주님께서 시키코자의 아비에게 두 가지 선택지를 주었다. 이대로 시키코자의 죄를 일가족이 덮어쓸지, 앞으로 일절 그대에게 관여하지 않을 것을 맹세하고, 벌금을 지불할지로. 맹세하고 벌금을 내면 일가족에게 죄를 묻지 않을 것이고 시키코자는 순직이라는 형태로 대우받으며 명예를 지킬 수 있지……."

침을 꿀꺽 삼켰다. 영주가 처벌을 내린다고는 들었지만, 설마 사형이 내려질 정도라고는 생각지도 못했다. 시키코자가 귀족이고 나는 평민인 점을 참작하여 경미한 벌로 마무리가 될 줄 알았다.

"시키코자의 아비는 돈을 냈고, 앞으로 그대에게 관여하지 않겠다고 맹세했다. 그가 낸 금액은 그대의 의식용 의복에 들어간 비용 중 절반이다. 그리고 시키코자는 기사단의 임무 중에 순직한 것으로 되었다."

이미 처벌이 끝났다는 사실을 깨닫자 나는 무심코 다무엘을 보았다. 이곳에 있다는 말은 다무엘은 처벌에서 벗어났다는 뜻이다. 하지만 혹시나 다무엘에게도 무거운 벌이 내려지지 않았을까. 내 시선이 다무엘에게 향했음을 눈치 챈 신관장의 시선도 다무엘을 향했다.

"다무엘은 그대의 의상에 든 비용의 4분의 1을 부담하고, 1년간 수습생 신분으로 강등되는 처분을 받았다. 시키코자와 처분이 다른 건 그대가 다무엘을 변호했기 때문이다."

"변호라고요?"

딱히 따로 구명을 호소한 기억이 없었다. 고개를 갸웃거리는 내게 다무엘은 기쁜 듯 웃음을 지었다.

"페르디난드 님께 내가 친절하게 대해 줬고, 도와주려고 하고, 시키코자에게 충고도 했다고 견습무녀가 변호해 줬잖아? 덕분에 난 시키코자와 같은 죄로 인정되지 않고, 엄벌도 면했어."

본래라면 호위가 호위 대상을 철저히 지키지 못했으니 같은 벌을 받아야 마땅하다고 한다. 하지만 다무엘은 막으려고 했다는 점, 시키코자가 신분을 내세워서 손을 쓸 수 없었다는 증언이 있었다. 그래서 감형되었다고 한다. 성인이 되어 겨우 어엿한 기사가 된 참에 다시 수습생 신분으로 떨어졌지만, 처형당한 시키코자에 비하면 상당히 경미한 벌이다.

"우리 가문은 하급 귀족 중에서도 지위가 낮아서 불합리한 신분 차이를 항상 참아야만 했어. 지금껏 누군가에게 도움을 받은 적은 거의 없었어. 그래서 네가 페르디난드 님께 감형을 부탁했다는 말을 듣고 기뻤어."

상당히 과장하며 기뻐하는 느낌이 들었지만, 그런 불합리가 판을 치는 사회라면 하급 귀족은 명색은 귀족이라 불리더라도 상당히 힘든 위치였다.

"그리고 다무엘은 수습 기간인 1년간 마인의 호위를 맡게 되었다."

"네? 호위요!?"

"그대의 신변은 위험하다. 정말로. 경계심이 없는 그대에게 이해가되도록 설명하마."

신관장은 옅은 금색 눈동자로 가만히 나를 바라보더니 칼스테드에게 시선을 돌렸다. 신관장의 시선을 눈치 챈 칼스테드가 천천히 끄덕이고, 나를 정면으로 바라보았다. 옅은 파란 눈동자가 조금 날카로워졌다.

"상급 귀족들 사이에서 견습무녀에게 이용 가치가 있다는 인식이퍼지고 있다. 평민이면서 파란 의복을 받고, 기사단과 동행하며 훌륭하게 임무를 완수했으며, 그 어마어마한 마력을 기사단원들이 직접목격했다. 그리고 파란 의복을 부여받을 때 영주의 승인이 있었다는점도 크게 관여하고 있지."

기사단은 귀족 집단이다. 나를 평민이라고 멸시하고 함부로 다루다가 시키코자처럼 자신들의 일가족에게 불이익을 초래하는 일은 막아야만 한다. 또한, 자신의 눈으로 목격한 나의 마력량과 신관장의 발언을 들은 평범한 귀족들이라면 나를 어딘가에 이용할 수 없을까 생각할 것이란다.

"귀족들은 그대가 아직 아무와도 계약하지 않은 평민 신식이면서동시에 이미 페르디난드 님의 보호 아래에 있음을 알게 되었다. 페르디난드 님과 영주님께 아첨하고, 가까이 다가가기 위해 편리하게 이용할 목적으로 그대에게 다가갈 귀족도 꽤 있을 것이다."

그런 귀족이 잉크 협회의 볼프와 관계가 있다면 어떤 사태가 벌어지는지 칼스테드가 예상을 늘어놓았다.

"이용이 목적인 귀족이라면 볼프에게 그대를 납치하게 하고, 다시 구해냄으로써 빚을 지게 하지 않을까 싶다. 그들은 어디까지나 이용이 목적이니 생각지도 못한 사태가 생기지 않은 한, 목숨은 위험하지 않겠지. 다만, 그대 주위 사람들의 안전은 보장할 수 없다."

칼스테드의 말을 신관장이 이었다.

"가령 내게 적대하는 세력이 볼프를 써서 움직인다면 그대를 납치하여 적대하는 영지의 영주에게 팔아넘기거나, 사실은 자기 자식이라고 주장할 가능성이 있다. ……자기 자식이라고 주장한다면 그대의 가족은 방해물이다. 아마 입을 틀어막으려 하겠지."

신관장이 내세운 예상이 너무나도 끔찍하여 숨이 턱 막혔다. 가족이 위험에 휩싸이는 상상에 식은땀이 등을 타고 흘러내렸다. 무릎 위에서 포갠 손을 꼭 쥐어 보았지만, 작은 떨림이 멈추지 않았다.

다무엘이 하급 귀족의 시점에서 나를 보는 귀족의 인식을 알려주었다.

"하급 귀족 사이에서는 아직 견습무녀를 멸시하는 시선이 강합니다. 평민인 견습무녀가 거대한 마력을 가졌다고 인정하기 싫은 겁니다. 실제로 저도 이 눈으로 보기 전까지 평민 신식에게 그만한 마력이 있으리라고 생각지도 못했습니다."

하급 귀족들 사이에서는 편하게 이용하려는 생각보다 선망과 질투와 원한이 앞서는 모양이다.

"하지만 하급 귀족은 페르디난드 님에게 대놓고 적대하는 짓은 못합니다. 계략을 꾸미는 상급 귀족에게 빌붙는 정도겠지요. 제가 보기에 견습무녀에게 가장 큰 위험은 개인적으로 원한을 품은 상대라고 생각됩니다."

신관장과 칼스테드를 다무엘이 긴장한 표정으로 바라보며 말했다.

"시키코자의 아버지나 형은 일가족을 지키는 것이 최우선이지만, 시키코자의 어머니는 그렇지 않습니다. 일족의 낮은 마력, 갖가지 사정으로 신전에 맡겨야만 했던 자식이 중앙 정변을 기회로 겨우 돌아온 일을 그녀는 매우 기뻐했다고 합니다. ……그녀는 견습무녀에게 강한 원한을 품고 있다고 들었습니다."

오싹했다. 가족을 잃은 분노가 얼마나 클지 이해가 갔다. 나도 가족을 잃게 되면 그 원인이 된 상대에게 얼마나 큰 분노를 표출할지 스스로도 상상할 수 없었다. 그 원망이 지금 내게 향하고 있다. 가족을 잃은 원망과 분노가 내게만 향한다면 딱히 상관없다. 오히려 그것이 내 주변 사람들에게 향하는 쪽이 무서웠다.

"……암살을 계획할지도 모르는 위험 귀족인가. 설마 일족을 줄줄이 저승길로 보낼 만큼 어리석겠느냐?"

신관장의 말에 무릎 위에서 주먹을 세게 쥐고 다무엘의 반응을 기다렸다. 다무엘은 조금 슬픈 표정으로 "글쎄요." 하고 중얼거렸다.

"정말 견습무녀에게 해를 끼칠 짓을 벌이면 이번에야말로 일족이 파멸로 몰리겠지만, 여성의 감정만큼은 어떤 사태를 일으킬지 감이 안 잡힙니다."

"일족을 죽음으로 몰아서라도 원한을 풀고 싶어 한다면 예상보다 훨씬 심각하군……"

칼스테드가 미간을 꾹 눌렀다. 일족이라는 쐐기가 있으면 무리한 짓은 못하리라는 것이 귀족의 사고방식인 듯하다.

"시키코자의 어머니도 그렇고 잉크 협회의 볼프도 그렇게 위험인물로는 보이지 않았습니다."

귀족 마을에 잉크를 팔러 다니는 볼프는 잉크를 많이 구입하고 쓰는 귀족들 사이에서는 다소 이름이 알려져 있었다. 다만, 귀족과 연결고리를 가지려고 범죄까지 저지른다는 소문을 가진 사람인 줄은 몰랐다고, 이곳에 모인 귀족들은 말했다.

"그대를 이대로 청색 견습무녀로 키워서 언젠가 귀족 가문에 시집을 보낼 예정이었다만, 예정을 변경해야겠다."

"네?"

'귀족에게 시집을 보낸다니 무슨 말이야? 나한테 양해는커녕, 제안도 없었는데?'

나는 신관장의 말을 금방 이해할 수 없어 고개를 갸웃거렸다. 멋대로 내 인생에 예정을 잡지 말아 주길 바랐다. 특히 결혼은 중대한 사항이다. 신관장이 자신의 권력으로 정해 버리면 도망치지 못하는 상대는 불쌍하지 않은가.

"전 그런 예정 모르는데요?"

"귀족과 계약을 맺을 생각이 없어도 언젠가 귀족의 아이를 낳을 운명이라고 말했을 텐데. 교양을 익히고, 무녀로서 경험을 쌓아서 되도록 좋은 인연을 찾아 주려 했지만, 상황이 바뀌었다."

로지나를 시종으로 둘지 어떨지 상담했을 때 그런 비슷한 지적을 받기는 했다. 아무래도 신관장은 그 시점에서 내게 중매를 설 생각이었던 모양이다. 이 얼마나 귀찮은 일을 떠맡기 좋아하는 사람인가. 신관장의 강한 책임감과 지나치게 진지한 성격에 놀라움을 넘어 감탄스러웠다. 신관장이 칼스테드를 힐끗 바라보았다.

"마인, 그대나 그대 주변 사람들도 위험에 말려들 가능성이 크다.

되도록 빨리 그대를 귀족의 양녀로 만들어야겠다.”

되도록 빨리 귀족의 양녀가 되라는 말은 가족과 연을 끊고, 귀족 마을에서 타인을 가족으로 삼아 산다는 말이다.

'또 가족이랑 헤어지라고?'

가슴속이 술렁거리며 떨렸다. 신전에 박혀 생활하는 날이 길어질수록 가족과의 연이 옅어지는 것 같은 불안감이 쌓여 왔는데 그것이 단숨에 팽창했다.

“칼스테드의 양녀가 되면 조금은 그대를 지킬 수 있을 것이다. 사람 됨됨이는 내가 보장하지. 부탁해도 되겠나, 칼스테드?”

“페르디난드 님의 부탁이라면 기쁘게 받겠습니다.”

내가 어안이 벙벙해 있는 동안 이야기가 척척 진행되어 갔다.

칼스테드가 몸을 앞으로 내밀어 나를 뚫어지게 쳐다보았다. 믿음직스러운 체구, 상냥스럽게 가늘어지는 눈을 가진 상급 귀족이다. 신관장의 신뢰가 두터운 점을 고려해도 이보다 더 좋은 환경은 없을 터였다.

“마인, 내 양녀가 되겠느냐?”

“무리예요.”

그 좋은 자리를 나는 즉시 걷어차 버렸다. 주위가 믿을 수 없다며 눈을 동그랗게 뜨고 나를 응시했다.

“견습무녀, 이보다 더 좋은 자리는 없어! 페르디난드 님과 칼스테드 님의 호의를 걷어차다니, 대체 무슨 생각이야!?”

“다무엘, 진정해라. 마인, 무리라니 무슨 말인가?”

신관장의 조용한 목소리 속에도 분노가 서려 있었다. 그래도 나는 응할 수 없었다.

"무리예요. 겨울 내내 신전에 갇힌 지금도 외롭고, 정신적으로 불안해서 참을 수 없는데, 가족과 떨어지다니 무리예요. 죽어도 싫어요."

고개를 세차게 젓는 동안 복받쳐 오른 요동치는 감정에 마력까지 꿈틀거렸다. 흥분하는 감정을 따라 몸속 깊은 곳에서 마력까지 솟아올랐다.

"집에 돌아가고 싶어요. 가족과 떨어지는 건 이제 싫어!"

"마인, 진정해라!"

그렇게 소리친 신관장이 벌떡 일어나 엄지손가락만 한 투명한 돌을 내 이마에 갖다 대었다. 그러자 갑자기 돌의 색이 옅은 노란빛으로 변했다. 신관장은 마석이 순식간에 색이 변한 것을 보자 안색이 변했다.

"칼스테드, 다무엘, 용량이 빈 마석이 있는가!?"

"네!"

칼스테드와 다무엘이 서둘러 꺼낸 마석을 손에 쥔 신관장은 나를 둘러업고 큰 보폭으로 비밀의 방으로 향했다.

"영향을 최소한으로 줄이기 위해 공방에 있겠다!"

비밀의 방에 들어가자 신관장은 긴 의자에 앉고 나를 자신의 앞에 세워 조금 전과 마찬가지로 이마에 마석을 갖다 댔다. 계속해서 돌의 색이 변화하면서 요동치는 마력을 흡수해 갔다.

"아무리 봉납식 직전이라고 미련하게 마력을 채우다니. 이 바보 녀석."

"……최근에 방에 틀어박혀서 봉납도 못 해서 그래요."

마력이 빨려 나가면서 감정까지 딸려나갔나 보다. 눈꼬리에 맺혀 있던 눈물을 닦고, 나는 한숨을 내쉬었다. 그래도 몸속을 날뛰는 열은 완전히 사그라지지 않았고, 억지로 집어넣을 만한 기력은 돌아오지 않았다.

"그나저나 정신이 매우 불안하구나. 무슨 일이 있었는가?"

"신관장님 때문이에요. 신관장님이 내 기억을 들추니까……."

신관장이 마술구를 써서 두 번 다시 돌아갈 수 없는 시간을 너무나도 사실적으로 떠올리게 해 버렸다. 우라노 시절의 엄마를 보고, 이야기하고, 잃어버렸던 가족의 기억에 가슴이 아팠다. 이곳 생활이 바빠서 생각하지 않으려고 했던 예전 가족의 기억을 들춰낸 이후로 마음속에 구멍이 뻥 뚫린 느낌이 계속되었다.

그래서 이번에야말로 내 가족을 잃지 않도록, 효도할 수 있게 가족을 소중히 하겠다고 마음 먹은 찰나에 신전에 꼼짝 않고 지내게 되었다. 마음의 구멍을 메꾸기도 전에 가족과 떨어져 버린 나는 아직 상실감을 극복하지 못하고 있다.

"……그것 때문인가."

신관장이 괴로운 듯 눈썹을 떨며 시선을 살짝 피했다. 마술구를 쓰고 싶어 쓴 게 아니지만, 억지로 내 감정에 동조했던 일을 떠올린 신관장은 자신의 경솔한 발언에 후회했다.

"미안해요. 분풀이에요. 신관장님은 저의 위험성을 판단하려면 그 방법밖에 없었고, 저도 도움을 받았으니 불평할 처지가 아니죠. 다 알고 있어요."

내 이마에 마석을 갖다 대고 있는 신관장의 소매를 꼭 잡았다.

"……이제 만날 수 없는 가족을 생각하면 지금 가족과는 절대 떨어지고 싶지 않았어요. 그런데 이대로 다시는 만날 수 없게 되진 않을까 생각하면, 전……."

심정을 토로하는 사이 가슴이 조이고 눈물이 차올랐다. 아른거리는 시야 속에 당황한 신관장의 얼굴이 일그러져 보였다.

"마인, 자제해라!"

"귀족의 양녀가 되면 평생 가족을 못 만나게 돼!"

"마인!"

신관장이 언성을 높이더니 내 팔을 잡아끌었다. 내 몸이 그대로 축 처진 기다란 소매 속으로 둘러싸이듯이 폭 안겼다. 무슨 일이 일어난 건지 몰라 눈을 끔뻑이며 신관장을 올려다보자, 굉장히 어쩔 줄 몰라 하는 신관장과 눈이 마주쳤다.

"이렇게 꼬옥 하고 있으면 조금은 진정되지?"

"……네."

마술구를 썼던 직후와 정반대다. 신관장의 입에서 나온 '꼬옥'이 조금 귀여워서 나는 키득거렸다. 선 채로 안긴 자세가 힘들어진 나는 신관장의 무릎 위로 영차 하고 올라가 안정적인 자세를 찾았다.

"……이미 진정되지 않았나?"

"아직 멀었어요."

루츠와 투리를 안을 때와 다르게 신전장의 등은 두 팔이 닿지 않았다. 나는 아빠에게 하듯이 신관장의 넓적다리에 올라타고 가슴에 기댔다.

"이제 괜찮아요. 꼬옥 해 주세요."

"나는 전혀 괜찮지 않다."

언짢은 표정으로 그렇게 말하면서도 신관장은 나를 뿌리치지 않고, 내가 하고 싶은 대로 하게 해 주었다. 체온과 호흡 소리에 날뛰던 마음이 잔잔해져 갔다.

내가 정말 진정할 때를 가늠했다는 듯이 신관장은 "정말이지, 그대는……." 하고 어이없어하는 한숨을 내쉬었다. 그리고 마치 철부지 꼬마를 가르치는 것처럼 내가 귀족의 양녀가 되어야 하는 이유를 설명하기 시작했다.

"평범한 신식과 달리 그대의 마력은 너무 방대하다."

"……제가 그렇게 마력이 많나요?"

치유 의식을 치를 때 기사단의 반응으로 많은 편인 줄은 예상했지만, 너무 방대하다고 말할 만큼 많다고는 생각하지 못했다.

신관장은 굳은 표정으로 나를 내려다보았다.

"계약을 맺는다 한들 평범한 귀족이 통제할 수 없을 거다. 그런데도 앞으로 그대는 성장할수록 더욱 마력이 방대해지겠지. 방대한 마력을 스스로 제어하고, 유익하게 쓰기 위한 기술을 익혀야 한다."

그러기 위해서는 귀족의 양녀가 되어 귀족원에 다니며 마력과 마술을 배워야 한다고 했다. 나와 계약하는 귀족은 주변에 위험이 없을 정도로 나의 마력을 흡수할 마술구를 준비해야 한다. 하지만 방대한 마력이 필요한 마술구를 가진 귀족은 이 주변에 없다고 했다.

"그대의 마력은 한 귀족이 소유할 수 있는 것이 아니다. 영지를 위해, 나라를 위해 써야 걸맞을 양이다."

"……잘 모르겠는데요."

지금껏 귀족은 신식의 마력을 착취하고, 신식은 살아남기 위해 귀족과 계약한다고 들어 왔다. 그런 장대한 이야기는 들어도 전혀 실감이 없고, 내 일이라는 생각이 들지 않았다.

"마인, 자각해라. 자신은 감정이 크게 요동치는 것만으로 주변을 위험에 빠뜨린다. 감정 제어를 못 하면 소중한 가족을 위험에 빠뜨릴 가능성도 있다."

"……그치만 가족이 있으면 괜찮아요. 외롭지 않으면 이렇게 불안해지지 않는걸요."

가족이 없는 게 문제다. 가족과 함께 있으면 나는 안심하고 생활할 수 있다.

"그러니까 저를 가족과 떨어뜨리지 말아 주세요."

내 말에 신관장이 미간에 주름을 새기며 눈을 꼭 감았다. 두통을 참는 듯한 신관장의 얼굴에 나는 약간 죄책감을 느꼈다. 억지라는 건 알지만, 가족과 함께 있지 않으면 불안정해진다. 그 감정은 내 마음대로 조절할 수 있는 게 아니었다.

"……열 살이다."

갑자기 낮은 목소리가 나직이 나이를 지정했다. 고개를 갸웃거리는 내게 신관장은 어쩔 수 없다는 표정을 지으며 나를 무릎에서 내렸다.

"열 살이 되면 반드시 귀족원에 들어가거라. 그때까지는 신전에 다니며 마력을 봉납하고, 지금까지처럼 가족에게 응석을 부려도 좋다. 단……."

신관장의 표정이 엄격해지며 확고하게 양보할 수 없는 선을 그었다.

"그 이후엔 그대의 의견 따위 듣지 않겠다. 위험한 존재라고 판단되면 그대를 처분할 것이다. 가족까지 전부. 새겨 두어라."

"……네."

아무래도 신관장에겐 열 살이 되면 귀족의 양녀가 되는 것이 결정 사항인 모양이다. 시한이 정해진 가족과의 시간에 나는 가슴을 꾹 눌렀다.

# 겨울의 일상

다무엘이 호위로 붙게 되면서 나는 겨우 신전 안에서의 이동을 허가받았다. 매일 귀족 마을에서 출퇴근하는 다무엘은 힘들겠지만, 마석을 변신시킨 천마를 타고 오니까 루츠나 투리처럼 눈 속에 파묻힐 일은 없다고 한다.

'우와, 마술은 정말 편리하구나.'

다무엘이 와 준 덕분에 나는 고아원과 도서실을 다니며 기분을 달랠 수 있게 되었다. 수북하게 뒤덮인 눈에 신전이 닫히고 가족의 방문도 줄었지만, 도서실에 박혀 지내면 외로움도 조금은 가라앉을 터였다. 책을 읽는 시간만큼은 외로움이 느껴지지 않으니까. 하지만 도서실은 엄청 추웠다. 옷 몇 벌을 겹쳐 입어도 장시간 있을 수 없는 도서실은 다무엘과 프랑도 가기 꺼렸다.

"견습무녀. 도서실에 틀어박히지 말고, 페르디난드 님께 책을 방에 들고 올 수 있게 부탁하는 편이 좋지 않아?"

"다무엘 님의 말씀이 맞습니다, 마인 님. 자주 도서실을 드나드시면 몸 상태가 나빠지실 겁니다."

의외로 프랑과 다무엘은 사이가 좋다. 의견이 통한달까, 프랑이 귀족 방식에 익숙해서 서로 잘 맞는달까, 잘 지내는 모양이다.

"……신관장님. 이런 이유로 책을 방에 가져가도 괜찮습니까?"

"내가 가져온 책이라면 상관없다. 곧 봉납식인데 그대가 감기에 걸려 버리면 곤란하니까. ……훗, 이걸로 내 승리다."

예상대로 금방 오셀로의 이론을 외운 신관장이 나를 보고 씨익 웃었다. 어린 여자애(외모만)를 진심으로 상대하다니 어른스럽지 못하다.

"어린애를 진심으로 상대하다니 너무하시네요."

"초보자를 진심으로 상대하던 그대에게 듣고 싶지 않다. 승복하기 싫으냐?"

신관장은 가끔 어른스럽지 않은 행동을 하지만, 사람은 좋다. 책을 빌려주고, 외로움을 못 참고 신관장의 방에 뛰어들어가면 서류 정리와 대량의 계산 업무를 대가로 조금이지만 응석을 받아 준다. 대개 굉장히 싫은 표정을 짓지만, 내가 주변을 신경 쓸 여유 따위 없는 상태이기에 신관장은 물론, 나한테는 아무 문제 아니다.

"마인, 안녕. 잘 지내고 있어?"

"아프진 않냐?"

눈보라가 심하지 않은 날이면 투리가 루츠와 함께 와 준다. 투리는 지금 글자를 외우려고 고군분투 중이다. 신전 교실에서 교과서로 쓰는 어린이용 성경책과 석판과 석필을 들고 고아들과 함께 공부한다. 글자와 계산을 할 수 있는 루츠는 수작업의 진행을 확인하거나 회색신관과 함께 아이들에게 글을 가르치거나 길에게 보고서 작성법을 가르친다고 했다.

"견습무녀, 누구야?"

"다무엘 님, 이 두 사람은 제 언니인 투리와 친구 루츠입니다. 이곳엔 자주 드나드니까 얼굴을 기억해 주세요."

나는 다무엘에게 투리와 루츠를 소개했다. 멍하니 다무엘을 올려다보는 투리와 루츠에게 다무엘을 소개했다.

"투리, 루츠. 앞으로 내 호위를 담당하게 된 다무엘 님. 기사단 일원이셔."

"……기사단? 굉장하다!"

"귀족님이 마인을 호위한다고?"

두 사람의 반짝거리는 기대와 선망의 눈빛에 다무엘이 조금 쩔쩔매는 표정을 지었다.

"견습무녀, 이럴 땐 어떻게 해야 해?"

"여유롭게 웃어 주면 돼요."

다무엘이 어색하게 굳은 미소를 지으며 두 사람에게 응했다.

나중에 들은 얘기지만, 귀족 마을에서 거의 나오지 않고 자란 다무엘은 평민을 접한 적이 거의 없었던 데다, 귀족 사회에서는 밑바닥이었던 탓에 선망의 시선을 받은 적이 없었다고 했다. 그리고 형은 있어도 아래에 형제가 없어 어린아이를 어떻게 대해야 할지 모른다고 한다.

"그럼, 마인. 나랑 루츠는 고아원에 갔다 올게."

찰싹 달라붙은 내 손을 톡톡 두드리며 투리가 그렇게 말했다. 나는 매달린 손에 힘을 준 채 고개를 저었다.

"오늘은 나도 같이 갈래. 다무엘 님이 있을 땐 신전을 돌아다녀도 된다고 신관장님이 말씀하셨고, 신전 교실의 진도도 신경 쓰이니까."

지금까지는 두 사람이 와도 계속 방을 지키고 있어야 했다. 하지만 오늘은 다무엘이 있으니 나도 고아원에 갈 수 있다. 로지나와 다무엘을 거느리고 나는 둘과 함께 고아원의 식당으로 향했다.

"견습무녀가 고아원의 원장도 맡아? ……일손이 엄청 부족하구나."

"네. 인재 부족이 심각해요. 신관장님도 업무를 대량으로 떠맡고 있어서 힘들고, 조금이라도 도와드려야 하니까요. 전 고아원 원장이라는 직함뿐이랍니다."

스스로 참견해서 이래저래 일을 만들었다는 말은 일부러 할 필요 없으리라. 실제로 고아원에서 중요한 안건이 올라왔을 때, 서류에 사인하는 사람은 신관장이다. 나는 고아원의 일상을 관리하는 중간 관리직에 불과하다.

"페르디난드 님의 서류 업무도 돕다니, 견습무녀는 우수하구나."

하아 하고 다무엘이 한숨을 쉬었다. 기사단 시절의 신관장은 노력 하지 않는 무능함을 유달리 싫어하여 능력 없는 자에게는 다른 자의 두 배가 넘는 과제를 주고, 노력하지 않는 자는 잘라 버리는 호랑이 상사였다고 한다. 신관장의 시종이 되면 싫어도 일류가 된다는 평판이 있다는 점에서 열혈적인 교육열은 지금과 전혀 바뀌지 않은 듯하다.

"신관장은 노력해도 할 수 없는 과제는 내지 않는다고 프랑에게 들었는데요?"

"페르디난드 님의 과제에 따라갈 수 있다는 점이 우수하다는 증거야. 나는 직접 과제를 받은 적도 없어. 당시엔 하급 기사 수습생이었던 내 존재조차 모르셨겠지."

신관장에게 과제를 받고 싶다고 투덜거리는 다무엘을 위해 이번에 신관장에게 과제를 내 달라고 부탁해볼까. 신관장은 분명 좋아하며 과제를 줄 터이다.

"루츠, 투리. 어서 와. 어머, 로지나. 오늘은 마인 님도 오셨군요?"

부드러운 미소로 맞아 준 빌마가 시야에 다무엘을 포착한 순간, 뻣뻣하게 굳어 버렸다. 몸을 바들바들 떨면서 눈물이 글썽이는 눈으로 나를 보았다.

"마인 님, 이쪽의 훌륭한 차림을 하신 남성분은 누구십니까?"

"제 호위 기사예요. 정말 친절하고, 업무에 충실한 사람이죠. 고아들과 여성에게 무례한 짓은 하지 않을 거예요. 그렇죠, 다무엘 님?"

"그래, 무례한 짓 따위 할 생각도 없어. 기사의 서약에 어긋나는 짓이야."

기본적으로 난폭한 청색 신관이나 꽃을 바치는 여성을 노리는 귀족밖에 남성을 모르는 빌마는 다무엘을 경계하는 분위기를 유지한 채 우리를 안으로 들여보내 주었다.

"따뜻하다."

다무엘이 놀란 듯 눈을 크게 뜨며 그렇게 말했다. 착실하게 겨울을 준비한 고아원 식당은 난로를 피워서 따뜻했다. 그리고 조금이라도 장작을 절약하려고 낮 동안에 모든 남자동 사람들을 식당에서 지내게 했다. 그러면 인구 밀도가 높아져서 자연스럽게 따뜻해졌다.

"겨울 준비에 신경 썼고, 여기엔 사람이 많으니까요."

식당 한구석에서는 글자를 배우는 신전 교실이 열렸고, 이미 글자를 익힌 수습생은 다른 자리에서 겨울 수작업에 집중하고 있었다.

"아, 벌써 시작했다. 마인, 나 갈게."

"나도 저쪽 보고 올게."

투리는 신전 교실 쪽으로 향하고, 루츠는 수작업이 진행 중인 한구석으로 향했다. 나는 신전 교실이 잘 보이고 방해가 안 되는 위치에 놓인 테이블로 향했다.

"견습무녀, 저기는 대체 뭘 하고 있어?"

다무엘은 의아한 표정으로 신전 교실이 열리는 곳을 가리켰다.

"아이들에게 글자를 가르치는 중이에요."

"……고아에게 글자를? 대체 뭐 때문에?"

이 세계에서 글자를 읽고 쓸 수 있는 사람은 특권 계급뿐이다. 글을 읽는 고아라니 믿기지 않겠지. 다만, 고아 중에 장래에 청색 신관의 시종이 되는 자가 있다는 점을 고려하면 평민 장인보다 글을 익힐 확률이 높다. 장인 출신 아이들에게 글자를 가르치기보다 필요할 것 같은 곳부터 문맹률을 낮추는 편이 효율적인 셈이다.

"신전 고아들은 언젠가 시종이 되거나, 귀족 마을에서 허드렛일을 하게 될 테니까 지금부터 글자와 숫자를 배워 두는 거예요. 그러면 업무가 순조로울 테니까요."

"그렇군. 교육 담당의 수고를 줄이는 셈이구나."

선생 역을 맡은 회색 신관이 어린이용 성경을 읽고, 석판에 한 자씩 기본 문자를 적는 모습을 보면서 나는 빌마와 다음 그림책에 관한 얘기를 나눴다. 각 계절에 따른 신의 권속에 관한 책을 만들기 위해 두꺼운 본문 속에서 관련된 서술을 뽑아서 정리한 글을 빌마에게 보였다. 그 문장을 군데군데 수정받고 시적인 표현을 추가했다.

"견습무녀, 이건 뭔가?"

"글자를 배울 때 쓰려고 만든 어린이용 성경책이에요. 이걸로 신의 이름과 신구를 외울 수 있어요."

"……호오."

흥미진진한 듯 다무엘이 어린이용 성경의 책장을 팔락팔락 넘겼다.

"지금 있는 건 최고신과 오대신에 관한 책인데 앞으로 권속에 관한 책을 만들 예정이에요. 축복을 내릴 때도 신의 이름은 필요하니까요."

"하긴 그런 책이 있으면 편리하겠네. 나도 외울 때 참 고생했어."

마술을 취급할 때에도 신의 이름을 많이 알고 있는 편이 유리하다고 다무엘이 말했다. 그렇다면 이해하기 쉽게 신님 전문 사전 같은 그림책을 만들면 귀족에게도 팔리지 않을까? 귀중한 귀족의 의견에 나는 머릿속으로 이익을 계산하고 음흉하게 웃었다.

"빌마, 같이 카루타 해요."

"마인 님도 하지 않으시겠어요?"

책을 읽은 후에는 항상 카루타로 노는 모양이다. 카루타가 바닥에 어지러이 흐트러져 있었다. 그것을 투리가 찌푸린 표정으로 가만히 바라보았다.

"투리, 표정이 무서워졌어요."

방에서 나올 동안에는 루츠와 투리 상대로도 편한 말투를 써서는 안 된다. 그렇게 프랑과 로지나에게 지적을 받은 터라 나는 낯간지럽지만, 정중한 어조로 투리에게 말을 걸었다. 투리가 살짝 눈꼬리를 내리며 작은 목소리로 부끄럽게 중얼거렸다.

"······난 이 중에서 카루타를 제일 못해."

길에게 줬을 때부터 써 온 고아들은 놀면서 카루타를 익혔다. 개중에는 글을 몰라도 그림을 보고 금방 점수를 따는 아이도 많았다. 하지만 아직 글을 모르고 신화도 생소한 투리에게는 어려운 게임이었다. 매일같이 카루타로 노는 아이들과 눈발이 약할 때만 신전에 오는 투리는 기초부터가 전혀 다른 셈이다.

"익숙해지는 게 중요하니까 계속 도전할 수밖에요. 우선은 교과서에 등장하는 신만이라도 점수를 딸 수 있도록 하는 게 어떨까요?"

카루타의 모든 그림은 빌마의 작품이라 교과서에 나오는 신의 얼굴과 특징이 완벽하게 일치했다. 카루타는 글자패와 그림패를 기억해야 이기는 게임이다. 외운 패만이라도 확실히 점수를 딸 수 있게 되어야 한다.

"노력해 볼게."

나도 열심히 카루타를 해 봤지만, 확실히 매일 노는 아이들이 강했다. 난 전혀 아이들의 상대가 아니었다. 그리고 성인에 가까운 수습생에게는 팔 길이 때문에 이길 확률이 더욱 낮았다.

오후부터는 투리의 바느질 교실이다. 이 수업은 여자아이를 중심으로 간단한 바느질을 가르친다. 이미 몇 번째 수업이라 투리의 선생님 포스도 그럴싸해졌다. 고아들도 스스로 떨어진 옷단을 기울 수 있게 된 덕분에 비록 입은 옷은 헌 옷이지만, 외관상 훨씬 단정해졌다.

"어머, 길. 방한복 입고 어디 가?"

루츠를 중심으로 남자아이들이 방한복을 껴입는 모습이 보였다. 눈보라 치는 날씨는 아니지만, 아직 눈발이 조금씩 날렸다.

"루츠가 공방에서 파루 채집 준비를 하재."

겨울의 맑은 날엔 반드시 파루 채집을 한다. 맑은 날 아침 일찍 준비하기 힘드니까 지금부터 준비해 둘 모양이다.

"그럼 철저하게 준비해서 당일에 많이 따 오세요."

"응!"

고아들은 당연히 파루 채집도 처음이다. 하지만 인원수가 많으니 틀림없이 많이 따 올 터이다. 얼마나 따 올지 벌써부터 기대되었다.

준비하려고 공방으로 뛰어가는 남자아이들을 배웅하자 투리가 한숨을 푹 내쉬었다.

"올해는 엄마가 못 가니까 파루 채집은 힘들겠어."

나는 항상 전력 외인 데다가 엄마도 임신 중이라 도저히 나무를 탈 수 있는 상태가 아니다. 아빠는 출근일 가능성이 높아서 아직 불확실하다. 올해는 겨울 진미를 못 먹을지도 모른다며 투리가 한탄했다.

"전 투리에게 고아들을 데리고 숲에 가 주는 답례로 가족들 몫까지 파루를 나눠줄 생각이었는데……."

역시 루츠 혼자서 아이들을 인솔하기 힘들다. 그래서 투리의 도움을 받고, 그 답례로 우리 가족 몫까지 파루를 확보할 생각이었다. 내 말에 투리의 눈이 반짝였다.

"그거 좋네. 다행이다. 올해는 파루 케이크를 못 먹게 되는 줄 알았어."

파루를 채집하면 과즙과 기름을 짜고, 남은 찌꺼기로 파루 케이크를 만드는 것이 우리 집의 패턴이 되었다. 올해는 고아원에서 똑같이 만들 계획이다. 그러려고 큰 철판도 사 두었다.

"견습무녀, 파루가 뭐지?"

다무엘은 짐작 가는 게 없는지 의아한 표정을 지었다. 아마 귀족들은 파루 채집을 하지 않아서겠지. 나무를 타는 귀족의 모습을 상상하고 키득거렸다. 흐느적거리는 소매 때문에 낑낑대지 않을까?

"겨울의 맑은 날 오전 중에만 딸 수 있는 굉장히 달콤한 나무 열매랍니다."

"마인 님, 파루가 달아요?"

빌마 주변을 둘러싼 아이들이 내 말을 듣고 기대에 찬 눈을 반짝이며 다가왔다. 고아원은 사람이 많아서 평소에 단 음식을 먹을 기회가 거의 없다. 달달한 과일 얘기에 아이들은 당장에라도 침을 흘릴 것 같은 표정을 지었다.

"그럼요. 매우 달고 맛있답니다. 저도 굉장히 좋아해요."

"와, 기대된다."

"투리, 꼭 데리고 가 주세요."

투리와 루츠가 자신들을 숲에 데려가 줄 사람이란 인식이 아이들 머릿속에 박혀 있었다. 아이들에게 둘러싸인 투리가 싱긋 웃었다.

"응, 같이 가자. 그 대신 파루는 숲에 엄청 일찍 가야 딸 수 있으니까 날이 개면 일찍 일어나서 준비해야 해. 할 수 있겠어?"

"할 수 있어!"


그리고 며칠 뒤, 기다리고 기다리던 맑은 날이 찾아왔다. 아침부터 내리쬐는 눈부신 빛이 눈에 반사되어 반짝반짝 빛나는 공기가 캐노피 너머로 보였다.

델리아가 깨우러 오기 전에 침대에서 폴짝 뛰어내린 나는 난간에서 몸을 내밀고 아래층을 향해 소리를 높였다.

"길! 길! 오늘 파루 채집 날이야! 고아들에게 알려서 서둘러 준비하게 해 줘."

"응!"

이미 일어나 옷까지 갈아입은 길이 소리치면서 방을 뛰쳐나갔다. 방을 정리 중이던 델리아가 성이 난 표정으로 내 팔을 덥석 잡았다.

"마인 님! 깨우러 갈 때까지 자고 있어 주세요! 그리고 잠옷 차림으로 계단 쪽에 몸을 내미시면 안 됩니다! 정말! 몇 번을 말해야 아시나요!?"

"델리아, 오늘은 파루 채집 날이니까 아주 이른 시간에 루츠와 투리가 올 거예요. 지금 당장 옷을 갈아입어야 해요."

두 점 종의 개문 시간에 맞춰 평민들은 파루를 채집하기 위해 움직이기 시작한다. 분명 루츠와 투리도 일찍 고아원으로 찾아올 터였다. 내 말에 델리아의 눈초리와 목소리가 날카로워졌다.

"그런 예정은 없었어요!"

"눈보라가 언제 그칠지는 생명의 신 에이비리베의 마음에 달렸으니 아무도 모르죠."

나는 서둘러 옷을 갈아입고 투리와 루츠가 오길 기다렸다. 아침은 모두를 배웅한 뒤에 먹으면 된다. 우리가 위층에서 허둥대는 소리를 들었는지 프랑도 손님맞이를 시작했다.

내 예상은 정확했다. 평소 아침을 먹는 시간에 투리가 달려왔다. 그 뒤에 아빠의 모습도 있었다.

"마인, 안녕! 오늘은 아빠가 쉬는 날이라서 같이 와 줬어."

"아빠, 오랜만이야!"

거실로 들어온 아빠를 보고 나는 계단을 뛰어 내려가서 폴짝 안겼다. 아빠는 나를 세차게 껴안고 번쩍 안아 올렸다. 나는 꺼칠꺼칠한 수염 주변을 만지며 눈높이가 같아진 아빠의 얼굴을 마주 보았다.

"건강해 보이는구나, 마인. 열은 없냐?"

"응, 몸 상태가 안 좋을 땐 프랑이 바로 침대에 눕혀 주고, 혹시나 앓아누우면 엄청 쓴 약을 억지로 먹여서 열이 오를 틈이 없어."

"그래."

싱글벙글하며 들어 주는 아빠에게 근황을 보고하면서 어리광부리자, 투리가 주머니에서 병을 꺼냈다.

"마인, 이걸 다 썼다고 했었지?"

아빠의 품에서 내려와 나는 병으로 손을 뻗었다. 천연 효모가 들어간 병이다. 집에 없는 나를 대신해서 투리가 천연 효모를 돌봐주고 있었다. 나는 아련하게 온기가 느껴지는 병을 받아들고 꼭 안았다.

"고마워, 투리."

"이걸 전할 겸 얼굴을 보려고 들렀어. 바로 파루를 따러 출발해야 해. 루츠는 벌써 고아원에 가 있어."

"응. 많이 따 와. 점심땐 갓 구운 폭신한 빵을 준비해 놓고 기다리고 있을게."

두 사람을 배웅한 나는 웃음으로 헤벌레한 볼을 감쌌다. 아주 잠깐이지만 가족을 만나 기뻤다. 그리고 오늘 오후는 파루 가공과 파루 케이크 만들기다.

"프랑, 이걸 엘라에게 전해 줄래요? 그리고 오늘 점심은 아빠와 투리와 루츠도 합석한다고 전해 주세요. 폭신하고 부드러운 빵을 구워줬으면 해요."

"알겠습니다."

프랑에게 천연 효모가 들어간 병을 건네고 로지나에게 말을 걸었다.

"로지나, 페슈필 연습이 끝났으면 빌마에게 가서 파루 케이크 준비를 시작해 달라고 말해 주세요."

"알겠습니다."


세 점 종까지 페슈필을 연습하고, 신관장의 업무를 도우러 갔다.

신관장에게 기분 나쁠 정도로 들떠 보인다는 말을 들으며 업무를 해치웠다. 오늘은 파루를 채집하고 돌아온 아빠와 투리와 루츠도 함께 점심을 먹는다는 생각만으로 마음이 들떴다.

눈 깜짝할 사이에 네 점 종이 울리고, 점심시간이 되었다. 다무엘은 나를 방에까지 데려다주고는 다시 신관장의 방으로 향했다.

"그럼 점심을 먹으러 갈 테니까 돌아오기 전까지 방에서 나오지 마."

"알겠습니다, 다무엘 님."

다무엘의 점심은 신관장의 방에서 준비한다. 내 방에 저장된 식량으로는 남성 한 사람 분량의 음식을 제공할 수 없기 때문이다. 엘라에게 점심 준비가 끝났다는 연락을 받고, 나는 들뜬 마음으로 모두가 돌아오길 기다렸다.

"마인, 다녀왔어. 엄청 많이 땄어."

"어서 와."

정오가 지나서 세 사람이 아주 만족스러운 미소로 돌아왔다. 역시 인해전술이 강력했는지 파루를 제법 많이 딴 모양이었다. 투리가 가져와 준 천연 효모를 쓴 푹신한 빵을 맛보면서 오후 예정에 대해 이야기를 나누었다.

"마인, 오후부터 들어갈 가공 말인데, 어디에서 할 생각이야? 공방? 아니면 식당?"

"과즙을 짜기엔 식당이 좋은데, 기름을 짜는 건 공방 압착기를 쓰는 편이 빠르지 않을까?"

종이를 뜰 때 쓰는 압착기가 공방에 있다. 아빠와 회색 신관들이

도와준다면 망치로 깨작깨작 기름을 짤 필요가 없다. 내 제안에 루츠가 난색을 보였다.

"추우면 파루가 딱딱해지니까 따뜻한 식당에서 망치로 두드리는 편이 간단할 것 같은데?"

"인원수만큼 망치가 있으면 식당에서 해도 좋지 않겠냐?"

루츠와 아빠의 말에 식당에서 파루를 손질하게 되었다. 투리는 파루 손질보다 그 뒤의 작업이 신경 쓰였는지 안절부절못하며 내게 물었다.

"파루 케이크는 어디서 구워? 여자동 지하? 여기 주방?"

"여자동 지하에서 할 예정이야. ……주방에서 만들다가 혹시나 엘라가 레시피를 퍼뜨려 버리면 파루 찌꺼기를 가축 모이로 쓰는 사람들이 곤란해지잖아?"

"하긴, 그건 좀 곤란해."

닭을 키우는 루츠가 인상을 찡그렸다. 겨울의 가축 모이로는 파루 찌꺼기가 최고다. 거의 무료로 손에 들어오는 파루 찌꺼기를 구하기 어려워지면 가축을 키우는 사람들이 곤란해진다. 파루 케이크는 우리끼리 몰래 즐기면 된다. 고아원 지하에서 만든다면 평민촌에 퍼지지는 않을 터였다.

"오후부터는 파루를 우리 집과 루츠네 집, 고아원으로 나누고 식당에서 가공하자."

"그럼 난 여자동 지하에서 여자애들에게 파루 케이크 굽는 방법을 가르칠게."

점심을 먹은 뒤, 세 사람은 얼른 작업하기 위해 고아원으로 향했다. 나는 다무엘이 돌아오길 기다렸다가 고아원으로 이동한다. 방에 남은 사람은 역시 고아원에 가기 싫어하는 델리아뿐이다.

"견습무녀, 이 상황은 대체 뭐지?"

다무엘이 고아원 상태를 보고 표정이 일그러졌다. 식당 한편에서는 구멍을 뚫은 나무 열매에서 걸쭉하게 흘러내리는 하얀 과즙을 컵에 담는 아이들이 있고, 다른 한편에서는 회색 신관 몇 명이 망치를 쥐고 큰 소리를 울리며 열매를 두드리고 있다. 파루를 모르는 사람이 보면 조금 요상한 광경으로 보일지도 모른다.

"이쪽에서는 파루 열매에서 과즙을 짜고, 저쪽에서는 과즙을 짠 파루 껍데기를 두들겨서 기름을 짜고 있어요. 마지막에 남은 찌꺼기는 맛있는 과자 재료니까 지하에서 여자아이들이 열심히 만들고 있을 거예요."

투리가 선생님으로서 힘써 주고 있는지 파루 찌꺼기를 넘기자 금방 지하에서 달콤하고 좋은 냄새가 아련하게 풍기기 시작했다. 빌마에게 부탁해서 오전 중에 확보해 둔 염소젖과 달걀과 파루 찌꺼기, 파루 과즙을 섞어서 버터로 구운 파루 케이크를 한창 만들고 있을 터였다. 나는 가볍게 눈을 감고 황홀한 냄새를 힘껏 들이마셨다.

로지나와 프랑에게 접시 준비를 부탁하고 얼마 안 있어 파루 케이크를 쌓아 올린 접시를 들고 투리가 지하에서 올라왔다.

"아, 벌써 왔네? 마침 잘 됐다. 계속 굽고 있어."

투리의 뒤에는 또 다른 수습생이 마찬가지로 파루 케이크를 쌓은 접시를 들고 있었다. 두 사람은 그 접시를 내 앞에 나열했다.

"마인은 감시역이야. 아무도 몰래 못 집어먹게 잘 봐."

투리의 말에 나는 키득거리며 끄덕였다. 적어도 청색 견습무녀인 내 눈앞에서 파루 케이크를 몰래 집어 먹다가 나중에 자기 몫을 압수

당하고 싶은 유별난 아이는 이곳에 없다.

"와아, 좋은 냄새."

"맛있겠다~"

달달한 냄새와 함께 모습을 드러낸 파루 케이크를 보고 과즙을 짜던 아이들이 일을 내팽개치고 우르르 몰려왔다.

"일을 마치지 않으면 못 먹어요. '일하지 않는 자, 먹지도 말라'. 다들 알죠?"

내 말에 아이들은 허둥지둥 각자 자리로 돌아갔다. 그 발소리에 섞여서 꿀꺽, 하고 침을 삼키는 소리가 뒤에서 들려왔다. 무심코 돌아보니, 다무엘의 시선이 파루 케이크에 꽂혀 있었다.

"……견습무녀, 이건?"

다무엘의 얼굴에 '먹고 싶다'라고 크게 쓰여 있다. 설탕을 입수할 수 있는 귀족이라면 단 과자가 드물지 않을 텐데, 처음 보는 과자라서 흥미로운 걸까.

"파루로 만든 파루 케이크예요. 파루를 모르셨으니 처음 보는 음식이겠네요. 있다가 같이 드시겠어요?"

"크흠! 그래. 고아원에 올 일이 많아진 만큼 이곳에서 어떤 음식을 먹는지 조금 흥미가 생겼어."

수북이 쌓였던 파루의 가공이 끝나자 파루 과즙과 기름과 찌꺼기는 여자아이와 꼬맹이들이 여자동 지하실로 옮겼고, 남자들은 가공 도구들을 남자동에 정리하러 갔다.

프랑과 로지나는 파루 케이크를 잘라서 접시를 들고 줄을 선 아이들에게 나누어 주었다. 나는 길을 시켜 방을 지키는 델리아에게 파루 케이크를 보내고, 원장실 주방에서 엘라의 조수를 맡은 아이들 몫을 남기도록 지시했다.

식당에 모인 전원의 앞에 접시가 줄을 이었다. 나와 다무엘 앞에는 프랑이 방에서 가져온 식기가 세팅되었다.

"그럼 기도를 드립시다."

내 말에 아이들은 양손을 가슴 앞에서 교차하고, 식전 기도를 외웠다.

"몇천만의 생명을 저희의 양식으로 내려 주시는 높고 정정한 천공을 관장하는 최고신, 넓고 호호막막한 대지를 관장하는 5위의 대신, 신들의 어심에 감사와 기도를 올리며 이 식사를 받겠습니다."

기도문을 술술 외는 모두를 아빠와 투리가 멍한 표정으로 바라봤지만, 나도 신전에서 식사 중에 외운 기도다. 힐끗 보니 다무엘도 당연한 표정으로 기도문을 외고 있었다. 귀족도 똑같이 기도하는 듯하다.

기도를 끝내자 아이들은 앞다투듯 파루 케이크를 입에 넣었다. 나도 그 모습을 보면서 한 입 먹었다.

"엄청 맛있어!"

"달아!"

아이들의 기쁨에 찬 목소리 가운데 옆에서 먹던 다무엘이 눈을 휘둥그레 뜨고 굳어 있었다.

"견습무녀, 평민들이 이걸 매일 먹어?"

"매일 먹지는 않아요. 아무도 모르게 저희끼리 몰래 즐기는 음식이죠. 마음에 드세요?"

내가 묻자, 다무엘은 천천히 숨을 내쉬었다.

"너무 맛있어. ……이곳 아이들의 생활 수준은 꼭 귀족 같군. 글을 배우고, 이렇게 달콤한 과일을 딸 정도면."

"이곳은 고아원이에요. 귀족 생활과는 엄연히 다르죠. 이 파루도 아침 일찍부터 눈 속 깊은 산에 가서 아이들 손으로 직접 따 온 겁니다. 겨울의 맑은 날 아침밖에 딸 수 없는 파루는 돈 주고 살 수 있는 과일이 아니거든요."

다무엘은 미심쩍은 얼굴로 파루 케이크를 먹었지만, 그 이후부터 맑은 겨울날만 되면 고아원에 가자며 재촉하게 되었다. 상당히 마음에 들었나 보다.

파루 케이크가 마음에 든 사람은 비단 다무엘만이 아니었다. 고아원 아이들도 마찬가지다.

"마인 님, 이거 엄청 맛있어요."

"다음엔 언제 날씨가 갤까요?"

"아직 파루 찌꺼기가 많이 남아 있으니까 또 만들어요. 찌꺼기는 다른 요리에도 쓰이니까 기대하세요."

내가 루츠의 집에 넘긴 레시피를 고아원의 식사 담당인 빌마에게 공개한 결과, 고아들의 파루 쟁탈전은 더욱 열기를 띠게 되었다.

# 봉납식

　서류 업무를 일찍감치 끝낸 신관장과 오셀로를 하는 도중에 도청 방지 마술구를 건네받았다. 내가 손을 뻗어 마술구를 쥐는 동시에 신관장이 검은 돌을 놓았다.

　"마인, 다음 땅의 날부터 봉납식이 시작된다."

　"네."

　내가 신관장이 둔 검은 말을 노려보며 진지하게 다음 수를 고민하는데 신관장이 나직이 중얼거렸다.

　"……적당히 하도록."

　무슨 말을 들었는지 금방 이해되지 않아 나는 멍하니 신관장을 올려다보았다. 신관장은 "멍한 얼굴 보이지 말고 아래를 보거라." 하고 주의를 한 후, 봉납식에서 쓸 하루치 마력량에 대해 설명을 시작했다.

　"마력을 너무 많이 채우지 않도록 조심하거라. 신전장님에게는 그대가 평소 봉납하는 마력이 소마석 7~8개 정도라고 전해 뒀다. 그 경우 아무리 기합을 넣어도 12개를 넘기면 쓰러지지."

　신관장은 "그대에게는 12개도 여유겠지만……." 하고 말하면서 전체가 검은색 일색인 작은 오셀로용 말을 잡았다. 그동안에도 게임판에서 눈을 떼지 않았다.

　"섣불리 마력량을 공개하면 지금까지 숨겼구나, 속일 생각이었느냐, 하고 의심받을 가능성이 있다. 그러니 이번 봉납 의식에서 성배에 담을 마력을 소마석 12개 정도로 해 두거라. 가능하면 돌아갈 때 속이 울렁거리는 표정을 연기하면 더 좋다."

"딱히 상관은 없는데, 그건 결국 신전장님을 속이는 게 되지 않나요?"

봉납할 마력을 억제하는 정도는 할 수 있지만, 그러면 '속임수'가 신전장의 의심이 아니라 사실이 되는 셈이다. 내 지적에 신관장의 입꼬리가 올라갔다.

"속임수가 사실이면 의심은 안 하지 않겠느냐. 의심받는 건 짜증나지만, 사실이라면 '그렇다'고 말하면 그만이다. 그리고 본 실력을 공개해 버리는 것보다 숨겨 두는 편이 나중에 유리하다. 일부러 전부 공개해 줄 필요 따위 없지. 적대하는 자가 있다면 항상 비장의 카드나 여력은 남겨 두어야 마땅하다."

"……그렇군요."

일단 납득하면서 "날 속였군!?" "그렇다." 라고 말하는 신전장과 신관장의 모습을 상상했다.

'악역은 분명 신관장이야.'

땅의 날은 봉납식이 시작되는 날이다.

나는 델리아의 도움을 받으며 아침부터 욕조에 들어가 몸을 청결히 했다. 그리고 새로운 의식용 파란 의복을 입었다. 유수문과 꽃 자수가 들어간 파란 의상의 테두리에는 금색 가선이 들어가고, 허리띠는 은색이다. 그리고 그 외의 액세서리는 겨울의 귀색인 빨강. 차가움을 녹이며 희망을 주는 화로의 색이라고 한다.

"델리아, 오늘은 새 비녀를 쓸게요."

옷장에서 비녀를 꺼내려는 델리아를 제지하고, 나는 집무용 책상 서랍에서 며칠 전 투리에게 받은 보따리를 꺼내어 델리아에게 건넸다.

"정말! 비녀를 책상 서랍에 넣다니요! 형태가 일그러지면 어쩌려고 그럽니까!?"

잔뜩 골을 내며 델리아가 보따리를 조심스럽게 풀었다.

겨울과 봄 의식에서 쓸 수 있게 빨강과 녹색 실을 쓴 비녀는 저번 세례식용 비녀와 디자인은 비슷하다. 빨간 장미처럼 생긴 커다란 꽃 세 개와 등꽃처럼 매달은 작은 꽃 대신 작은 녹색 이파리가 매달려 대롱거렸다. 기사단의 요청 때 엉망이 되어 버린 비녀를 보고 풀이 죽은 나를 위해 가족이 새 의식용 비녀를 만들어 준 것이다. 이 비녀는 겨울에 갇혀 지내는 외로움을 달래주는 물건으로 활약 중이다.

"이것도 어울리지만, 마인 님의 머리 색깔에는 예전 비녀 쪽이 더 잘 어울렸어요."

내가 새 비녀로 머리카락을 빙빙 돌리며 정리하자, 조금 떨어진 위치에서 매무새를 확인하던 로지나가 조금 아쉬워하며 그렇게 말했다.

"이번엔 겨울과 봄에 쓰는 의식용에는 귀색을 써 달라고 부탁해서 어쩔 수 없어요."

새로운 비녀로 머리를 정리한 뒤 다무엘이 오기를 기다렸다가 신관장의 방으로 이동했다.

귀족 구역에서 동떨어진 내 방까지 신관장의 시종이 부르러 오기 힘든 탓에 나는 신관장의 방에 미리 가서 대기해야 했다. 최고급 옷감을 쓴 의식용 의상은 따뜻하면서도 가벼워서 걸으면 옷감이 스치면서 바스락바스락하고 기분 좋은 소리가 난다.

"지독하게 비싼 만큼 훌륭한 의상이네."

벌로서 의상에 든 비용의 4분의 1을 부담해야 했던 다무엘은 내 의식용 의상을 보고 감탄의 한숨을 내쉬었다.

처음부터 갖고 있던 옷감으로 완성했던 때와 달리 이 의상은 옷감부터 준비해야 했던 데다가 특별 요금까지 내야 했다. 다무엘에게 몰래 물어본 정보에 의하면 내가 지불한 가격의 세 배는 훨씬 뛰어넘는 가격이었다. 하급 귀족이며 집안이 금전적으로 여유가 없는 다무엘은 금액을 듣고 파랗게 질렸고, 가족에게 상담했다고 했다. 결국, 후계자인 형의 첩이 친정에서 빌려준 덕분에 지불했다고 한다.

"견습무녀는 한 번은 스스로 주문했다며? 용케 그만한 자금이 있었네."

"그땐 선물로 받은 옷감으로 완성한 거라 그렇게 비싸지는 않았어요."

"그건 그렇겠지만……."

그런 대화를 나누는 사이 신관장의 방에 도착했다. 방에는 주인인 신관장이 의식의 방에 출두한 터라 부재중이었고, 대신 나를 돌보도록 명령받은 시종만 여럿 있었다.

"안녕하십니까, 마인 님. 다른 청색 무녀의 봉납 의식이 끝나는 대로 아르노가 부르러 올 테니 그때까지 여기서 기다려 주십시오."

의식이 끝날 때까지는 음식 섭취가 금지되어 있다. 나는 그저 가만히 앉아서 끝나길 기다려야 했다. 나는 시종이 권유하는 자리에 앉고, 프랑과 다무엘이 내 뒤에 섰다. 귀족인 다무엘을 세워 놓고 나는 앉아 있는 상황이 불편했던 나는 뒤돌아서 다무엘을 올려다보았다.

"다무엘 님은 안 앉으세요?"

"견습무녀, 호위가 앉으면 긴급 상황 때 곤란하지 않겠어?"

당연하다는 얼굴로 그런 말을 들으니 불편해도 그대로 앉아 있어야 할 듯하다.

신관장의 방에서 얌전히 앉아 대기하자, 아르노가 호출하러 왔다.

"마인 님, 서둘러 와 주십시오."

앞장선 아르노를 따라 나는 프랑과 다무엘을 거느리고 귀족 구역의 가장 안쪽에 있는 의식의 방으로 향했다. 신관장의 방을 나와 몇 개의 문을 지나고, 신전장의 방을 지나서 모퉁이를 돌았다. 내 보폭에 맞춰 주는 시종들과 달리 아르노의 보폭은 빨랐다. 필사적으로 뒤따라가려는 내가 안쓰러웠는지 프랑이 아르노에게 말을 걸었다.

"아르노, 미안하지만 조금만 천천히 걸어 주셨으면 합니다."

"아아, 마인 님께는 조금 빨랐나요. 이거 실례했습니다."

아르노가 속도를 늦춰 걷기 시작했을 때, 복도에 선 회색 신관이 가장 안쪽 문을 천천히 여는 모습이 보였다. 내 도착에 맞춘다기보다 방 안에서 나오는 자에게 맞춰서 열었는지 회색 신관들의 시선이 모두 방 안을 향해 있었다.

열린 문 너머에서 모습을 드러낸 사람은 흰색 의상에 금색 허리띠를 매고, 금색 어깨띠 같은 천을 걸친 풍채 좋은 인물이었다. 세례식 때 혼자만 다른 신관과 의상이 달랐었기에 한눈에 알아봤다.

"……신전장님."

나도 모르게 중얼거림이 새어 나왔다. 신전에 들어온 이후로 전혀 모습을 보지 못한 탓에 인상이 희미해졌었지만, 상대방은 여전히 나를 적대시하는 듯했다. 내 모습을 발견한 신전장은 분개한 표정을 지으며 이쪽을 향해 걸어왔다. 신전장실에 돌아가려 나왔겠지만, 타이밍이 나빴다. 적어도 신전장이 방에 돌아간 뒤에 왔더라면 서로 마주

칠 일도 없고, 기분이 나빠질 일도 없었을 터였다.

나는 복도 벽에 붙어 양손을 가슴 앞에서 교차하여 무릎을 꿇었다. 아르노와 프랑과 다무엘도 내 행동에 따랐다. 스르륵 옷이 끌리는 소리와 함께 또각또각 구두 소리가 가까워졌다. 끔찍이 미움받고 있다고 자각하는 만큼 신전장과 얼굴을 마주 보면 무슨 일이 일어날까 싶어 뛰는 심장을 부여잡고 지나쳐 가기만을 가만히 기다렸다. 고개를 푹 떨구고 있어도 시야에 흰색 의상이 움직이는 것이 보였다. 긴장하면서 딱딱하게 굳은 채 가만히 있는 내 눈앞에서 "흥." 하고 콧방귀 뀐 것 외에는 신전장은 딱히 아무 일 없이 지나갔다.

방문이 닫히는 소리가 들리기 전까지 고개를 숙이고 무릎을 꿇고 있던 나는 안도의 한숨을 쉬며 일어나다. 그리고 아르노의 안내를 받으며 문이 열린 의식의 방에 들어가려고 했다.

"다무엘은 이대로 기다려 주십시오. 의식의 방에 들어갈 수 있는 사람은 의식을 치르는 신관과 무녀뿐입니다."

아르노의 말에 나는 무심코 뒤를 돌았다. 아르노는 "신관장님께서 안에서 기다리십니다." 하고 내게 입실을 재촉했다. 아르노의 말이 맞았다. 의식의 방에는 신관장이 홀로 제단 앞에 서 있었다.

의식의 방은 작은 예배실이었다. 신관장의 방보다 천장이 조금 높고, 폭도 조금 넓었다. 군데군데 금으로 장식된 벽과 기둥 외에는 전부 흰색이다.

양측 벽면에는 예배실과 마찬가지로 복잡한 조각이 새겨진 원형 기둥이 이어졌다. 그 기둥 사이에 균등한 간격으로 창문이 이어지고, 그 앞에 화롯불을 피워 놓고 있었다.

정면 벽에는 천장부터 바닥까지 형형색색의 모자이크로 복잡한 문양이 화려하게 칠해져 있었다. 그 앞에 준비된 제단 양측에도 화톳불이 피워져 있었다. 방의 정중앙에 빨간 카펫 같은 천이 제단까지 길게 깔렸고, 그 제단 위에 신의 석상 대신 신구가 놓여 있었다.

제일 윗단에는 최고신인 빛의 여신의 관과 어둠의 신의 검은 망토, 그 아랫단에 커다란 금 성배를 사이에 두고 양측에 작은 성배들이 여러 개 나열되어 있다. 작은 성배는 청색 신관들이 수확제 때 마을에서 가져온 물건으로 이 봉납식에서 마력을 채워 봄의 기원식에 다시 마을에 가져가야 하는 물건이다. 그다음 단에는 신구인 지팡이와 창, 방패, 검이 놓여 있었다.

제일 아랫단에는 신에게 바치는 공물이 있다. 숨결을 상징하는 초목, 결실을 축복하는 과실, 평온을 가리키는 향. 신앙심을 나타내는 천이 놓여 있었다.

"마인, 일찍 왔구나."

신관장이 몸을 돌렸다. 신관장의 의상도 평소의 파란 의상과 전혀 다른 의식용 의상이었다. 작은 이파리 무늬를 전체적으로 짜 넣은 파란 의상과 성인인 자가 매는 금색 띠. 액세서리는 마찬가지로 겨울 귀색인 빨강으로 통일되어 있었다.

"다른 청색 신관은 없나요?"

"마력량의 차이가 심하니까."

신관장의 대답에 평민이라며 멸시하는 나와 봉납하는 마력의 차이가 크면 그들의 자존심에 상처를 입기 때문이라고 추측했다. 솔직히 나도 얼굴을 마주하게 될 경우 기분 좋은 시간을 기대할 수 없었기에 격리되어도 전혀 상관없었다.

"그들의 자존심을 지키기 위해서가 아니다."

내 생각을 읽은 듯한 신관장의 목소리에 고개를 번쩍 들었다.

"모인 목적이 같고, 똑같은 기도를 외며 마력을 방출하면 상승작용으로 마력이 더 많이 흘러나오게 된다. 그대의 마력 방출량에 휩쓸려 버리면 다른 자들에게는 위험을 느낄 정도로 마력이 유출될 우려가 있다."

"……그런가요?"

"그대의 의식에는 나 혼자 함께하겠다. ……시작하자."

신관장이 살짝 소매를 걷고, 제단을 향해 무릎을 꿇은 뒤, 양손을 빨간 천 위에 짚었다. 나도 똑같이 신관장의 한 발 뒤에서 무릎을 꿇고, 손을 짚어 고개를 숙였다.

이 봉납식은 신전의 1년 행사 중 가장 중요한 의식이다. 다음 해의 풍작과 연관되는 신구에 마력을 담는 의식이다. 제단과 이어지는 빨간 천은 마력이 깃든 실로 짜서 손을 짚고 기도를 외우면 신구에 마력이 흘러가게 되는 구조인 모양이었다.

"나는 세상을 창조한 신들에게 기도와 감사를 바치는 자."

낮고 느긋한 어조가 의식의 방에 낭랑하게 울려 퍼졌다. 나도 따라서 복창했다.

"높고 정정한 천공을 관장하는 최고신은 어둠과 빛의 부부신, 넓고 호호막막한 대지를 관장하는 다섯 대신, 물의 여신 플류트레네, 불의 신 라이덴샤프트, 바람의 여신 슈첼리아, 흙의 여신 게두르리히, 생명의 신 에이비리베. 살아있는 모든 생명에 은혜를 내려 주신 신들에게 경의를 표하며, 고귀한 신력의 은혜에 보답할지어라."

기도문을 외는 동안 내 몸속에서 마력이 스르륵 흘러나가는 느낌이

들었다. 빨간 천이 반짝이며, 마력이 빛의 파도가 되어 제단 쪽으로 흘러가는 모습이 보였다.

"마인, 이제 슬슬 멈춰라."

신관장이 손을 올리고 그렇게 말했다. 나도 똑같이 빨간 천에서 손을 떼어 마력의 흐름을 멈췄다. 마지막 마력의 물결이 반짝거리며 작은 성배로 흡수되는 모습을 가만히 지켜보았다.

"오늘은 이 정도면 됐다. 예상보다 많이 흘려보냈구나."

신관장은 제단의 작은 성배를 바라보면서 그리 말했다. 하루에 작은 성배 일곱 개 정도를 채우는 듯하다. 단순 계산으로 모든 작은 성배를 채우려면 8일은 걸리는 셈이다.

"그대가 없었다면 대부분을 나 혼자 채울 뻔했다. 내게는 귀족 마을에서 맡은 책무가 있는데도……."

웬일로 신관장이 피곤한 듯한 한숨을 내쉬었다. 나는 제단에 늘어선 작은 성배를 보고 어깨를 들썩였다. 그래서 신관장이 처음부터 내게 친절했던 것이었다. 이걸 혼자서 채워야 했다면 얼마나 끔찍했을지 이해가 갔다. 지금까지 강한 마력을 가지고 있을 신관장이 왜 평소에 봉납을 대충 하는지 의아했지만, 알고 보니 귀족 마을에서 해야 할 업무도 있었던 모양이다. 참 안됐다.

그로부터 매일 봉납 의식이 치러졌다. 나는 다른 청색 신관과 얼굴을 마주칠 일 없이 신관장과 함께 마력을 채워 갔다. 작은 성배의 보충이 거의 끝났을 때쯤에 신관장이 새로 작은 성배 열 개 정도를 가져왔다.

"마인, 의식이 길어지겠지만, 협력해 줄 수 있겠나?"

"왜요?"

우호적인 옆 영지에서도 마력 부족이 심각하여 여유가 있다면 협력해 달라는 요청이 들어왔다고 했다.

"빚을 지워서 우위에 설 좋은 기회다. 조금 무리해서라도 받아들여야지."

"……음, 사이가 좋은 곳 맞죠?"

"그럼. 아주 좋지. 그러니 우호적인 관계를 유지하기 위해선 교섭이 항상 필요하지 않겠나?"

'정치 세계란 참 무섭구나.'

하지만 내가 생각하는 '우호'와 자신의 영지를 지키면서 좋은 관계를 유지하려는 영주 입장에서의 '우호'는 전혀 다른 뜻이리라. 머리로는 이해해도 생소한 감각이다. 정치는 전혀 모르지만, 영주가 부탁한다면 협력해도 상관은 없었다. 어차피 개인 마석이나 마술구를 가지고 있지 않은 내가 남아도는 마력을 자유롭게 쓸 수 있는 경우는 거의 없기 때문이다.

"나는 세상을 창조한 신들에게 기도와 감사를 바치는 자."

나는 신관장과 함께 부탁받은 작은 성배에도 마력을 채웠다. 그 의식 도중에 끼익 소리를 내며 문이 열렸다.

"꽤 열심히 빌고 있구먼."

눈앞에서 일어나 뒤돌아보는 신관장을 따라 나도 자리에서 일어나서 뒤를 돌아보았다. 지금까지 전혀 모습을 보이지 않던 신전장이 의식의 방에 들어왔다. 한 아름이나 되는 자루를 안고 신전장이 느긋한 발걸음으로 제단 앞까지 걸어왔다.

"신전장님, 무슨 일이십니까?"

신전장은 신관장의 질문에도 대답 않고 아무 말 없이 달가닥거리며 자루에서 작은 성배를 하나씩 꺼내기 시작했다. 작은 성배 10개 정도를 올리고 몸을 돌린 신전장의 얼굴은 내가 빈민임을 알기 전에 보이던 사람 좋아 보이는 미소를 짓고 있었다.

"자, 마인. 여기에도 마력을 넣어라. 이것도 영주님께서 부탁하신 물건이다."

"전 그런 부탁은 못 들었습니다만?"

의심하는 신관장의 시선에도 아랑곳 않고 신전장은 인상 좋아 보이는 표정을 요만큼도 무너뜨리지 않은 채 눈빛에만 힘을 주었다.

"자네에게 부탁한 게 아닐세. 나는 마인에게 명령하고 있는 걸세. 신관장의 명령은 들어도 신전장인 내 명령은 듣지 못하겠다는 말인가?"

거절을 할 수도, 체면을 세워 줄 수도 있었다. 다만, 이미 미움을 받을 대로 받아 버린 내가 여기서 신전장이 직접 내린 명령을 거절하는 건 현명한 판단이 아니라고 생각했다. 나중에 굉장히 귀찮아질 것 같았다. 나는 신관장을 힐끗 보고 판단을 맡겼다. 시선의 의도를 눈치 챈 신관장은 조금 험악한 표정을 지으며 천천히 끄덕였다.

"오늘 의식은 완료했습니다. 괜찮으시다면 내일부터 하겠습니다."

"그 말 잊지 말게."

히죽 웃는 신전장이 입실했을 때처럼 느긋한 발걸음으로 의식의 방을 나갔다. 문이 닫히고 의식의 방에 적막이 감돌았다. 그때 신관장의 입에서 안도의 한숨이 흘러나왔다.

"그대가 폭주하진 않을까 조마조마했다. ……이 추가된 작은 성배는 아마 영주님의 명령이 아닐 거다."

"하겠다고 말해 버렸는데 어떡하죠? 가끔은 체면을 세워 줘도 상관은 없는데요."

신관장은 험악한 표정을 지은 채 잠시 생각에 잠겼다.

"의식은 이대로 속행한다. 영주님께 문의해서 배후를 조사할 생각이지만, 이런 날씨로는 금방 정보가 모이지 않을 거다. 당분간 상황을 지켜보려면 고분고분하게 있도록 하자. 부탁해도 되겠나?"

"네."

이렇게 해서 나는 조금씩 늘어 가는 작은 성배를 채우며 겨울을 보내게 되었다.

# 로지나의 성인식

"마인 님, 성인식은 어떻게 하실 겁니까?"

겨울 중반이 다가오는 어느 날, 의식을 끝내고 방으로 돌아오는 길에 갑자기 프랑이 그렇게 말했다. 나는 의미를 알 수 없어 눈을 깜빡거렸다.

"성인식? 제 세례식은 이미 끝났는데요?"

"마인 님의 세례식이 아닙니다. 로지나의 성인식을 말하는 겁니다."

웃음이 터진 프랑이 서둘러 입가를 막으며 정정했다. 나는 예상치 못한 말에 눈이 휘둥그레지고, 입이 쩍 벌어졌다.

"……로지나의 성인식이요?"

"네. 이 겨울 끝 무렵에 있을 성인식에서 로지나가 성인이 됩니다."

"모, 몰랐어요…….”

주인으로서 자신의 시종 인생의 한 획을 긋는 이벤트조차 파악하지 못했던 나 자신에 실망감을 감출 수 없었다.

"성인이 됐을 때 신전에서 회색 무녀로서 입을 평상복을 지급합니다. 고아원에 남는 무녀라면 그 평상복뿐이지만, 시종이 된 회색 무녀는 그 주인에게 선물을 받기도 합니다."

프랑은 그렇게 말하며 고아원의 성인식에 대해 가르쳐 주었다. 이른 아침에 몸을 씻고, 새로 받은 옷을 입고, 예배실에서 기도와 감사를 올린다. 이 의식은 평민촌의 성인식이 시작하는 세 점 종이 울리기 전에 끝난다고 한다. 즉, 내가 페슈필 연습을 하는 동안에 고아원 아이들의 세례식과 성인식이 끝나는 셈이다.

"저, 전 고아원 아이들에게 줄 선물을 하나도 준비 못 했어요……."

과연 고아원의 원장으로서 이래도 될까. 신전에 오고부터 바빴지만, 그건 변명이 되지 않았다. 핏기가 싹 가신 나를 보고 프랑이 조그맣게 웃었다.

"수습생이신 마인 님은 신전 의식에 거의 출석하지 않으시니 모르셔도 어쩔 수 없습니다. 여름 성인식도 겨울 성인식도 마인 님이 앓아누워 계시는 동안에 끝이 났고, 가을 성인식은 겨울 준비로 바쁘셨죠. 그리고 지금까지 없었던 선물을 갑자기 주게 되면 고아원에 차별이 생깁니다."

고아원은 원칙상 누구에게나 평등해야 한다. 프랑은 차별이 생기면 좋지 않다고 말했다. 하지만 선물을 주지 않더라도 축하 인사 정도는 전하고 싶었다.

"마인 님, 제발 고아원에 선물을 보낼 생각은 하지 말아 주십시오. 나중에 곤란해질지도 모릅니다."

내가 고아원 원장으로 지내는 동안은 선물을 보낼 수 있어도 원장이 바뀌면 없어질지도 모른다. 열 살이 되면 귀족원에 가기로 정해진 내가 고아원 원장으로 지낼 시간은 그리 길지 않다. 그 앞날을 생각해 달라고 프랑은 말했다.

"평소에도 시종들에게 포상을 주시는 마인 님이신 만큼 성인식에도 선물을 주시는지 궁금했을 뿐입니다. 그렇다고 꼭 선물이 필수는 아닙니다."

내가 눈치채지 못한 것 같아 일부러 알려준 거라고 한다. 프랑의 말대로다. 나는 내 시종이 태어난 계절도 몰랐다. 로지나가 곧 성인이 된다는 건 알았지만, 언제 성인식인지 전혀 몰랐다.

"알려줘서 고마워요, 프랑. 로지나에게 뭘 선물할지 생각할게요. ……프랑은 성인식 때 신관장님한테 뭔가 선물을 받았나요?"

"펜과 잉크를 받았습니다. 펜은 지금도 소중하게 쓰고 있습니다. 그때 어엿한 시종이라 인정받은 것 같아서 정말 기뻤었지요."

프랑은 미소를 지으며 그렇게 말했다. 그 기뻤던 기억이 있기 때문에 로지나의 성인식에 대해 내게 조언해 줬으리라. 주인으로서 로지나가 기뻐할 선물을 생각해야 한다. 다만 내 감각은 거의가 빗나가기 일쑤라 대체 어떤 물건을 성인식 선물로 줘야 하는지 조사가 필요하다. 주변 사람들부터 탐문 수사를 개시하자. 우선은 루츠…… 라고 생각했는데 눈보라가 멈출 때까지 와 주지 못한다. 신전 내에 가까운 사람이라면 신관장밖에 없었다.

"신관장님, 제 시종이 곧 성인식인데, 성인식 선물로 어떤 물건을 주는 게 일반적입니까?"

내가 업무를 끝내고 질문하자, 신관장은 조금 눈을 크게 뜨고 "……그대가 웬일로 제대로 된 질문을 하는구나." 라고 실례되는 말을 중얼거린 후, 헛기침을 했다.

"선물이라면 상대방이 오래 쓸 수 있는 물건이 좋겠지. 어엿한 어른이 되었음을 축하하는 선물이다. 일상 업무에서 쓸 수 있는 물건이 좋을 거다. 내 선물은 펜과 잉크다."

"평소 쓰는 물건이고 로지나의 업무를 고려하면…… 악기일까요?"

로지나의 일상을 떠올리며 그렇게 말하자, 신관장은 차가운 눈빛으로 나를 노려보았다.

"바보 녀석. 너도 가지고 있지 않은 비싼 악기를 시종의 축하 선물로 주는 사람이 어디 있느냐? 시종에게 주기 전에 우선 네 것을 사거라."

신관장에게 혼이 난 나는 얼른 철수하기로 했다.

"……그러네요. 의견 주셔서 감사합니다. 다른 걸 생각해 볼게요."

신관장에게 혼이 난 며칠 뒤, 눈보라가 약해진 어느 날. 투리와 루츠와 벤노가 함께 내 방에 찾아왔다.

"마인, 잘 지내?"

"투리, 루츠! ……아, 벤노 씨까지."

"나는 고아원에 공부하러 왔고, 두 사람은 할 말이 있대."

투리는 인사만 하고 공부하러 고아원으로 향하고, 루츠와 벤노는 방으로 들어왔다. 다무엘의 존재를 눈치챈 벤노가 표정을 다잡았다.

"마인 님, 곧 성인이 되는 다프라를 한 사람, 종업원 수습 겸 맡아 주셨으면 합니다."

레온이라는 다프라를 내 방에서 교육해 줬으면 한다고 벤노가 말했다. 나는 종업원 교육을 맡게 될 프랑에게 시선을 보냈다.

"프랑, 이 제안을 받아들여도 괜찮겠어요?"

"최근엔 로지나와 빌마가 사무를 맡아 준 덕분에 점심 때 시중 방식만 가르친다면 문제없습니다."

프랑의 표정이 아주 살짝 굳어지는 것을 보고 나는 벤노를 보았다.

"알겠습니다. ……벤노 님, 저희는 식사 시중만 가르칠 테니, 그 외의 교육은 전부 마친 사람을 보내 주십시오."

"그 외의 교육?"

벤노가 의아한 표정을 지었다. 길베르타 상회는 수습생들에게 철저하게 손님 접대 교육을 시킨다. 그것은 나와 루츠가 출입하기 전부터도 마찬가지였다. 벤노가 우리를 귀한 손님으로 대우하면서 안방에 맞이해 준 덕분에 점원들도 우리에게 함부로 하지 못했다. 그래서 벤노는 누구를 보내도 문제가 없다고 판단했으리라.

"프랑이 교육 담당이지만, 회색 신관이며 고아입니다. 교육이 부족해 선생을 멸시하거나 깔보는 자는 단호히 거절합니다."

손님을 대하는 태도는 철저히 교육받아도 시종에게까지 정중한 태도를 보이는 점원은 절반이라고 프랑이 말했었다. 내가 안방에서 협상하는 동안 상점 쪽에서 대기하는 프랑에게 가끔 불쾌한 시선을 던지는 점원이 있다는 말을 들었다.

"호오, 그런 일이 저희 상점에서 있었다고요? 교육이 부족한 제 점원이 매우 큰 실례를 저질렀군요. 가령 레온이 그런 못난 짓을 저지른다면 즉시 다프라 계약을 끊을 터이니 바로 알려주셨으면 합니다."

"프랑, 이걸로 문제없나요? 그 외에 요청해 두고 싶은 점이 있으면 말하세요."

"그렇군요. 레온에게 점심 시중을 시키는 건 딱히 상관없습니다만, 그의 식사까지 책임질 수 없습니다. 이곳 식재료는 마인 님을 위한 것이기 때문입니다."

"식사는 루츠와 마찬가지로 내가 책임질 테니 걱정 말아라."

벤노와 프랑이 자세한 시중 교육에 관해서 상담을 시작하자, 나는 루츠를 손짓하며 살짝 물었다.

"나 루츠한테 상담할 게 있어."

"뭔데? 또 뭔가 저지르려고?"

루츠의 얼굴이 아주 조금 경계의 빛을 띠었다. 루츠의 말에 벤노와 프랑도 대화를 멈추고 내 쪽으로 시선을 보냈다.

"저지르다니 말이 너무 심하네. 곧 로지나의 성인식이래. 성인식 선물로 어떤 걸 주는지 알아? 루츠네 집에는 자샤 오빠가 슬슬 성인이잖아?"

"자샤 형한테는 작업 도구를 선물할 거야. 세례식 때 준 선물은 이제 작아졌거든."

세례식 때 선물하는 도구는 어린애라도 쓸 수 있게 무게가 가볍거나, 조금 작거나 한다. 몸이 성장하면서 쓰기 불편해지면 도중에 새로 사거나 물려받는 사람도 있다. 어느 쪽도 아니라면 성인식 때 어엿한 성인으로서 새 작업 도구를 받는다고 한다.

"장인은 작업 도구를 주는구나……. 벤노 님, 상인은 성인 선물로 뭘 주나요?"

"전 가족에겐 장식품, 그리고 다프라에게는 옷을 선물합니다. 둘다 귀족에 대응할 때 필수품이죠."

"다루아한테는 없나요?"

"네."

상점의 장래에 필요한 다프라에게는 성인식 선물을 주고, 그 후부터 귀족에게 인사하러 데리고 나가게 되지만, 다루아는 계약이 끝나면 대부분 거기서 인연이 끝인 경우가 많아 딱히 선물을 챙기지 않는다고 했다.

"장식품이나 옷도 나쁘지 않은데…… 로지나가 평소에 안 쓰는 물건이네요."

"어차피 성인이 되면 머리를 묶어야 하니까 빗이나 리본도 괜찮지 않아?"

작은 장식이 달린 머리 장식도 괜찮을지 모른다. '몸치장 도구'라고 서자판에 써 두었다.

"선물이 필요하시다면 루츠를 통해 빨리 주문해 주시면 준비할 수 있습니다."

"부탁합니다."

벤노는 프랑과 상의를 끝내고 상점에 돌아갔고, 루츠는 고아원에 가겠다고 했다. 나도 프랑과 다무엘을 데리고 투리의 상태를 보러 고아원에 가기로 했다.

"투리는 노력 중이야. 마인, 이번에 간단한 단어로 편지를 써서 주도록 해."

"응, 그렇게 할게. 고마워, 루츠."

루츠는 가끔 투리의 선생이 되어주는 듯했다. 작년에 내게 배운 걸 그대로 가르치는 것뿐이라지만, 덕분에 투리는 고아원 아이들에게 뒤처지지 않고 공부를 따라갈 수 있었다.


"그럼, 이걸 계산해 봅시다."

오늘 신전 교실은 계산을 연습하는 듯하다. 계산기를 앞에 두고 어려운 표정을 짓는 투리를 곁눈질로 보면서 나는 빌마에게 갔다. 빌마와 로지나는 같은 주인을 모신 적이 있다. 빌마가 성인식 선물로 무엇을 받았는지 들으면 참고가 될지도 모른다.

"아아, 그러고 보니 이번 겨울에 로지나가 성인이 되네요."

"맞아요. 그때 줄 선물로 고민 중이에요. 빌마는 성인식 때 크리스티네 님께 무엇을 받았는지 물어도 될까요?"

내가 묻자 빌마는 복잡한 미소를 띠었다.

"제 성인식은 크리스티네 님께서 신전을 떠난 직후라 딱히 아무것도 없었습니다."

"……네? 그럼 빌마에게도 뭔가 선물을……."

설마 받은 선물이 없었을 줄이야. 내가 당황하며 빌마에게 그렇게 제안하자 빌마가 키득거리며 웃었다.

"마인 님, 그런 것까지 신경 쓰셨다간 다른 시종들까지 다 선물을 주셔야 할 거예요."

고아원에 지냈던 델리아와 길도 세례식 때 선물이 없었다고 빌마가 말했다.

"저뿐만 아니라 길과 델리아, 모두에게 선물하시면 성인식 주인공인 로지나가 빛나지 않겠죠? 그리고 프랑만 아무것도 없으면 복잡한 기분이 들지도 모릅니다."

"음……."

'그저 모두가 기뻐해 줬으면 한 건데 참 어렵네.'

빌마는 평소의 부드러운 미소를 띠면서 고민하는 내 얼굴을 들여다보았다.

"주인님께서 주시는 물건이 무엇이든 기쁠 겁니다. 그리고 로지나가 원하는 물건은 뭐든지 음악 관련 물건인걸요. ……아, 새로운 악보는 어떻습니까?"

"새로운 악보! 그거 좋은데요?"

"……상당히 희귀한 악보여야 할 거예요. 크리스티네 님께서 수많은 악보를 소유하고 계셨거든요……."

희귀한 악보를 준비하는 건 식은 죽 먹기다. 나는 다음 날 신관장을 찾았다.

"신관장님, 로지나의 성인식 기념으로 새로운 악보를 선물하고 싶으니 악보를 쓰는 방법을 가르쳐 주세요."

"대체 무슨 곡을 쓸 생각인가?"

"……물론, 제가 기억하는 곡이요."

예술계 무녀였던 크리스티네가 소지하지 않았던 곡을 이곳에서 찾기 힘들다면 내 기억 속의 곡을 악보에 옮기면 된다. 작성 방법만 알면 악보를 준비하는 건 그다지 어려운 일이 아니다. 분명.

"곡? 그 꿈속의, 말인가?"

"네. 그것 말고 로지나가 모르는 곡이 뭔지 모르니까요."

"프랑, 방에서 페슈필을 가져오너라."

"알겠습니다."

프랑이 방에서 악기를 가져올 동안 나는 신관장에게 악보 작성 방법을 배웠다. 당연하지만, 이쪽의 악보 작성법은 기억 속과는 전혀 달랐다. 음계만이라면 지금까지 받은 악보를 보며 어떻게든 쓰겠는데 그 외의 기호나 규칙을 전혀 몰랐다.

"오래 기다리셨습니다."

"고마워요, 프랑."

프랑이 가져와 준 작은 페슈필을 손가락으로 튕기면서 나는 기억 속의 음을 더듬었다.

"어? 좀 다른데. 이쪽인가? 아, 맞아. 이런 느낌이야…… 우후후……."

한 소절씩 찾아낼 때마다 신관장에게 쓰는 방법을 물으면서 악보에 적어 내려갔다.

"신관장님, 여기는 이렇게 쓰면 맞나요?"

"……됐다. 페슈필을 이리로 넘겨라."

다섯 소절이 끝날 때쯤, 내 방식을 도저히 참기 힘들었는지 짜증스러운 표정인 신관장에게 페슈필을 빼앗겼다. 어린이용 작은 페슈필을 쥔 신관장이 가만히 나를 노려보았다.

"내가 음을 찾을 테니 그대는 노래를 부르거라. 그대에게 악보 작성을 가르치는 것보다 내가 쓰는 편이 훨씬 빠르겠다."

나는 날카로운 시선을 한 몸에 받으며 콧노래로 흥얼거렸다. 중간에 신관장이 가볍게 손을 들면 거기서 노래를 멈추었다. 그러자 그 부분까지 신관장이 페슈필로 연주하기 시작했다. 망설임 없는 음의 선율에 내 입이 쩍 벌어지는 동안 신관장은 몇 번인가 페슈필로 적당히 편곡까지 넣어가며 악보를 써 갔다.

'신관장님, 정말 만능이시다.'

내가 콧노래로 부른 클래식의 기본 선율을 페슈필에 어울리게 편곡까지 가미한 악보가 순식간에 완성됐다.

"마인, 외우고 있는 다른 곡은 없는가?"

"……연주할 만큼 정확하게 외우는 곡은 없지만, 콧노래로 부르는 정도라면 기억하는 곡은 많아요."

나의 대답에 신관장이 만족스럽게 끄덕였다.

"그럼 부르거라."

"네?"

"나도 새로운 곡이 필요하던 참이었다. 음, 세 곡 정도 있으면 좋겠군."

편곡까지 한 악보를 받았으니 세 곡 정도 불러 줘도 상관없었다. 이왕 이렇게 된 거 만화 주제가도 살짝 섞어 불렀다. 음을 확인하고 편곡하면서 만화 주제가를 연주하는 신관장은 보고만 있어도 조금 웃겼다.

"이걸 그대가 직접 옮겨 써서 선물하면 되겠군."

"감사하게 생각합니다."

나는 신관장이 직접 쓴 악보를 책상 서랍에 넣고, 로지나가 프랑과 서류 작업을 할 때 몰래몰래 옮겨 적었다.

네 곡 정도 옮겨 쓴 악보를 루츠에게 구멍을 뚫어 달라고 부탁하고 끈으로 엮으면 완성이다.

"완성했다!"


그리고 겨울이 끝나는 땅의 날, 성인식 당일이 되었다.

델리아와 길이 아침 일찍부터 열심히 옮긴 물에 로지나가 몸을 씻었다. 그리고 신전에서 나눠 받은 새 회색 무녀 의상을 입었다. 이제껏 장딴지까지 오던 치마 길이가 구두 끝이 아슬아슬하게 보이는 길이가 되고, 머리는 땋아 올리게 된다.

"로지나의 머리는 땋아 올리기 조금 아깝네요."

풍만하게 물결치며 화려한 분위기를 자아내는 밤색 머리를 늘어뜨린 로지나를 이제 볼 수 없게 되니 조금 쓸쓸해졌다.

델리아는 머리를 땋아 올린 로지나의 모습을 부러운 듯 바라보았다.

"아깝긴요! 전 얼른 땋아 올리고 싶다고요."

머리를 반듯하게 바짝 묶은 빌마와 달리 로지나는 여성스러움을 남기며 볼륨감 있게 묶었다. 원래 어른스러운 용모였던 로지나는 머리를 올린 순간 성인 여성처럼 보였다. 드러난 호리호리한 하얀 목덜미와 목 언저리에서 반짝이는 잔머리가 흐르는 모습이 요염해 보이기까지 했다.

"로지나는 정말 예쁘네요."

감탄의 숨을 내쉬며 내가 성인이 된 로지나의 모습을 바라보자, 로지나는 조금 부끄러운지 수줍어하며 웃었다.

"정말! 내가 어른이 되면 더 미인이 될 거예요!"

"그럼요. 델리아도 분명 미인일 거예요."

나는 로지나에게 대항하는 델리아에게 쓴웃음을 지으며 로지나에게 "축하해요."라고 말하고, 예배실에서 이루어지는 성인식에 보냈다.

"다녀와요, 로지나."

"네, 다녀오겠습니다. 마인 님."

오늘은 청색 신관이나 회색 신관도 성인식에 동원되므로 신관장을 돕는 업무는 없다. 그리고 로지나도 없으므로 페슈필 수업도 없다. 너무 심심했던 나는 프랑과 다무엘을 데리고 고아원에 가서 빌마에게 파루 케이크 반죽을 만들도록 부탁했다. 엘라에게 레시피를 알려줄 생각은 없지만, 여자동 지하에서 구우면 냄새를 맡고 아이들이 모이기 때문에 여자동에서 반죽하고 내 방 주방에서 굽기로 했다.

"빌마, 로지나를 위해 내 방에 와 주지 않겠어요? 남자가 있지만 다 아는 얼굴이니까 이제 괜찮죠? 줄곧 함께였던 빌마에게 축하받으면 로지나가 정말 기뻐할 거예요."

"……그렇군요. 식당과 공방에서 회색 신관을 마주치는 것도 조금 익숙해졌으니 잠깐 가도록 하겠습니다.

케이크 반죽이 든 볼을 안은 빌마와 함께 방에 돌아가기로 했다. 프랑과 다무엘은 놀란 듯 눈을 크게 떴지만, 빌마가 긴장하지 않도록 거리를 두고 걸어 주었다.

"다녀왔습니다, 마인 님."

"어서 와요, 로지나. 기다리고 있었어요."

세 점 종이 울리기 전에 성인식이 끝난 로지나가 방에 돌아왔다. 2층에 올라온 로지나의 손을 가볍게 끌고 자리를 권했다.

"마인 님?"

"그대로 앉아 있어요."

"하지만 주인님을 두고 제가 앉을 순 없습니다."

사양하는 로지나를 올려다보며 어찌할까 고민하자, 프랑이 하는 수 없다는 듯 한숨을 내쉬고 내 의자도 끌어와 주었다.

"로지나의 말이 맞습니다, 마인 님. 로지나가 앉아 있길 원하신다면 우선 마인 님께서 앉아 주십시오."

얌전히 내가 자리에 앉자, 로지나도 얼떨떨해하며 자리에 앉았다. 달콤한 냄새가 주방에서 여기까지 풍겼다.

"빌마!?"

놀라서 휘둥그레진 로지나를 바라보며 깊은 미소를 지은 빌마가 로지나의 앞에 파루 케이크를 올린 접시를 놓았다. 델리아가 그 옆에서 진지한 눈빛으로 차를 따르기 시작했다.

"오늘은 로지나를 축하하는 파티예요. 마인 님께서 제안하시고 제

가 구웠답니다."

"……정말 맛있어 보여요."

파루 케이크와 정성스럽게 따른 차를 바라본 후, 테이블을 둘러싼 모두의 얼굴을 돌아본 로지나의 파란 눈동자가 점점 촉촉해졌다. 나는 프랑을 시켜 집무용 책상에서 악보를 가져오게 했다.

"이건 내가 주는 선물이에요. 괜찮다면 연습해서 들려 주세요."

"……모르는 곡이 이렇게 잔뜩. 어떻게 이런 선물을…… 감사하게 생각합니다, 마인 님. 그리고 저를 위해 다들 이렇게 모여 주셔서 정말, 정말 기뻐요."

로지나는 내가 엮은 악보를 가슴에 꼭 안고, 눈부신 미소를 지었다.

"성인이 된 걸 축하해요, 로지나. 그대의 앞에 펼쳐진 미래에 신들의 축복이 있기를."

# 룸토프와 구두

달력상으로는 봄이라지만, 아직 바깥은 눈보라만 줄었을 뿐 여전히 매서운 추위로 그다지 봄이 느껴지지 않았다. 하지만 눈보라가 줄은 덕분에 투리가 놀러 오는 날이 늘었다. 그것은 집에 돌아갈 날이 다가 오고 있다는 뜻이어서 나는 뛸 듯이 기뻤다.

어느 날, 투리가 조그만 항아리를 안고 찾아왔다.

"있지, 마인. 이거 겨울에 먹으려던 거 아냐? 어떻게 해? 네가 없 어서 계속 방치 중이야. 엄마가 어떻게 쓰는지 물어보고 오래."

투리가 항아리를 테이블 위에 올리고 뚜껑을 열자 시큼한 알코올 냄새가 코를 찔렀다. 속에 있는 건 술에 듬뿍 담가서 갈색으로 걸쭉해 진 과일들이었다. 집에서 담은 룸토프를 항아리 몇 개에 나눠 넣었던 것이다. 여름부터 열심히 과일을 절여 뒀던 걸 완전히 잊고 있었던 나 는 히이익, 하고 숨을 삼켰다.

"꺅! 고아원 원장실에 꿀이랑 설탕도 있고, 잼도 만들어 놔서 깜빡 했어!"

"……그럴 줄 알았어."

다양한 종류의 과일을 술에 담근 룸토프가 맛있게 숙성되어 있었 다. 과일은 모가 없어져서 동그스름해졌고, 술도 걸쭉해져 있었다. 바 로 먹어도 되겠지만, 어떻게 먹으면 맛있을까?

"어떡하지? 처음엔 '아이스크림'이나 '푸딩'으로 먹으려고 했는데, 집에서 만드는 가장 간단한 과자는 파루 케이크잖아?"

여름에 담그기 시작했을 땐 신전에서 지낼 예정은 없었다. 그래서 루츠의 집에 설탕과 룸토프를 가지고 가서, 요리를 만들 계획이었다. 달걀과 우유와 노동력을 제공받고, 새로운 레시피로 만든 아이스크림과 푸딩에 룸토프 과일을 작게 잘라서 얹어 먹으려고 했었다. 하지만 내가 루츠의 집에 못 가게 되면서 계획은 물거품이 되어 버렸다. 집에서 가족들이 간단하게 먹을 방법을 생각해야 한다.

"파루 케이크 위에 얹어서 먹으면 돼?"

"룸토프를 잘게 잘라서 그 위에 얹는 거야. 투리랑 엄마는 과일을 먹고, 남은 술을 주면 아빠가 좋아하실걸? 파루 케이크 말고는…… 프렌치토스트! 몇 번 같이 만들었지? 거기에 얹어 먹어도 맛있어. 그리고, 그리고……."

룸토프를 사용한 단골 과자라면 슈톨렌(이스트를 사용해 발효하여 구워낸 담백한 독일의 대표적인 전통빵)이다. 하지만 집에 오븐이 없으니 구울 수가 없다.

"마인, 진정해. 여기서는 뭘 만들어 먹을 거야? 파루 케이크는 못 만들잖아."

"……응."

되도록 엘라에게 파루 케이크의 레시피를 알려주고 싶지 않았다. 그래서 요리사인 엘라의 협력을 받는다면 파루 케이크는 포기해야 한다. 여자동에서 고아들을 동원해 만들기에는 양이 턱없이 부족하다.

"뭐가 좋을까? '슈톨렌'이 대표적이긴 한데, 오늘 만들기엔 시간이 걸리고. 음, '크레이프'를 엘라한테 만들게 할까?"

"……그건 레시피를 공개해도 괜찮아?"

나의 요리 레시피는 이탈리안 레스토랑에서 내거나, 일제나 프리다에게 파는 등 돈과 이어진다는 사실을 아는 투리는 조금 경계하는 표정을 지었다.

"아마도. '크레이프'랑 비슷한 요리도 있으니까…… 괜찮을 것 같은데?"

이 마을에서 내가 본 건 크레이프가 아니라 메밀가루를 쓴 갈레트(프랑스 지방의 대표적인 쿠키) 같은 요리로, 달걀과 햄을 넣거나 버섯과 치즈를 넣고 굽는 음식이다. 식당에서는 가벼운 식사 대용으로 판다. 하지만 의외로 갈레트를 디저트처럼 먹는 모습을 지금까지 본 적이 없다. 어쩌면 어딘가에서 만들고 있을지도 모르지만, 나는 모른다. 평민촌은 대체로 포만감이 우선이다. 단맛을 중요시하는 식생활이 아니니 하는 수 없을지도 모른다.

"프랑, 크림은 바로 준비할 수 있을까요?"

"날씨가 추우니 금방 준비할 수 있습니다. 어느 정도 필요하십니까?"

내가 돌아보자, 프랑은 이미 서자판을 손에 쥐고 메모하는 자세로 지시를 기다렸다. 유기농 우유는 추운 장소에 두면 지방분이 뜨므로, 우유만 많다면 생크림을 만드는 건 그다지 어렵지 않다. 지나치게 수분이 많이 빠져서 클로티드 크림이 되지 않게 주의하면 된다.

"크림 한 컵 정도와 우유 한 컵을 부탁해요."

식량창고에 있는 메밀가루로 갈레트도 만들 수 있지만, 개인적인 취향으로 이번엔 밀가루로 크레이프를 만들고 싶었다. 설탕을 사용한 과자는 원래 귀족의 음식이다. 원장실 주방에서 만든다면 평민촌 요리보다 조금은 귀족다움을 내는 편이 좋으리라. 크레이프를 만들어서 거품을 낸 크림과 작게 자른 룸토프를 얹어 먹자.

프랑이 크림을 받으러 귀족 구역에 있다는 커다란 빙실에 갔고, 나는 바로 크레이프의 레시피를 적기 시작했다. 이 레시피를 엘라에게 건네서 만들게 해야 하기 때문이다.

"저기, 투리. 음, 그 왜, 메밀가루를 물과 소금으로 주물러서 만든 반죽에 햄과 치즈를 올리고 구워서 먹는 요리 이름 알아?"

"아, 브흐레트 말이구나?"

"그래, 그거."

이 마을의 갈레트 명칭을 외운 나는 레시피 순서에 '브흐레트처럼 얇게 굽는다'라고 써넣었다. 레시피를 완성했을 때쯤에 프랑이 주전 자처럼 손잡이 달린 밀크포트에 우유와 크림을 받아 와 주었다.

주방에 밀크포트를 두고 2층으로 올라온 프랑에게 목패를 보였다.

"프랑, 엘라에게 이걸 만들도록 부탁해 주세요. 브흐레트처럼 굽되 아무것도 넣지 말고 기본 반죽만 구워 달라고 전해 주세요. 엘라라면 그 설명으로 충분히 알겠죠. 구워지면 접시에 담아서 가져와 주세요. 그렇게 부탁해요."

"알겠습니다."

내가 레시피를 프랑에게 전하자, 투리가 룸토프 항아리를 안고 자 리에서 일어났다.

"저기, 프랑. 나도 도울 테니 요리하는 걸 봐도 될까?"

투리가 프로 요리사의 요리에 흥미가 있다는 걸 알고, 나도 프랑에 게 부탁했다.

"프랑, 투리라면 제 레시피에 익숙하고, 방해가 안 될 테니 엘라에 게 부탁해 주세요. 사실은 제가 가고 싶지만, 다들 긴장하게 해서 방 해만 되잖아요? 전 이곳에 기다릴 테니 투리를 부탁해요."

함께 과자 만들기라니 매우 여자아이다워서 부러웠다. 사실 휴식 시간이면 주방에서 들려오는 엘라와 조수인 니콜라, 모니카의 수다 소리가 화사하고 즐거워 보였다. 투리를 따라 나도 끼고 싶었지만, 청색 견습무녀는 참아야 한다.

"귀족 아가씨는 의외로 힘들구나."

자기 방 안에서도 자유롭지 못한 내게 투리가 동정 어린 시선을 보내 왔다. 평민촌 상식이 통하지 않는 이곳에서는 항상 내가 이상했다. 그래서 같은 의식을 가진 투리의 존재가 기뻤던 나는 크게 끄덕였다.

"정말이야. 겉모습만 신경 쓰고 말이야."

"……겉모습이라니, 양말?"

나와 투리와 시선이 내 발밑으로 향했다. 그리고는 얼굴을 마주 보고 어깨를 들썩이며 쓴웃음을 지었다. 정말 귀족 아가씨 흉내는 편하지 않았다.

"마인 님, 양말이라니 무슨 얘기예요?"

투리가 프랑과 함께 주방에 가버린 뒤, 델리아가 흥미진진하게 눈을 반짝이며 다가왔다. 옷과 머리 장식 얘기만 나오면 스스슥 다가오는 델리아에게 무심코 조그마한 웃음이 나왔다.

"이 양말이 춥겠다는 얘기예요."

내가 신은 양말은 얇은 천 재질로 허벅지까지 오는 긴 양말이다. 고무가 없는 이 마을의 양말에는 긴 끈이 달려 있다. 신전에서 매일 옷을 입을 때 나는 제일 먼저 천 재질로 된 벨트를 차고 양말에 달린 긴 끈을 그 벨트에 묶는다. 간단한 가터벨트인 셈이다.

그리고 무릎 밑에까지 내려오는 얇고 통이 큰 퀼로트(짧은승(짧은바지)) 같은 옷을 입고 이 무릎 주변에 달린 끈을 묶는다. 굉장히 믿음직스럽지 못한 팬티다. 우라노 시절의 팬티에 비하면 엉덩이가 시원하다. 그다음으로 셔츠를 입는데 이러면 절대 맨다리가 보이지 않게 된다.

부자나 귀족은 맨다리를 보이는 행위가 부끄러운 짓이라는 인식이 있어서 남녀 누구나 반드시 양말을 착용한다. 이것은 교양과 예의에 직결되며 양말을 신지 않는 건 매우 창피한 일이라고 여겨지고 있다. 내가 양말을 착용하게 된 건 길베르타 상회의 수습복을 맞췄을 때부터였다. 신전에서는 회색 신관도, 무녀도 반드시 양말을 착용했다.

"마인 님, 양말이 춥겠다니, 무슨 말인가요?"

"신전과 다르게 평민촌은 실용성을 중시한답니다."

평민들에게 양말은 방한복이라 여름에는 신지 않는다. 겨울이 되면 털실로 짠 주머니에 발을 넣고 끈으로 묶는다. 발목까지 오는 주머니 위에 마찬가지로 털실로 짠 레그 워머를 무릎 부근까지 올려 입는다. 방한 중시하는 차림이라 여러 장을 껴서 입은 바지 위에 입으면 제법 따뜻하다.

"하지만 투리가 신은 양말은 볼품없잖아요."

"그렇죠. 하지만 겉모습보다 온기가 필요할 때가 있거든요."

"……온기가 필요하다면 왜 마인 님은 롱부츠를 신지 않으시나요?"

품위를 중시하는 귀족은 털실로 짠 레그 워머를 신지 않는다. 대신 안감에 기모가 들어간 무릎까지 오는 부츠를 신는다. 확실히 그 부츠를 신으면 따뜻할 것 같았다. 하지만 나는 신전에서 레그 워머 착용이 금지인 줄 몰라서 돈이 없는 시기에 안감이 기모인 부츠 따위 마련하지 않았다. 지금 내가 신는 신발은 길베르타 상회의 수습생이 신는 활동성을 중시한 가죽 재질의 짧은 부츠다.

"적어도 성인이었다면 긴 스커트로 감췄을 텐데……."

신전을 돌아다녀도 얇은 천 양말만으로는 추워서 레그 워머를 입으려고 했더니 로지나에게 퇴짜를 맞았다. 내가 입는 무릎까지 오는 스커트는 레그 워머를 착용하면 훤히 보이기 때문이다. 내가 아쉬운 한숨을 내쉬자 델리아가 눈을 치켜떴다.

"정말! 보이지 않는 곳이라고 멋을 게을리하면 안 돼요!"

델리아의 여자력, 정말 높구나.

나는 멋보다 방한이 중요하지만, 신전에서 지내는 이상 주위가 허락해 주질 않는다.

"다음 겨울에는 잊지 않고 롱부츠를 주문할게요. 아무래도 추우니까."

"그러시는 편이 좋아요."

"마인 님은 가까운 시일 내에 짧은 구두도 여러 켤레 주문하셔야 합니다. 장식이 달린 숙녀다운 구두가 하나도 없잖아요. 벤노 님께 부탁해서 구두 장인을 부르는 편이 좋지 않으신가요?"

서류 업무를 일단락 지은 로지나가 끼어들었다. 봄의 기원식에 갈 때 지참하는 구두가 달랑 하나면 곤란해질 거라고 조언했다.

"지금부터 주문하면 기원식까지 맞출 수 있을 테니 일찍이 주문하도록 하세요."

"로지나, 그렇게 시간이 걸리는 중요한 물건은 미리 말해 주세요."

"네. 주의하겠습니다. 마인 님께 무엇이 부족한지 저도 아직 전부 파악하지 못했거든요."

로지나는 설마 내게 구두가 한 켤레만 있을 줄은 생각지도 못했다고 한다. 똑같은 구두가 여러 켤레인 줄 알았더니 겨울에 신전에서 지내게 되면서 구두가 한 켤레뿐이라는 사실을 알고 놀랐다고 했다.

평민촌에서 사용하는 구두는 두 종류가 있다. 빈민이 신는 나막신 같은 나무 구두와 부유층이 신는 가죽구두다. 나무 구두도 신을 수 없는 처지라면 누더기 천을 둘둘 감기만 한다. 맨발인 사람도 흔하다. 나는 길베르타 상회의 수습복을 만들 때까지 줄곧 나무 구두를 신고 다녔다. 그것이 망가지기 전까지 새 구두를 제작한다는 발상은 없었다. 우라노 시절엔 용도에 맞춰 몇 켤레나 가지고 있었는데, 환경은 사고를 변화시키는 법이다.

나는 서자판을 열어 '벤노에게 구두 주문 부탁하기'라고 써 두었다.

"저, 마인 님. 어떤 가죽으로 만드시나요? 말인가요? 아니면 돼지? 천 구두도 하나 정도 주문하시는 게 어떨까요?"

델리아가 눈을 반짝이며 재잘댔다. 정말 멋에만 관련되면 덥석 달려든다. 들뜬 델리아에겐 미안하지만, 나는 그런 쪽에 전혀 지식이 없다. 이곳에서 어떤 구두 디자인이 유행하고, 어디에서 어떤 구두를 신어야 하는지 모르는 내게는 어울리는 구두가 뭔지 모른다. 이번에 로지나가 고르는 모습을 보고 배워야겠다.

"어떤 구두를 만들지는 기본적으로 로지나에게 맡길게요. 지금 제게 가장 필요한 구두를 주문해 주세요. 제가 주문하면 분명 지금 신은 것과 똑같은 구두를 만들어 버릴 테니까요."

"알겠습니다. 맡겨 주세요."

상황별 구두 선택에 관한 로지나의 얘기가 시작되고 얼마 안 있어 주방에서 프랑과 투리가 접시를 들고 올라왔다. 정성껏 거품 낸 새하얀 크림이 든 접시와 잘게 자른 룸토프가 들어간 접시를 테이블 위에 나열했다.

"델리아, 차를 부탁해요."

"네."

프랑의 목소리에 델리아가 주방으로 향했다. 투리와 프랑은 식기류를 세팅하고 다시 주방으로 돌아갔다. 이번에는 동그랗게 구운 크레이프를 올린 접시를 들고 왔다. 함께 먹을 투리까지 2인분이다.

"마인 님, 기다리셨습니다."

탁 하고 접시가 눈앞에 놓였다. 내 기억 속과 똑같은 크레이프가 눈앞에 있었다. 콧구멍을 살짝 간지럽히는 달콤한 냄새에 황홀하여 표정이 헬렐레해졌다.

"이건 내가 자를게."

투리가 자신만만하게 그렇게 말하며 룸토프 접시를 가리켰다. 그리고 엘라의 훌륭한 요리 솜씨와 여자 조수들의 노력을 알려주었다.

"프랑, 미안한데 꿀도 가져와 주세요. 그리고 괜찮다면 엘라를 이곳에 불러와 줄 수 있어요?"

"어째서입니까?"

"이 과자의 완성형을 보여주고 싶거든요. 다음부터는 마지막까지 주방에서 만들어 줬으면 해서요."

요리사를 2층에 올리는 일을 프랑이 탐탁하게 여기지 않을 거라고는 생각한다. 하지만 크레이프가 반죽만 굽고 끝이라고 인식해서는 곤란했다.

"제가 엘라에게 가르칠 테니 마인 님께서 제게 가르쳐 주시면 그걸로 충분하다고 생각됩니다."

"그럼 프랑이 외워 주세요."

나는 주변 시선이 집중되는 가운데 숟가락으로 생크림을 떠서 반죽의 절반에서 앞쪽으로 6분의 1쯤 정도로 부채꼴로 발랐다. 그리고 잘게 자른 룸토프를 퍼서 크림 위에 올렸다.

"크림은 절반보다 앞쪽으로 이렇게 삼각형이 되도록 발라 주세요. 양은 적겠다 싶을 정도가 적당해요. 그 위에 룸토프를 듬뿍 올립니다. 계절이 바뀌면 그 계절 과일을 쓰면 되니까 꼭 룸토프가 아니어도 크레이프를 만들 수 있어요."

나는 설명하면서 룸토프 위에 꿀을 조금 떨어뜨렸다. 그리고 반으로 접어 둥글게 말았다.

"이렇게 하면 손에 들고 먹을 수 있어요. 귀족답게 칼과 포크로 먹고 싶다면 이렇게 말지 않고 반으로 접어만 주세요. 그리고 이렇게 크림과 과일과 꿀을 곁들여서 장식하면 완성이에요."

한 번 둥글게 만 크레이프를 접시 위에 펼치고, 그 옆에 생크림을 곁들였다. 그다음 룸토프와 꿀로 귀엽게 접시를 장식했다. 프랑이 크레이프의 완성형을 보고 재차 눈을 끔뻑였다.

"……이건 확실히 귀족에게 내도 부끄럽지 않은 요리군요."

"우와, 귀엽다! 엄청 맛있어 보여, 마인."

투리가 아주 기뻐하며 자기 접시 위에 놓인 크레이프를 장식하기 시작했다.

델리아가 흥미진진한 눈으로 바라보고 있었지만, 내가 다 먹고 나서야 먹을 수 있다. 시종과 함께 먹을 수 없어 아쉽지만 규칙이니 어쩔 수 없다.

"완성!"

투리가 만족스러운 소리를 지르며 자기 접시를 바라보았다. 접시를 장식하는 일이 익숙하지 않은 투리치고는 제법 그럴싸했다.

"몇천만의 생명을 저희의 양식으로 내려 주시는 높고 정정한 천공을 관장하는 최고신, 넓고 호호막막한 대지를 관장하는 5위의 대신, 신들의 어심에 감사와 기도를 올리며 이 식사를 받겠습니다."

반죽을 한입 크기로 잘라 입에 넣었다. 부드러운 크레이프 반죽은 테두리가 바삭거렸고, 아련하게 달콤했다. 다음은 생크림이 들어간 부분을 썰어 입 안에 쏙 넣었다. 살짝 탄력 있는 반죽에 싸인 부드러운 생크림 자체에는 거의 단맛이 없다. 하지만 크림과 함께 짜 넣은 꿀이 형용할 수 없는 달달함을 곁들였다.

그리고 몇 번 씹는 사이 룸토프가 씹힌 순간, 사르르 녹는 과일의 식감에서 알코올 냄새와 강력한 단맛이 배어 나왔다.

"투리, 어때?"

"맛있어, 마인."

활짝 웃음 지으며 이쪽을 돌아본 투리의 입가에 크림이 덕지덕지 붙어 있었다.

"투리, 입 주변이 크림 범벅이야."

"이거 어렵단 말이야."

포크와 나이프로 크레이프를 먹으려면 요령이 필요하다. 크레이프와 씨름하다 크림으로 입 주변이 엉망이 된 투리와 웃으면서 먹으니 맛이 더욱 각별했다.

"하아, 행복해. 이번엔 '푸딩'이 먹고 싶네. 다음에 투리가 올 때 만들게 할까?"

"새로운 과자야? 와아, 기대되네!"

이 맛과 행복을 가족에게 맛보여주고 싶어졌다. 어서 집에 돌아가고 싶은 마음이 절실해졌다.

# 금속 활자 완성

신관장에게 장인을 방에 들여도 좋은지 묻고 나서 벤노에게 얼른 구두 장인을 데리고 와 달라고 의뢰했다.

"해설(解雪)에 축복을. 봄의 여신이 위대한 은총을 내려 주시길"

그렇게 말하며 봄을 축복하는 인사와 함께 벤노와 구두 장인인 두 사람이 찾아왔다. 나는 거실 의자에 앉은 채 장인을 맞았다.

"물의 여신 플류트레네와 그 권속의 축복이 있기를."

호위 기사 다무엘이 엄중하게 지켜보는 가운데 벤노 또래의 구두 장인과 그 조수가 잽싸게 내 발 치수를 재고는 어떤 디자인으로 할지, 어떤 가죽을 쓸지 질문했다.

"기원식에 갈 때 신을 구두가 최우선이니 말가죽 부츠가 필요하겠네요."

"그럼 하얀 구두로 해요."

"델리아, 잘 생각해 봐요. 기원식은 농촌을 다니게 됩니다. 짙은 색이 좋아요."

내가 대답할 새도 없이 로지나와 델리아가 정해 갔다. 그런 두 사람의 대화를 들으며 프랑이 굳은 표정을 짓는 이유는 내가 둘의 감시를 부탁했기 때문이다.

델리아는 원체 화려한 물건과 아름답고 귀여운 물건을 좋아하여 쇼핑만 하면 들뜬 기분을 주체하지 못한다. 오더메이드라면 점점 화려한 구두가 되어 갈 게 틀림없다. 로지나는 크리스티네 님의 시종이었기에 센스가 좋고 필요한 물건을 분별해 주지만, 필요한 양의 기준이 약간 이상한 데가 있다. 금전적으로 여유롭고 취향과 기분에 따라 필요한 물건을 마구 사들이던 크리스티네 님과 똑같이 대했다가는 파산할 지경이다. 예상대로 그 두 사람은 "저것도 멋있다." "이왕 이것도 추가하자." 라고 끊임없이 장식과 주문을 추가했다. 그런 그들을 프랑이 한 마디로 일축했다.

"델리아, 이 이상 장식은 필요 없습니다. 로지나, 마인 님은 금방 성장하시니 그렇게 많은 양은 필요 없습니다. 성장에 맞춰 추가하면 그만입니다."

낭비를 끔찍이 싫어하는 신관장의 시종이었던 프랑은 예의를 차리는 적당한 차림새를 잘 알고 있다. 단, 프랑도 신관장도 남성이라 귀여운 물건과 예쁜 물건을 보는 센스는 로지나에 비해 떨어진다. 프랑의 기본 라인을 파악하면서 로지나와 델리아의 의견을 듣고 최종적으로 주문하는 건 내 몫이다.

"마인 님, 이 정도로 괜찮으십니까?"

"네. 이 세 켤레로 부탁할게요."

결국, 농촌 출장용으로 튼튼한 재질로 무릎까지 오는 말가죽 롱부츠와 부드러운 돼지가죽 쇼트부츠. 그리고 신전과 귀족 마을에 신고 나갈 화려한 천 재질 구두 세 켤레를 주문하게 되었다.

주문을 마치고 구두 장인들이 돌아갈 채비를 끝내자 벤노가 나를 힐끗 보았다.

"미안하지만, 난 마인 님과 중요한 얘기가 있다. 프랑, 이들을 문까지 안내해 줄 수 있겠나?"

"그럼 델리아. 구두 장인들을 문까지 배웅해 주세요. 로지나는 차

준비를 부탁해요."

벤노의 말에 끄덕인 프랑이 델리아에게 구두 장인을 문까지 배웅하도록 지시했다. 쇼핑으로 한껏 들뜬 델리아는 기분 좋게 장인들을 데리고 방을 나섰다.

"그런데 어떤 얘기요?"

"마인 님, 얼마 전에 요한이 상점에 다녀갔습니다. 과제 작품을 완성했다고 합니다."

'과제 작품'이란 말에 나는 눈을 끔뻑였다. 나는 겨울 끝 무렵에 대장장이인 요한의 후원자가 되었다. 요한이 다프라에서 어엿한 장인으로 인정받느냐 마느냐 하는 중요한 과제에 내가 금속 활자를 의뢰한 것이다.

"네? ……저기, 벤노 님. 과제 작품이라면…… 금속 활자 말씀이죠? 어? 너무 빠르지 않나요?"

총 35자의 기본 문자에는 같은 음으로 2종류의 문자가 있다. 그 양쪽의 모음 50벌씩, 자음 20벌씩의 활자를 준비하라는 것이 요한에게 낸 과제였다. 그런데 그걸 겨울 동안에 전부 끝냈다고?

"그래서 후원자이신 마인 님께 평가를 받고 싶다고 합니다."

과제는 손님의 주문품이다. 우선 주문한 손님에게 보이고 평가를 받아야만 한다.

"괜찮으시다면 상점에 와 주십사 합니다. 만약 마인 님께서 외출이 어려우시다면 이곳에 요한과 대장간의 주인장을 데리고 와도 괜찮으시겠습니까?"

"……신관장님께 상담해 보겠습니다."

"알겠습니다."

신관장과 다무엘은 내 방에 드나드는 사람에게 매우 신경을 곤두세운다. 명확한 지시를 받기 전까지는 확실한 대답을 할 수 없었다.

"요한에게는 눈이 녹은 후가 아니면 마인 님께서 상점에 오실 수 없는 사정을 전달해 뒀으니, 꼭 신관장님의 허가를 받고 신중히 행동해 주시길 바랍니다."

'반드시 신관장에게 상담해라' 라고 벤노가 쐐기를 박았다.

나는 얼른 신관장에게 면담 신청을 넣어 보았다. 겨울 동안에 쌓인 대량의 업무를 정리해서 비교적 한가한지 신관장은 금방 면담 시간을 정해 주었다.

"저기, 신관장님. 대장장이인 요한과 그 주인장을 제 방에 초대해도 괜찮습니까?"

"……이름을 부른다는 건, 그대가 아는 사람인가?"

"네. 제가 요한의 후원자라서 요한이 만든 물건을 평가해야 합니다."

흠, 하고 신관장이 손가락으로 관자놀이를 가볍게 톡톡 두드렸다.

"마인, 요한이라는 대장장이는 그대가 청색 견습무녀인 사실을 알고 있는가?"

"아뇨, 딱히 말하진 않았어요. 요한은 저를 길베르타 상회 주인의 딸로 착각했을 정도였고, 아마 벤노 님도 말하지 않았을 거예요."

"그렇군. 그럼 신전에 초대하지 말거라. 그대가 상점에 가는 편이 좋다."

"왜 구두 장인은 되고 요한은 안 되나요?"

내가 고개를 갸웃거리자 신관장은 살짝 한숨을 내쉬고 가르쳐 주었다.

"구두 장인은 길베르타 상회의 소개로 청색 견습무녀의 구두를 제작하기 위해 견습무녀의 방에 왔다. 그런데 요한은 길베르타 상회의 마인에게 물품을 보이기 위해 신전에 오게 되는 셈이지."

"……아."

내가 입을 막자, 신관장이 눈을 가늘게 떴다.

"겨울 동안 사방팔방으로 정보를 모아 봤다. 그런데 길베르타 상회와 연결된 어린애와 청색 견습무녀인 그대가 동일인이라는 사실을 아는 사람은 의외로 적더군. 그대의 정체가 잘 알려지지 않게 벤노가 잘 막아 주고 있어서겠지."

그러고 보니 벤노는 나를 표면상 드러나지 않게 하려고 노력 중이라고 했었다. 신관장이 조사한 결과, 많이 알려지지 않았다고 단언한다면 정말 열심히 정보를 막고 있는 것이리라.

"직접 상점에 가거라. 그대가 청색 견습무녀라고 퍼뜨리고 싶지 않으니."

"알겠습니다. 길베르타 상회에 다녀오겠습니다."

오랜만의 외출이다. 신전에서 나간다는 해방감에 얼굴이 헤벌레해지려고 했다. 나는 되도록 감정이 드러나지 않게 온 힘을 다해 얼굴에 힘을 주었다. 하지만 신관장은 내 노력을 "입만 웃고 있으니 기분 나쁘다." 하고 딱 잘라 말했다.

"다무엘, 마인의 호위를 부탁한다. 마인, 상점에 갈 땐 반드시 마차를 타거라. 절대 바깥을 어슬렁거리지 않도록. 마차는 벤노에게 수배를 부탁해라. 그리고 두 사람 다 되도록 눈에 띄지 않는 외출복을 입고 주의하라."

"네!"

"주의할게요."

멈출 줄 모르는 신관장의 주의 사항에 끄덕이면서 나는 헤벌레 웃었다.

'기다려, 내 금속 활자야! 지금 당장 만나러 갈 테니까!'

물론 결심했다고 당장 만나러 갈 수는 없었다. 고아원에서 작업 중인 루츠를 불러 벤노에게 전언을 넣어 마차를 보내도록 부탁해야 한다.

벤노가 대장간에도 전언을 넣어 주었고, 회합일이 정해졌다. 날씨가 나쁘고 눈보라가 치면 마차가 못 움직일 가능성도 있으므로 회합날이 연기될 우려가 있었다.

"이번에 활자가 잘 만들어지면 공백이랑 기호 활자도 필요할 거야. 다음 주문서도 만들어 두는 편이 좋겠어."

나는 회합날에 맞추도록 부지런히 다음 주문서를 썼다. 동시에 상점에 갈 준비도 게을리해서는 안 된다. 가능하면 상점에서 인쇄를 실현해 보고 싶었기 때문이다.

"일단 잉크랑 종이, 그리고 바렌, 걸레는 준비해 두는 편이 좋겠죠? 금속 활자의 사용 방법을 보여주는 편이 좋겠어요. 프랑, 길에게 부탁해서 공방에서 준비해 달라고 해 주세요."

"알겠습니다."

"저기 마인 님. 상점엔 대체 뭘 하러 가시는 건가요?"

내가 신이 나서 길베르타 상회에 갈 준비를 프랑과 의논하는 중에 델리아가 놀란 표정으로 나를 보았다. 델리아를 통해 신전장에게 얼마나 정보가 흘러갈지 전혀 모른다. 나는 싱긋 웃었다.

"신상품을 평가하러 가요. 제가 후원자니까요."

호위인 다무엘과 프랑, 그리고 루츠에게 묘한 라이벌 의식을 갖는 길이 이번 외출의 동행자다. 길베르타 상회와 관련된 일은 공방을 맡은 자기 영역이라며 길이 주장하기에 데려가기로 했다. 상점 안에서 금속 활자 사용법을 간단히 설명할 때 움직일 수 없는 나를 대신해서 길이 시범을 보이기로 했다.

　"대체 무슨 냄새지?"

　"평민촌 특유의 냄새라고 생각하시고, 익숙해지는 방법밖엔 없어요."

　'그 깨끗한 귀족 마을과 깔끔하게 청소하는 신전밖에 모르는 사람이면 다 그런 표정이겠지. 이해해. 이해해.'

　나도 마인이 된 초반에 분명 저런 표정으로 다녔겠다며 깊은 감회에 잠겼다. 하지만 금방 익숙해지고 평범하게 생활할 수 있게 된다. 인간의 습관과 내성은 대단하니까.

　"신관장님께서 다무엘 님께 내린 과제일 거예요. 제 호위를 하려면 평민촌에 다녀야 하거든요."

　"……그렇군. 이건 가혹한 과제야."

　다무엘만 인상을 찌푸린 채 마차는 길베르타 상회에 도착했다. 마차를 맞이하려고 마르크가 상점 밖으로 나왔다.

　"어서 오십시오, 마인 님. 다들 모여 계십니다."

　"안녕하세요, 마르크 씨. 안내 부탁해요."

　"견습무녀, 손을."

　당연한 것처럼 뻗은 다무엘의 손에 당황스러웠다. 이럴 땐 아가씨답게 에스코트를 받아야 하겠지만, 가짜 아가씨인 나는 능숙하게 에

스코트를 받아 본 경험이 부족하다. 게다가 마차는 계단 수가 적은 만큼 턱이 높았다. 다무엘의 손에 정신이 팔렸다간 굴러떨어질 위험이 있었다.

"다무엘 님, 마인 님은 아직 어리셔서 에스코트가 위험합니다."

내가 어물쩍거리며 식은땀을 흘리자, "실례합니다." 하고 프랑이 다무엘에게 양해를 구하고, 나를 안아서 내려 주었다.

"호오. 이거 미안했네, 견습무녀. 주변에 어린 사람이 없어서 잘 몰랐어."

"아뇨, 저야말로 어서 빨리 자라서 어엿한 숙녀로서 다무엘 님의 에스코트를 받을 수 있어야겠지요."

숙녀의 길은 멀고도 험해서 덩치가 자란다고 숙녀가 될지는 모르겠지만. 마음속으로 그렇게 덧붙이면서 상점에 들어갔다. 우리는 마르크의 안내를 받으며 안방으로 향했다.

"주인님, 마인 님께서 도착하셨습니다."

안방에는 대장간 주인장과 요한, 그리고 벤노와 루츠가 기다리고 있었다.

"오래 기다리셨습니다."

내가 들어가자 요한과 주인이 숨을 삼키고 눈을 동그랗게 떴다. 루츠와 함께 마을 안을 홀가분하게 돌아다니던 때와 다르게 시종을 셋이나 거느리고 나타났으니 놀랄 만도 하다.

"마인 님, 잘 오셨습니다."

벤노가 인사하자 주인장과 요한도 서둘러 인사했다.

나는 프랑이 빼 준 의자에 앉으면서 정면에 서 있는 요한에게 미소를 보냈다.

"요한, 안녕하신지요. 과제 작품이 완성됐다고 들었습니다."

"이것이 완성품인데……."

요한은 내 뒤에 선 다무엘을 포함한 시종 셋을 보고, 곤란한 듯 흔들리는 시선으로 보자기로 두른 네모난 상자 두 개를 테이블 위에 꺼냈다. 달깍달깍하고 안에서 금속끼리 부딪치는 소리가 났다. 그 소리에 내 심장이 쿵쾅거렸다.

"아무래도 전부 한 상자에 넣으면 무거워서 두 개로 나눴어."

금속 활자는 우선 부형(父型) 만들기부터 시작한다. 부형이란 단단한 금속에 글자가 볼록 튀어나오도록 새긴 것이다. 이 부형 제작 작업이 상당히 세밀하다. 크기가 1cm 정도인 금속에 글자를 새겨 넣어야만 하므로 세밀함이 특기인 요한의 기술이 필수다.

부형이 완성되면 다음은 부드러운 금속으로 만든 모형(母型)에 찍어 누른다. 그러면 부형의 글자 형태가 그대로 모형에 움푹 파인다. 그 뒤 이 모형을 거푸집에 넣고 거기에 합금을 부어 넣는다. 식히고 거푸집에서 합금을 떼어내면, 부형과 완벽히 똑같은 금속 활자가 완성되는 것이다. 똑같은 거푸집에 합금을 부어 넣고 식히면 꺼내는 작업을 반복하면 완전히 똑같은 크기의 글자를 여러 개 만들 수 있게 되는 셈이다.

"예상보다 훨씬 빨라서 놀랐어요. 설마 이렇게 빨리 완성될 줄은……."

가만히 보자기만 보고 있어도 가슴이 미칠 듯이 두근거렸다. 심장이 쿵쾅거리고, 현기증이 나는 듯한 어질어질한 감각이 들었다. 나는 가슴을 누르고 가볍게 한숨을 쉬었다. 모습이 보이지 않는 애인을 찾는 기분으로 나는 속을 뚫어보듯 보자기를 지그시 응시했다. 애가 타는 내 심정도 모르고 요한은 조금 수줍은 듯 웃으면서 볼을 긁적였다.

"……모두가 재미있어 하면서 도와줬어."

모든 글자의 부형과 모형은 요한이 만들었지만, 그 후에 대량 생산하는 과정에서는 겨울 동안 한가한 장인들이 재미있어 하며 도와줬다고 했다.

대장간 주인장이 히죽히죽 웃으며 요한의 어깨를 툭툭 두드렸다.

"누가 가장 깨끗하게 합금을 부어 넣는가 경쟁하거나, 효과 좋은 제작법을 다 함께 고안하면서 어떻게 이렇게 세밀한 다프라 과제가 있냐며 다들 폭소를 터트렸지. 역시 요한의 실력을 인정한 후원자. 대장간의 신 불카니푸트의 인도라고 말일세."

주인장은 요한을 웃으며 놀리고 있긴 했지만, 세밀함이 장점인 요한에게 세밀한 주문을 넣는 딱 맞는 후원자가 붙다니, 대장간의 신이 가져와 주신 운명이라며 감탄했다고 한다.

나도 이 운명을 마음속 깊이 감사했다.

"이 금속 활자라는 물건은 우리 공방 장인들이 쏟은 열의의 결정체다. 요한, 보여드려라."

"네, 주인님."

주인의 재촉에 요한은 천을 스르륵 풀었다.

A4 정도 크기의 얇은 두 나무판 안에 탁한 은색으로 빛나는 조각들이 쭉 도열해 있었다. 울퉁불퉁한 글자가 빛을 반사하며 반짝거렸다. 주문대로 모든 기본 문자가 갖춰진 모습이 그야말로 압권이었다.

"와아……."

나는 감동한 나머지 떨리는 손으로 금속 활자 하나를 꺼냈다. 2.5cm 길이의 작은 은색 덩어리에는 글자가 명확하게 새겨져 있었다. 작지만 묵직한 무게감이 느껴지는 금속을 손안에서 굴리며 전체적으로 살폈다.

그리고 금속 활자 하나를 더 꺼내 테이블 위에서 두 개를 나란히 놓았다. 눈을 가늘게 뜨고 검사하여 높이가 다르진 않은지 확인했다. 높이가 다르면 인쇄에 큰 영향을 끼치기 때문이다. 반듯하게 테이블 위에 서 있는 활자를 보고, 나는 상상보다 좋은 완성도에 얼굴이 헤벌쭉해졌다.

"어때, 아가씨, 희망했던 물건인가?"

주인장의 목소리에 퍼뜩 정신을 차렸다. 주위를 돌아보니 요한이 마른침을 삼키며 나의 평가를 기다렸다. 작은 금속 활자가 빽빽이 들은 판과 요한을 번갈아 본 나는 손안의 금속 활자를 꼭 쥐며 크게 끄덕였다.

"훌륭해요! 그야말로 구텐베르크예요!"

"뭐?"

"전 요한에게 구텐베르크라는 칭호를 내리겠어요!"

"응?"

주위가 눈과 입을 쩍 벌리는 가운데 루츠만 깜짝 놀라 내가 앉은 의자로 다가와서는 "마인, 진정해!" 하고 어깨를 잡고 흔들었다. 나는 앉은 채 루츠를 올려다보며 반론했다.

"이 상황에서 어떻게 진정해! 구텐베르크잖아!?"

"너무 흥분했어, 바보야!"

루츠의 당황한 목소리가 나를 내리쳤지만, 완성된 금속 활자를 앞에 두고 진정할 수 있을 리가 없다. 절대 무리다.

"루츠야말로 흥분이 부족해. 이것으로 책의 역사가 바뀌는 거야!

두근거리지? 흥분되지? 자, 더 감동해! 이 설렘을 같이 공유하자!"

"미안, 마인. 전혀 모르겠어."

루츠는 나와 감동을 공유하기 어려운 모양이다. 방을 둘러봐도 모두가 이해하기 어려운 듯 곤혹스러운 표정을 지었다. 이 감동을 누구와도 공유할 수 없다니, 너무 슬프지 아니한가.

"인쇄 시대의 개막이야! 지금 역사가 바뀌는 순간을 맞이한 거야!"

나는 의자를 덜컹거리며 일어나 이 금속 활자의 훌륭함을 역설했다. 하지만 주위의 반응은 신통치 않았다.

"구텐베르크라니까!? 구텐베르크의 이름도 요하네스, 즉 요한이야. 어쩜 이리도 훌륭한 우연과 기적적인 만남이! 신에게 기도를!"

내가 척하니 기도를 올리자 루츠가 머리를 싸맸다.

"……아~ 아가씨. 구텐베르크가 뭐야?"

대장간 주인장이 부릅뜬 눈을 깜빡이며 의아하다는 듯이 내게 질문했다. 조금이라도 공감해 주려고 하는 마음이 기뻤다. 나는 두 손을 깍지 끼며 주인장을 바라보았다.

"마치 신처럼 책의 역사를 바꾸어 버린 업적을 남긴 위인이에요. 요한은 그야말로 이 마을의 구텐베르크죠!"

그렇게 주장하는 사이 금속 활자만으로는 인쇄가 어렵다는 사실을 떠올렸다. 인쇄하려면 금속 활자뿐 아니라, 종이와 잉크와 인쇄기도 필요하다. 요한만 특급 칭찬하는 점이 이상해서 모두의 반응이 안 좋았던 건지도 모른다.

"아, 참. 금속 활자를 만든 요한뿐만 아니라, 잉크를 만들어 줄 사람, 인쇄기를 만들어 줄 사람, 식물지를 만든 벤노 씨, 그리고 책을 파는 루츠. 모두 빠져서는 안 되겠죠? 죄송해요. 모두가 다 구텐베르크예요. 모두 구텐베르크 동지예요."

"나는 그런 동지 싫다."

동지로 끼워 줬더니 즉시 벤노가 거부했다.

"싫다니요, 벤노 씨! 책을 인쇄하고 출판해서 전 세계에 영향을 준 구텐베르크에게 모욕이에요! 다 같이 기뻐합시다. 함께 설렙시다. 네?"

벤노는 어이없어서 포기한 표정으로 나를 본 후, 뭔가 말하고 싶어 하는 루츠에게 시선을 보냈다. 루츠는 마치 '방법 없음'이라는 듯이 고개를 젓고 한숨을 내쉬었다.

"금속 활자를 완성했으니 다음은 인쇄기예요! 목공방에 주문해야 겠어요. 우와, 정말 인쇄를 할 수 있구나! 굉장해, 정말 굉장해! 지혜의 여신 메스티오노라에게 감사를!"

메스티오노라에게 올리는 감사를 끝으로 내 의식은 행복의 절정에서 불이 꺼졌다.

# 체류 기간 연장


　정신을 차리고부터는 설교의 풀코스였다. 루츠와 벤노부터 시작해서 프랑과 길, 그리고 다무엘과 신관장. 어째서인지 설교하는 사람이 점점 늘어가는 느낌이다.

　'그나저나 열 때문에 드러누웠을 때 문병을 사칭한 설교는 제발 봐줘. 그냥 자게 해 달라고.'

　이번 설교 중에서 가장 길고 뜨거웠던 사람은 다무엘이었다. 호위 대상인 내가 갑자기 쓰러져 버린 탓에 또다시 상사의 지시를 따르지 못한 기사라고 신관장에게 찍히지 않을까 전전긍긍했다고 한다. "이번엔 진짜 처형당할까 봐 간이 콩알만 해졌다." 라고 울상을 지으며 화를 냈다.

　"미안해요. 정말 미안해요. 미리 사과해 두지만, 앞으로 본격적으로 인쇄를 시작할 테니 비슷한 일이 빈번히 일어날 거예요."

　"그게 반성이냐, 견습무녀!"

　"쓰러지지 않도록 체력을 길러야겠다고 반성하고 있어요."

　"그쪽이냐!"

　모두의 땍땍거리는 설교 탓에 금속 활자의 흥분은 그리 오래 가지 못했다. 덕분에 생각보다 열은 빨리 내렸다. 하지만 열이 내린 후에도 설교는 계속되었다. 똑같은 말을 듣게 되는 상황에 질린 나는 얼른 집에 돌아가고 싶어졌다. 눈도 조금씩 녹고, 마차도 움직이게 되었으니 슬슬 집에 돌아가도 좋을 것 같았다.

"이제 그만 집에 가고 싶어……."

그러려면 우선 신관장에게 면담 편지를 써야 한다. 그렇게 생각하던 찰나에 신관장 쪽에서 면담 의뢰 편지를 보내 왔다. 신관장이 내 방에 오는 면담 의뢰가 아니라 괜찮은 일정을 묻는 초대장이었다.

"프랑, 신관장님께서 초대장을 보내시다니 분명 급하신 모양이예요. 되도록 빨리 면회하고 싶은데 언제라고 대답하면 좋을까요? 전 지금 당장도 괜찮은데."

프랑이 쓴웃음을 짓기에 '내일이면 괜찮습니다' 라고 답장을 썼다.

"뭔가 선물을 가져가는 편이 좋을까요? 제 문병 때도 주셨잖아요."

신관장은 문병을 사칭해서 식재료를 대량으로 옮겨 주었다. 눈이 녹기 시작하면서 슬슬 집에 가려는 내게 더 이상 필요 없는 물건들이다. 집에 돌아갈 때 절반 정도는 고아원 지하실에 옮길까 생각 중이다.

"이곳에서 만든 과자를 가져가면 좋을 것 같습니다. 신관장님께서는 쿠키를 아주 마음에 들어 하셨습니다."

"그럼 얼마 전에 만든 푸딩은 어떨까요?"

투리가 놀러 왔을 때 푸딩과 아이스크림에도 도전했다. 그리고 역시 아이스크림은 더울 때 먹어야 제맛이라고 깨달았다. 코타츠에 발을 넣고 먹는 아이스크림은 맛있지만, 난로 앞에서는 먹어도 '맛있다' 보다 '춥다'는 감상이 더 컸다. 오히려 몸이 차가워질 뿐이었다.

"글쎄요. ……푸딩은 그 식감에 익숙해지면 맛있게 먹을 수 있긴 하지만, 입에 넣기가 조금 망설여지니 처음 드시는 분께 드리는 선물로는 맞지 않을 것 같습니다."

루츠와 카르페를 찔 때도 느꼈지만, 이곳에는 찜 요리가 없는지 푸딩을 만들 때 엘라를 깜짝 놀라게 했다. 시식한 사람들 모두가 식감이 이상하다, 씹기 전에 없어져서 든든하지가 않다는 말을 했지만, 최종적으로 달달해서 맛있다는 높은 평가를 받았다.

"그럼 엘라한테 신관장님께서 좋아해 주셨던 쿠키를 굽게 합시다."

선물은 쿠키로 결정했다. 플레인 쿠키와 홍차 잎을 섞어 만든 쿠키를 준비하기로 했다. 순전히 내 취향이다.

가져갈 간단한 선물도 정했으니 나는 마음 놓고 인쇄기 설계도에 착수했다. 와인을 만들 때 쓰는 포도 압착기를 개조한 것이 초기 인쇄기다. 이곳에서도 비교적 쉽게 만들 수 있을 것 같았다. 다만, 내가 세세한 치수와 구조를 외우지 않고 있다는 게 함정이다.

"음, 분명 잉크를 칠하는 도구가 필요하지? 이런 손잡이가 달려 있고, 여기엔 가죽을 씌워 놓고…… 이걸 놓는 자리가 이런 식으로 측면에 있고, 종이를 올려놓는 자리가 달려 있고…… 세팅한 활자를 놓는 자리는 이런 느낌이었나……?"

필사적으로 기억을 파헤쳐 봐도 기억이 어렴풋해서 설계도처럼 그려지지 않았다. 대강의 설명은 할 수 있어도 치수가 기억나지 않았다. 실제로 재면서 적는 방법밖에 없어 보인다.

"신관장님이 기억을 더듬는 마술구를 써 주지 않으시려나?"

집무용 책상에 앉아 끙끙거리는 내 주변에서는 시종들이 각자의 업무에 힘쓰고 있었다.


"안녕하세요, 신관장님."

내가 인사를 하고 문병을 와 준 감사의 말을 전하며 선물을 건넸다. "신경 써 줘서 고맙군." 하며 건네받는 신관장의 표정에 변화가 전혀 없기에 정말 기뻐하는 건지 아닌지 판단하기 어려웠다.

"아르노."

신관장의 부름을 받은 아르노가 접시를 들고 나타나서 테이블 위에 올렸고, 프랑이 접시에 쿠키를 담았다. 프랑이 방에서 가져온 찻잔을 꺼내자 아르노가 같은 찻주전자로 신관장과 내 찻잔에 차를 따랐다.

"드십시오, 마인 님."

아르노가 슥 하고 쿠키 접시를 내 앞에 가져다줬다. 뭘 요구하는지 몰라서 나는 신관장에게 시선을 보냈다.

"손님이 가져온 음식은 그 자리에서 손님이 직접 열고 먹어서 독이 없음을 보여주는 것이 귀족의 예의다. ……그대에게는 낯선 습관일 테니 가르쳐 줘야 할 것 같았지."

'독이라니 무섭게 뭐람.'

내가 가져온 음식이니까 망설임 없이 먹을 수 있지만, 그런 얘기를 듣고 나니 괜히 다른 곳에서 뭘 먹기 무서워졌다.

"찻잔은 초대자가 입을 대고 난 후에 든다."

신관장이 같은 찻주전자로 달인 차에 입을 대고, 내가 쿠키를 한 입 베어먹고 나서야 각자 좋아하는 음식에 손을 뻗게 된다.

프랑의 말대로 신관장은 쿠키가 아주 마음에 든 모양이었다. 표정의 변화는 없지만, 쿠키가 줄어드는 속도가 다른 것에 비해 매우 빨랐다.

잠시 날씨나 고아원의 보고 등, 일상적인 대화를 나누었다. 그리고 차 한 잔을 즐긴 뒤, 서서히 주제를 꺼낸다. 나도 조금은 귀족의 습관에 익숙해지지 않았을까?

"저기, 신관장님. 저 슬슬 집에 돌아가고 싶은데……."

내가 '괜찮습니까?' 라는 마지막 말을 꺼내기도 전에 찻잔을 내려놓은 신관장이 즉시 반대했다.

"안 된다."

"……네?"

눈도 조금씩 녹고 있는데 왜 돌아가면 안 되는지 의미를 알 수 없었던 나는 고개를 갸웃거렸다. 신관장은 덜컹 소리를 내며 일어났다. 그리고 한 번 방 안을 둘러본 뒤, 침대 안쪽으로 향했다.

"오너라."

시종도 못 들었으면 하는 이야기인 모양이다. 나는 살짝 찻잔을 테이블 위에 놓고 일어나서 신관장이 연 문으로 들어갔다. 평소대로 긴 의자에 앉고, 신관장도 의자에 앉았다.

"시종이 들으면 곤란한 얘기인가요?"

"……그렇다. 되도록 모르는 편이 좋겠지."

그렇게 말한 뒤, 신관장은 천천히 숨을 들이마셨다.

"사실은 얼마 전 볼프가 갑자기 죽었다는 소식이 들어왔다. 볼프에게 의뢰한 사람을 찾으라고 칼스테드에게 부탁한 지 얼마 지나지 않아서다."

'죽었다'는 말에 나는 무심코 꿀꺽 숨을 삼켰다. 다만 핵심을 몰라 천천히 고개를 갸웃거렸다.

'볼프가 누구였더라?'

"전혀 이해 못 한 얼굴이군."

"저기, 신관장님. 갑작스러운 말씀입니다만, 볼프라는 사람이 누구죠? 어딘가 들어 봤던 이름 같은데 기억이 없어서…….'"

이름을 들어도 얼굴이 떠오르지 않으니 특별히 아는 사람은 아닐 터이다. 신관장이 아는 게 당연한 듯이 얘기하니까 중요한 인물이겠지만, 전혀 짐작 가는 데가 없었다. 신관장은 믿을 수 없다는 듯이 눈을 크게 뜬 후, 과장되게 한숨을 내쉬었다.

"……볼프는 잉크 협회의 회장이다."

"잉크 협회의 회장이라면 그 수상한 인물 말이죠?"

잉크 협회의 회장이라면 내 정보를 긁어모으고, 루츠에게 접근해서 나를 신전에 박혀 지내게 한 원인이 된 사람이었다.

"……어? 죽었다고요? 왜!?"

"느리다!"

나를 조사하라고 볼프에게 명령한 귀족이 대체 누구인지, 그 나쁜 소문이 어디까지가 진짜인지, 신관장과 칼스테드가 조사했던 모양이었다. 그런데 후보자가 몇 명으로 걸러진 타이밍에 갑자기 볼프가 죽어 버렸다.

"볼프는 어딘가에서 평민 견습무녀가 공방장을 지내고 있다는 소문을 들은 모양이다."

신관장이 '어딘가에서'라는 부분을 강조하며 말했다. 그러고 보니 분명 귀족들이 의외로 내 정체를 모른다고 했었다. 내 정체를 아는 인간은 제한적이다.

"그 공방장이 정말 벤노와 연결되어 있는지, 어떤 용모인지, 정보를 얻으려고 뒤졌다는군. 그런데 그대가 바로 신전에 숨어 버렸다. 게다가 애초부터 몸이 약한 탓에 주변과 왕래도 없었다 했지? 결과적으로 볼프의 조사가 신통치 않았던 모양이다."

신관장의 말에 심장이 팔딱 뛰었다. 귀족의 부탁으로 정보를 수집했지만 결과는 신통치 않았고, 반대로 신관장과 칼스테드가 볼프와 연관된 귀족을 찾기 시작한 것이다. 그 참에 사망이라니 불길한 예감이 든다.

"……볼프 씨가 죽은 건 귀족의 짓인가요?"

"아마도."

신관장은 천천히, 그러나 망설임 없이 끄덕였다.

방해된다고 생각되면 즉시 처리한다. 귀족에게 평민은 동등한 존재가 아니다. 알고는 있었지만 너무나도 갑작스럽게, 그리고 당연하게 눈앞에 닥쳐 온 현실에 오싹거렸다. 스스로를 껴안듯이 내 몸을 감싸 안고 소름이 돋은 팔뚝을 문질렀다.

"……귀족이, 저를 노리고 있나요?"

"여러 귀족이 노리고 있는 건 확실하다. 다만, 노리는 목적과 누가 노리고 있는지는 분명하게 드러난 자가 없다."

신관장의 말에 나는 작게 몸을 떨었다.

"곧 있을 봄의 기원식을 위해 농촌을 맡은 귀족들이 일제히 움직이기 시작했다. 가장 큰 골칫거리는 그대가 이 마을 밖으로 끌려나가게 되는 일이다. 어느 정도 귀족이 흩어지기 전까지는 신전에서 지내거라. 이 마을의 귀족 수가 줄면 그들의 동향에도 주의할 수 있거든."

절대 집에 못 돌아가는 건 아니다. 나는 그렇게 자신을 위로했다. 봄의 기원식까지 신전에 체류하겠다고 승낙했다. 그러자 신관장은 안도한 듯 작게 한숨을 내쉰 뒤, 그의 손바닥만 한 목패를 꺼냈다.

"그대의 가족에게 체류 기간이 연장된 점, 양녀 건에 대해 얘기해 둬야겠지. 이걸 전하거라."

"……알겠습니다."

아무리 그래도 도우러 와 주는 투리와 아빠에게 귀족의 양녀가 된다는 중요한 얘기를 지나가는 말로 할 수는 없었다. 집에 돌아가면 제대로 얘기하려 했는데 집에 가기 전에 신관장 입에서 얘기를 꺼내게 되어 버렸다. 나는 신관장에게 건네받은 초대장을 바라보고 고개를 푹 숙였다.

"알고 있겠지만, 볼프나 양녀에 관한 얘기는 절대 다른 사람에게 이야기하지 말도록. 그대의 시종도 모두가 신용할 수 있는 사람은 아니다."

그런 말을 듣고 곧바로 델리아의 얼굴이 떠올랐던 나는 반론할 수 없었다.


나는 방에 돌아가자마자 루츠를 불러오게 하고 신관장의 초대장을 건넸다. 루츠는 부모님께 전하겠다는 부탁은 납득하면서도 "신관장님의 호출이라니, 무슨 짓 저질렀어?" 하고 의아한 표정을 지었다. 신관장에게 입막음을 당한 나는 양녀 얘기는 숨기고 "기원식이 끝날 때까지 집에 돌아가지 못하게 됐어. 그 얘기야." 라고 설명했다. 이건 밝혀도 되는 이야기다. 오히려 시종을 포함해서 제대로 얘기해 두지 않으면 일상이 곤란해진다.

"기원식이 끝날 때까지 못 돌아가면, 식재료는 어쩌실 건가요?"

루츠와의 대화를 똑똑히 듣고 있던 델리아의 질문에 나는 조그맣게 웃었다.

"슬슬 장도 서고, 신관장님께서 문병 때 주신 물품이 아직 남았잖아요?"

신관장이 문병을 핑계로 보내 준 식재료는 내가 봄이 되어도 신전에서 지낼 수 있게 하려는 배려였던 모양이다.

루츠에게 초대장을 들고 돌려보낸 지 사흘 뒤, 부모님이 찾아왔다. 출입문 근처 대기실에서 기다리고 있던 나는 오랜만에 엄마와 만났다. 변함없는 미소로 당장에라도 태어날 것처럼 부풀어 오른 배를 보자 몸속 깊은 곳에서 뜨거운 것이 차올라 왔다.

　"엄마……."

　"마인 님, 이곳은 개인 방이 아닙니다. ……마음은 이해하지만, 위치를 생각해 주십시오."

　프랑이 곤란한 듯 내 어깨를 꾹 눌렀다. 팔을 뻗으려다가 슬쩍 내리는 엄마의 어깨를 아빠가 달래듯 껴안았다.

　"안내하겠습니다."

　프랑이 선두에 서고, 내가 그 뒤를 이었다. 옆에는 다무엘, 그 뒤가 부모님이다. 뒤돌아보고 싶은 충동을 참으며 걸었다. 그때 누군가가 살며시 내 머리를 쓰다듬었다. 아빠와는 다른 부드러운 감촉에 미소가 지어졌다. 뒤돌아보려고 했더니 앞을 보라는 듯 내 머리를 쥔 손가락에 힘이 들어갔다. 프랑이 뒤돌아보기 직전에 쓱 빠지는 손과 무언의 접촉이 즐거웠다. 이따금 신관장의 방에 도착하는 동안 커다랗고 투박한 손과 교대하며 무언의 접촉이 이어졌다.

　"안녕하세요, 신관장님."

　"초대장에 응하여 찾아뵈었습니다. 이번엔 무슨 이야기입니까?"

　아빠가 병사 특유의 경례를 올리자, 신관장이 고개를 끄덕이고 자리를 권했다. 테이블을 사이에 두고 긴 의자와 1인용 의자 두 개가 준비되어 있었다. 일반적으로 부모님이 긴 의자에 앉고, 나와 신관장이 각각 1인용 의자에 앉게 된다. 배가 불러서 조금 힘겨워하며 긴 의자에 앉는 엄마를 아빠가 조심스럽게 도우며 두 사람이 앉았다.

"모두 물러나거라."

신관장은 차가 들어오자 바로 시종들을 물리쳤다. 그리고 범위를 지정하는 마술구를 써서 방음 결계를 쳤다. 아빠가 불안해하며 주위를 돌아보았다.

"뭐, 뭐지?"

"이러면 목소리가 밖으로 새어 나가지 않는다. 마인, 시종을 물렸으니 부모님 사이에 앉아도 좋다. 지금까지 참지 않았느냐."

신관장은 아빠에게 결계에 대해 설명하면서 앉을 자리를 못 정하고 오도카니 서 있는 나를 부모님 쪽에 앉게 해 줬다.

"감사하게 생각합니다. 신관장님."

나는 환한 웃음을 지으며 감사 인사를 전하고, 부모님 사이에 털썩 앉았다. 아빠와 엄마의 얼굴을 교대로 본 뒤, 엄마를 조심스럽게 안았다.

"엄마, 오랜만이야. 보고 싶었어. 당장에라도 태어날 것처럼 커졌네?"

"아직 멀었어. 좀 더 커질 거야."

크게 부른 엄마의 배를 어루만지고, 엄마에게 꼭 안긴 나는 만족스러운 숨을 뱉었다.

"……만족한 듯하니 얘기를 시작해도 좋겠나?"

"네."

나는 정면에 앉은 신관장에게 얼굴을 돌리고 자세를 고쳐 앉았다.

"그럼 번거로운 인사는 생략하고 본론에 들어가겠다. 괜찮나?"

지금껏 나를 상대하면서 평민에게 인사문을 말해도 쓸데없다고 이해한 모양이다. 칼스테드와 대화할 때 했던 귀족의 인사를 전부 생략했다.

"마인을 봄의 기원식이 끝날 때까지 신전에서 맡겠다."

"잠깐만요. 어째서입니까? 분명 겨울 동안만이라고 약속했지 않습니까."

당황한 듯 몸을 내밀은 아빠에게 신관장은 차가워 보이는 무표정으로 입을 열었다.

"지금이 가장 위험하기 때문이다."

조용하고 짧은 신관장의 대답에 아빠는 상황이 좋지 않음을 깨달은 듯하다. 표정을 고쳐 무릎 위에 놓인 주먹에 힘을 주었다.

"무엇이 어떻게 위험하단 말입니까?"

신관장은 "절대 외부로 발설하지 마라." 라고 경고한 뒤, 가을부터 봄에 걸쳐 일어난 귀족 사회의 여러 가지 상황을 설명했다. 그것은 나도 전부 들었던 정보들이었다.

"마인의 마력은 나의 예상보다 훨씬 많았다. 마력이 부족한 이 마을에서는 귀중한 마력이지. 그 탓에 어떤 귀족들은 마인의 존재를 원하고, 어떤 귀족들은 마인의 존재를 탐탁지 않아 한다."

여러 가지 목적으로 귀족들이 나를 노린다는 말에 부모님의 얼굴색이 새파래졌고, 내 등을 두른 손이 작게 떨렸다.

"지금 누군가가 마인을 마을 밖으로 납치해 가면 아주 곤란해진다. 그 이유로 문에서도 귀족 출입에 관련해서 많은 개편이 있었을 터이다. 귄터, 문을 지키는 병사인 그대라면 당연히 알고 있겠지?"

너무나도 의외의 말에 아빠는 휘둥그레진 눈으로 신관장을 지그시 바라보았다.

"……알고 있습니다. 귀족의 출입 제도에 큰 개편이 있었고, 기사단이……."

"그래. 마인을 납치하려는 자는 아마 귀족 계급에 속하는 자다. 이 영지인지 아니면 다른 영지의 귀족인지 지금 단계에서는 알 수 없다. 그래서 기사단 측에서 영주에게 촉구하여 귀족의 출입에 제한을 두게 되었다."

신관장과 칼스테드는 겨울 동안 기사단을 움직여 귀족의 출입을 제한하는 등 다양하게 움직였던 모양이다.

"설마 그 개편이 마인을 위해서였던 겁니까?"

"그 외에도 몇 가지 이유가 있지만, 여기서 공개할 수 있는 이유는 마인의 확보뿐이다. 그 외에는 공개할 수 없다. 그것만 알면 충분하지 않은가?"

아빠는 고개를 끄덕이고, 아주 조금 몸에 힘을 뺐다.

"토지 관리를 맡은 귀족은 봄의 기원식까지 각자의 토지로 떠난다. 그렇게 되면 귀족 마을에 머무르는 귀족이 줄고, 조금은 세밀한 부분까지 감시할 수 있게 되지. 그때까지 떨어져 지내야겠지만, 참아 줬으면 한다. ……다 마인을 지키기 위해서다."

신관장의 말은 진지했고 힘이 실려 있었다. 사람을 거느리며 움직이는 일에 익숙하다고 표현하면 좋을까. 기사단에서도 사람을 거느리는 입장이었던 신관장에게 병사로서 복종에 익숙한 아빠는 경례로 대답했다.

"각별히 배려해 주셔서 대단히 감사합니다. 그런데 왜 마인을 위해 그렇게까지……."

"말했지 않은가? 지금은 마력이 필요하다. 마인이 귀족의 양녀가 되는 제안을 얼른 승낙해 준다면 이 같은 귀찮은 과정은 필요 없었을 터인데."

신관장이 과장된 한숨을 내쉬었다. 아빠는 "양녀!?" 하고 소리치고 깜짝 놀란 듯 눈을 크게 떴다. 내 손을 쥐고 있던 엄마의 손에 힘이 실렸다.

"귄터, 그대는 지금 당장 마인을 귀족의 양녀로 보내는 제안을 어떻게 생각하나?"

아빠가 어금니를 깨무는 소리가 울렸다. 엄마는 내 손을 절대 놓지 않겠다는 듯 아플 정도로 세게 쥐었다. 아무 말 하지 않아도 대답은 분명했다.

"부모와 자식이 같은 대답인가……. 부모 쪽에서 포기해 주면 조금은 체념해 주지 않을까 싶었다만……."

신관장은 관자놀이를 톡톡 두드리고 조그맣게 중얼거리면서 우리를 보았다.

"마인도 똑같이 절대 가족과 떨어지고 싶지 않다더군. 하지만 마인의 마력은 평민 신식치고는 지나치게 강대하다. 그래서 열 살까지 유예 기간을 주고, 귀족의 양녀로 삼겠다. 이건 이미 결정된 사항이다."

"무슨……."

부모의 승낙도 없이 결정된 일이라는 말을 들은 부모님은 충격을 받은 듯 몸이 굳어 버렸다. 나를 지키겠다고 말하면서 한편으로 독단적으로 귀족의 양녀로 삼겠다고 선언하는 신관장에게 어떤 태도를 보여야 좋을지 망설이는 듯했다.

"제어도 못 하는 거대한 마력은 본인에게도, 주위에도 위험만 초래할 뿐이다. 이 영지에 두기에 위험하다고 판단되면 마인은 영주의 손에 의해 처분된다."

"처분!?"

"마을을 지키는 자로서 당연히 위험한 인물은 제거한다. 그 정도는 병사인 그대가 더 잘 알 텐데?"

아빠는 자기 딸이 그렇게까지 위험인물이라고 도저히 생각하기 어려운지 얼떨떨해하며 나를 보았다. 엄마도 역시 슬픈 듯 눈꼬리가 축 처졌다. 신관장은 감정이 보이지 않는 얼굴로 부모를 바라본 채 담담하게 결정 사항을 이어 말했다.

"처분을 피하려면 마력을 제어하는 기술을 배워야 한다. 그러기 위해 귀족의 양녀가 되라는 것이다. 귀족원에 들어가야 하는 열 살까지는 가족과 지내도 좋다. 그 이후에는 무슨 말을 하든 소용없다. 귀족의 양녀인가 아니면 처형인가. 둘 중 하나다."

"……열 살……."

2년하고도 조금이라는 기한을 선고받고 망연자실하게 중얼거리는 아빠를 보고 신관장이 천천히 숨을 내쉬었다.

"양녀로 들어갈 곳은 나와 친밀한 관계가 있는 귀족이다. 함부로 대하지는 않을 것이다. 내 약속하지."

그 말을 들은 순간, 엄마가 뭔가 결심한 듯 고개를 번쩍 들었다. 신관장을 정면으로 응시한 뒤, 끄덕였다.

"……. 알겠습니다. 신관장님께 마인을 맡기겠습니다."

"에파!?"

놀란 아빠의 목소리에도 상관없이 엄마는 시선을 피하지 않고 신관장을 계속 바라보았다.

"이번 겨울에 마인이 신전에 갇혀 지내게 되었을 때, 연약한 마인에게 그런 짓은 할 수 없다고 생각했습니다. 하지만 여러분의 조력으로 마인이 건강하게 잘 지내고 있다고 투리에게 들었습니다. 분명 신관장님의 배려 덕분이겠지요."

임신 때문에 신전 출입이 금지된 엄마는 아빠와 투리를 통해서 내 상태를 들어야만 했다. 그럼에도 줄곧 앓아누워 임무를 완수하지 못하는 일도 없이 내가 겨울을 극복한 것은 주변 사람들이 잘 돌봐주었기 때문이라고 말했다.

"에파, 당신…… 그렇다고 양녀는……."

반론하려던 아빠의 입가에 엄마가 조용히 손을 뻗어 말문을 끊었다. 그리고 한 번 눈을 감고 천천히 고개를 저었다.

"안 돼요, 귄터. 잘 생각해 봐요. 열 살이라면 다프라로서 다른 마을에서 생활하게 되는 아이도 있잖아요? 난 마인이 위험한 존재로 처분 대상이 되는 게 싫어요. 마인을 잘 모르는 귀족에게 끌려가면 훨씬 위험할 거예요. 적어도 신뢰할 수 있는 사람에게 맡기고 싶어요."

엄마가 그렇게 말하며 신관장 쪽을 바라보고 가슴 앞에서 손을 교차했다.

"신관장님, 부디 마인을 잘 부탁합니다."

엄마의 말에 아빠도 단념한 듯 어깨를 축 늘어뜨리더니 오른쪽 주먹으로 왼쪽 가슴을 두 번 두드리며 경례했다. 부모의 승낙으로 열 살이 됨과 동시에 양녀가 되기로 결정되었다.

"열 살 따위 안 되고 싶어……."

나를 위해서인 건 알지만, 뭐라 형용할 수 없는 섭섭함이 가슴을 찔렀다. 내 몸을 휘감는 적막감을 뿌리치고 싶어 나는 잠시 엄마를 꼭 안았다.

# 기원식 준비

마을을 뒤덮은 눈이 절반 정도 녹고, 조금씩 따뜻해졌다. 겨울 동면이 끝나고 모두가 제설 작업과 봄 준비에 들어갔다. 투리의 일도 재개되어 신전에 격일로 놀러 오게 되어 버렸다.

고아원에서 준비한 겨울 수작업을 전부 마치고 루츠를 통해 벤노에게 팔았다. 덕분에 고아원의 예산이 두둑해졌다. 아직 숲에 눈이 제법 남았지만, 조금만 있으면 다시 숲에 갈 수 있게 된다. 그러면 채집과 종이를 만들 수 있다.

그때까지는 교육 기간이라 하여 시종 출신인 회색 신관이 아이들에게 예의범절을 가르치게 되었다. 고아원을 어슬렁거리는 나와 똑같은 태도로 다른 청색 신관을 대하면 곤란해지기 때문에 청색 신관에게 실례되지 않는 교육을 해야 한단다.

지금은 고아원 식당에서 교육이 이루어지고 있다. 공방에는 나와 루츠, 호위인 다무엘의 모습 말고는 텅 비어 있다.

"다음 책을 인쇄할 때는 문장만이라도 인쇄기를 써 보고 싶어."

"쓰는 건 좋아. 그런데 인쇄기를 어떻게 만드는데?"

"음, 압착기를 개조해서 만들 생각인데……."

나는 설계도를 꺼내서 루츠에게 보였다. 구텐베르크가 만든 초기 인쇄기는 와인을 제조하는 포도 압착기를 개조한 물건이었다. 초기 인쇄라면 어떻게든 만들 것 같았지만, 내 기억에만 의지해서 재현하기엔 은근히 어렵다.

"이런 식으로 활자를 놓고, 잉크를 바르고, 종이를 올리면…… 이렇게 꾸~욱."

나는 내 키로는 손이 닿지 않는 압착기를 쓰는 동작을 보이면서 루츠에게 인쇄기가 어떤 물건인지 전달했다. 내가 신전에서 못 나가는 이상, 주문하거나 공방에 설명하는 역할은 루츠의 몫이다.

"그럼 이…… 조판? 우선 이 크기를 정해야겠네."

"그건 전에 만든 그림책 길이를 재면 금방 알아."

공방에서 루츠와 함께 인쇄기에 관해 의논하면서 줄자로 여기저기 치수를 재며 설계도에 적었다. '여기에 종이를 올리는 받침대가 비스듬히 되도록 설치한다'라든지 '여기에 잉크를 넣는 상자를 단다' 등, 최대한 기억하는 것들을 적은 내 설계도를 본 루츠가 어깨를 으쓱했다.

"저기, 마인. 일단 쓸데없는 장치들은 나중에 달면 되지 않아?"

"쓸데없는 장치라니? 필요한 것들뿐인데?"

오히려 내 기억력으로는 부족한 물건, 생각나지 않은 물건, 잊은 물건 쪽이 훨씬 많을 터였다. 나의 반론에 루츠는 설계도를 가리켰다.

"그런 의미가 아니야. 종이를 놓는 자리나 잉크를 둘 자리는 필요하겠지. 그런데 네 고민은 인쇄기에 어떻게 다느냐 아냐? 그런 건 처음엔 인쇄기 옆에 테이블이라도 놓으면 그만이잖아."

루츠의 말대로 압착기 아래에 조판을 고정해 두기만 한다면 순서가 귀찮아도 최소한의 인쇄는 할 수 있다.

"넌 머릿속에 완성품이 박혀 있어서 너무 어렵게만 생각해. 종이 제작도 처음엔 다 대용품으로 시작했잖아. 일단은 인쇄에서 꼭 필요한 기능만 있으면 돼."

"……그렇구나. 오히려 찍는 데 힘이 드는 압착기를 아이들 몇 명이 쓸 수 있도록 하는 연구가 중요하겠네?"

그런 의논을 거쳐 간단한 설계도가 완성되었다. 가장 단순한 형태로 만들어 보자는 결론에 도달하였고, 벤노를 통해 인고의 목공방에 주문하기로 했다.

"나머진 부속 도구가 필요해."

인쇄기에 관해서는 대략 정해졌으므로 조판용 스틱 같은 부속 도구에 관한 얘기를 하려던 참에 길이 허둥대며 공방으로 뛰어 들어왔다.

"마인 님!"

"왜 그래요, 길? 벌써 신관장님 방에 갈 시간인가요?"

오늘은 기원식 준비로 여자 시종들이 총출동해서 준비 중이다. 그래서 페슈필 연습을 쉬게 되었다.

"로지나가 마인 님을 불러 달라고 했어……. 기원식 준비가 아직 안 끝났는데, 마인 님이 인쇄기에만 시간을 투자한다고 로지나가 화가 잔뜩 났어. 조용조용한데 불같이 화내고 있어."

아마 자기는 페슈필 연습 시간이 줄었는데 나는 내 하고 싶은 일만 한다는 분풀이가 대부분을 차지하는 느낌이 든다.

"그래요. 그럼 길, 나 대신 혼나 주지 않을래요?"

"응…… 응? 잠깐만, 안 돼! 싫어!"

순간 낚인 길이 퍼뜩 정신을 차리고 고개를 도리도리 흔들었다. 그 모습이 재밌어서 무심코 웃음이 터져 버린 나와 루츠를 길이 가만히 노려보더니 "반드시 방에 끌고 갈 거야." 하고 중얼거렸다. 이래선 단념하고 방에 돌아가야 할 듯하다.

"……하는 수 없지. 루츠, 혼나고 올 테니까 나머지는 맡길게."

"알았어. 내일부터 중요한 임무지? 열심히 하고 와."

가볍게 내 머리를 쓰다듬는 루츠에게 나는 심드렁하게 끄덕였다. 그리고 우거지상인 길에게 끌려서 내 방으로 돌아갔다.

방 안의 참상에 숨이 턱 막혔다. 기원식 출발을 내일로 앞둔 내 방에는 옷, 구두, 몸단장에 쓰는 갖가지 도구, 수건과 시트를 포함한 천 종류, 식기, 여행 중 먹을 식재료, 필기도구, 종이, 서자판……. 마치 이삿짐을 옮기듯 시종들이 상자 안에 짐들을 담아 넣는 상황이 벌어지고 있었다.

거실에는 이미 식료품으로 가득 찬 몇 개의 나무상자 외에도 아직 빈 상자가 수북했다. 오늘 조리가 끝나면 일부 조리 도구도 옮기게 되어 있다.

2층에 올라가니 방이 거실보다 상황이 더 심각했다. 나무상자에는 천이 가득했고, 담기 전인 옷이나 구두가 순서를 기다리는 중이었다. 그 외에도 일용품이 테이블 위를 점령했다. 그 가운데 델리아와 로지나와 빌마가 허둥대며 움직였다.

"마인 님, 기원식 준비도 아직 안 끝났는데, 공방에 가시다니요."

로지나는 준비가 끝나지 않았다면서도 내가 스스로 준비하려고 하면 혼을 냈다. 준비는 시종들의 일이므로 내가 해서는 안 된다고 했다. 아무래도 모두가 준비하는 모습을 잘 지켜보는 것이 내 일인 듯하다.

"정말! 전혀 의욕이 안 느껴지네요! 마인 님의 중요한 역할이라고요!"

"……다 우수한 시종들이니까 딱히 내가 없어도 괜찮잖아요."

"그런 문제가 아닙니다."

이번에 기원식에 데려갈 사람은 신관장과 함께 기원식에 출석한 적이 있어서 일련의 흐름을 잘 아는 프랑, 여행 중 내 일상사를 돌볼 때 꼭 필요한 로지나, 그리고 요리사인 푸고와 엘라다.

빌마는 고아원 관리, 길은 마인 공방의 관리, 델리아는 방 관리 때문에 신전에 남기로 했다. 또 남은 요리사인 토드와 엘라의 조수를 해 준 니콜라와 모니카가 기원식 기간 동안 신전의 식사 담당을 맡기로 했다.

"그나저나 짐이 굉장하군요."

겨울의 동면 기간에 예상 이상으로 짐이 불어난 방을 돌아보며 무심코 중얼거리자, 로지나의 눈썹이 씰룩거렸다.

"마인 님의 짐은 적은 편입니다. 크리스티네 님이었다면 의상 상자 2개 추가, 갖가지 악기, 그림 용품까지 필요한걸요."

"크리스티네 님 때는 짐 준비를 아주 일찍부터 시작해야 했죠. 귀족 마을로 외출하실 때도 힘들었답니다."

빌마도 키득거리며 로지나의 의견에 찬성했다. 크리스티네의 굉장함에 놀라고 있자, 로지나가 뭔가 생각났다는 듯이 가볍게 눈을 뜨더니 머뭇거리며 말을 꺼냈다.

"……저, 마인 님. 페슈필은 가져가도 괜찮습니까?"

"제 물건이 아니니까 두고 가는 편이 무난할 텐데요?"

방구석을 장식하며 서 있는 페슈필을 보고, 나는 가볍게 고개를 저었다. 저것은 신관장에게 빌린 악기라 내가 독단으로 가지고 나와도 되는 물건이 아니다. 부서지거나 분실하거나 도둑맞으면 간단히 변상할 수 있는 가격도 아니다.

"……신관장님께 문의해 볼 순 없을까요?"

"물어는 볼게요."

"감사하게 생각합니다."

결국, 방에 있어도 크게 도움이 안 되는 나는 신관장의 업무를 도울 시간이라고 말해 두고 프랑과 다무엘을 데리고 방을 나섰다.

"기원식은 준비가 참 힘들군요. 기사단의 요청은 긴급하긴 해도 준비가 필요 없어서 시종들도 편했습니다만."

기사단의 요청으로 간 토론베 뒤처리와 달리 기원식은 마차로 농촌 사이를 이동하게 되므로 준비가 힘들다고 프랑도 말했다. 하지만 나는 준비보다도 가는 길을 생각하면 울적해졌다. 마차로 이동한다는 시점에서 이미 갈 마음이 싹 사라졌다. 마을에 도착해도 힘이 쏙 빠져서 짐만 될 것 같은 느낌이 든다.

"하아, 기원식에 가지 않고 해결하는 방법이 없을까요?"

"무슨 말이냐, 견습무녀? 기원식은 중요한 의식이잖아?"

다무엘이 함부로 말하지 말라는 듯 노려보았다. 물론 중요한 의식인 건 안다. 약간의 불평 정도는 그냥 눈감으면 좋을 것을.

"중요한 건 알고 있습니다, 다무엘 님. 그저 마차로 이동하면 대체 또 얼마나 앓아눕게 될지 짐작이 가지 않아서……."

"……음. 일반 사람도 힘든데 너에겐 부담이 더 크겠지. 페르디난드 님께서 그 점도 고려한 끝에 지명하셨으니 어쩔 수 없잖아."

그건 나도 잘 안다. 그래도 포기하지 못하고 나는 업무가 끝날 때를 엿보고, 신관장에게 마지막 발버둥 치는 셈 치고 불평을 털어놓았다.

"신관장님, 꼭 농촌까지 가야 하나요? 전 분명 마차에서 몸 상태가 나빠질 텐데요……."

"흠. 약이 대량으로 필요하겠군."

신관장은 가타부타 말하지 않고 딱 그렇게만 중얼거렸다. 약으로 억지로 회복시키겠다는 말을 듣고 그 약이 뭔지 짐작이 간 나는 인상을 찡그렸다.

"……약이라면 혹시 효과는 있지만 죽을 만치 쓰고 맛없는 그 약 말입니까?"

"그래."

"윽……. 더 가기 싫어졌습니다."

마차 이동으로 속이 울렁거리고 몸 상태가 나빠지면 억지로 신관장의 쓰디쓴 특제 약을 먹고 괴로움에 몸부림치다가 억지로 몸 상태를 회복해서 의식을 치르고, 이동하다가 또 쓰러지는 끝없는 반복이 농촌 순회가 끝날 때까지 이어진다는 생각만으로 우울증에 걸릴 것 같다.

"신관장님, 최소한 약 맛이라도 어떻게든 해 주세요. 아니면 차라리 수면약이라도 준비해서 도착할 때까지 쭉 자게 한다든지, 마차 말고 그 기사단들의 마력으로 움직이는 석상으로 이동한다든지…… 다른 방법이 없나요?"

신관장에게 머릿속에 떠오르는 제안을 울고 싶은 기분으로 줄줄 말하자, 신관장이 약간 질린 기색으로 고개를 끄덕였다.

"……꽤나 절실한가 보군. 조금 생각해 보지."

"꼭 부탁드리겠습니다. 그리고 제 시종이 페슈필을 가져가고 싶다고 부탁하는데, 안 되겠지요?"

값비싼 악기를 들고 다니기 무서웠던 나는 거절해 주길 바랐는데, 신관장은 바로 허락해 주었다.

"아니, 오히려 로지나가 동행한다면 페슈필을 연주해 주면 좋지. 긴 밤의 위안이 되겠구나."

"네? 괜찮다고요? 마을 밖에는 도적이나 짐승도 있어서 위험하다고 들었어요. 악기 같은 비싼 물건을 들고 이동해도 되는 건가요?"

내가 믿을 수 없다며 눈을 끔뻑이자, 신관장도 의아한 표정을 지었다.

"신관과 귀족이 기원식에 타고 가는 마차를 공격하는 어리석은 도적이 세상에 어디 있지?"

"……그런가요?"

돈과 고가품을 들고 다니는 귀족이기 때문에 도적의 표적이 되기 쉽겠다고 생각했었는데, 내 착각인 걸까. 이해하지 못하는 내게 신관장이 설명해 주었다.

"마인, 도적이 되는 자는 대부분 그 주변 농민들이다."

"네? 도적이라면 남의 물건을 훔쳐서 생계를 유지하는 집단 아닌가요?"

"바보 녀석. 도적이 출몰하면 상인은 그 길을 피하게 되지. 어쩔 수 없이 지나갈 땐 호위가 늘어나서 덮치기 힘들어지고, 피해가 막심해지면 기사단이 토벌을 시작한다. 집단이 생계를 위해 몇 번이고 계속 훔칠 수야 없지."

상인은 제법 다닐 줄 알았는데, 아닌 걸까. 역시나 사정을 잘 이해하지 못한 내게 신관장이 어이없다는 표정을 지었다.

"길을 다니는 상인에게 상품이나 돈을 조금이라도 등치려고 도적처럼 굴기도 하지만, 귀족을 덮치면 그 땅에 성배가 들어오지 못하게 되는데 기원식에 가는 귀족과 신관에게 손을 댈 어리석은 농민은 없다. 또 귀족을 덮쳤다 해도 도리어 자신들이 죽을 뿐이다.”

자신들의 생활과 직결되는 데다 모두가 마력을 가진 귀족을 덮치지는 않는 모양이었다.

“그럼 저희 여행은 안전한 거죠?”

“……뭐, 그렇겠지.”

신관장의 대답은 조금 모호했지만, 생각보다 안전한 여행이 될 것 같았다. 그 말에 아주 조금 마음이 편해졌다.

기원식을 위해 출발하는 아침은 매우 어수선한 상태에서 시작했다. 나는 몸을 씻고, 의식용 의복을 입고, 비녀도 의식용 비녀를 꽂았다. 구두는 농촌용으로 새로 맞춘 무릎까지 올라오는 롱부츠다. 프랑이 농촌은 흙탕물이 튀는 곳이라고 말했지만, 평민촌의 거리가 훨씬 심할 것 같다고 생각하는 사람은 나뿐일까.

몸단장 도구를 차례로 상자에 넣고 끈으로 단단하게 묶었다. 마지막 짐 정리를 마치자, 프랑과 길이 상자를 하나씩 마차로 옮기기 시작했다. 로지나는 소중하게 포장한 페슈필 상자를 안고 마차로 가져갔다. 준비가 끝난 방은 텅 비어 있었다. 나는 방에 남을 시종들 한 사람 한 사람에게 말을 걸었다.

“빌마, 고아원을 잘 부탁해요.”

“네, 마인 님께서 돌아오셨을 땐 분명 예의 바른 아이들이 되어 있을 겁니다.”

아이들의 성장을 칭찬해 달라는 말에 나는 고개를 끄덕였다. 그리고 그 자리에서 무릎을 꿇고 ‘어서 칭찬해 줘’라고 쓰여 있는 길의 얼굴을 보고 나는 손을 뻗었다.

"길, 공방을 맡길게요. ……길이라면 괜찮겠죠?"

"응, 맡겨 둬!"

"델리아, 방을 잘 지켜 주세요."

"알겠습니다. ……정말! 그 불안한 얼굴은 대체 뭡니까!? 마인 님이야말로 완벽하게 임무를 완수해 주세요."

주황색 머리를 쓸어 넘기며 델리아가 나를 노려보았다. 불안한 건 이곳에 남는 델리아가 아니라 마차로 농촌에 가는 내 쪽이다.

"으…… 마차, 괜찮을까?"

"정말! 이쪽이 걱정하게 되는 말 좀 그만하세요!"

"최, 최대한 노력할게요."

내 말에 델리아가 굉장히 불안한 표정을 지었다. 대강 모두에게 인사를 마친 나를 보고, 프랑이 살짝 말을 걸었다.

"마인 님, 슬슬 마차로 가셔야 합니다."

"네. 그럼 다녀오겠습니다."

"다녀오십시오. 일찍 돌아오시기를 기다리고 있겠습니다."

시종들의 배웅을 받으며 프랑을 선두로 나와 로지나, 다무엘이 방을 나섰다. 마차는 귀족 구역의 정면 현관에서 대기 중이라 우리는 귀족 구역으로 향했다.

"저와 로지나는 마지막으로 짐 확인과 아르노와 여행 관련 회의가 있으니, 마인 님은 다무엘 님과 함께 대기실에서 기다려 주십시오. 그곳에 신관장님도 계실 겁니다."

다무엘과 함께 대기실에 가는 도중, 시종을 거느린 신관장이 빠른 걸음으로 이쪽을 향해 오는 모습이 보였다.

"안녕하십니까, 신관장님."

"안녕한가. 마인, 그대는 내 방에 가거라. 급한 용건이 있다. 나는 아르노와 시종들에게 명령할 일이 있으니 먼저 방에 가 있거라. 다무엘도 알겠나?"

"네!"

신관장은 그 말만 하고 다시 마차가 있는 곳을 향해 서둘러 갔다. 언뜻 우아하면서도 빠른 발걸음이다. 나는 다무엘과 순간 얼굴을 마주 보고 신관장의 방으로 걷기 시작했다.

신관장의 방에도 대기하는 시종이 곧바로 방 안으로 들어보내 주었다. 권유하는 자리에 앉아 잠시 기다리자 신관장이 돌아왔다.

"기다리게 했군, 두 사람 다."

"신관장님, 급한 용건이라니 뭔가요?"

내가 고개를 갸웃거리며 질문하는 동안 신관장은 서류가 빼곡한 찬장 문을 차례로 닫으며 열쇠를 걸어 잠갔다.

"우리는 마석 기수를 타고 가게 되었다. 마차는 방금 출발시켜서 오늘 밤 묵을 예정인 농촌 쪽으로 향하도록 지시해 뒀다."

"……무슨 일이라도 생겼나요?"

"없기를 바라야지."

신관장은 그렇게 말하며 열쇠 주머니를 들고 비밀의 방에 들어가 금방 다시 나왔다. 그 손에 옅은 황색 마석이 달린 반지와 여러 색의 돌이 박힌 팔찌를 들고.

"마인, 이것들을 몸에 차거라."

"페르디난드 님, 이건……."

"만일을 위해서다."

내게 마술구를 건네는 신관장의 손목에도 똑같은 팔찌가 보였다.

중지에도 비슷한 반지를 끼우고 있었다. 그러고 보니 기사단의 요청이 있었을 때 빌렸던 반지가 큰 도움이 되었다. 그래서 이번에도 차고 가라는 뜻이리라. 나는 감사히 받으며 신관장과 똑같이 중지에 반지를 끼우고 팔찌를 찼다.

"그리고 상당히 꺼내기 어려운 말이다만……."

"네?"

"동행자로…… 청색 신관이 한 사람 더 늘어나게 되었다."

내가 눈을 크게 뜨는 것과 거의 동시에 문이 열리며 한 청색 신관과 칼스테드가 들어왔다.

"내가 이번에 동행하게 된 질베스타다. 네가 평민 견습무녀인가?"

의사 표현이 확실해 보이는 야무진 눈썹과 짙은 녹색 눈동자가 나를 내려다보았다. 파란기가 강한 보라색 머리카락이 등 중턱에서 흔들렸다. 머리칼을 뒤로 돌려 은세공 머리핀으로 묶은 스타일이 왠지 눈길을 끌었다. 신관장보다 키가 조금 작지만, 탄탄한 몸이었다. 신관장보다 이 사람이 기사에 더 잘 어울릴 정도다. 나이는 첫인상으로 보아 벤노나 신관장과 비슷해 보였다. 단, 내 눈에는 벤노와 신관장도 같은 나이로 보이니까 전혀 믿을 게 못 되지만.

"……쪼그마하네. 이게 세례식이 끝난 애라고? 나이 속인 거 아냐?"

질베스타는 짙은 녹색 눈으로 빤히 나를 내려다보더니 콧방귀를 뀌었다. 나는 당황해서 '안 했거든요!' 라는 말을 목구멍에서 삼켰다. 질베스타는 청색 신관이다. 충동적으로 반론해도 되는 상대가 아니다.

"너, 꿀꿀 하고 울어 봐."

잠시 나를 가만히 내려다본다 싶더니 질베스타가 갑자기 집게손가락을 척 세웠다. 그리고 내 볼을 세게 꾹 찔렀다. 엉겁결에 "아야!" 하고 소리 지른 나를 내려다보며 질베스타가 "아니." 하고 고개를 저었다.

"꿀꿀 울라니까?"

조금 전보다 약간은 힘을 뺐지만, "어서, 어서." 하고 볼을 찔렀다. 나는 신관장에게 도움을 요청하는 시선을 보냈다. 신관장은 한 번 눈을 내리뜨더니 포기한 듯 한숨을 푹 내쉬며 내 시선을 피했다.

"마인, 그 남자는 성격이 더럽다. 그렇다고 근성이 썩은 사람은 아니니까 포기하고 적당히 상대해 줘. 그리고 질베스타, 마인은 허약하니까 너무 괴롭히다간 죽는다. 그리고 칼스테드. 이곳 말인데……."

지도를 펼치는 신관장 쪽으로 칼스테드가 다가갔고, 나는 안색이 나쁜 다무엘과 함께 질베스타 앞에 남겨졌다. 도와줄 사람이 없어졌다.

"어서, 울어."

질베스타가 내 볼을 계속 찌르는 동안 점점 짙은 녹색 눈동자의 눈빛이 험악해져 갔다. 출발 전부터 귀족을 화내게 할 수도 없었다.

"꾸, 꿀."

하는 수 없이 그의 명령대로 울자, 질베스타가 만족스럽게 끄덕이더니 또다시 볼을 찔렀다.

"좋아. 계속 울어."

"꿀꿀, 꿀……."

이 의미를 알 수 없는 짓을 시키는 청색 신관과 함께 기원식에 가야 하다니, 출발 전부터 불안함으로 가득했다.

# 기원식

나를 꿀꿀거리게 하더니 금방 질렸는지 질베스타의 손가락이 움직임을 멈췄다. 하지만 질린 것이 아니라 다른 곳으로 흥미가 옮겨 간 것이었다.

"이건 뭐지?"

중얼거림과 동시에 질베스타가 내 비녀를 쓱 뽑았다. 어? 하고 생각했을 땐 이미 머리가 스르륵 풀어졌다. 고개를 홱 드니 가족들이 나를 위해 만들어 준 의식용 비녀를 든 질베스타가 흥미롭다는 듯이 찬찬히 비녀를 살펴보고 있었다.

질베스타는 20대 후반으로 보이는 어른이지만, 하는 짓은 의미를 알 수 없고, 정도껏 한다는 말을 모르는 초등학생과 똑같았다. 그렇게 생각한 순간 '망가뜨린다'는 단어가 머릿속에 떠올랐고, 순식간에 핏기가 싹 가셨다.

"도, 돌려주세요."

나는 무심코 팔을 뻗었다. 내 목소리에 질베스타는 마치 이상한 나라의 앨리스에 등장하는 고양이 체셔처럼 눈을 게슴츠레 떴다. 그리고 내 손이 닿지 않는 높이까지 팔을 들고 "뺏어 봐." 하고 울퉁불퉁한 손가락 사이로 흘러내린 녹색 이파리 장식을 흔들었다. 돌려줄 생각은 콩알만큼도 없는 듯하다.

"돌려달라니까요!"

팔을 들었다 낮췄다 하는 질베스타를 쫓아서 뿅뿅 뛰었더니 금방 숨이 찼다.

"돌려달라고, 그렇게, 말하는데…… 내, 비녀. 엄마랑 아빠랑 투리가 만들어 준, 내 비녀."

'이런 남자, 정말 싫어.'

높은 위치에 있는 비녀를 날카롭게 응시하면서 주먹을 꽉 쥐었다. 그와 동시에 온몸에 마력이 넘쳐 올라오기 시작했다.

"으앗! 견습무녀!"

당황한 다무엘의 목소리에 뒤돌아본 신관장과 칼스테드가 눈에 불을 켰다. 동시에 빛나는 지휘봉을 꺼내 재빨리 머리 위로 높이 들어올렸다.

"이 바보 녀석! 너무 괴롭히지 말라고 했더니!"

"어린애 상대로 무슨 꼴사나운 짓이야!"

빠박! 하고 속 시원한 소리가 두 번, 질베스타의 머리에 떨어졌다. 눈앞에서 빛나는 지휘봉이 변형한 홀(관위에 있는 자가 관복을 하였을 때 손에 가지는 수판)처럼 생긴 물건으로 두들겨 맞는 질베스타의 모습에 나는 움찔거리며 숨을 삼켰지만, 당사자는 어깨만 으쓱일 뿐이었다.

"두 사람 다 화내지 마. 조금 장난친 거야."

전혀 풀이 꺾이지 않은 듯한 질베스타였지만, 신관장과 칼스테드가 정도가 지나치다고 충고해 줬다는 걸 안 순간, 온몸에 넘치던 분노가 슥 빠져나갔다.

신관장이 질베스타의 손에서 얼른 비녀를 뺏어 내게 돌려주었다.

"마인, 스스로 꽂을 수 있지?"

"네. 고맙습니다, 신관장님."

나는 얼른 비녀로 머리를 정리했다. 그 모습을 재미있다는 듯 지켜보던 질베스타가 다시 비녀로 손을 뻗으려고 했다. 그때 칼스테드가 "어이!" 하고 화내면서 질베스타의 손을 찰싹 때려서 물리쳤다. 그리고 눈을 끔뻑이는 다무엘을 척하고 가리켰다.

"마인 말고 다무엘이랑 놀아. 저 녀석은 튼튼하다."

"그렇군. 다무엘과 저쪽에서 놀아. 마인은 이쪽이다."

신관장은 그렇게 말하며 손을 휘휘 저었다. 다무엘이 "아흑! 이러지 마십시오!" 하고 지르는 소리는 완전히 무시하고, 두 사람은 지도를 보면서 얼른 코스를 정해 갔다.

나는 책상 위에 펼쳐진 지도를 보고 "우와." 하고 감탄의 숨을 내뱉었다. 예전에 상업 길드에서 봤던 지도보다 상세했다. 상업 길드에서 봤던 지도는 마을 이름과 가도밖에 표시되지 않았는데, 영지 형태와 지형까지 나타낸 지도는 처음이었다. 영지는 남북으로 길쭉한 형태를 띠고 어떤 기준으로인지는 모르겠지만 빨강과 파랑으로 색이 나뉘어 있었다. 이 마을 주위는 대부분이 붉은색이고, 멀리 갈수록 파란색이 늘었다.

'무슨 기준으로 색을 나눈 걸까?'

물어보고 싶었지만, 진지하게 얘기하는 두 사람에 질문하면 방해될 거라 판단하고, 나는 묵묵히 지도를 바라보았다.


"……음, 이걸로 되겠지."

"그럼 출발하자."

두 사람 사이에 의견이 정리되자마자 바로 귀족의 문으로 향하게 되었다.

"다무엘, 마인을 안아라. 질베스타는 이것을, 칼스테드는 이것을 들어라."

커다란 짐을 든 칼스테드와 질베스타가 방을 나섰고, 나는 다무엘에게 안겼다. 나는 몰래 다무엘에게 속삭였다.

"다무엘 님, 가능하면 조금이라도 저 신관이랑 거리를 두고 싶은데요."

"나도 진심으로 그러고 싶다."

다무엘과 의견이 일치했다. 질베스타를 경계하며 조금이라도 거리를 두기로 했다. 질베스타는 청색 신관이지만, 다무엘의 태도로 보아 친가 쪽 세력이 다무엘보다 압도적으로 위인 듯했다.

화나게 하면 시키코자 때처럼 될지도 모르기에 어떻게든 거리를 두려고 했더니, "너희들, 나한테 좀 매정한 거 아니냐?" 하고 어째서인지 상대편에서 다가왔다.

"소, 송구스러울 뿐입니다."

나는 그렇게 대답하면서 질베스타를 제지해 줄 인물을 찾았다. 하지만 칼스테드는 먼저 가 버려 모습이 보이지 않았다. 남게 된 시종에게 신전을 부탁하러 갔던 신관장이 빠른 걸음으로 쫓아오는 모습을 다무엘의 어깨너머로 본 나는 손을 뻗어 도움을 구했다.

"신관장님……"

나의 안쓰러운 목소리에 신관장은 관자놀이를 눌렀다.

"질베스타, 마인에게 너무 가까이 가지 마라. 기원식도 시작하기 전에 마인이 불안정해지면 나중이 귀찮다."

"이 정도로 불안정해지다니 완전 허약한 거 아냐?"

다무엘에게 안긴 탓에 시선의 가까이에 있는 내 볼을 질베스타가 집게손가락으로 꾹꾹 눌렀다. 신관장이 그 손을 뿌리치더니 차가운 눈빛으로 질베스타를 노려보았다.

"그래. 그 말대로다. 마인은 약해 빠져서 손이 많이 가니까 귀찮아져. 몇 번이나 말하게 하지 마라."

먼저 갔던 칼스테드가 귀족의 문을 열고, 문을 빠져나간 곳에 있는 광장에서 우리를 기다리고 있었다. 신관장과 칼스테드, 다무엘이 마석으로 기수를 불러냈고, 신관장이 지시를 내렸다.

"칼스테드가 앞장서라. 마인과 다무엘을 중간에 끼고 나와 질베스타가 뒤따르겠다."

"견습무녀, 불만인 것 같은데?"

"다무엘 님은 질베스타 님에게서 절 지켜 주지 않으시는걸요."

질베스타가 나를 괴롭히는 동안 전혀 지켜 주지 않는 다무엘은 호위로서 매우 믿음직스럽지 못했다. 솔직히 나는 신관장과 같이 타고 싶었다.

"그, 그건……."

뭔가 말을 꺼내려던 다무엘이 순간 움찔 멈췄다. 말해도 되는지 어떤지 잠시 망설이는 듯하더니 이내 "……미안하다." 하고 조그맣게 중얼거렸다.

다무엘의 기수는 천마다. 다무엘이 나를 말 등에 태우고, 내 뒤에 앉아 고삐를 쥐었다. 펄럭이며 천마가 날개를 펼치자 먼저 날아오른 칼스테드의 그리폰 석상을 쫓아서 달려갔다.

평민촌의 상공을 날아 외벽을 넘자마자 그리폰 석상이 낙하를 시작했다. 목적지는 돼지고기 가공을 할 때 우리 이웃집이 신세를 지는 남문에서 가장 가까운 농촌의 '겨울 저택'이라고 불리는 곳이었다. 마치

옛날 초등학교 같은 크고 넓은 목조 건물과 운동장 같은 넓은 광장이 있었다. 그 광장에 수많은 사람이 모여 있는 것이 하늘 위에서 보였다. 약 천여 명 정도가 모여 있는 듯했다. 우리가 광장에 내려서려고 하자 사람들이 밀치락달치락하며 광장 한가운데를 비워 주었다.

먼저 칼스테드가 그 자리에 천천히 내려선 뒤 기수를 거두었다. 그곳에 다무엘의 천마가 천천히 내려섰다. 칼스테드가 나를 내려 주고, 다무엘이 미끄러지듯 내리는 것과 동시에 천마가 사라졌다.

"비켜!"

상공에서 질베스타의 목소리와 함께 신관장의 사자 석상이 내려오고 있었다. 나는 몇 걸음 물러선 칼스테드에게 안긴 채 올려다보았다. 그러자 "핫!" 하고 짧게 소리를 지르더니 파란 물체가 사자 위에서 점프했다.

"무슨!?"

"으악!?"

갑자기 일어난 일에 웅성거리는 사람들 앞에 그 파란 그림자가 공중에서 몇 바퀴 회전을 한 뒤, 척 포즈를 잡으며 착지했다. 질베스타의 기세에 눌려 순간 마치 딴 세상 사람을 본 것처럼 광장에 흥분이 퍼지더니, "오오오오오오!" 하고 포즈를 취한 질베스타에게 갈채가 쏟아졌다.

"저 바보, 아주 신났구만……."

칼스테드가 참을 수 없는 불쾌감이 섞인 목소리를 내었다. 그와 동시에 질베스타를 밟아 버리려는 의도가 다분해 보이듯 신관장의 사자가 기세 좋게 활강했다. 하지만 질베스타는 곡예 같은 움직임으로 그자리에서 펄쩍 뛰어 피하더니 다시금 포즈를 취했다.

"오오오오오오오!"

다시 박수갈채가 쏟아지고, 만족스러워하는 질베스타는 마치 자신의 모습을 과시하고 싶어 안달이 난 초등학생처럼 보였다.

"······봄의 기원식이 신관이 민중에게 기예를 보여주는 행사였나요?"

내가 아는 청색 신관과 전혀 닮은 구석이 없는 질베스타의 존재에 어리벙벙해하며 중얼거리자, 칼스테드가 진지한 얼굴로 고개를 저었다.

"마인, 저 녀석은 전혀 도움이 되지 않으니 안 봐도 된다. 절대 본보기로 삼아서는 안 돼."

"칼스테드 님도 아시는 분이고, 허물없이 대하는 걸 보면 질베스타 님은 매우 지위가 높으신 귀족 출신이시죠? 또 시키코자 님 때처럼 제게 부당한 요구를 하실까요?"

반론도 못 한 채 자기 기분대로 아랫사람을 괴롭히는 상대에게 어떻게 대응하면 좋을지 상담하자, 칼스테드는 아주 조금 곤란한 표정을 지었다.

"폭력을 행사하는 사내는 아니다. 그 점에서는 안심해도 좋아. 단, 머리가 아플 정도로 턱없는 일을 많이 저지르긴 하지."

"질베스타 님께서 턱없는 요구를 하시면 울면서 매달려도 될까요, 미래의 양아버님?"

내가 고개를 갸웃거리며 묻자 순간 칼스테드의 눈이 휘둥그레지더니, 입꼬리를 올리며 웃었다.

"좋다, 내게 매달리거라. 페르디난드 님께서 맡긴 아이를 울리는 나쁜 놈은 내가 퇴치해 주마."

'내 미래의 양아버님, 정말 믿음직스러워.'

내가 몰래 칼스테드의 보호를 획득하자 신관장이 사자를 거두고 광장의 전방에 설치된 작은 무대를 향해 걷기 시작했다.

신관장의 움직임에 맞춰 인파가 양쪽으로 갈리며 무대까지 가는 곧은길을 만들었다. 질베스타는 등에 멘 주머니에서 높이가 80센티 정도나 되는 커다란 성배를 꺼냈고, 그것을 공손히 들고 신관장의 뒤를 따랐다.

"자, 가라."

칼스테드가 나를 땅에 내려 주었지만, 나의 걸음 속도를 몇 초간 관찰하더니 다시 안아 올렸다. 그리고 큰 보폭으로 신관장들의 뒤를 이었다. 역시 내 속도를 참기 힘들었나 보다.

'내가 느린 건 어른이랑 다리 길이가 달라서니까 어쩔 수 없는걸.'

나를 무대에 내린 뒤, 칼스테드와 다무엘은 무대 앞에 서서 민중을 엄중한 눈으로 감시했다. 신구인 커다란 금색 성배를 질베스타가 신관장에게 건넸고, 신관장은 성배를 받아 무대 중앙에 설치된 커다란 대에 놓았다.

"지금부터 기원식을 시작하겠다. 각 마을의 촌장은 올라오너라."

신관장의 부름과 함께 크기가 10리터는 되어 보이는 뚜껑 달린 통을 든 다섯 명이 무대 위로 올라왔다.

"마인, 네 차례다."

선 채로는 팔이 성배에 닿지 않는 나를 신관장이 안아 올려서 성배가 놓인 대에 올렸다. 나는 무릎을 꿇은 채 붉은 천이 깔린 대 위를 앞으로 나아갔다. 대 위에 놓인 성배는 와인 잔 같은 형태였다. 둥근 볼

부분에 커다란 마석이 박혀 있고, 스템 부분에서 받침대 부분에 걸쳐 복잡한 조각과 소마석이 줄지어 있었다.

나는 대에서 정좌 자세로 받침대 부분의 소마석에 살짝 손을 대고 눈을 내리깔았다.

"치유와 변화를 가져오는 물의 여신 플류트레네여, 그 곁을 모시는 권속의 열두 여신이여, 생명의 신 에이비리베로부터 해방된 그대의 여동생 흙의 여신 게두르리히에게 새 생명을 기르는 힘을 주소서."

나의 마력을 흘려보내자 성배가 금색 빛을 발했다. 광장의 민중들로부터 함성이 일었다.

"당신께 생명을 기뻐하는 환성의 노래, 기도와 감사를 바치며 청명한 가호를 내려 주소서. 넓고 호호막막한 대지에 존재하는 만물을 당신의 귀색으로 채워 주소서."

내가 기도를 끝내자, 신관장과 질베스타가 살짝 성배를 기울였다. 성배에서 녹색으로 빛나는 액체가 나란히 선 촌장의 통으로 흘러내렸다.

"흙의 여신 게두르리히와 물의 여신 플류트레네에게 기도와 감사를!"

통 하나를 가득 채우고 뚜껑을 닫으면 광장의 한 곳에서 신에게 올리는 기도를 제각기 외치기 시작했다. 아마 채워진 통에 해당하는 마을 사람들이리라. 다음 통이 채워지자 또다시 기도와 감사를 외치는 사람들이 늘었다. 다섯 개의 통이 다 채워질 때까지 받침대 부분에서 손을 떨어뜨리지 않도록 주의하며 나는 계속해서 마력을 흘려 보냈다.

"마인, 이제 됐다."

신관장의 목소리에 겨우 손을 뗐다. 기울였던 성배도 원래대로 놓고, 나는 신관장에게 안겨 무대 밑으로 내려졌다. 계속 마력을 쏟아낸 내가 중앙에 서고, 그 반걸음 뒤에 신관장과 질베스타가 섰다.

"신에게 기도를!"

신관장의 목소리에 이끌려 척 하고 기도를 바치는 나를 따라 광장에 있던 사람들도 척 하고 기도를 바쳤다. 농촌 사람들에게는 매년 익숙한 기도일 것이다. 평민촌 사람들에 비해 당연한 듯 기도를 바치는 구리코 포즈가 완벽했다.

"이것으로 기원식을 마치겠다. 신의 어심에 따라 새로운 생명과 함께 바르게 살지어라!"

신관장의 말에 사람들이 환성을 지르는 가운데 질베스타는 얼른 성배를 천으로 감싸고 주머니에 넣은 후, 등에 멘다. 그것을 본 신관장은 마석 기수를 꺼내고 질베스타와 함께 날아올랐다.

"이번엔 예정이 꽉 차 있으므로 다음 장소로 가겠다. 그대들에게 신의 축복을."

금가루를 뿌리듯 하얀 사자가 광장을 일주했다. 그동안 칼스테드와 다무엘도 기수를 내보냈다. 나는 다무엘에게 안겨 천마에 올라탔다. 퍼덕거리며 날개를 움직인 천마가 하늘로 날아 올라 농촌을 떠났다.


그 뒤 농촌의 겨울 저택을 네 군데 정도 돌며 각각 기원식을 끝냈을 땐 이미 날이 저물고, 나는 녹초가 되어 버렸다.

"이제 숙박 시설로 가면 끝이다. 견습무녀, 정신 차려. 떨어진다."

다무엘의 꾸지람을 받은 나는 고삐를 쥔 채 힘없이 고개를 끄덕였다.

"마인, 일어나라."

"히익!?"

신관장의 꾸짖는 목소리에 번쩍 정신을 차렸을 땐 이미 거대한 저택 앞이었다.

"여긴 어디죠?"

"브론 남작의 여름 저택이다."

신관장의 설명에 따르면 영주로부터 농촌 관리를 위임받은 귀족은 기원식부터 수확제까지 농가 안의 저택에서 지낸다고 한다. 그리고 겨울에 귀족 마을에 돌아와 1년간의 보고와 세금을 치르고, 귀족들 사이의 정보 수집에 힘쓴다고 한다.

"저쪽 건물은 귀족이 사는 곳이고, 이쪽 별관은 신관이 머무는 곳이다."

기원식과 수확제 기간에는 매년 신관이 방문하게 되므로 영지 내에 농촌을 맡은 귀족의 저택에는 신관이 머무르는 별장이 준비되어 있다고 한다. 귀족 출신이지만 엄밀하게는 귀족이 아닌 신관들을 격리해 두기 위한 건물이라고도 할 수 있었다. 그 증거로 대표자 한 사람만 도착 인사를 하면 나머지는 알현할 필요도 없다고 한다.

"이번엔 아르노에게 인사를 시켜 문을 열어 두라고 했다."

신관장의 말대로 별관에는 마차가 몇 대나 세워져 있었다. 짐을 잔뜩 채웠던 마차가 텅 빈 모습으로 봐서 전부 안으로 옮겼으리라 짐작되었다.

"다녀오셨습니까."

우리가 별관 문을 열고 들어가자, 안에는 시종들이 모여 있었다. 처음 보는 얼굴들이 몇몇 있었지만, 그들은 질베스타의 시종으로 보였다. 혼자 앞으로 나온 아르노가 신관장에게 속삭이듯 말을 걸었다.

"식사 준비는 마쳤습니다만, 식당이 두 군데밖에 없습니다. 어떻게 할까요?"

"넓은 쪽 식당에서 다 같이 먹으면 되겠지. 단, 마인과 질베스타의 자리는 떨어뜨려 놓게."

"알겠습니다."

이제 막 겨울 동면이 끝난 농가에는 시종을 포함한 일행의 식사를 전부 준비할 만큼 식재료가 충분치 않다. 채소나 달걀, 우유는 그럭저럭 살 수 있지만, 곡물이나 기름 등은 어느 정도 지참해야만 했다. 이것이 지금 남아 있는 신관들이 기원식에 가고 싶어 하지 않는 이유였다.

"그럼 각자 옷을 갈아입고 식당에 모이도록."

신관장의 목소리와 함께 각자의 시종들이 주인의 곁으로 움직이기 시작했다. 나에게는 로지나와 프랑이 빠른 걸음으로 다가왔다. 두 사람의 얼굴을 보니 왠지 집에 돌아온 기분이었다.

"마인 님, 다녀오셨습니까. 우선 옷을 갈아입도록 합시다."

나는 두 사람에게 배정된 방으로 안내받았다. 신관은 대개 두 사람씩 이동한다. 그래서 신관이 묵는 화려한 방이 예비용을 포함해서 세 군데밖에 없었던 모양이다. 이번엔 그 화려한 방을 신관장과 칼스테드, 질베스타가 각각 쓰게 되었고, 신분을 고려하여 다무엘과 나는 평상시 시종이 쓰던 방을 배정받게 되었다고 한다.

"전 우리 집보다 넓어서 전혀 문제가 없지만 다무엘 님은 괴로우시겠어요."

방 등급은 다소 떨어지지만, 평민촌의 우리 집 침실보다 훨씬 넓어서 내게는 전혀 불편하지 않았다. 오히려 고아원 원장실에서 가져온 카펫과 시트로 정리되어 있어 대만족이었다.

프랑이 길어다 준 따뜻한 물이 담긴 대야에 로지나의 도움을 받으며 목욕했다. 온종일 바깥에 있었던 피로를 따뜻한 물로 씻어 내니 기분이 제법 상쾌했다.

로지나가 저녁 식사에 차려입을 담녹색 의상을 가져왔고, 새로 제작한 화려한 장식이 달린 천 구두를 신겨 주었다. 기원식을 대비해서 준비한 몇 가지 비녀 중에서 로지나가 고른 건 이번 겨울에 투리가 수작업으로 만든 작은 꽃 장식 비녀였다. 봄의 색을 표현하는 노랑, 주황, 황록색 작은 꽃이 마치 유채꽃처럼 보이는 머리 장식이다.

"푸고와 엘라가 의욕적으로 요리하더군요. 다른 요리사들에게 질 수 없다면서……."

"그럼 나도 노력해야겠네요."

귀족 계급이 모이는 저녁 식사가 나는 썩 내키지 않았다. 겨울 동안 로지나와 프랑에게 철저하게 매너를 배우긴 했다. 하지만 과연 평민이 얼마나 교양을 익혔는지 양아버지가 될 예정인 칼스테드가 엄격하게 감정하는 시선으로 나를 지켜볼 터였다. 그리고 또 한 가지 걱정은 질베스타다. 그가 무슨 말을 꺼낼지 감이 안 잡혔다. 초등학교 남학생이라면 무시하면 되지만, 상대가 고위 귀족 출신이라 완전히 무시할 수 없기 때문이다.

"식사가 끝나면 방에 돌아와도 되나요?"

"식후에 있을 모임에 초대받으시면 마인 님께서는 거절하실 수 없으실 텐데요?"

'아, 불길한 예감이 든다.'

식사는 큰 식당에서 이루어졌다. 모두가 옷을 갈아입은 상태였다. 청색 신관복과 전신 갑옷밖에 본 적이 없는 신관장의 귀중한 사복 차림이다. 귀족답게 소매 끝에 짙은 녹색이 바탕인 품이 낙낙한 옷이다. 신관이라는 관점에서는 질베스타도 마찬가지겠지만, 지금까지 만난 적 없는 사람이라 질베스타의 사복 차림은 귀중하다는 생각이 그다지 들지 않았다.

"그런 옷차림을 하니 정말 귀족 영애인지 아닌지 헷갈리는군."

칼스테드가 나를 보고 그렇게 말했다. 칭찬이라고 판단해도 틀리지 않겠지. 갑자기 지적당하거나 실망하지 않아 다행이었다.

"송구합니다, 칼스테드 님."

"겨울 동안 태도도 제법 세련되게 변했구나. 감정이 그대로 드러나는 부분은 여전히 개선이 필요하겠지만……."

신관장은 기본적으로 칭찬과 개선점을 동시에 꺼내기 때문에 칭찬받은 기분에 취할 수 없게 했다.

"마인 님, 이쪽으로."

프랑이 나를 자리에 앉게 하고 시중을 들어 주었다. 질베스타가 내 자리에 놓인 접시를 보고 "왜 네 것만 다르냐?" 하고 목소리를 높였다.

"요리사가 다르기 때문이지 않을까요? 프랑, 알죠?"

프랑이 목소리를 낮추어 사정을 설명해주었다. 주방 두 군데 중 좁은 쪽을 프랑과 엘라가 배정받고, 넓은 쪽 주방에서 귀족 전용 요리사들이 식사를 만들었다고 했다.

"저만 주방이 다르기 때문이라고 합니다. 시종의 인원수를 고려하면 당연히 제 요리사가 좁은 주방을 써야지요."

익숙한 음식을 먹을 수 있어서 전혀 문제가 없었지만, 가장 먼 자리에 앉은 질베스타가 흥미진진한 눈으로 귀찮게 이쪽을 쳐다보았다.

"맛있는 냄새가 나네."

"제 요리사들은 아주 실력이 좋거든요."

모두에게 식사가 돌아가자 가슴 앞에서 손을 교차하여 기도를 바쳤다.

"몇천만의 생명을 저희의 양식으로 내려 주시는 높고 정정한 천공을 관장하는 최고신, 넓고 호호막막한 대지를 관장하는 5위의 대신, 신들의 어심에 감사와 기도를 올리며 이 식사를 받겠습니다."

내가 한 입 먹은 순간, "뭐야, 왜 먹어!?"라는 질베스타의 목소리가 울렸다. 의미를 몰라 나는 고개를 갸웃거렸다.

"네? 왜라니요?"

"'맛있는 냄새가 난다'는 질베스타의 말은 네 요리를 먹고 싶다는 뜻이다."

신관장이 가볍게 어깨를 으쓱거렸다. 아무래도 질베스타의 말은 그걸 내놓으라는 귀족 특유의 재촉 표현이었던 모양이다. 전혀 눈치채지 못했다.

"전부는 드릴 수 없습니다. 대신 절반 나눠 드리죠."

"저, 절반이라고?"

믿을 수 없는 물건을 보듯이 질베스타가 나를 보았다. 믿을 수 없는 건 나다.

"이건 제 식사입니다. 설마 귀족 계급의 청색 신관이신 질베스타 님께서 가난한 평민의 식사를 전부 빼앗는 치사한 짓을 하실 생각이신가요?"

"그, 그럴 리가 있나……."

결국, 호기심을 누를 수 없었던 질베스타는 절반을 나눠 주길 원했다. 아무래도 시종에게 남은 음식을 내린 적은 있어도 누군가와 나눠 먹어 본 적은 없었던 듯하다. 신관장과 칼스테드가 관자놀이를 누르며 기가 막힌다는 듯이 한숨을 내쉬었고, 다무엘은 마치 토우 같은 표정으로 뻣뻣하게 굳었다.

나중에 신관장이 가르쳐 줬는데, 정답은 질베스타에게 내 요리를 전부 내주고, 그가 다 먹고 내려 주기를 기다리는 것이라고 했다.

'절반으로 나누는 게 정답이 아니었다니. 아깝네.'

수프를 먹고 눈을 반짝이던 질베스타가 요리사를 자기에게 넘기라며 협박했지만, 신관장과 칼스테드가 도와준 덕분에 무사히 식사를 마쳤다. 자리를 떨어뜨려 준 신관장에게 감사하며 나는 자리를 떴다.

"그럼 전 이만 실례하겠습니다. 나머진 남성분들끼리 느긋하게 보내십시오."

식후 모임에 들어가려는 남성들에게 인사하고 얼른 방으로 돌아가려 했더니, 사냥감을 발견한 눈빛으로 질베스타가 노려보았다. 짙은 녹색 눈동자로 나를 보며 여기로 오라고 손짓했다.

"잠깐, 마인. 너도 와. 요리사 교환에 관해서 천천히 대화를 나눠보자."

'으엑, 전혀 포기 안 했잖아.'

# 식후의 초대

"시, 신관장님……."

"신분상 그대가 초대를 거절 못 한다는 건, 잘 알지?"

불길한 예감이 드는 초대를 받고, 신관장에게 도움을 구해 봤지만, 쉽사리 퇴짜 맞았다.

'이 자리는 귀족 계급만 모이는 식사 모임인걸. 평민인 내게 거부권 따위 있을 리가 없지. 알고 있어요. 그냥 한 번 물어봤어요.'

"이쪽에 와라, 마인."

신관장이 일부러 떨어진 자리를 지정해 줬는데 질베스타는 자신과 칼스테드 사이를 가볍게 두드리며 그 자리에 앉으라고 주장했다. 의자도 없는데 어쩌라는 건지. 내가 당황하자 "포기해라." 하고 칼스테드와 다무엘이 일어나 자리를 이동하기 시작했다.

"마인, 다무엘과 똑같이 저쪽으로 돌아 질베스타 옆에 앉아라."

이 자리 배치도 아마 거절하면 안 되리라. 신관장이 불쌍하다는 눈빛으로 나를 바라보면서 슬며시 등을 밀었다.

"시, 실례하겠습니다."

나는 하는 수 없이 커다란 식당 테이블을 빙 돌아서 질베스타의 옆에 앉았다. 그 반대쪽 옆은 칼스테드였다. 나는 의자에 앉아 엉덩이를 최대한 칼스테드 쪽으로 조금씩 옮겼다. 질베스타의 정면에는 신관장, 내 정면에는 다무엘이 있었다.

"마인, 요리사를 교환하자. 뺏는 건 아니니까 괜찮지?"

멋대로 거래했다간 벤노에게 혼쭐이 날 테고, 레시피가 유출되어도 곤란하다.

"그들은 다른 곳에서 맡은 요리사입니다. 제 독단으로 교환할 수 없습니다."

"그럼 그자와 협상하지. 누구냐?"

벤노가 귀족 계급의 명령을 거절할 수 있을 리가 없다. 지금까지 준비해 온 이탈리안 레스토랑이 요리사가 없어 열지 못하게 되면 어떻게 해결해야 하나. 벤노와 마르크의 위통과 두통, 적자가 한계를 넘어 버리게 될 터이다.

"질베스타 님, 상인은 귀족 계급인 질베스타 님의 요청을 거절할 수 없습니다. 그것은 이미 협상이 아닌 불합리한 명령입니다."

"하긴 상대방이 상인이라면 그렇게 되겠군."

재밌다는 듯 질베스타가 눈을 빛내며 그렇게 중얼거렸다. '근성은 썩지 않았다'고 말한 신관장의 평가는 정확했다. 내 지적에 도리어 역정을 내지 않고, 계속 말해 보라는 듯 가볍게 턱을 움직였다. 신관장에게 시선을 돌리자, 신관장도 "상관없다." 라고 말하는 듯 가볍게 고개를 끄덕였다. 신관장의 옆에 앉은 다무엘은 새파래져서 몸을 덜덜 떨고 있지만, 여기서 져서 요리사를 빼앗길 수는 없었다.

"제 요리사는 이제 곧 개점하는 식당의 요리사가 될 사람들입니다. 지금은 그 교육 기간이며 요리사의 교육과 개점 준비에도 거액의 투자와 일손이 투입되었습니다. 귀족분들에게는 큰 금액이 아닐지라도 평민에게는 생사에 관계되는 금액입니다. 질베스타 님께서는 그 점을 아시고도 개점 계획을 백지로 만들라고 명령하시는 겁니까? 그 정도로 그들의 요리가 마음에 드셨다면 출점 계획을 망치지 마시고, 저희 식당의 손님이 되어 주십시오."

"호오, 식당이라고? 그 요리를 평민들이 먹는다는 거냐?"

믿을 수 없다는 듯 눈이 휘둥그레진 질베스타에게 나는 절호의 기회를 놓칠세라 벤노처럼 고객에게 던지는 미소로 선전해 두었다.

"평민촌이라도 부호라 불리는 자가 아니면 들어가지 못하는 가격으로 설정되었습니다. 그리고 소개 없이는 입점이 불가하지요. 귀족의 저택을 본뜬 인테리어로 귀족분들이 드시는 식사를, 아니, 귀족분들도 드신 적이 없는 음식을 제공합니다."

"호오, 소개는 누가 하지?"

"……음, 흥미가 있으시다면 제가 소개해 드리겠습니다."

솔직히 말하자면 대부분 의미를 알 수 없는 언행을 하는 질베스타를 소개하면 나중에 부담이 클 것 같아 싫지만, 요리사를 빼앗겨 계획이 물거품이 되는 것보다는 낫다.

"좋다. 그럼 소개하도록. 방문해 주마."

"감사하게 생각합니다. ……칼스테드 님과 신관장님도 함께 오지 않으시겠습니까?"

폭주할 것 같으면 고삐를 쥘 사람이 필요하다는 생각에 시선으로 부탁했다.

"……가야겠지." 하고 두 사람이 동시에 고개를 푹 떨구었다.

'질베스타 님도 일단은 귀족 계급 손님인데, 벤노 씨가 좋아할까? 머리를 싸쥘까? 어느 쪽일까?'

어느 쪽이든 평화롭게 요리사 거래를 막은 점만큼은 칭찬해 주길 바란다.

내심 '잘해냈다'고 자화자찬하자, 치즈와 햄 등 간단한 안줏거리와 술을 손에 든 신관장이 뭔가 떠오른 듯 고개를 들었다.

"마인, 로지나에게 페슈필을 연주하게 하는 게 어떠한가?"

그리고 보니 긴 밤의 위안이 되겠다며 챙겨 오도록 했다. 나는 시선으로 프랑을 불러 로지나에게 페슈필을 연주해 달라는 전언을 부탁했다. 그 모습을 보고 있던 칼스테드가 깜짝 놀랐는지 눈이 휘둥그레졌다.

"평민이 페슈필을 가지고 있다고?"

"신관장님께서 익히라고 하셔서요."

신관장에게 '교양을 익혀라'는 지적이 있었다고 얘기하자 칼스테드는 "이미 준비를 마치다니 역시 페르디난드 님이다." 라며 작게 중얼거렸다. 확실히 그 시점에서는 귀족의 양녀가 된다는 얘기가 없었으니 대단한지도 모른다.

"마인은 상당히 소질이 있다. 빠짐없이 연습하고 있지?"

"로지나가 우수하답니다."

신관장이 칭찬해 줬지만, 로지나가 내 연습 시간을 정확하게 확보했기 때문이다. 내가 아무리 연습을 땡땡이치고 싶어도 절대 허락해 주지 않았다. 피아노도 매일 연습하면 어느 레벨까지는 누구라도 칠 수 있다. 다만 우라노 시절엔 매일 연습하지 않아 실력이 늘지 않았던 것뿐이다.


"부름을 받고 찾아왔습니다."

로지나가 페슈필을 들고 식당에 들어왔다. 그리고 준비해 둔 식당 의자에 앉아 환한 웃음을 띠며 페슈필을 켤 자세를 취했다. 그리고 질베스타가 신청한 곡을 차례로 연주했다.

"훌륭하다. 회색 무녀가 대체 어디에서 이만한 기술을 익힌 거지?"

"앞서 주인이셨던 크리스티네 님께서 예술의 조예가 깊은 분이셨습니다."

"호오……. 자, 그럼 마인. 다음은 네 차례다."

로지나의 페슈필 연주에 흠뻑 취한 직후에 나를 시키다니 너무하다. 비교될 게 뻔하지 않은가. 나는 당황하며 거절할 이유를 찾았다.

"전, 그, 어른용 페슈필로는 켤 수가 없어서……."

"어머나. 사실 이런 일이 있을 줄 알고 마인 님의 페슈필도 가져왔습니다. 방에서 가져오겠습니다."

'Noooo, 로지나! 쓸데없는 짓을!'

나는 고개를 푹 떨구었다. 칼스테드가 필사적으로 웃음을 참으며 내 등을 가볍게 두드리면서 달래 주었다. 질베스타는 히죽거리며 내게서 신관장으로 시선을 옮겼다.

"좋아, 그동안 페르디난드가 켜 봐."

거부할 줄 알았던 신관장이 귀찮은 듯 한숨을 쉬고 자리에서 일어나 페슈필을 손에 들고 켜기 시작했다. 로지나의 연주 뒤라도 꿀리지 않는 솜씨가 대단했다. 다만 선곡은 내가 가르쳐 준 만화 주제가였다.

'편곡이 많이 들어가서 원곡 같지 않고, 신을 찬양하는 가사로 바뀌었지만, 원래는 그거 만화 주제가거든?'

황홀하게 음악에 취한 주변과 배를 잡는 나. 설마 좀 장난삼아 저지른 일이 이런 형태로 내게 돌아올 줄은 꿈에도 생각 못 했다.

"처음 듣는 곡인데."

"그야 그렇겠지."

가볍게 흘러 넘기는 신관장의 대답에 질베스타가 울컥한 표정을 지었다.

"어디의 누가 작곡한 곡이냐."

"……비밀이다."

순간 나를 힐끔 쳐다보고 자신만만하게 웃는 신관장에게 나는 숨을 꿀꺽 삼켰다. 옆에서 질베스타의 눈썹이 씰룩거렸고 짙은 녹색 눈동자가 번쩍거렸다.

'아아아아, 공개하는 것도 곤란하고, 이상한 방향으로 부추겨도 곤란해! 궁금증을 유발했다고, 이 사람.'

내 속에서 거센 폭풍후가 휘몰아치는 사이 로지나가 작은 페슈필을 들고 왔다.

"여기 있습니다, 마인 님."

"고마워요, 로지나."

나는 무난하게 연습 중인 과제곡을 연주하며 노래를 불렀다. 아무리 그래도 우라노 시절의 곡을 연주하는 제 무덤 파는 짓은 안 한다. 나, 성장했구나.

"……아직 한참 멀었군."

"그럼 다음은 질베스타 님 차례네요. 들어 보고 싶습니다."

내 주변에는 신관장과 로지나, 빌마처럼 예술에 능통한 사람들뿐이라 귀족의 기본 수준이 대체 어느 정도인지 모른다. 지금이야말로 질베스타에게 연주를 시켜서 귀족의 수준을 가늠해야 할 때다.

"훗, 내 페슈필 연주를 듣고 싶으냐? 좋다, 들려 주지."

자신만만하게 페슈필을 든 질베스타였지만, 솔직히 나는 지금까지 그의 언행으로 보아 예능에 능통하리라고는 생각하지 않았다. 하지만 띠링 하고 튕긴 페슈필 소리는 의외로 부드러웠고, 야무지고 힘찬 목소리가 식당 안에서 곧게 뻗었다. 예상 밖으로 훌륭했다.

'어휴, 귀족은 레벨이 너무 높잖아.'

신관장과 로지나가 요구하는 수준이 지나치게 높다는 통계가 필요했는데 귀족의 높은 수준을 확인하는 꼴이 되어 버렸다.

"칼스테드 님도 연주해 주시겠어요?"

"난 페슈필에 자신이 없다. 피리 쪽이 자신 있지만, 이번엔 가져오지 않았군."

웬걸. 겉보기에도 무뚝뚝한 무관 느낌인 칼스테드도 악기를 연주할 수 있다고 한다. 오밀조밀한 현을 손가락으로 튕기는 것보다 단련된 폐활량으로 소리를 연주하는 피리 쪽을 좋아한다고 했다.

'뭐야, 좀 멋있는걸.'

"하지만 다들 예술을 피로하는데 아무것도 안 하고 있을 수야 없지. ……그래. 여기서 당장 보여줄 수 있고 품위 있는 예술로 검무가 어떨까."

"검무요!? 저 아직 본 적이 없어요. 꼭 보고 싶어요."

우라노 시절에도 검무를 실제로 본 적이 없다. 내가 기대에 찬 눈을 반짝이며 칼스테드를 올려다보자 칼스테드가 다무엘을 불렀다. 그리고 빛나는 지휘봉을 꺼내어 "슈베르트." 라고 중얼거렸다. 그러자 빛나는 지휘봉이 검으로 변해 갔다.

한 손에 검을 들고 서로 대치한 두 사람이 가볍게 검 끝을 마주친 후, 일직선으로 검을 세웠다. 그 동작이 개시 신호였던 모양이다. 검이 허공을 가르며 움직이기 시작했다. 진검이 번뜩이며 느렸다가 빨라지는 두 사람의 검무는 군더더기 없이 움직임에 세련된 아름다움이 있었다.

이 검무는 검을 연습할 때 철저하게 배우는 기본형 움직임을 연결해서 만든 춤이라고 한다. 기사단에 소속된 자라면 당연히 할 수 있어야 하는 모양이었다. 다만 오늘처럼 의논도 없이 즉흥적일 때는 상대방의 움직임과 시선을 자세히 봐야 하고, 완벽한 자세로 움직이지 않으면 두 사람의 움직임이 맞지 않거나, 다칠 위험도 있다고 했다.

다무엘의 이마에 땀이 송골송골 맺혔고 숨이 차기 시작했다. 그 모습을 본 칼스테드가 시치미를 떼고 검을 걷었다.

"여기까지다……."

"멋져요! 칼스테드 님도 다무엘 님도 굉장해요! 다칠까 봐 조마조마했는데 두 사람 다 정말 멋있었어요."

내가 대놓고 두 사람을 칭찬하자, 질베스타가 "그 정도쯤은 나도 할 수 있어." 하고 대항하며 칼스테드를 상대로 검무를 시작했다.

'어, 이만 방에 돌아가도 될까?'

진지한 얼굴로 검무를 피로하는 질베스타는 솔직히 멋있었다. 다무엘과 했을 때보다 속도가 빨라지고 수준 높은 기술을 펼치고 있음을 한눈에 알 수 있었다. 하지만 그러나저러나 귀찮다.

"훗, 멋있었지? 자, 칭찬해."

질베스타의 자신만만한 태도에 다시 한번 진심으로 생각했다. 정말 귀찮다. 검무가 끝나자마자 재빨리 평소대로 돌아왔다. 순간 멋있다고 생각했던 감동이 확 날아갔다.

"……질베스타 님도 매우 멋있었습니다."

"감정이 안 담겨 있군. 다시 해 봐."

세 번 정도 다시 칭찬을 고쳤을 즈음에 질베스타가 너무나도 귀찮아진 나머지 나는 아픈 척하며 얼른 배정받은 방으로 들어갔다.

# 습격

다음 날 아침, 봉납식에서 힘을 넣은 작은 성배를 건네기 위해 신관장이 브론 남작을 접견했다. 귀족이 다스리는 농촌은 이곳으로 끝이라고 한다. 신관이나 무녀의 수에 여유가 있을 땐 농촌을 일일이 찾아갔던 모양이지만, 요 몇 년 동안 마력에 여유가 없어져서 귀족의 농촌까지는 돌 수 없다고 했다. 올해는 타 영지에까지 마력을 나눠준 탓에 특히나 마력이 부족하다고 신관장이 말했다.

몇몇 농촌 사람들이 모여 지내는 겨울 주거지에 가서 촌장에게 직접 커다란 성배로 은총을 줘야 하는 곳은 영주 직할지의 농촌뿐이라고 했다. 작은 성배에 마력을 담아 뒀으니 발동만 하는 건 귀족들도 할 수 있는 듯했다.

'마력을 가진 귀족이라면 작은 성배에 마력을 채우는 것쯤이야 식은 죽 먹기일 테니 자기들이 성배를 보유하고 있다가 자기가 마력을 넣으면 되면 안 되나? 그럼 겨울에 일부러 신전에서 봉납식 따위 하지 않아도 될 텐데. 그 방법이 안 되면 적어도 봄에 귀족이 영지로 돌아올 때 성배를 줬다가, 가지고 농가로 돌아가면 일부러 신관들이 찾아다닐 필요도 없을 텐데. 참 이상해.'

아는 척하며 이야기를 들었지만, 잘 모르겠다. 귀찮아도 일부러 가는 이유가 있겠다는 마음의 소리를 숨긴 채 그냥 고개만 끄덕거렸다.

신관장이 브론 남작과 회합을 끝낸 뒤에는 직할지 내에서 가장 큰 농가가 모인 곡창지대를 온종일 돌았다. 겨울 저택을 다섯 군데 돌고,

기원식을 치른 뒤엔 또 귀족이 다스리는 농가로 가서 숙박이다. 그리고 출발할 때 신관장이 귀족을 접견하고 작은 성배를 넘긴다.

다음 날도, 그다음 날도, 똑같이 겨울 주거지를 돌며 기원식을 치렀다. 이걸로 영주 직할지 농촌은 끝인 듯했다. "내일부터는 귀족들의 저택만 돌게 된다."고 말한 신관장의 얼굴이 조금 험악해져 있었다.

기본적으로 기수를 타고 귀족의 토지를 돈다. 하지만 뭔가 법칙이 있는지 마차로 가는 곳과 기수로 가는 곳이 따로 있는 듯했다, 가끔 마차에 합류해서 마치 '계속 마차로 이동하고 있습니다' 라는 얼굴로 방문하는 귀족의 저택이 있었다.

그런 저택에 들어가기 전에는 항상 덜컹덜컹 흔들리는 마차 안에서 "마인, 이걸로 얼굴을 가려라." 라는 신관장의 지시에 따라 귀족 영애가 쓴다는 베일을 써야 했다. 그리고 귀족 저택에는 나와 신관장, 프랑, 아르노, 이렇게 네 사람만 들어갈 수 있었다. 기사들과 질베스타는 마차에서 대기한다. 눈에 띄기 좋아하는 질베스타가 시끄럽게 굴까 걱정했지만, 마차 안에서 얌전히 기다렸다기에 뭐라 할 수 없었다.

"다음 목적지인 게를라흐 자작의 저택에는 마차로 간다. 합류하자."

이른 아침에 어느 귀족에게 작은 성배를 넘긴 뒤 기수를 타고 날아오른 신관장이 그렇게 말하고, 먼저 게를라흐 자작의 저택으로 떠난 마차 방향으로 기수를 달리게 했다. 마차에 마술구를 설치했는지 신관장은 마차가 있는 장소를 아는 듯했다.

아무 탈 없이 마차와 합류했다. 마차는 나와 다무엘과 신관장, 칼스테드와 질베스타로 나뉘어 탔다. 그게 전력상 가장 좋다고 한다. 잘 모르겠지만 맡기기로 했다.

"게를라흐 자작은 그대에게 상당한 흥미를 느끼고 있다. 봄 기원식에 꼭 들러 주길 원한다고 하더군. 단, 그는 신전장과 교류가 깊은 사람이다. 경계해 두는 편이 좋겠지."

신관장은 상당히 경계한 상태로 내게 베일을 깊이 쓰라고 말했다.

게를라흐 자작의 저택에 도착했다. 하지만 금방 다시 출발하므로 마차는 그대로 대기시키고 나와 신관장만 아르노와 프랑을 거느리고 접견했다.

"오오, 먼 길을 오느라 수고했습니다, 페르디난드 님. 그리고 그쪽이 소문의 견습무녀인가?"

선입견 때문인지, 끈적끈적한 목소리가 징그럽게 들렸다. 머리에 베일을 쓰고 무릎을 꿇은 내게 게를라흐 자작의 얼굴은 전혀 보이지 않고 발끝만 간신히 보였다. 조금 뚱뚱하겠다는 것밖에 알 수 없었다.

"오늘은 묵고 가실 거지요? 성대하게 환대하겠습니다."

"아니. 급하니 바로 출발하겠다. 오늘 밤은 라이제강 백작의 저택에서 묵기로 했다."

신관장은 작은 성배를 건네고 대화를 얼른 끝마치더니 자리에서 일어났다. 처음부터 마지막까지 신관장이 대응한 덕분에 나는 직접 얼굴을 마주치지 않고, 딱히 아무 일 없이 접견이 끝났다.

오전 중에 게를라흐 자작의 저택을 나왔는데, 옆 농지인 라이제강 백작의 여름 저택에는 저녁에야 도착했다. 기수가 빨라서 몰랐는데, 마차의 속도는 상당히 느렸다. 방을 정리해 줄 시종보다 먼저 라이제강 백작의 저택에 도착해도 곤란하니 마차로 이동한다고 들었지만,

빈번히 뒤를 신경 쓰는 신관장의 모습에서 분명 다른 이유가 있겠다고 생각했다.

라이제강 백작이 관리하는 농지는 영지 귀족 중에서도 제일 큰 규모라고 했다. 하지만 1년에 고작 2번 방문하는 신관을 위한 별관이 넓을 이유가 없는 관계로 나는 평소대로 시종의 방에서 잠을 잤다. 결국, 피로로 인해 몸 상태가 불안정해진 나는 신관장이 조합한 약을 먹었고, 아침까지 잠을 푹 잔 뒤 상쾌한 기분으로 눈을 떴다.

그런데 상쾌한 아침 댓바람부터 신관장의 방에 불려갔고, 도청 방지 마술구를 건네받았다.

"어젯밤 늦게 칼스테드의 방에 침입자가 들어왔다."

하지만 뒤숭숭한 말에 영문을 몰라 고개를 갸웃거리는 사람은 나뿐이었다. 한자리에 모인 사람들은 모두 이미 상황을 이해한 듯 딱딱한 표정을 짓고 있었다.

"……침입자가 들어왔다니, 도둑인가요?"

"아니, 납치할 계획이었는지 남자 둘이었다. 부풀어 오른 이불 형태를 보고 마인이 아니란 걸 깨달았는지 바로 이동하려고 하더군. 침대에서 얼른 뛰어내려서 잡으려고 했는데……."

거기서 칼스테드가 말끝을 흐리고, 말하기 곤란한 표정으로 나를 보았다.

"혹시 놓쳤어요?"

"아니. 한쪽은 잡아서 페르디난드 님께 넘겼고, 다른 한 쪽은 일부러 놓아주고 미행했다. 그랬더니 남자가 저택 동쪽 숲에 묶어 둔 말을 타고 달리더군. 하지만 내가 기수를 타고 쫓아가려던 순간, 말과 함께 터져 버렸다."

“……네?”

뇌가 마지막 말을 이해하고 싶지 않다며 거부했다. 말과 함께 터져 버렸다니, 의미를 알 수 없었다. 굳은 나를 보면서 질베스타가 말을 이었다.

“포획한 놈은 페르디난드가 무장을 해제하자마자 자해, 칼스테드가 미행하려던 놈은 폭발로 죽어 버렸어.”

“그대에게는 알리지 말까도 생각했지만, 상대방의 목적이 그대인 이상, 현재 상황을 파악하는 편이 좋다고 판단했다. 이곳에 묵는다는 정보를 알고 있는 상대라면 범인은 게를라흐 자작이다. 마인, 조심해라.”

신관장이 범인을 단정하는 어조로 딱 잘라 말했다. 불안과 공포가 퍼져 가는 가슴을 꾹 누르며 나는 그곳에 모인 얼굴들을 천천히 둘러보았다.

“범인이 라이제강 백작일 가능성은 없나요?”

내 질문에 칼스테드가 고개를 저으며 단호하게 부정했다.

“없다. 이곳은 내 어머니의 친가다. 나와 동행한 자에게 해를 가하는 짓은 있을 수 없다.”


목구멍에 잘 넘어가지 않는 아침을 먹고, 우리는 라이제강 백작의 저택을 떠났다. 다음에 숙박할 장소는 영지의 가장 남쪽에 있는 귀족의 저택이다. 마차는 그곳을 향해 출발했고, 우리는 기수를 타고 오전과 오후에 한 군데씩 귀족의 저택을 방문하게 되었다.

“이제 마차와 합류하자.”

아무 문제 없이 예정대로 의식을 치르고, 영지의 경계에서 가장 가

까운 귀족의 저택에 가기 위해 슬슬 마차와 합류하자는 신관장의 말
에 다들 마차가 달리는 가도로 기수를 몰았다. 그때 상공을 달린 지
얼마 안 지나 하늘을 향해 한 줄기의 붉은빛이 일직선으로 치솟았다.
기사단들 사이에서 지원을 요청할 때 쓰는 붉은빛이 높게 솟는 걸 본
모두의 얼굴색이 변했다.

"습격이다!"

그렇게 말하며 칼스테드가 기수의 속도를 올렸다. 그리폰 석상이
붉은 빛을 향해 돌진해 갔다.

"먼저 가겠다!"

그렇게 외치며 신관장의 사자 석상이 우리를 추월했다. 뒤처질까
봐 당황한 나는 고삐를 잡은 채 다무엘을 돌아보았다.

"다무엘 님, 우리도 서둘러요!"

"……저 속도는 내 마력으론 따라갈 수 없어."

"그럼 제 마력을 쓰세요."

나는 조급한 마음에 고삐를 강하게 쥐었다. 그 순간, 마력이 흘러
가는 느낌이 들면서 천마의 속도가 갑자기 빨라졌다.

"고맙다!"

숲과 경작지의 경계선을 따라 이어지는 길목 한가운데에 오도가도
못하고 있는 마차 무리가 보이기 시작했다. 저 속에 프랑과 로지나,
푸고, 엘라가 있다. 마차는 정체 모를 시꺼먼 안개에 휩싸여 있었다.

"저 검은 건 뭐죠!?"

내가 큰소리로 뒤쪽의 다무엘에게 물었다. 겨우 신관장을 따라잡았
지만, 빠르게 이동하는 탓에 소리가 잘 안 들리겠다고 생각한 것이다.

"어둠의 신의 결계다. 마력을 흡수해서 마력 공격이 전혀 듣지 않

아. 저런 결계를 칠 수 있다면 습격자 중에 분명 귀족이 있다."

상대방의 마력을 모르면 공격도 어렵다는 다무엘의 목소리에 긴장감이 서렸다. 그때 각자 손에 무기를 든 농민처럼 보이는 백여 명의 습격자들이 숲 속에서 우르르 튀어나왔다. 그리고 마차를 목표로 달려갔다. 프랑과 로지나가 위험하다는 생각에 머리가 새하얘진 나는 나란히 달리는 신관장에게 소리쳤다.

"신관장님! 마차에 마력이 듣지 않는다면, 마법 공격으로 저들을 내쫓아 주세요!"

"기다려! 저 사람들은 이 지역의 백성일지도 모른다!"

나는 깜짝 놀라 반론한 질베스타를 날카롭게 노려보았다. 얼굴도 모르는 떨거지 습격자들이야 어찌 되든 좋았다.

"그런 것보다 프랑과 로지나가 중요해요! 신에게 빌면 마법이 되는 거죠!?"

나는 기도를 바치기에 적절한 신을 떠올리면서 몸 깊은 곳의 마력을 풀어놓기 시작했다. 마력이 몸속을 채워 가며 팔찌와 반지에서 빛이 났다.

"페르디난드! 지금 당장 저 녀석을 막아!"

"무리다!"

질베스타의 노성에 페르디난드가 바로 고함으로 되받아쳤다.

"무리라니!? 저 규모의 마력으로 공격 따위를 했다간 주변에 얼마나 피해가 생길지 몰라! 경계를 넘어가면 타 영지에 선전포고를 해 버리는 셈이다! 적어도 경계의 결계를 강화해서 최대한 시간을 벌어!"

"막는 건 무리지만, 방향성을 줄 수는 있지."

나직이 그렇게 말한 신관장이 사자를 천마 쪽으로 바짝 대고 나를 보았다.

"마인! 시종들을 지키고 싶으면 바람에 빌어라!"

신관장의 말을 듣고, 기도할 신을 고르지 못했던 내 머릿속에 빌마가 그린 바람의 여신 그림이 떠올랐다. 그와 동시에 조사하면서 정리한 여신에 관한 항목이 뇌리를 스쳤다.

바람의 여신 슈첼리아는 가을의 여신이다. 봄의 여신들에게 쫓겨난 뒤, 힘을 길러서 돌아오는 생명의 신에게서 여동생 신인 흙의 여신을 지켜냈다. 수확이 끝나기 전까지 눈과 얼음으로 흙의 여신을 붙잡으려고 찾아오는 생명의 신을 계속해서 바람의 방패로 막아냈다. 눈과 얼음을 휩쓸어 버리는 물의 여신과 달리 방어와 수비에 특화한 여신이라 할 수 있다. 지금 내가 빌어야 할 신에 적합했다.

'반드시 내 시종들을 지켜낼 거야!'

아래쪽에 보이는 검은 안개에 휩싸인 마차의 행렬을 날카롭게 노려보고, 나는 크게 숨을 들이마셨다.

"수호를 관장하는 바람의 여신 슈첼리아여, 그 곁을 모시는 권속의 열두 여신이여!"

신의 이름을 외치며 기도하자 내 몸속에서 부풀어 오른 마력이 방향성을 띠었다. 공격이 아닌 소중한 존재를 지키려는 힘이 온몸에서 왼팔로 흐르며 소용돌이치기 시작했다.

"마인, 어둠의 신의 결계에 마력이 먹히지 않도록 안개 위에서 완전히 봉쇄해!"

신관장의 목소리를 들으며 나는 시선 밑의 검은 안개를 응시하고 살짝 끄덕였다. 지금까지 의식을 위해서 억지로 기도를 암기한 덕분에 기도문이 막힘없이 입에서 나왔다.

"나의 기도를 듣고 거룩한 힘을 내려 주시어, 악의를 품은 자가 다가오지 못하도록 바람의 방패를 내 손에 주소서!"

신관장에게 빌린 팔찌의 돌 중 바람의 여신 슈첼리아의 귀색인 노란 마석이 더욱 밝게 빛났다. 마력이 밝은 빛이 되어 용솟음치며 마차를 향해 일직선으로 날아갔다. 질베스타의 말대로 검은 결계에 닿지 않도록 거대한 사발을 씌운 돔 형태로 바람의 방패를 상상했다. 그러자 마력은 내가 뇌 속에서 그린 형태대로 움직였다. 끼잉 하고 높은 음을 내며 둥근 돔이 생겨났다. 위에서는 커다란 호박에 신구의 방패를 조각한 것처럼 보이는 돔 안에 마차와 검은 안개에 뒤덮인 채 갇힌 것처럼 보였다.

"우오오오오오!"

무기를 손에 들고 떼를 지어 돌진하던 남자들은 갑자기 눈앞에 생긴 또 하나의 결계를 눈치채지 못한 듯했다. 힘차게 달려드는 힘을 주체하지 못하고 큰소리를 지르며 돌격했다.

그러다 선두가 결계에 닿자, 강풍에 남자들이 일제히 튕겨났다.

"으악!?"

"뭐야, 뭐야!?"

장기짝 넘어지듯 쓰러지는 사람도 있고, 정말 몇 미터 정도 날아간 사람도 있었다. 무슨 일인지 영문을 몰라 곤혹스러운 표정으로 바람의 방패를 바라보았다.

"……훌륭하군."

눈을 크게 뜬 칼스테드가 눈 아래에 펼쳐진 상황을 보면서 그렇게 말했다. 프랑과 로지나를 지켜 준 신의 방패가 너무나도 고마웠다.

"그렇죠!? 칼스테드 님도 그렇게 생각하시죠? 역시 바람의 여신 슈첼리아의 방패! 프랑과 로지나를 지켜 주신 신에게 기도를!"

"넌 이 이상 기도하지 않아도 된다!"

예상을 뛰어넘는 방패의 위력에 내가 흥분하며 팔을 번쩍 든 순간, 질베스타가 버럭 화를 냈다.

'그치만 신에게 힘을 빌렸으니 기도와 감사는 필요하지 않아?'

내가 입을 꾹 닫고 아래를 내려다보자, 무기를 다시 고쳐든 남자들이 다시 도전하듯 돌진하는 모습이 보였다. 하지만 조금 전과 마찬가지로 거칠게 분 강풍에 주변에 있던 자들까지 휩쓸려 날아갔다. 몇 번 강풍을 먹자 그 이상 돌진하는 자는 없었다.

"지금 숲속에 마력의 반응이 있었습니다."

다무엘의 말에 모두가 일제히 다무엘을 보았다. 마력의 반응이 있다는 말은 마력으로 바람의 방패를 방해하려고 했는지, 아니면 거칠게 부는 바람을 마력으로 막으려고 했는지는 몰라도 어떤 짓을 한 인간이 그곳에 있다는 뜻이었다. 거대한 마력을 지닌 자는 미약한 마력을 감지하기 힘든 모양이었다. 하급 귀족인 다무엘 외에는 아무도 숲속에서 발생한 마력의 반응을 감지하지 못했다.

모두의 표정이 험악해졌다. 신관장이 전원을 둘러보고 지시했다.

"우리는 숲을 탐색하겠다. 다무엘은 이대로 상공에서 마인을 지켜라!"

"네!"

다무엘이 신관장의 지시에 크게 끄덕이며 시원시원한 대답을 한 그 순간, 질베스타가 "안 돼!" 하고 고개를 저었다.

"다무엘, 좀 더 이쪽으로 붙어!"

질베스타가 그렇게 소리치더니 신관장이 모는 사자의 등 위에서 일어났다. 그리고 말도 안 되게 가벼운 동작으로 나도 올라타고 있는 다무엘의 크게 펼친 천마 날개 위로 폴짝 뛰어서 이동했다.

"꺅!? 무슨 짓을 하는 거예요!? 위험하다고요!"

재질이 돌이라서인지 천마는 질베스타의 무게에도 꿈쩍도 하지 않았다. 질베스타는 양팔을 벌려 균형을 잡으면서 가벼운 움직임으로 다가왔다.

"넌 방해다."

질베스타는 그렇게 말하고 내 겨드랑이에 손을 넣더니 나를 높이 들어 올렸다. 그리고는 그대로 나를 붕붕 크게 휘둘렀다. 마치 시계추처럼 좌우로 몸이 크게 흔들리던 나는 대체 무슨 일이 일어나고 있는지 전혀 이해하지 못한 상황이었다. 그저 흔들리며 눈만 끔뻑였다.

"페르디난드, 받아!"

질베스타가 그렇게 말한 직후, 크게 흔들던 나를 그 기세로 홱 내던졌다. 아무것도 없는 하늘 위로.

"……어?"

마음의 준비도 없이 갑자기 공중에 내던져진 나는 영문도 모른 채 멍하니 눈을 뜬 채였다. 팔을 뻗어도 잡을 게 아무것도 없다. 그저 눈앞에 거대한 파란 하늘만 펼쳐져 있다.

"견습무녀!?"

나와 마찬가지로 믿을 수 없다는 듯 눈이 휘둥그레진 다무엘이 팔을 뻗는 모습과, 질베스타가 다무엘의 머리를 말타기하듯 짚고 넘어가서 뒤에 앉는 모습이 슬로 모션으로 보였다.

공중에 던져진 아주 짧은 순간 잠시 떠 있던 몸이 금방 중력의 힘으로 낙하하기 시작했다. 내 몸은 공기 속을 가르며 떨어져 갔다. 머리카락이 내 볼을 따갑도록 때렸다. 그 아픔에 정신을 차린 나는 마음의 준비도, 안전의 고려도 없는 끈 없는 번지점프에 숨이 턱 막혔다.

"꺄아아아아아아!"

"웃차……."

질베스타의 행동과 나의 낙하지점을 예측한 듯, 기수를 이동시킨 신관장이 나를 덥석 잡아 주었다. 분명 실제로는 1미터도 떨어지지 않았을 것이다. 하지만 내게는 어마어마하게 긴 거리로 느껴졌다. 어찌할 방도도 없이 공중에 던져진 공포가 컸던지 잡을 물건을 발견한 내 손이 신관장의 옷을 꽉 붙잡았다. 신관장이 나를 잡아 준 지금에서야 꼼짝없이 떨어지던 공포에 이가 덜덜 떨렸다.

"무, 무서웠……다."

"그야 그렇겠지."

신관장은 옷을 꽉 잡은 내 등을 여러 차례 두드려 진정시켜 주려고 했다. 하지만 나를 부들부들 떨게 한 원흉, 질베스타의 목소리가 울리자 내 온몸이 위축되었다.

"페르디난드, 넌 여기에 남아라! 저쪽이 미끼일지도 모르니까!"

"알겠다."

"경계가 가깝다. 도망치기 전에 붙잡아야 해. 가자, 칼스테드!"

"네!"

칼스테드가 짧게 답하고 기수 두 마리가 숲을 향해 날아갔다. 그 뒷모습을 보던 신관장이 나직이 말했다.

"하는 짓은 난폭하지만, 일단 그대의 안전과 합리성을 최우선으로 판단한 결과다. 용서해 줘."

"네?"

"숲속에 숨은 마력 소유자는 다무엘과 비슷할 정도의 마력밖에 없는 자다. 감지하려면 다무엘과 동행하는 게 제일 좋지. 또 저쪽 마력 소유자가 미끼일 경우, 다무엘과 그대만 남겨 두면 위험하다."

신관장은 주변을 향해 샅샅이 뒤지는 듯한 시선을 돌렸다. 나는 지금이 가장 위험한 상태이며 하늘에 내던져졌다고 벌벌 떨고 있을 상황이 아니라는 걸 피부로 느꼈다.

"마인, 그들의 무운을 함께 빌어 주지 않겠나?"

신관장은 상공에서 보호받는 내가 할 수 있는 일을 지시했다. 나는 고개를 끄덕였다. 뭔가 하고 있는 편이 덜 무섭다. 신관장에게 기도문을 배우고, 그것을 함께 외웠다.

"불의 신 라이덴샤프트의 권속, 무용의 신 앙리프의 가호를 그들에게."

나와 신관장, 두 사람이 찬 팔찌가 파랗게 빛났다. 파란 마석에서 발사된 빛이 빙글빙글 교차하며 일직선으로 그들을 향해 날아갔다.


숲의 상공에서 질베스타가 빛나는 지휘봉을 머리 위에서 크게 휘둘러 거대한 붉은 새를 날렸다. 마치 불사조처럼 보이는 그 새는 날개를 활짝 펼쳐 뭔가에 녹아드는 듯 모습을 감추었다. 그러자 그 새가 날개를 펼친 곳에 붉게 투명한 벽이 나타났다. 그리고 거대한 황색 새가 빛나는 지휘봉에서 튀어나왔다. 그 황색 새는 주변을 빙글빙글 돌면서 모습을 흐트리더니 빛나는 가루가 되어 주변에 쏟아져 내렸다.

붉은 새가 벽이 된 것과 거의 동시에 칼스테드는 빛나는 지휘봉을 쌍검으로 변화시켰다. 무지갯빛으로 빛나는 커다란 쌍검을 치켜들더니, 우렁찬 소리를 지르며 거세게 휘둘렀다.

"우오오오오오오오오오옷!"

검에서 눈부신 빛이 발사되더니 숲에 일직선으로 떨어졌다.

"으앗!?"

마치 운석이라도 떨어진 듯 달팽이관이 저리는 어마어마한 굉음이 울렸다. 동시에 지진이라도 일어난 듯 지면이 흔들렸다. 직후에 대폭발이 일어나며 숲의 일부가 날아갔다. 마차를 지키는 방패를 치고 있었기 때문인지, 내 마력도 크게 줄었다.

"너무 무모하군⋯⋯."

신관장의 목소리에 퍼뜩 정신을 차린 나는 신관장을 올려다보았다.

"마차는, 마차는 무사해요!?"

"어둠과 바람의 이중 결계 덕분에 전혀 문제가 없는 것 같다."

"다, 다행이다."

나는 마차를 지켰다는 사실에 안도했다. 그러자 긴장이 풀린 직후에 어질, 하고 현기증이 일어 기수에서 떨어지지 않게 신관장의 가슴팍을 잡았다.

"왜 그러냐, 마인?"

"다들 무사하다는 안도감에 몸에 힘이 쭉 빠졌나 봐요. 좀 으슬으슬해졌어요."

몸속이 서늘해지며 힘이 빠져 가는 감각을 전하자, 신관장이 미심쩍은 얼굴로 내 목덜미에 손을 갖다 댔다.

"상당히 차가워졌군. 혹시 마력을 너무 많이 쓴 것 아니냐?"

"⋯⋯네? 아, 그럴지도 모르겠네요."

그러고 보니 첫 봉납 의식을 치렀을 때도 이런 증세가 보였다. 그때는 몸속의 마력을 천천히 흐르게 하니 금방 회복했다. 같은 방법으로 회복하려 했지만, 지금은 기원식 중에 마력을 쓴 데다 바람의 방패를 만드는 데에 마력을 한계까지 써 버렸다. 온몸에 골고루 퍼뜨릴 만한 마력이 남아 있지 않았다. 지금까지는 계속 넘치는 마력을 봉인했지만, 마력이 부족해진 사태는 처음이라 어떻게 해야 할지 모르겠다.

"신관장님, 마력이 떨어졌어요. 몸에 퍼뜨릴 마력이, 전혀 없어요."

"그대에게 마력이 없다고?"

내 호소에 신관장의 안색이 싹 변했다.

"지금까지 먹은 만병통치약은 마차 안에 있다. 안전이 확인되기 전까지는 돌아갈 수 없어. ……일단, 이걸 먹어 둬라. 응급 처치다. 아무것도 없는 것보다 낫겠지."

신관장이 허리끈에 찬 시험관처럼 생긴 홀쭉한 금세공 장식을 떼어내고 작고 동그란 돌을 꾹 눌렀다. 그러자 윗부분이 벌컥 열렸다. 신관장이 건네준 물건을 킁킁대며 냄새를 맡아 봤지만, 그 끔찍하게 쓴 약초 냄새는 나지 않았다. 기울여서 한 모금 마셨다. 달달하고 걸쭉한 액체가 입안에 퍼져 나갔다. 기억을 찾는 마술구를 썼을 때 먹은 약과 비슷한 맛이 났다. 좀 더 농후한 맛이지만, 방향성은 같았다. 그리고 졸려 오는 현상도 똑같았다.

"그대로 눈을 감고 잠들거라. 눈을 뜨면 그대가 끔찍이 싫어하는 쓴 약과 설교 차례다."

나는 고개를 끄덕이고 눈을 감았다.


"마인 님, 정신이 드셨습니까?"

"……로지나."

상태를 살피듯 얼굴을 들여다보는 로지나를 보고, 나는 천천히 몸을 일으켰다. 그러자 마치 빈혈처럼 머리가 어지러워서 다시 베개 위로 머리가 풀썩 떨어졌다.

"갑자기 움직이시면 안 됩니다. 습격당한 마차를 구하려고 무모하게 마력을 쓰셨다면서요? 신관장님부터 다른 분들까지 깜짝 놀라셨답니다."

"'나중에 설교다' 하고 의식이 끊기기 전에 선언하셨으니 각오는 하고 있어요. 그것보다 로지나도 프랑도, 푸고와 엘라도, 다들 무사해요? 다치거나 위험한 짓을 당하진 않았어요?"

나는 제대로 모두를 지켜 냈던 걸까. 무모한 마력 사용으로 쓰러져 쓴 약과 설교가 기다리는데, 의미가 없었다면 너무 슬플 것 같았다.

"네. 저를 포함해서 일행 중 다친 사람도 없고, 부서지거나 도둑맞은 물건도 없었던 모양입니다."

"그래요, 다행이다."

로지나는 나를 다시 재우면서 마차에서 일어난 일을 가르쳐 주었다.

갑자기 검은 안개가 끼기 시작했고, 마차가 갑자기 멈춰서 창문으로 상황을 살폈더니 숲속에서 무기를 든 농민들이 나타나 놀랐다는 것. 그 뒤 습격당할 각오를 하고 있었더니 뭔가에 튕기듯 농민들이 날아갔다는 것. 갑자기 하늘이 빛나더니 우렁찬 목소리와 폭발음이 들렸지만, 마차에는 바람 한 점 불지 않아 무슨 일이 일어나는지 전혀 알 수 없었다는 것과 그 뒤, 신관장이 나타나고, 마인이 지켜 줬음을 알았다는 것.

"가장 피해가 컸던 사람은 마인 님이세요. 혼자만 의식을 잃고, 차가워진 몸을 떨고 계셨으니까요."

로지나의 설명을 들으면서 내 의식이 다시금 멀어져 갔다.

"……농민과 회색 신관을 저울에 달았을 때 우선해야 할 쪽은 농작물을 가꾸고 세금을 내는 농민들인걸요. 마인 님 덕분에 저희 모두 살 수 있었습니다. 감사하게 생각합니다."


다음에 일어났을 때는 신관장이 병문안을 핑계로 굉장히 쓰고 맛없는 약을 들고 찾아왔다. 신관장은 작은 병에 든 녹색 약을 내 앞에 척 내밀었다.

"이걸 마셔라."

"힉……."

몸을 뒤로 빼도 침대에 앉은 내게 도망칠 구멍은 없었다. 어차피 먹게 될 줄 알면서도 뒷걸음질 치는 내게 신관장이 날카로운 시선으로 쏘아보았다.

"조금은 마력이 돌아왔는가?"

"……아직요."

"하긴 그렇겠지. 하지만 언제까지고 이곳에 머무를 순 없다. 내가 억지로 코를 막고 목구멍에 부어 넣어 주기를 바라느냐?"

내가 마력이 회복되지 않으면 출발하지 못한다. 모두에게 피해가 간다는 말을 들으면 아무리 쓰고 맛없는 약이라도 먹어야 했다. 신관장이 내민 약을 받아들고, 나는 거부감에 떨리는 손을 총동원하여 입속에 부어 넣었다.

"으읍……!"

눈물이 나올 만큼 맛없고 쓰디쓴 맛에 입을 틀어막고 나는 침대 위에서 몸부림쳤다. 그런 나를 신관장은 만족스럽게 내려다보고 고개를 끄덕였다.

"약효가 들 때까지 그렇게 입을 틀어막고 들어라."

그렇게 말한 신관장이 가르쳐 준 건 마차에 어둠의 신의 결계를 친 범인과 그 배후를 전혀 알아내지 못했다는 충격적인 사실이었다. 놀랍게도 칼스테드의 공격으로 적이 산산조각이 나 버린 탓에 배후를 찾지 못했고, 게를라흐 자작이 관여되었는지도 전혀 알 수 없게 되어 버렸다고 한다.

그나마 알아낸 것은 다무엘이 감지했다는 점에서 실행에 옮긴 자가 마력이 큰 상대가 아니며 두 사람이었다는 것, 그리고 그 둘의 마력량으로 유추해 볼 때 어둠의 신의 결계를 치기엔 부족하므로 틀림없이 그 위에 귀족이 있다는 점이다. 그리고 그 자가 영지 밖의 귀족이 아닐까 추측했다고 한다.

"어떻게 알았어요?"

"마차를 덮친 자의 절반 이상이 우리 영지 백성이 아니었다."

어떻게 이곳 영지 백성인지 판별하는 기준은 가르쳐 주지 않았다. 하지만 아마도 어둠의 결계를 친 귀족도 타 영지 사람이며 칼스테드의 공격이 떨어지기 전에 영지의 경계 밖으로 도망갔을 것으로 추측했다고 한다.

"……범인을 잡으려던 게 아니었나요?"

"물론 산 채로 잡을 생각으로 평소대로 마력을 휘둘렀을 뿐인데 예상을 뛰어넘는 위력이 나왔다더군."

기술을 펼친 칼스테드 쪽이 놀랄 만한 위력이 나왔었던 모양이다. 어색하게 살짝 시선을 피하는 신관장의 모습에 나는 그렇게 된 원인을 짐작했다.

"……혹시 우리의 가호가 지나쳤던 건가요?"

"그럴지도 모른다. 칼스테드가 묻기 전까지는 잠자코 있거라."

"알겠습니다."

그리고 질베스타와 칼스테드는 이미 마을로 돌아간 모양이었다. 이번 건은 급히 조사가 필요한 안건이므로 보고와 처리를 하러 기수를 타고 돌아갔다고 했다.

"원래라면 신관이 탄 기수를 덮치는 일은 있을 수 없는 일이죠? 영주님께 보고하고 확실한 조사를 부탁해야 한다는 말인가요?"

"……뭐, 그런 셈이지."

신관장은 한 번 끄덕이고 표정을 굳혔다. 그리고 굼실거리며 침대에 자세를 고쳐 앉는 나를 차가운 시선으로 내려다보았다.

"마인, 그대는 정말 가족과 떨어지고 싶지 않은가?"

"물론이죠."

"그럼 왜 그 자리에서 마력을 폭주했느냐?"

신관장의 말에 숨을 삼켰다.

"프랑과 로지나가 위험하다는 생각에 열이 받아서 그만……."

"그때는 폭주한 마력이 탄탄한 수비가 되었기에 망정이지, 그대의 행동은 지나치게 스스로를 위험에 빠뜨린다. 무엇보다 이번엔 마술구를 가지고 있었던 덕분에 신에게 기도를 바치고 마법을 발동했지만, 없었다면 폭주한 마력으로 그대가 죽었을 것이다."

마력을 방출하려면 원칙상 마술구가 필요하기에 마술구가 없는 신식은 성장과 함께 부풀어 오르는 마력에게 먹혀 점차 죽어 간다. 신전에서 마력을 봉납함으로써 생명을 이어 가는 내가 이성을 잃고 마력을 폭주시키면 내 몸이 어디까지 견딜지, 그건 아무도 알 수 없었다.

"그대는 마력이 폭주해서 죽으면 어떤 식으로 죽는지 아는가?"

신관장은 마력을 폭주시킨 귀족이 죽는 모습을 아주 세세하고 상세히 가르쳐 주었다. 담담한 어조가 더욱 무섭게 했다.

"체내의 마력이 새기 시작하고, 계속 놔두면 단숨에 전신에서 마력이 방출된다. 그렇게 되면 마력을 담는 용기인 몸이 더 이상 견디질 못하지. 우선 피부가 불룩불룩 부풀어 오른다. 그래. 물을 끓일 때처럼 말이다. 그리고 피부가 압력을 견디지 못한 순간, 펑 하고 터져서 살점이⋯⋯."

"꺅! 꺅! 꺅! 안 들려! 안 들을래! 싫어어어어어어어!"

나는 귀를 틀어막고 이불 속으로 숨었다. 하지만 신관장은 이불을 젖히고, 내 손을 귀에서 떼어냈다.

"잘 들어, 마인. 아직 안 끝났다."

"미안해요. 미안해요. 이제 안 할게요! 절대 마력을 폭주시키지 않을 테니 용서해 주세요! 아픈 거도 무서운 거도 싫어! 제발 그만해에."

침대에서 진심으로 울며 무릎을 꿇자, 신관장이 가볍게 끄덕였다.

"그럼 다음에 폭주했을 땐, 귀를 막거나 도망치지 못하도록 그대를 의자에 꽁꽁 묶어서 귓가에 대고 마지막까지 천천히 들려주겠다."

의자에 묶인 채 언제까지고 아프고 무서운 얘기를 듣는 모습을 떠올려 버린 나는 고개를 세차게 저으며 필사적으로 상상을 떨쳤다.

"두 번 다시 안 할게요! 진짜 안 할게요!"

나의 진심 어린 반성에 신관장은 실로 좋은 미소로 "이건 앞으로도 써먹을 수 있겠군." 하고 어마어마하게 무서운 말을 중얼거렸다.

# 제멋대로 청색 신관

내가 회복한 뒤 나머지 귀족의 저택을 돌았고, 기본적으로 아무 문제 없이 기원식을 마치고 신전에 돌아갈 수 있었다.

"다녀오셨습니까. 마인 님."

"무사히 임무를 완수하셔서 다행입니다."

"그동안 방을 지켜 줘서 고마워요. 다들 별일 없죠?"

방으로 돌아가니 델리아와 빌마가 우리를 맞아 주었다. 왠지 내가 있을 곳에 돌아온 느낌에 안도했다. 프랑은 길과 함께 마차에 실린 짐들을 옮기기 시작했고, 나는 델리아의 도움을 받으며 귀족스러운 의상에서 평상시의 무녀복으로 갈아입었다.

"물이 끓으면 바로 목욕 준비를 하겠습니다."

"고마워요, 델리아."

계속해서 들어오는 짐들을 풀고 정리하는 데에 델리아와 빌마와 로지나도 애썼지만, 정리보다 짐이 들어오는 속도가 빨랐다. 출발하기 전과 마찬가지로 방은 수많은 짐들로 가득 차기 시작했다.

"마인 님, 정말 죄송합니다만, 신관장님께서 급한 용건이라며 호출하셨습니다. ……귀가에 관한 이야기라고 합니다."

짐을 가지고 들어온 프랑이 1층에 짐을 내리자마자 재빨리 2층으로 뛰어 올라오더니 조금 곤혹스러운 표정으로 말했다. 기원식이 끝나고 언제 집에 갈 수 있을지 걱정이었던 나는 신관장으로부터 귀가에 관한 이야기가 나온 것만으로 기뻐서 의자에서 폴짝 뛰어내렸다.

"지금 당장 찾아뵙겠습니다."

"로지나, 전 짐을 옮겨야 하니 마인 님과 동행을 부탁합니다."

프랑은 여행 중 푸고와도 친해졌는지, 함께 짐을 옮기는 모습이 보였다. 엘라는 무거운 냄비를 드는 요리사라서인지 힘이 세고 무거운 물건도 간단하게 옮겼다. 길도 잘 먹게 된 데다가 공방과 숲에서 육체노동을 해서인지 작은 몸에 비해서 의외로 힘이 장사였다.

"전 신관장님의 방에 다녀오겠습니다. 정리 부탁해요."

귀족 구역의 정면 현관 앞에는 아직 마차들이 줄을 이었고, 계속해서 짐들을 내리고 있었다. 고아원의 회색 신관들도 동원되었는지 공방에서 보이는 익숙한 얼굴이 커다란 상자를 안고 걷고 있었다.

"조금 전에 도착했어요. 고아원 사람들도 다들 별일 없죠?"

내가 말을 걸자, 깜짝 놀란 회색 신관이 눈을 크게 뜬 후, 살짝 미소를 지었다.

"다녀오셨습니까, 마인 님. 아이들은 쑥쑥 자라고 있습니다. 고아원에도 방문해 주십시오."

"기대하고 있겠습니다."

짐을 옮기는 회색 신관들이 벽에 붙어 길을 터 주었다. 나는 가볍게 끄덕이고 사의를 표하며, 조금이라도 방해되지 않도록 마음만큼은 빠르게 걸었다.

"실례하겠습니다, 신관장니…… 질베스타 님?"

"돌아왔구나, 마인."

신관장의 방에서 거만한 태도로 주인보다도 느긋하게 있는 사람은 질베스타였다. 방문객용으로 테이블 그릇에 담아 둔 과일을 먹으면서 긴 의자에 드러누워 있었다. 그리고 신관장은 마치 질베스타의 존재를 무시하는 것처럼 짐을 옮기는 회색 신관들에게 지시를 내리는 중이었다.

"저기, 신관장님. 부르셔서 찾아뵈었습니다."

내 목소리에 신관장이 뒤돌아보았다. 아주 피곤한 표정으로 "앉거라." 하고 자리를 권해 주었다. 나와 신관장이 테이블에 앉자, 질베스타가 내 쪽으로 몸을 쑥 내밀었다.

"여기저기 돌아보는데 네가 딱 맞겠더군. 내 안내 담당으로 할까 해서 불렀다."

"……안내 담당이라는 건 대체 뭘 하게 되는 겁니까?"

나는 신관장을 올려다보았다. 하지만 신관장이 입을 열기도 전에 질베스타가 어이없다는 목소리로 대답했다.

"안내 담당 일이 안내지 뭐가 있냐? 우선은 고아원. 그다음은 공방. 고아들이 가는 숲도 봐 둬야겠다."

질베스타의 가벼운 어조에 나는 무심코 경계했다. 지금까지 고아원이나 공방에 흥미를 보인 청색 신관은 단 한 명도 없었다. 신관장도 이야기나 보고만 들을 뿐, 실제로 발걸음을 옮긴 적은 없었다. 기원식에서 갑자기 나타난 질베스타가 대체 무슨 생각인지 알 수 없었다. 나는 엉겁결에 신관장의 옷을 꼭 쥐었다.

"안심해라, 마인. 고아원과 공방에는 나도 동행할 생각이다. 한 번은 봐 둬야 할 것 같아서 말이다."

질베스타의 고삐를 신관장이 쥐어 준다면 그렇게 큰 말썽은 일어나지 않을 터이다. 나는 가슴을 쓸어내렸다.

"단, 숲은…… 귀족 마을 숲으로 참아."

신관장은 아직 여행의 피로가 남은 얼굴로 질베스타를 날카롭게 노려보았다.

"아니, 숲도 가겠다. 그리고 식당도."

질베스타는 자신이 가려고 하는 장소를 열거해 갔다.

"식당은 아직 완성 전입니다. 요리사도 연습 중이라고 말씀드렸을 텐데요. ……그것보다 신관장님. 청색 신관이 평민촌의 숲에 가도 괜찮나요?"

마차를 타고 이탈리안 레스토랑 쪽을 지나가는 거라면 그다지 문제는 없을 것 같았다. 그런데 평민촌 숲에 가는 청색 신관이 있다는 말은 들어 본 적이 없다. 귀족 마을에는 귀족만 출입이 허가된 숲이 있다. 관리인이 붙어 있어서 평민이 어슬렁거리면 죽임을 당해도 불평할 수 없는 장소다. 숲에 가고 싶다면 신관장의 말처럼 귀족의 숲에 가면 그만이다.

"평민이 가는 숲이 어떤 곳인지 궁금해서 말이다. 게다가 평민들은 귀족의 얼굴을 모르는 만큼 훨씬 안전하지. 그리고 내게는 몸을 지킬 기술도 있다."

자신만만하게 자신의 가슴을 툭툭 두드리면서 질베스타가 씩 웃었다. 의욕은 알겠지만, 제멋대로 하게 내버려 두면 여기저기에 폐를 끼칠 것 같았다.

'신관장님. 고삐를 꽉 쥐고 있으셔야 해요.'

열렬히 응원하는 내 속마음도 모르고 신관장은 두통을 참는 듯 관자놀이를 누르며 나를 보았다.

"……멋대로 해라. 마인, 보고만이라도 부탁한다."

팔팔한 질베스타와 달리 신관장은 더는 아무것도 생각하고 싶지 않은 양 녹초가 되어 있었다. 의미를 모른 채 두 사람을 번갈아 보는 사이, 나는 질베스타의 안내 담당으로 임명받아 버렸다. 안내 담당이라기보다 보모가 아닐지.

"두 사람 다 가도 좋다."

얼른얼른 나가 달라고 말하는 신관장의 소매를 나는 꽉 잡았다. 안내 담당을 억지로 떠맡겨 놓고 본론은 쏙 빼 놓고 끝나 버리면 대체 나는 무엇을 위해 이곳에 왔는지 모를 판이었다.

"신관장님, 제 귀가에 관한 얘기가 있다고 들었습니다. 집에는 언제 돌아가도 되나요?"

신관장은 조금 시선을 헤매더니 나를 내려다보았다.

"아아, 그랬군. 하지만 마력을 대량으로 쓴 뒤다. 몸 상태가 나빠져도 그대의 가족들로는 대응을 못 하겠지. ……사흘 정도 이곳에서 상태를 보고, 나흘째 아침까지 상태가 좋다면 돌아가도 좋다. 가족에게도 연락해 둬라. 그리고 오늘은 천천히 쉬도록."

"네!"

나는 씩씩하게 대답하고, 로지나와 함께 퇴실 인사를 했다. 질베스타도 함께 일어났다. 뒤에 서 있던 질베스타의 시종인 듯한 회색 신관도 함께였다.

"좋아, 가자. 마인."

"질베스타 님?"

"내 방으로 와라."

"네? 하지만 전…….."

신관장에게 도움을 요청해 봤지만, 신관장은 가볍게 어깨만 으쓱거렸다. 얼른 나가라며 턱으로 문 쪽을 가리켰다. 질베스타는 신나게 퇴실했다. 도망칠 수가 없다. 로지나와 서로 체념한 표정으로 바라보고, 질베스타를 따라가게 되었다.

"자, 여기다."

신관장실의 옆이 질베스타의 방이었다. 가구도 적은 살풍경한 방으로 안내받은 나는 방을 빙글 둘러보았다. 최소한 필요한 가구만 갖춰진 방이 왠지 이상하게 느껴졌다. 질베스타라면 초등학교 남학생처럼 의미 불명의 잡동사니 같은 마음에 든 물건들로 방이 **빽빽**할 것 같은 느낌이었기 때문이다.

"마인, 너 숲에 고아들도 데리고 가지? 신전장에게 비밀로 하고 싶으면 나도 숲에 데리고 가라."

'후후후' 하고 웃으면서 협박했다. 신전장이 나를 끔찍이 싫어하는 건 모두가 아는 사실이다. 그래서 내게 가까이 오려는 청색 신관은 지금까지 아무도 없었다. 질베스타가 대체 무슨 생각인지 몰라 나는 인상을 찡그렸다.

"……대체 뭣 때문에 숲에 가려고 하시는데요?"

"사냥이다."

"사냥? 지금까지는 어떻게 했는데요?"

뜬금없는 단어에 눈을 끔뻑였다. 사냥하러 일부러 평민촌 숲까지 갈 필요는 없지 않은가.

"물론 귀족 마을의 숲에서 했었지."

"그럼 그쪽으로 사냥을 가시면 되는 것 아닌가요?"

"거기는 재미없어."

그때부터 질베스타는 내게 귀족의 숲을 향한 불평을 끝없이 털어놓기 시작했다. 귀족의 숲에서는 관리인의 허가를 받고 정해진 시간에만 사냥할 수 있어서 마음 내킬 때마다 훌쩍 갈 수 있는 장소가 아니라고 했다.

그리고 귀족의 숲에서는 매년 사냥 대회가 열리는데, 항상 계급에 따른 순위가 정해져 있어서 그 순위에서 벗어나지 않도록 주의하며 사냥을 해야 한다. 이미 사냥 대회라기보다 영주에게 아첨을 늘어놓는 대회가 되어 버리고 말았다고 했다. 순수하게 실력을 겨루고 싶거나, 순수한 칭찬을 받고 싶다거나, 마음 내킬 때 화살을 들고 뛰쳐나가고 싶은 알맹이가 초등학생 남자아이인 질베스타에게 귀족의 숲은 갑갑한 곳이었던 모양이다.

"그치만 그런 말끔한 옷으로는 평민촌 숲 같은 곳에 못 가요."

"그럼 평민들이 입는 더러운 옷을 가져와."

"……몇 벌 필요한지 모르겠지만, 더러운 옷을 입으시겠다고요?"

헌 옷 상점에 가면 살 수 있으니 준비는 간단하다. 그런데 대체 몇 벌이 필요한지를 몰랐다. 내 질문에 질베스타가 고개를 갸웃거렸다.

"무슨 말이야?"

"동행하는 인원수 말이에요."

"나 하나로 충분하다. 신전 안이면 몰라도 평민촌까지 동행은 필요 없어."

나는 차를 준비하는 시종과 질베스타를 번갈아 보았다.

"……그거 신관장님은 알고 계세요?"

"왜 페르디난드의 허가가 필요하지? 페르디난드의 보호 아래에 있는 너 같은 평민과 달리 난 누구의 허가도 필요 없다."

당연하다는 대답에 나는 고개를 푹 떨구었다. 확실히 일반적으로 이미 성인인 청색 신관에게 일일이 허가 따위 필요 없겠지. 하지만 자유분방한 질베스타에게는 언제 쓰러질지 모르는 나만큼이나 관리자가 필요할 듯한 느낌이 들었다.

"우선은 고아원과 공방이다. 내일모레 가겠다."

"……저기, 질베스타 님. 혹시 고아원에서 꽃을 바치는 무녀를 찾으려는 건가요?"

청색 신관이 고아원에 가는 이유가 그것밖에 떠오르지 않았다. 그러자 내 질문에 질베스타는 불쾌한 듯 인상을 찌푸렸다.

"마인, 그런 말은 너 같은 꼬맹이가 할 말이 아니다. 또 꿀꿀거리고 싶으냐?"

"아뇨. 하지만 전 일단 고아원 원장이라……."

청색 신관이 꽃을 바치는 무녀를 찾겠다고 하면 싫어하는 아이를 몰래 숨길 생각이었다. 하지만 지금 반응으로 보면 질베스타는 그럴 생각은 없는 듯했다. 그거라도 확인해서 다행이다.

"애초에 넌 내가 고아원에서 찾아야 할 정도로 주변에 여자가 없을 것처럼 보이느냐?"

"네? 청색 신관은 고아원의 회색 무녀 중에서 찾는 것 아니었나요?"

기본적으로 신전에서 나가지 않는 청색 신관이라면 가까운 회색 무녀에게 손을 댈 줄 알았는데, 잘못 생각한 걸까? 내가 고개를 갸웃거리자, 질베스타는 입술을 꾹 다문 뒤, 흠흠 하고 헛기침을 했다.

"……나 정도의 남자라면 귀족 마을에서 찾을 수 있다."

"아, 그러십니까."

고아원의 회색 무녀들이 목적이 아니라면, 귀족 마을에 상대가 있다는 말이 질베스타의 자랑이든 사실이든 관심 없었다. 나는 헌 옷을 준비하겠다고 약속하고, 로지나와 함께 퇴실했다.

그리고 방에 돌아오자마자 정리 중인 모든 시종을 불러 모았다. 신관장과 질베스타의 견학에 관해 모두에게 알려 둬야만 했다.

"내일모레, 신관장님과 청색 신관 한 분이 고아원과 공방에 견학을 오시겠답니다."

"내일모레 말입니까?"

어느 쪽도 가지 않는 델리아를 제외한 모두가 놀란 듯 소리를 질렀다. 사전 조율과 준비가 기본인 귀족치고는 갑작스러운 예정이지만, 질베스타의 입에서 일정이 나온 이상은 이미 결정된 일이라고 봐도 무난했다.

"고아원도 공방도 꼼꼼하게 청소하라고 말해 주세요. 그 외에는 평소대로 해도 좋아요."

대체로 보여서 곤란한 일은 하지 않는다. 그리고 나는 숨기려고 해 봤자 탄로가 날 게 뻔하므로 처음부터 공개하는 편이 좋다.

"마인 님, 청색 신관께서 방문하신다는 말씀은……."

빌마의 얼굴에 새파랗게 질리기에 나는 천천히 고개를 저었다.

"안심해요, 빌마. 두 분 다 꽃을 바치는 무녀가 필요하지 않은 분이시랍니다. 예전과 달라진 고아원과 공방에 흥미가 있으시대요."

"그렇, 습니까…."

그래도 빌마의 얼굴에서는 긴장의 빛이 전혀 사그라지지 않았다. 바들바들 떠는 빌마가 안쓰러웠지만, 고아원의 견학이 결정된 이상, 청색 신관의 방문을 피할 수 없다.

"앞으로 나오지 않아도 된다고 말해 주고 싶지만, 고아원 관리를 맡은 사람이 빌마니까 뭔가 질문을 받았을 때 부를지도 몰라요."

"알겠습니다."

빌마는 가슴 앞에서 깍지 낀 손을 꼭 쥐었다. 바들바들 떠는 그 손을 보고도 아무것도 해줄 수 없는 자신이 조금 한심스러웠다.

"길, 혹시 공방에 루츠나 레온이 있으면 불러와 주세요. 상점 측에도 견학 건을 전해 둬야겠어요."

"오늘은 둘 다 있으니까 불러올게."

길은 그렇게 말하고 쌩하니 몸을 날렸다. 루츠와 레온이 방에 들어올 수 있도록 나는 1층 거실로 이동했고, 나머지 시종들은 그 주변에 어질러진 빈 나무상자를 일단 남자 시종들의 방에 몰아넣고, 보이는 곳을 정리해 갔다.


"야, 마인. 돌아왔구나."

"루츠, 오랜만!"

나는 탓하고 달려서 루츠에게 꼭 매달렸다. 솔직히 이렇게 긴 시간을 루츠와 떨어진 적은 처음이다.

"이런저런 일들이 많아서 피곤해."

"그렇구나."

내가 루츠와 얘기하자 루츠의 등 뒤에서 불쾌한 듯한 목소리가 울렸다.

"끈적끈적한 짓은 나중에 하시고, 먼저 저까지 부른 이유를 설명해 주시겠습니까?"

"어머, 레온도 있었군요?"

"방에 들어올 때부터 있었습니다."

레온은 길베르타 상회의 다프라다. 겨울 동안 프랑에게 식사 시중 교육을 받는 소년이다. 이제 곧 성인이 되는 나이지만, 약간 키가 작은 탓에 점잖은 말투를 가진 소년이라는 인상이 강하다. 벤노가 다프라로 계약할 정도이니 틀림없이 업무상으로는 유능하지만, 내가 루츠에게 어리광을 부리면 괜히 엄격하게 굴 때가 있어서 나도 울컥한 적이 한두 번이 아니었다.

"전 딱히 레온한테 할 얘기는 없는데요?"

"마인, 길베르타 상회에 중요한 얘기라며?"

진정해, 하고 내 머리를 쓰다듬는 루츠에게 끄덕였다. 그리고 루츠에게 찰싹 붙은 상태로 레온을 올려다보았다.

"내일모레 신관장님과 청색 신관 한 분이 고아원과 공방에 견학하러 오세요. 그걸 벤노 님께 전해 주셨으면 해요. 귀족과 안면을 익히는 편이 좋지 않겠어요? 이탈리안 레스토랑에도 흥미를 가지셨어요."

"알겠습니다."

레온이 슥 하고 무릎을 꿇으며 가슴 앞에서 손을 교차했다. 루츠에게 어리광부릴 땐 퉁명스럽게 굴지만, 능력 자세는 우수하다.

"길베르타 상회에 전할 내용은 여기까지예요. 나머진 루츠에게 개인적으로 부탁하겠어요."

내가 그렇게 말하자 레온이 일어났다. 그리고 내가 찰싹 달라붙은 상태를 귀찮은 듯 힐끗 쳐다본 뒤, "먼저 돌아갈게." 하고 루츠에게 말하고 퇴실했다.

"부탁이라니 뭐야?"

"있지, 오늘부터 사흘간은 이곳에서 몸 상태를 보고 건강하면 사흘

째에는 집에 가도 좋대. 그걸 가족들한테 전해 줄래?"

"알았어. ……그나저나 길었네."

내 어리광을 그대로 받아 주고 있는 루츠의 입에서 만감이 담긴 목소리가 새어 나왔다. 이제껏 가족과 떨어져서 지낼 수 있었던 건 루츠와 투리가 자주 방문해 주고, 내 어리광을 받아 주었기 때문이다.

"그리고 헌 옷을 사 왔으면 해. 디도 아저씨 정도 크기로. 키도 큰 편이고, 몸집이 탄탄한 성인 남성용 말이야."

"……누가 입는데?"

당연하다면 당연한 의문에 큰 목소리로 대답해도 될지 어떨지 몰랐던 나는 살짝 발돋움하고 루츠에게 몰래 대답했다.

"내일모레 견학하러 오는 청색 신관."

루츠는 표현하기 어려운 미묘한 표정을 짓고, 잠시 생각에 잠기더니 나직이 대답했다.

"……이상한 사람이야?"

"응. 엄청. 숲에서 사냥하고 싶대."

꾀죄죄한 헌 옷을 입고서라도 평민촌 숲에 가서 사냥해 보고 싶다는 청색 신관은 그야말로 괴짜였다.

"숲에 데려가는 것도 내 일이지? 으아, 엄청 귀찮아지겠네."

루츠는 그렇게 중얼거렸다. 나도 그 말에 전적으로 동의했다.

"어쩔 수 없지. 내일이라도 사러 가서 내일모레까지 맞출 수 있도록 준비해 둘게."

"고마워, 루츠."

그리고 내가 없는 동안 진행된 인쇄기 주문과 요한의 금속 활자에 관한 보고를 들었다. 마인 공방에서는 종이 제작이 재개되어 다시 종이 수가 많아졌다고 한다.

"어서 빨리 다음 책을 인쇄하고 싶어. 잉크 공방에서 잉크를 제조하기 시작해 줬을까?"

종이를 완성해도 잉크가 없으면 인쇄할 수 없다. 공방에서는 또 검댕 수집부터 시작하지 않으면 잉크는 못 만든다.

"아, 식물지용 잉크를 전문으로 만들 장인을 구했다고 주인님한테 들었어. ……그러고 보니 잉크 협회 회장이 바뀌었어."

"알아. 죽었다고 신관장님한테 들었어."

나를 노리는 귀족의 소행이라는 말은 할 수 없었던지라 가만히 루츠에게 달라붙었다.

"왜 그래?"

"귀족이 무서워."

"응? 내일모레 견학 오는 청색 신관 말이야?"

루츠의 말에 나는 웃음이 터져 버렸다. 질베스타는 나를 노리는 귀족과는 다른 의미에서 무서웠다.

"그 사람은 귀족 중에서도 괴짜야. 무슨 짓을 벌일지 감이 안 잡히는 유별난 구석이 무서워. 첫 만남에서 뜬금없이 나한테 꿀꿀 울라고 명령하면서 내 볼을 콕콕 찌르지 뭐야."

"뭐야, 그게?"

나는 첫 만남 때 있었던 질베스타의 이상한 언행을 루츠에게 전하고, 기원식 기간 동안 벌였던 이상한 행동들을 얘기했다. 웃으면서 듣고 있던 루츠가 장난기가 도는 웃음으로 내 볼을 쿡쿡 찔렀다.

"자, 마인. 울어 봐."

"루츠는 심술쟁이야! 꿀꿀!"

# 고아원과 공방 견학

기원식에서 신전으로 돌아온 다음 날은 고아원과 공방을 청소하고, 그다음 날은 세 점 종부터 신관장과 질베스타의 견학이 예정되어 있다. 아침 일찍부터 다들 분주했다.

"마인 님, 잠깐 괜찮아? 아, 아니지, 괜찮습니까?"

"네. 괜찮아요. ……길, 조금씩 좋아지고 있네요."

기원식에서 돌아오니 길의 말투가 조금 개선되어 있었다. 시종 출신인 회색 신관에게 교육받은 어린 고아들이 공방에서 일하는 길의 언행을 일일이 지적하게 되었다고 한다.

"그 녀석들이 '길은 시종이니까 말투와 태도도 주인님께 걸맞게 고쳐야 해요.' 라잖아. ……아니지. 하잖아요."

아이들이 자신만만하게 지적한다며 길이 꽁해 있었다. 새로 배운 말을 쓰고 싶은 아이들의 언행도, 지적이 유쾌하지 않은 길의 기분도 이해가 갔다.

"내 시종이 됐으니 언젠가 익혀야만 하는 과제였으니까 마침 좋은 기회네요. 힘내요."

"마인 님, 나 노력할 테니까…… 나를 자르고 다른 녀석을 넣지 말아 줘, 주세요."

가까이에서 무릎을 꿇은 길이 그런 말을 하며 분한 듯 입술을 꾹 다물었다. 나는 왜 그런 이야기를 꺼내는지 알 수 없었다.

"응? 잠깐만, 길. 왜 그런 말을 해요?"

"나보다 우수한 녀석은 얼마든지 있으니까……."

나직이 푸념하는 길의 어깨가 축 처졌다. 반년 전까지만 해도 개구쟁이에 반성실 단골이었던 길도 시종이 될 정도면 자신들에게도 가능성이 있다며 나의 시종 자리에 투지를 불태우는 남자아이들이 고아원에 여럿 있는 듯했다. 길은 다른 아이와 교체될까 봐 불안해서 다른아이들은 할 수 없는 업무를 익히려고 필사적이었던 모양이었다.

'그래서 요즘 들어 공방에 콕 박혀서 업무를 익히려고 하거나, 루츠에게 라이벌 의식을 불태웠나?'

의자에 앉은 내 앞에 무릎 꿇고 푹 숙인 길의 머리가 쓰다듬기 딱좋은 위치에 있었다. 나는 손을 뻗어 길의 옅은 금색 머리를 살짝 쓰다듬었다.

"길이 얼마나 노력하는지 잘 알아요. 일손이 부족해서 다른 아이를추가로 받아들이는 일은 있어도 길은 절대 자르지 않을 거예요."

"그렇구나……."

안심한 듯 길의 얼굴에서 긴장이 풀렸다. 나는 어지간히 심한 짓을하지 않는 한, 시종을 자를 생각이 전혀 없다. 하지만 주인의 기분에따라 간단히 잘리는 것이 시종의 숙명이라고 한다.

"그나저나 내게 할 얘기가 있지 않았나요?"

"신관장님과 청색 신관이 견학하러 오시는데 오늘도 공방에서 일하고 있어도 괜찮습니까?"

"네. 그 분들은 어떤 작업을 하는지 보고 싶다고 하세요. 내가 공방에 들어만 가도 다들 긴장하는데, 신관장님과 다른 청색 신관이면 더긴장하겠지만, 그래도 오늘 힘내 달라고 모두에게 전해 줄래요?"

"알겠습니다."

공방으로 향하는 길과 교대하듯 프랑이 길베르타 상회의 사람들을 데리고 들어왔다. 벤노와 루츠와 레온이다. 마르크는 상점에 남아서 일을 처리 중인 모양이었다.

"안녕하십니까, 마인 님. 오늘 초대해 주셔서 영광입니다."

세 사람이 2층으로 들어오자 나는 로지나와 델리아를 1층으로 내려보내고 가볍게 사람을 물리쳤다. 내가 시종들을 물리치면 스스럼없는 말투라도 못 들은 척해 주는 것이 이곳의 암묵적 규칙이다.

"마인, 이거. 부탁한 옷이랑 일단 구두도 준비해 봤어."

"고마워, 루츠."

천에 싸인 옷과 구두를 건네받았다. 이것을 질베스타에게 건네줘야 한다. 나는 루츠에게 받은 보자기를 집무용 책상에 올려놓고 테이블로 돌아왔다. 귀족 응대용 의상을 입은 벤노가 장사 욕심에 희번덕거리는 눈으로 나를 응시했다.

"……그래서 신관장 외에 또 한 명의 청색 신관이라니, 어떤 귀족이지?"

"몰라요."

조금이라도 사전 정보를 모으고 싶었을 벤노가 "어이." 하고 목소리를 깔며 노려봤다. 그런 말을 한들 나 역시 곤란했다.

"질베스타 님의 친가까지 내가 어떻게 알아요?"

"알아내. 조금이라도 정보를 모아. 바보야."

분명 상인이라면 친가 쪽 정보가 매우 중요하겠지만, 내가 알고 싶은 건 질베스타를 피할 방법이다. 아무 대답도 못 하면 벤노에게 또 혼날 것 같았기에 나는 기원식 기간에 알아낸 점을 떠올렸다.

"아주 이상한 사람이에요. 성격은 나쁘지만, 썩은 근성은 아니라고 들었어요."

"이 바보. 그런 정보는 필요 없어. 청색 신관의 친가 규모와 집안끼리의 관계, 개인의 취향 등 장사에 도움이 되는 정보가 필요해."

"하아, 그런가요. 죄송해요. 전 질베스타 님과 진심으로 거리를 두고 싶어서 궁금한 게 전혀 없었어요."

내가 무심코 본심을 고백하자, 실망했는지 벤노의 어깨가 축 처졌다.

"공방에 견학을 갈 때 소개할 테니까 장사와 관련된 부분이라면 벤노 씨가 직접 확인해 주시는 게 낫지 않을까요? 제 눈에 맡기는 것보다는 확실할 테니까요."

"너한테 많은 걸 기대해 봤자 헛고생이지. 잊지 않고 소개를 해 주기로 한 것만으로 잘했다고 치자."

신관장과 질베스타의 견학 결정에 혼란 상태에 빠져서 사후 보고조차 없는 것보다는 낫다며 벤노는 스스로를 납득시켰다. 불평할 수 없는 나 스스로가 애처로웠다.

"그럼 나중에 보자. 실수하지 않도록 주의해."

별로 정보를 얻지 못한 벤노는 루츠와 레온을 데리고 공방으로 향했다.


페슈필 연습을 하는 사이 약속했던 세 점 종이 울리기 시작했다. 긴장감에 놀라서 벌떡 일어나자 프랑이 루츠가 가져온 보자기를 들고 "가 보실까요." 하고 앞장서 걷기 시작했다. 프랑의 뒤를 내가, 그 옆을 다무엘이 걸었다.

"로지나, 델리아. 지키고 있으세요."

"다녀오십시오, 마인 님. 일찍 돌아오시기를 기다리고 있겠습니다."

우리가 신관장의 방에 도착하자, 신관장은 집무용 책상에 앉아서 서류를 작성 중이었고, 이미 질베스타도 도착해서 기다리고 있었다.

"오래 기다리셨습니다."

"좋아, 가자."

마치 모험이나 탐험을 떠나는 어린애마냥 즐거운 표정을 짓는 게 이해되지 않았다. 고아원과 공방 시찰 따위 그다지 즐거운 일이 아닐 터였다. 어쩌면 고아원은 그렇다 치고, 신전과 귀족 마을에 공방이 없어서 궁금한 걸까?

"질베스타 님, 먼저 이것을……. 부탁하셨던 옷과 일단 평민촌에서 대부분 신는 나무 구두입니다."

"흐음, 제법 빠르군."

"헌 옷이라 따로 주문 제작하지 않아도 됩니다."

질베스타의 시종이 프랑에게 건네받은 짐을 보고 곤란하다는 표정을 지었다.

'하기야, 평민의 지저분한 헌 옷 따위 받아도 곤란하겠지만 그거, 당신 주인이 주문한 물건이거든?'

"너희는 여기에 남아. 프랑과 다무엘만 있으면 된다. 그렇게 넓지도 않은 곳에 몇 명이나 가면 좁기만 할 뿐이니까."

질베스타가 아르노와 자신의 시종에게 그렇게 말했다. 그 말대로 고아원은 그렇다 쳐도 공방은 줄줄이 들어오면 좁게 느껴질지도 모른다.

"기다리게 했군. 가자."

정리를 끝낸 신관장의 말에 일제히 움직였다. 프랑을 선두로 신관장과 질베스타, 그 뒤를 나와 다무엘이 이었다. 다섯 명이서 고아원으로 향하는 도중에 질베스타가 내 속도에 도저히 맞출 수 없었는지 뒤를 돌아보고 나를 손가락질하더니 다무엘에게 명령했다.

"다무엘, 그놈을 집어 들고 걸어. 너무 느리다."

"……이왕이면 안아 올리라는 표현을 써 주세요."

"원래 호위에게 짐을 들게 하면 안 되지만…… 다무엘보다 내가 훨씬 강하거든. 오늘만 특별히 허락하지."

이래 봬도 열심히 빠르게 걷고 있다. 하지만 장신인 두 사람이 성큼성큼 걸으면 나는 뛰어도 따라잡지 못한다. 조금 숨이 차던 터에 다무엘에게 안겨 이동하게 되었을 땐 솔직히 좀 안심했다.


"이쪽이 고아원입니다."

프랑이 고아원의 여자동 식당과 이어진 문을 밀어서 열었다. 안에는 빌마와 회색 무녀 두 명, 그리고 회색 신관 두 명이 무릎을 꿇고 기다리고 있었다. 성인들 덩치에 가려 잘 보이지 않았지만, 그들 뒤로 세례 전 아이들이 모두 무릎을 꿇고 있는 모습이 보였다. 평민촌에서도 원칙상 세례 전 아이에게 일을 시키는 건 금지다. 그래서 청색 신관들이 견학 올 때는 어린애들이 일하는 모습을 보여주지 말자는 벤노의 지적이 있었다.

"어서 오십시오. 이렇게 방문해 주셔서 영광이옵니다."

"신관장님, 질베스타 님. 이쪽은 제 시종이며 고아원의 관리와 세례 전 아이들을 혼자서 돌봐 주고 있는 빌마입니다."

무릎을 꿇은 빌마를 소개하자 신관장이 "아아." 하고 생각났다는 듯 눈썹을 씰룩였다.

"그 훌륭한 그림을 그린 시종이로군. 앞으로도 열심히 하도록."

"가, 감사합니다."

신관장에게 칭찬을 받고 놀랐는지 빌마가 떨리는 손으로 그렇게 대답했다. 빌마는 설마 신관장이 회색 무녀의 이름을 알고 있으리라고 생각지도 못했던 모양이다. 머리를 반듯하게 묶은 탓에 수줍어서 새빨갛게 물든 귀가 도드라져 보였다.

"고아원은 꼬맹이들이 많아서 어수선할 줄 알았더니 제법 깨끗하군."

질베스타는 식당의 절반 정도까지 성큼성큼 걸어가서 주위를 둘러보았다.

"다들 깨끗하게 청소하고 있습니다."

나는 자랑스럽게 대답했다. 식사하는 곳은 청결해야 한다는 나의 집착에 더해 빌마가 솔선해서 청소해 준 덕분에 고아원 안은 항상 청결했다.

"쪼그만한 건 너만 한 애들뿐이군. 더 어린 애들은 없나?"

"……지금은 없습니다."

고아원에 이 아이들보다 어린 아이들이 없는 이유는 돌봐 줄 사람이 없고, 밥을 제대로 먹지 못해서 살아남지 못했기 때문이다. 그 이유를 알 터인 질베스타의 말투가 아주 조금 짜증이 났지만, 이제 와서 그런 말을 해 봤자 아무 소용도 없다.

"그것보다 질베스타 님. 전 이미 세례식이 끝났습니다만……."

"겉모습은 별 차이 없잖아."

키만 따지고 보면 내가 제일 작을지도 모르지만, 이번 여름이 되면 세례식을 치른 지 1년째인데. 뾰로통하게 볼을 부풀리는 내게는 눈길도 주지 않고, 질베스타는 식당 구석에 늘어선 나무상자에 관심이 갔는지 그쪽으로 다가가 상자를 열어젖혔다.

"마인, 이건 뭐지?"

"글자를 배울 때 쓰는 책과 장난감입니다. 이곳에 있는 건 전부 공방에서 만든 물건들이지요."

질베스타가 어린이용 성경을 꺼내 페이지를 파라락 넘기고, 카루타와 트럼프를 보더니 인상을 찌푸렸다. 그 옆에서 똑같이 상자를 들여다본 신관장이 카루타를 들고 나를 노려보았다.

"마인, 이것에 대해서 들은 바가 없다만?"

"그건 카루타입니다. 글자를 외울 때 도움이 되는 장난감이에요. 제 시종이 글자를 배우고 싶다 해서 만든 물건인데 고아원용으로 따로 준비했답니다. 빌마가 일일이 그림을 그려야 해서 아직 대량 생산하기가 어렵고, 상품이 아니라 딱히 보고하지 않았어요."

"흠……."

내 말에 신관장이 뭔가 고민에 잠겼다.

"……정말 대량 생산하지 않았겠지?"

"네. 권리는 벤노 씨에게 양도했지만, 대량 생산했다는 말은 못 들었습니다."

벤노는 팔리겠다고 평가했지만, 아직 상품화한 얘기는 듣지 못했다. 아직 화가를 발견하지 못해서인지도 모른다.

"하지만 이것을 만들려고 성경을 샅샅이 읽은 덕분에 신의 이름과 신구를 외웠습니다. 고아원 아이들은 글자패도 그림패도 완벽히 외우고 있어서 굉장히 강하답니다."

"호오, 보고 싶군. 해 봐."

질베스타의 갑작스러운 엉뚱한 요구에 아이들이 안절부절못하는 표정으로 빌마와 나를 번갈아 보았다. 나는 질베스타가 이런 말을 던지리라고 대략 예측을 했었다. 카루타를 손에 들고 아이들에게 웃음 지었다.

"그럼 제가 읽을 테니까 여러분들이 찾아줄래요?"

"네, 마인 님."

낯선 청색 신관을 앞에 두고 아이들의 표정이 긴장감으로 굳어 있었지만, 카루타에 정신을 집중하기 시작하자, 점점 진지한 눈으로 변해 가며 표정에서 긴장이 사라졌다.

"이 아이가 가장 많이 찾았으니 이번 승자는 이 아이입니다."

내 설명을 들은 질베스타가 우승자를 칭찬했다. 카루타를 정리하는 아이들에게서 시선을 돌리고 신관장이 나를 내려다보았다.

"마인, 이걸 전부 외웠다는 말인가? 아이들도 글자패를 읽을 수 있는 건가?"

"네. 고아원 아이들은 모두가 카루타의 글자패는 물론, 저 어린이용 성경 그림책도 읽을 수 있습니다. 겨울 동안 익혔습니다."

"……겨울 동안이라고?"

질베스타가 경악한 듯 눈을 크게 떴다. 나는 자랑스럽게 끄덕였다.

"네, 그렇습니다. 겨울은 눈 때문에 갇혀 지내서 할 일이 없잖아요? 큰 아이들은 공방에서 수작업을 하지만, 어린아이들은 할 수 있는 일이 제한적입니다. 그래서 다 같이 책을 읽기도 하고, 이렇게 카루타로 놀면서 지냈답니다. 저 트럼프로도 놀면서 숫자도 조금은 읽게 되었고, 간단한 계산도 할 수 있게 되었지요."

나는 자랑스럽게 겨울 신전 교실의 성과를 발표했다. 그러자 프랑에게 보고를 받았을 신관장이 머리를 싸쥐며 내 이름을 불렀다.

"마인."

"왜 그러세요, 신관장님?"

"……나중에 말하자."

뭔가 하고 싶은 말을 꾹꾹 참는 얼굴로 신관장이 한숨을 내쉬었다.

'왠지 설교가 기다리고 있을 것 같은 느낌이 강하게 드는데, 왜지?'

고개를 갸웃거리는 내 어깨를 질베스타가 덥석 잡았다.

"그럼 공방을 안내해 보실까?"

"네, 알겠습니다."

나는 평소대로 여자동 지하에서 뒷문을 빠져나가는 계단 쪽으로 발걸음을 옮겼다.

"마인 님, 손님들께 그쪽은……."

곤란스러워하는 빌마의 목소리에 퍼뜩 정신을 차린 나는 발걸음을 멈추고 빙글 몸을 돌려 방향을 바꾸었다. 아무리 그래도 견학하는 손님을 뒷문으로 안내할 수 없는 노릇이었다. 하지만 내가 갑자기 방향을 바꾼 게 신관장과 질베스타의 눈에는 의심스러워 보인 모양이었다. 그들은 조금 험악한 표정을 지으며 계단 쪽을 보았다.

"기다려라. 저쪽에 뭐가 있지?"

"평소 공방에 갈 때 쓰는 뒷문이에요. 손님이신 신관장님과 질베스타 님은 정문으로 안내드려야죠. 제가 깜빡했네요."

내 말에 신관장의 미간에 주름이 깊어졌다.

"……고아원의 뒷문? 들어 보지 못했군."

"그쪽으로 안내해."

두 사람이 그렇게 원하기에 빌마를 선두로 나는 평소 지나가는 계단을 내려갔다. 여자동 지하에서는 점심 준비가 한창이었다. 여자아이들의 수다 소리가 들리고, 맛있는 냄새가 물씬 풍겼다. 하지만 빌마가 계단을 빠르게 달려 내려가자 수다 소리가 딱 멈췄다. 우리들이 지하에 도착했을 땐 커다란 냄비에 보글보글 끓는 수프를 내팽개친 채 모두가 벽에 붙어 무릎을 꿇고 있었다.

"호오, 여기서 고아들의 식사를 만들고 있는 것이냐."

"그렇습니다. 대개 수프 정도지만요."

신관장에게는 신의 은총으로 부족한 양은 고아원에서 직접 만들고 있다고 보고한 상태다. 아마 자신들의 전용 주방조차 엿본 적 없을 두 사람에게는 실제로 요리하는 광경마저 처음 보는지 부글부글 소리 내며 끓는 냄비 속을 들여다보았다.

"이 수프는 기원식 때 너와 반으로 나눠 먹은 그 요리와 비슷하지 않나?"

"제가 만드는 법을 가르쳤으니 그럴 겁니다."

"고아가 매일 먹는 요리치고는 너무 사치스러운 건 아닌가?"

질베스타가 불쾌한 시선으로 나를 내려다보았다. 나는 조금 울컥했다. 청색 신관과 무녀의 수가 적어진 탓에 신의 은총도 적어져서 고아들이 스스로 벌고, 스스로 만들지 않으면 먹고 살 수 없는 상황이 되었다. 사치를 부릴 여유 따위 없었다. 물론 그런 불평을 청색 신관인 질베스타에게 터트리지는 않았다.

"그러고 보니 평민이 먹는 과자도 만들어 먹었다지? 다무엘의 보고에 그런 내용이 있었던 것 같다만."

신관장의 말에 질베스타가 눈을 부라렸다.

"과자라고!? 사치스럽네!"

"계속 사치, 사치, 하시는데 귀족이면 돈 내고 사는 설탕이나 꿀이 아니라 겨울의 맑은 날 이른 아침에만 딸 수 있는 과일입니다. 매일 먹을 수 있는 게 아니라고요. 그리고 고아원은 인원수가 많아서 먹는 양도 많지 않아요. 계절의 맛이라 맛있긴 하지만요. 그죠, 다무엘 님?"

신관장과 질베스타를 교대로 보면서 콕콕 찌르는 시선을 신경 쓰듯 다무엘이 고개를 끄덕였다. 질베스타가 샘이 난 듯 다무엘을 흘겨봤다.

"다무엘은 꽤 좋은 경험을 하는군."

"좋은 경험보다 고생이 훨씬 크답니다."

갑자기 쓰러지는 나 때문에 심장이 쪼그라들 뻔하고, 이렇게 상급 귀족에게 날카로운 시선을 받는 다무엘이 좋은 경험만 했을 리 없다.

"우리가 여기에 있으면 수프가 눌어붙을 것 같으니 이만 공방에 갑시다."

나는 질베스타가 파루 케이크를 먹고 싶다고 조르기 시작하면 귀찮아지므로 얘기를 마무리 짓고 얼른 뒷문을 통해 밖으로 나가기로 했다. 그리고 예배실을 낀 반대편의 남자동으로 향했다.

"이곳 남자동의 지하가 마인 공방입니다."

프랑의 말에 끄덕이면서 공방에 들어갔다. 여자동과 마찬가지로 모두가 작업을 멈추고 벽 쪽에 붙어 무릎을 꿇었다. 그중에는 길베르타 상회의 세 사람도 있었다.

"봄이 오고부터 식물지 생산을 시작했어요. 종이를 많이 만든 후에 그림책 제작에 들어갑니다."

오늘은 숲에 가는 대신 종이뜨기와 말리는 작업 중인 듯하다. 공방 안을 돌아보던 질베스타가 콧방귀를 뀌었다.

"마인, 장난감은 어디서 만들고 있지?"

"장난감은 겨울 수작업이라 이제 만드는 시기는 끝났습니다. 재료를 주문하면 제법 간단하게 만들 수는 있는데, 이곳에서는 종이와 그림책 제작이 최우선입니다."

내 말에 질베스타가 의아한 듯 짙은 녹색 눈동자를 끔뻑거렸다.

"장난감 쪽이 재밌어서 잘 팔릴 것 같은데 왜 종이와 그림책이 최우선이지?"

"제가 갖고 싶으니까요."

내 공방에서 내가 원하는 물건을 만든다는데 뭐가 나쁜가. 팔리고 안 팔리고의 문제가 아니라 책을 원한다. 그러기 위한 마인 공방이다. 나의 주장에 질베스타가 믿기지 않는다는 듯 표정이 멍해졌다.

"……뭐라고 해야 하나……. 너 참 제멋대로 사는 녀석이구나."

"네? 질베스타 님께서 하실 말씀은 아닐 텐데요?"

제멋대로라는 단어가 아주 잘 어울리는 질베스타에게만큼은 듣고 싶지 않다. 서로의 발언에 놀라서 눈을 크게 뜨는 우리에게 신관장이 관자놀이를 눌렀다.

"어느 쪽도 내게는 두통의 원인이다."

"윽……."

"그것보다 마인. 나는 실제로 공방이 돌아가는 모습을 보고 싶다. 다들 일해 봐라."

나와 달리 신관장의 말을 싹 무시한 질베스타의 명령에 회색 신관들이 일어나서 움직이기 시작했다. 단언컨대 질베스타 쪽이 훨씬 자유분방하고 제멋대로다.

회색 신관들이 움직이기 시작하자, 벽 쪽에서 무릎 꿇은 사람은 길베르타 상회의 세 사람만 남게 되었다.

"신관장님은 이미 알고 계시지만, 질베스타 님께 소개하게 해 주십시오. 길베르타 상회의 벤노 씨와 다프라 견습인 레온, 루츠입니다."

"아아, 이곳 상품을 취급하는 상인인가."

돌기 시작한 공방을 힐끗 쳐다보면서 질베스타가 벤노를 포함한 세 사람을 내려다보았다.

"네, 마인 공방에서 만든 물건은 전부 길베르타 상회가 상품으로 취급하고 있습니다. 질베스타 님께서 흥미를 보이신 식당도 길베르타 상회가 시작한 새로운 사업입니다. 부디 잘 봐 주세요."

"호오, 얼굴을 들어라. 대답을 허락한다."

"감사합니다."

그렇게 말하고 벤노는 고개를 들었지만, 입에서는 바로 인사말이 나오지 않았다. 벤노가 숨을 꿀꺽 삼키는 모습이 보였다.

"벤노 님!?"

"물의 여신 플류트레네의 청아한 강물의 인도에 의한 만남에 축복을 내려 주시길."

벤노가 억지로 목소리를 쥐어짜내며 그렇게 말하고 다시 한 번 고개를 숙였다. 질베스타는 뭔가 생각하듯 턱에 손을 대고 벤노를 내려다보더니 피식 웃었다. 왜 그 눈이 마치 사냥감을 발견한 독수리의 눈처럼 보일까.

"벤노, 자네가 흥미로운 식당을 세운다고 들었다. 한 번 천천히 얘기를 나눠 보고 싶었던 참이다. 난 잠깐 방에서 벤노와 식당에 대해 얘기하고 오겠다. 따라와라, 벤노."

"알겠습니다."

벤노가 그렇게 말하며 천천히 일어섰다. 얼굴색이 좋지 않아 보여서 나는 무심코 질베스타에게 말을 걸었다.

"질베스타 님, 요리사 교환은 안 하겠다고 약속했죠?"

"……그런 얘기가 아니다. 평범한 사업 얘기지."

"그럼 다행이고요."

사업 관련이라면 상인인 벤노의 일이다. 내가 참견할 일이 아니다.

"마인, 이 기계는 뭔가?"

신관장의 목소리에 나는 질베스타를 따라가는 벤노를 신경 쓰면서 설명하러 갔다. 신관장이 보고 있던 건 압착기에서 변신하는 도중인 인쇄기였다.

"이건 새로운 인쇄기예요. 아직 완성 전이지만, 기원식에 나가 있는 동안 제법 형태가 나왔네요. 완성이 기대돼요."

"어떻게 쓰는 거지? 다무엘에게 보고를 받았지만, 전혀 이해가 안 가더군."

신관장의 질문에 나는 길을 불러 대략적인 방법을 직접 보여주도록 했다.

"길, 잉크를 준비해 줘요. 신관장님, 이것이 금속 활자인데요, 이렇게 글자를 넣어서 문장을 조립해요."

"……금속 활자? 마치 작은 도장 같구나."

금속 활자를 손에 들고 바라보는 신관장의 옆에서 프랑이 활자로 짧은 문장을 만들었다. 길이 그것을 조판에 넣고, 금속 활자가 움직이

지 않게 빈틈에 판을 넣어 고정했다.

"마인 님, 다 됐습니다."

"그럼 이걸 찍어 주겠어요? 종이는 실패작을 쓰도록 하세요."

인쇄기 위에 조판을 놓고, 길이 잉크를 칠했다. 그리고 그 위에 종이를 올렸다.

"사실은 다음에 이걸 움직여서 꾹 누르면 잉크가 찍히게 되는데 아직 완성되지 않았으니까 이 바렌으로 문질러서 잉크를 찍을게요. 다 되면 말려서 다음 종이에 또 찍어요. 이번엔 종이가 아까우니까 실패작에 찍었으니 양해 부탁해요."

길이 종이 한 장에 같은 문장을 몇 번이고 찍었다. 신관장은 깜짝 놀라며 종이를 바라보았다.

"찍어 누르면 바렌으로 문지르는 것보다 빨리 인쇄할 수 있어요. 굉장하죠?"

나는 신관장에게 자랑스럽게 말했다. 새로운 인쇄기를 칭찬해 주는 줄 알고 기대했더니 오히려 신관장은 머리를 싸매고 말았다.

"역사가 바뀐다……. 이런 뜻이었군."

"……네? 어라?"

그렇게 비싼 책을 많이 소유한 신관장이라면 기뻐해 줄 거라고 생각했는데 예상 밖의 반응이었다. 나를 내려다보고 피식 웃는 신관장의 옅은 금색 눈동자가 조금도 흔들리지 않아서 무섭다.

"마인, 그대에게 듣고 싶은 말과 하고 싶은 말이 산더미처럼 생겼다."

'어라? 나 프랑이랑 다무엘 님을 통해서 제대로 보고도 했는데? 왜지?'

# 청색 신관의 선물

　견학 자체는 아무 탈 없이 끝났다. 벤노와 사업 얘기를 끝내고 공방에 돌아온 질베스타가 종이뜨기를 하고 싶다느니 해서 종이를 판자에 붙이려다가 몇 장이나 찢어먹었지만, 그건 이미 예상한 범위 내였다. 도구에 아무 피해가 없고, 질베스타를 만족시켰으므로 좋은 결과로 끝났다고 치자. 나중에 신관장에게 혼나고 심문당할 것 같은 예감이 강하게 들었지만, 일단은 끝났다.

　그저 대체 어떤 사업 얘기가 있었는지, 질베스타와 함께 돌아온 벤노는 얼굴에 피로의 그림자를 짙게 드리우고 있었다. 돌아갈 기력도 없어 보여서 조금 쉬어야 할 듯했다.

　"벤노 씨, 질베스타 씨와 무슨 얘기를 했어요? 심한 말이라도 들었다면 신관장님한테 찔러 줄게요."

　내가 할 수 있는 일은 거의 없지만, 너무 심하다면 신관장이 시원하게 벌을 내려 줄 터였다. 그런 생각에 선의로 제안했더니 벤노는 뚱하니 입을 꾹 다문 채 내 머리에 주먹을 대고 빙글빙글 돌리기 시작했다.

　"아파, 아파! 갑자기 뭐예요!?"

　"……네 잘못이야."

　벤노가 흉악한 표정으로 조용히 말하면서 다시금 주먹을 쥐었다. 나는 머리를 감싸고 울상을 지으며 벤노를 노려보았다.

　"제가 뭘 잘못했는데요!?"

"말 못 해. 말할 수는 없지만, 이게 다 너 때문이다."

"혹시 요리사를 교환 안 한다고 트집이라도 잡던가요?"

나 때문에 질베스타에게 트집이 잡혔다면, 그 이유밖에 떠오르지 않았다. 하지만 벤노는 거기까진 전혀 생각하지 않은 듯한 표정을 지은 뒤 "전혀 아니야." 하고 고개를 저었다.

"그럼 뭔데요?"

벤노는 원망스러운 눈초리로 나를 본 뒤, 반듯하게 굳혀 넘긴 머리를 벅벅 긁으며 헝클어뜨리고 "아~" 하고 신음을 질렀다.

"……그만 됐다. 어마어마한 기회가 찾아왔다는 것만은 틀림없지. 이걸 살릴지 어떨지는 모르겠지만."

"하아. 뭐가 뭔지 모르겠지만, 힘내세요."

나는 모르면 모르는 대로 격려했다. 벤노는 뭐가 마음에 안 드는지 양손으로 내 볼을 쭉 잡아당겼다.

"아후자나으……. 벤노 씨, 여기서 점심 드실래요?"

"아니, 돌아가서 생각을 정리하고 싶다."

벤노는 그렇게 말하고 벌떡 일어났다. 그리고 피로도가 절정에 달한 회사원 같은 발걸음으로 돌아갔다. 정말 질베스타한테 무슨 말을 들은 걸까?


그날 오후, 내 방에 두 통의 편지가 도착했다. 한 통은 신관장이 보낸 설교 교실의 초대장이었다. 날짜는 내일모레 오후, 집에 돌아가기 전의 호출이다. 설교 뒤에 집에서 응석피울 걸 고려하면 그럭저럭 참을 수 있을 것 같았다. 바로 승낙하는 답장을 썼다.

그리고 다른 한 통은 질베스타로부터였다. 오늘 견학의 감사 인사와 내일은 숲에 데려가라는 명령이 쓰여 있었다. 솔직히 명령이라도 내가 숲에 가는 건 간단한 일이 아니다. 체력적으로나 호위가 필요한 점으로나.

"다무엘 님, 제가 숲에 가기는 무리지요?"

내가 손가락으로 편지를 톡 튕기며 중얼거리자, 호위로 동행해야 하는 다무엘이 질린 표정으로 가볍게 어깨를 으쓱거렸다.

"넌 우선 숲까지 못 걸어가잖아?"

"걸을 수 있어요. 세례식 전에는 숲에까지 걸어 다녔거든요. …… 시간은 걸리지만."

내 속도에 맞춰주는 인내심 강한 성인 남성은 거의 없었다. 최근엔 거의 안겨서 이동하는 날이 많지만 못 걷지는 않는다. 다른 사람보다 조금 느릴 뿐이다.

"알았다. 걷는지 못 걷는지는 일단 제쳐두자. 단, 경호하는 처지에서 네가 숲에 가는 건 추천하고 싶지 않아. 대신 다른 사람한테 안내를 부탁하면 되지 않아?"

상대는 그 자유분방한 질베스타다. 아빠가 쉬는 날이면 아빠에게 부탁하겠지만, 아빠의 휴무는 내일모레다. 나를 데리러 오려고 날짜를 조정했다고 투리에게 들었다. 투리도 함께 와 주기로 해서 두 사람 다 내일은 틀림없이 출근날일 터였다.

"루츠에게 부탁할 수밖에 없긴 하지만, 부담이 크겠는데."

내일은 날이 맑으면 아이들을 데리고 숲에 가기로 한 루츠에게 부탁해야 할 듯하다. 질베스타에게 잘 대응할 사람이라면 곧 성인이 되는 레온에게 부탁하고 싶지만, 레온은 상인 집안의 아들이다. 몇 번가 보지 않아서 숲을 잘 모른다.

다음 날, 아침을 먹고 페슈필을 연습하고 있었더니 공방에 가 있던 길이 뛰쳐 들어왔다.

"마인 님, 벌써 청색 신관이 공방에서 기다리고 있어! 아, 아니지, 기다리고 있습니다."

길은 두 점 종이 울리면 공방 문을 연다. 그리고 고아원에서 아침을 먹은 회색 신관이 오기 전까지 그날의 준비를 해 둔다. 그런데 오늘 공방 문을 열러 갔더니 이미 질베스타가 꾀죄죄한 헌 옷을 입고 의기양양하게 공방 앞에서 기다리고 있더라고 했다.

허둥대며 달려온 길의 보고를 듣고, 나는 페슈필 연습을 중지했다. 그리고 다무엘과 길과 함께 공방으로 향했다. 내가 공방에 도착했을 땐 고아원 쪽도 아침이 끝난 시간이었던 모양이다. 죄송스러워하는 회색 신관들과 등에 바구니를 메고 숲에 갈 준비를 한 아이들이 공방 앞으로 모여들고 있었다. 그 가운데에 아주 훌륭한 활과 화살을 든 질베스타의 모습이 있었다.

"안녕하십니까, 질베스타 님."

"느려, 마인."

그렇게 불만스럽게 노려봐도 곤란하다.

"질베스타 님께서 너무 빠르신 거예요. 아직 모두 모이지도 않았잖아요. ……그리고 전 짐일 뿐이니 숲에 갈 수 없습니다."

"하긴. 넌 거치적거리겠군. 그럼 누가 안내하지?"

한껏 들뜬 짙은 녹색 눈으로 질베스타가 주변을 두리번거렸다. 하나로 묶은 파란기가 강한 보라색 머리가 등 중턱쯤에서 흔들거렸다. 은세공된 머리핀이 헌 옷과 전혀 어울리지 않았다.

"길베르타 상회의 다프라인 루츠와 레온이 항상 아이들을 숲에 데려다주고 있습니다. 오늘도 루츠에게 부탁할 예정이니 도착할 때까지 기다려 주세요."

공방에 있는 나무 상자에 앉기를 권했지만, 질베스타는 정신 사납게 돌아다녔다. 나는 천천히 한숨을 쉬었다.

"질베스타 님은 정말 숲에 가고 싶으신 겁니까?"

"그래. 그러려고 꾀죄죄한 옷까지 준비하게 했잖아. 이것 봐. 의외로 어울리지 않냐?"

질베스타는 의기양양하게 웃으면서 팔을 벌려 헌 옷을 보여주었지만, 전혀 안 어울린다. 더러운 옷만 겉돌았다. 어디를 봐도 부자가 가난뱅이 놀이를 즐기는 것으로밖에 보이지 않았다.

하지만 사냥을 즐기고 싶다는 마음은 전해졌다. 숲에 가려고 헌 옷을 입었지만, 구두는 조금 허름한 짧은 가죽 부츠다. 아마 내가 준비한 목제 구두가 움직이기 불편하다고 판단했으리라. 손에 든 건 이 주변에서는 거의 볼 수 없는 아름답고 화려한 활. 정말 머릿속에 사냥밖에 없는 듯하다.

"질베스타 님, 정말 숲에서 사냥을 하실 생각이라면 오늘 안내 담당인 루츠의 말을 잘 듣겠다고 약속해 주세요."

질베스타가 아주 살짝 굳은 표정으로 나를 보았다. 나와 질베스타는 귀족과 평민이라는 신분차가 있지만, 같은 청색 신관이며 신전 내에서는 표면적으로 대등한 위치다. 신관장이 이 자리에 없는 이상, 질베스타에게 의사표현을 할 수 있는 사람은 나뿐이다.

"귀족의 숲에 규칙이 있듯 평민촌의 숲에도 규칙이 있습니다. 채집하는 장소와 사냥하는 장소는 떨어져 있고, 다른 사냥 팀과도 규칙이 있지요. 규칙을 지키지 않아서 무슨 일이 일어났을 때 귀족의 권리를 휘두를 생각이라면 처음부터 귀족의 숲으로 사냥하러 가 주셨으면 합니다."

모두가 이용할 수 있고, 세례 전 아이들도 채집을 도우러 갈 수 있도록 평민촌의 숲에도 암묵적으로 정해진 몇 가지 규칙이 있다. 그 규칙을 무시한 사냥은 누군가를 다치게 할지도 모르는 위험한 행위다. 평민촌 규칙 따위 나 몰라라 하겠다면 신관장에게 부탁해서 말릴 수밖에 없다. 내 설명에 질베스타는 진지한 표정으로 끄덕이고 수락했다.

"처음 가는 곳이니 당연히 안내 담당 말을 들어야겠지."

질베스타가 의젓하게 그렇게 말하며 끄덕였을 때 루츠와 레온이 도착했다. 오늘은 두 사람 다 숲에 갈 차림새였다.

"안녕, 마인. 웬일로 공방에 있어?"

"안녕, 루츠. 안녕하세요, 레온."

"안녕하십니까, 마인 님."

인사를 마친 두 사람은 우뚝 서 있는 질베스타를 눈치채고, 서둘러 인사했다. 왜 여기에 어제의 청색 신관이 헌 옷을 입고 있는지 눈을 끔뻑이는 두 사람에게 오늘 숲에 사냥하러 가고 싶다는 질베스타의 희망사항을 전했다.

"루츠, 정말 미안한데 질베스타 님을 부탁해. 레온과 길, 오늘은 두 사람이 채집 팀을 잘 지켜봐 주세요. ……이제 맡겨도 괜찮지요?"

"알겠습니다."

질베스타는 더러운 옷과 전혀 안 어울리는 화려한 활과 화살을 들고, 고아들을 이끄는 루츠와 함께 숲에 가 버렸다.

"불안하네."

"뭔가 생각이 있으시겠지. 방에 돌아가자, 견습무녀."

'질베스타에게 생각이 있을 것 같진 않지만.' 하고 다무엘의 말에 속으로 반론하면서 나는 방으로 돌아갔다.


"마인, 요리사를 빌려도 돼? 잔뜩 잡아 왔거든."

그렇게 말하며 루츠가 방에 뛰어들어온 건 머지않아 여섯 점 종이 울릴 듯 말 듯 날이 저물기 시작한 시간이었다. 이제 슬슬 돌아갈 시간인 요리사에게 일을 부탁하기가 썩 내키지 않지만, 잡아 온 사냥감의 손질은 익숙한 사람이 압도적으로 빠르다. 이제 막 칼질을 시작한 고아들에게 손질을 전부 맡기는 건 무리다.

"프랑, 푸고와 엘라에게 부탁해 주겠어요? 다무엘 님, 공방에 가요."

다무엘과 내가 공방에 도착했을 때 눈에 들어온 건 주변 바닥에 널브러진 깃털과 군데군데 피가 떨어진 공방 앞, 그리고 일사불란하게 깃털을 뽑는 아이들의 모습이었다. 나만이 아니라 식칼을 들고 달려와 준 푸고와 엘라도 공방 앞의 상황을 보고 "어마어마하네." 하고 눈이 휘둥그레졌다. 둘의 중얼거림을 들은 질베스타가 뒤돌아보더니 자랑스럽게 가슴을 폈다.

"마인, 봐라! 잔뜩 잡았다. 어때, 굉장하지? 내가 잡았다고."

"다녀오셨습니까, 질베스타 님."

깜짝 놀랄 만큼 질베스타의 기분이 좋아 보였다. 그는 새 네 마리와 작은 사슴을 잡아 온 모양이었다. 푸고와 엘라는 얼른 책상 위에 뒹구는 작은 사슴부터 해체 작업에 들어갔다.

"엘라, 방혈 작업은 어느 정도 끝난 모양이니까 썩기 쉬운 내장만 빼내. 오늘은 시간이 없으니까 고기는 내일 손질하자."

두 사람이 멋진 손놀림으로 해체하는 모습을 멀리서 보고 있자, 아이들이 환한 웃음으로 새 깃털을 뽑으면서 내게 오늘의 보고를 해 주었다. 조리된 고기밖에 몰랐던 아이들도, 이 상황에서 떨지 않고 얘기할 수 있게 된 나도 제법 성장했다.

"마인 님, 질 님은 엄청 대단해요. 하늘 높이 나는 새가 갑자기 떨어졌는데 질 님의 화살이 명중한 거였어요."

"나뭇가지에 매달아서 피를 빼는 새가 점점 많아지더니 나중엔 주변이 새빨개질 정도였어요."

"새를 노리고 쳐들어온 짐승도 해치웠어요. 질 님이 질기고 맛없는 고기라고 해서 놓고 왔지만요."

아이들이 흥분한 어조로 질베스타의 무용담을 제각기 설명해 줬지만, 숲의 상황을 상상하니 좀 무서웠다. 하지만 질베스타는 아이들의 폭풍 칭찬에 매우 즐거운 듯 웃고 있다.

"정말 하루에 이만큼이나 잡다니 대단하네요. 이거 어쩔 생각이세요? 질베스타 님의 주방에 옮기는 편이 좋지 않은가요?"

질베스타의 전용 요리사에게 맡기는 편이 좋지 않으냐고 제안하자, 질베스타는 마치 주방에 가져가면 곤란하기라도 한 듯한 속도로 서둘러 고개를 저었다.

"아니, 나는 필요 없어. 이건, 그 아이들한테 먹이면 되겠지."

"와! 질 님, 고맙습니다!"

"질 님, 굉장해요! 또 같이 숲에 가 주세요."

평소에 이만한 고기를 배당받지 못하는 아이들은 자신들에게 들어

온 엄청난 양의 고기에 환호했다. 식욕으로 반짝거리는 눈으로 질베스타를 칭찬했다.

"……그런데 질 님이라니?"

아이들은 자연스럽게 말하고 있지만, 무례한 호칭이 아닐까. 나는 쭈뼛거리며 질베스타에게 물었다.

"아아, 질베스타라고 발음하기 어려워하기에 발음하기 쉽도록 줄였다. 하지만 넌 쓰지 마."

"어째서죠?"

내가 고개를 갸웃거리자 질베스타는 나를 놀리듯 내려다보며 콧방귀를 끼었다.

"고아들은 내가 여기에 올 때 외에는 만날 일이 없지만, 넌 기원식처럼 딴 곳에서 만날 일이 있겠지. 너 같은 덜렁이는 그럴 때도 잘못 부를 것 같으니까."

만난 지 얼마 안 된 질베스타마저 나를 덜렁이 취급하다니 유감이다. 하지만 틀린 말은 아니다. 나는 살짝 고개를 숙이며 "옳으신 말씀입니다." 하고 동의할 수밖에 없었다.

내 동의에 호탕하게 웃으며 질베스타가 내 볼을 찔렀다.

"오늘은 오랜만에 즐거웠다. 마인, 고마움의 뜻으로 이걸 주마."

질베스타가 꽉 쥔 주먹을 내 앞으로 내밀었다. 숲에서 주운 나무 열매나 벌레라도 쥐고 있는 줄 알았더니, 손에 든 것은 마치 오닉스처럼 새까만 돌이 박힌 목걸이였다.

"하아, 감사합니다. ……뭐예요, 이건? 마술구예요?"

"마술구의 일종인데 이게 있다고 마술을 쓸 수 있는 게 아니다. 신에게 빌어도 아무 일도 안 일어나."

도청 방지 마술구처럼 용도가 정해진 마술구이겠거니 납득하면서 나는 질베스타를 올려다보았다.

"이건 어디에 쓰는 물건인가요?"

"난 당분간 자리를 비울 거다. 그동안 유사시에 쓰는 부적이다. 위험한 상황에 빠졌을 때 이 검은 돌 부분에 피도장을 찍어라. 도와주마."

　질베스타의 도움이 필요한 일이 벌어질지 어떨지는 알 수 없다. 신관장에게 울면서 매달리면 대부분 해결되지 않을까. 하지만 주는 물건이니 받아나 두자.

"뒤돌아. 달아 주마."

　나는 빙글 등을 돌렸다. 하라는 대로 했는데 질베스타는 혀를 찼다.

"머리를 치워. 달아 줄 수가 없잖아. 넌 남자한테 장식품도 받은 적이 없나!?"

"머리 장식을 달아 준 적은 있어요."

　벤노가 예전에 머리 장식을 달아 줬던 것 같기도 하다. 하지만 남성에게 목걸이를 선물받는 상황은 우라노 시절을 포함해도 없다. 아니, 우라노 시절엔 가족 외의 사람에게 액세서리를 받은 적도 없었다. 그렇게 보면 아직 여덟 살도 안 된 나이에 남성에게 머리 장식과 목걸이를 받다니 내 인생에 위대한 업적이 아닐까.

'역시 얼굴인가. 얼굴이 중요한 건가.'

　마인으로 살면 우라노의 소꿉친구의 슈가 "이 안타까운 책벌레한테 인기 절정기가 올 리가 없지." 라고 부르던 내게도 이번에야말로 인기 절정기가 오는 것일까.

"질베스타 님, 어울리나요?"

"부적인데 어울리고 안 어울리고가 어디 있나. 풀지만 않으면 된다."

'어린애 상대라도 칭찬 좀 해 주면 어때서.'

질베스타의 매정한 의견에 뾰로통하게 볼을 부풀렸다. 질베스타는 부푼 내 볼을 양손으로 감싸고 꾹 눌렀다. '뿌'하고 입에서 공기가 빠져 나갔다. 그래도 질베스타는 손을 떼지 않았다. 오히려 볼을 감싼 손에 힘을 주었다.

"마인, 몸에서 절대 떼지 말고 꼭 차고 다녀라. 알겠나?"

나를 응시하는 질베스타의 짙은 녹색 눈동자는 지금껏 본 적 없을 정도로 진지했다.

# 신관장의 이야기와 귀가

오늘은 신관장의 설교와 오랜만에 귀가라는 천국과 지옥을 한 번에 맛보는 날이다. 아빠와 투리가 데리러 와 주는 저녁이 매우 기대되는 한편, 넘어야 할 신관장의 설교를 생각만 해도 위가 아팠다.

"마인, 오너라."

"예이⋯⋯."

프랑과 다무엘과 함께 신관장의 방에 가자, 편지에 적힌 대로 나는 바로 설교의 방이 된 비밀의 방으로 끌려갔다. 나는 평소대로 긴 의자에 앉았다. 그리고 신관장은 책상에 놓인 목패를 집고, 작은 탁자 위에 잉크를 올리고, 펜을 손에 들고, 다리를 꼰 심문 자세로 나를 응시했다.

"딱히 혼낼 생각으로 부르지는 않았다. 듣고 싶은 말과 하고 싶은 말이 있다고 했지. 우선 그대가 만들려 하는 인쇄기에 대해 자세히 설명해 보아라."

마인 공방 견학 중에는 질문하지 못한 점들을 목록에 정리한 모양이다. 인쇄기로 찍을 수 있는 책의 양과 속도에 대해서 계속해서 내게 질문했다. 하지만 나는 어느 질문에도 명확하게 대답하지 못했다.

"인쇄기는 아직 하나도 만들지 못했고, 글자가 빼곡한 책을 만들려면 금속 활자가 잔뜩 필요해요. 그리고 지금은 종이도 잉크도 공방에서 만들지 않으면 인쇄할 수 없어요. 인쇄기 하나 만들었다고 대체 얼마나 빠르고 얼마나 많이 찍어낼 수 있는지는 해 봐야 알 수 있어요."

"그렇군."

신관장은 그렇게 말하며 손에 쥔 판자에 시선을 떨어뜨렸다.

"그럼 역사가 바뀐다는 점에 관해 질문하겠다. 인쇄를 시작하면 지금까지 사람 손으로 직접 옮겼던 책은 어떻게 되지? 그대의 세상에서는 필사가 생업이었던 자는 어떻게 되었는가?"

"취미가 아니라 생업이라면 기계화의 물결에 밀려 100년에서 200년에 걸쳐 서서히 쇠퇴해 갔어요. 10년, 20년 사이에 이루어질 일은 아니에요."

신관장은 목패에 기록하면서 애매한 표정을 지었다.

"모든 백성이 공부한다던 그대의 세계에서는 모두가 글자를 읽고, 책을 읽는 게 당연하겠지만, 처음부터 그러진 않았을 터이다. 문맹률이 낮아지고, 책이 보급되면서 사회적으로 무엇이 어떻게 변했지?"

"다양하게 변해 갔죠. 하지만 나라에 따라 그 영향이 다르고, 사회 정서에 따라서도 달라요. 그러니 이 세계에서는 전혀 참고가 안 될 거예요."

"예를 들어 어떤 식으로 바뀌었느냐?"

신관장의 말에 나는 우라노 시절의 역사를 떠올렸다. 다양한 변화는 있었지만, 전제적인 지식이 없는 신관장이 이해할지는 알 수 없었다.

"민중이 정보를 공유하고, 지식을 얻게 되면서 지배층을 타도하여 민중이 주체가 되는 정치가 시작된 예도 있어요. 반대로 자신들에게 유리한 정보를 종이로 인쇄하고 퍼트려서, 민중의 의식을 자의적으로 모아 선동한 지도자도 있었죠. 민중이 문자를 알게 되면서 지금까지와 정보 전달 수단이 크게 바뀌긴 하지만, 무엇이 어떻게 바뀌고, 그것을 누가 어떤 식으로 이용했는지는 몰라요."

"이용 방법에 따라 끼치게 될 영향이 막대하여 어떻게 될지 모른다라. 성가시군……."

신관장은 그렇게 중얼거리면서도 계속해서 목패에 적어 내려갔다.

"제가 아는 세계와 달리 이곳은 마력을 가진 귀족이 없으면 성립하지 못하는 세계잖아요? 문맹률이 낮아지고 책이 보급된다 해도 민중의 움직임이 제가 아는 세계와 똑같을 거라 장담할 수 없어요. 오히려 귀족이 민중을 위해 얼마나 노력하는지에 대해 책으로 널리 알려도 좋지 않을까요? 귀족이나 신관이 성실하게 일하지 않으면 역효과겠지만……."

"무슨 말인가?"

의아하다는 신관장의 눈빛에 나는 가볍게 어깨를 들썩였다.

"평민들은 귀족이 뭘 하는지 몰라요. 농촌에서야 기원식이 열려서 눈앞에서 귀족과 청색 신관이 성배에 마력을 채우고, 그것이 자신들의 생활과 직결된다는 걸 알죠. 그래서 신을 향한 신앙심도 깊고, 일상적으로 신에게 기도를 바친다고 생각해요."

"평민에게 신앙심과 귀족의 업무를 알린다는 생각은 해 본 적이 없었군. ……우리의 시점과 전혀 달라서 제법 흥미로운 의견이다."

신분의 차이는 물론, 내 안에는 우라노의 기억이 아직 깊게 남아 있다. 이 세계 사람들과 전혀 다른 의견이 신관장에게는 재미있는 모양이었다.

"흠. ……그럼 내 나름대로 지금 상황을 고민한 후에 내리는 명령이다. 당분간은 인쇄 금지다."

"네? 왜요?"

"민중은 그대 말처럼 어떻게 움직일지 예측하기 어렵지만, 마력으로 통솔이 가능할 수 있을 거다. 하지만 귀족은 거세게 반발할 것이다."

신관장은 필사가 생업인 자는 안정적인 고수입을 얻는다고 했다. 그리고 친가가 유복하지 않은 돈 없는 귀족원 학생이나 신관, 무녀는 필사로 생활비를 버는 경우가 많다고 했다. 글이 **빽빽**한 책을 단숨에 인쇄하게 되면 하급 귀족의 원망을 사게 될 게 틀림없다고 했다.

"……그건 기득권자가 귀족이라는 말이죠?"

지금까지 만나 온 기득권자와 비교도 할 수 없을 만치 거대한 권력을 가진 상대다. 그건 무서웠다. 내가 몸을 바들바들 떨자, 신관장이 끄덕이며 긍정했다.

"지금까지 그대가 인쇄한 건 어린이용 그림책, 그것도 종이를 써서 찍는 방식이라 대량 생산이 어렵다고 했지? 그래서 인쇄를 금지하지 않아도 사본을 하는 귀족과 신관에게 그리 큰 영향이 가지 않으리라 생각했다. 하지만 인쇄기를 쓰면 어떻게 될까?"

내가 금속 활자를 준비하려고 계획한 건 글자를 하나하나 커터로 잘라내기가 힘들었기 때문이다. 글이 **빽빽**한 책을 조금이라도 편하게 만들고 싶어서였다. 하지만 그것은 다름 아닌 우라노 세계에서도 일어난, 필경사의 일을 **빼앗**는 행위였다.

"당분간 인쇄를 하지 말라니…… 언제까지, 말입니까?"

힘들게 인쇄기까지 만들어도 인쇄할 수 없다니 끔찍했다. 언제까지 참아야 하는지 묻자, 신관장은 옅은 금색 눈동자로 오로지 나를 응시했다.

"그대가 칼스테드의 양녀가 될 때까지다."

"네?"

"평민이 귀족의 영역에서 물을 흐리면 눈 깜빡할 새도 없이 죽는다. 하지만 그대가 이 땅의 상급 귀족으로서 영주의 허가를 받은 영지 사업으로 인쇄를 시작하면 쉽게 손대지 못할 거다."

고작 평민이 상대라면 죽임을 당하기에 십상이다. 하지만 상급 귀족의 양녀인 신분이 되어 영주의 허가 하에 이루어지는 국책 사업 형태로 시작하면, 필사로 용돈을 버는 하급 귀족이 쉽게 손대지 못한다. 오히려 인쇄 사업에 하급 귀족을 끌어들이라고 신관장이 말했다. 영지에서 단번에 인쇄업을 시작하면 누구도 건드리지 못할 것이라고. 갑자기 커져 버린 이야기에 나도 모르게 침을 꿀꺽 삼켰다.

'그런데 인쇄기가 완성되어도 2년 이상이나 인쇄를 기다려라? 마인의 삶을 시작한 지 겨우 2년 반. 여기까지 온 세월만큼 어린이용 그림책 외에 책을 만들지 않고 참을 수 있을까?'

머릿속을 어지럽게 헤매는 내 생각을 읽었는지 신관장이 나를 정면으로 응시하면서 천천히 입꼬리를 올렸다.

"어때, 마인. 지금 당장 칼스테드의 양녀가 되지 않겠나?"

당장에라도 책을 만들 수 있다는 유혹에 순간적으로 마음속 저울이 기울었다. 하지만 정말 순간이었을 뿐, 바로 고개를 저었다.

"아뇨. 겨우, 겨우 집에 돌아가게 됐는데……."

"칼스테드가 양부라서 불만인가?"

"설마요. 칼스테드 님은 아주 멋진 분이세요. 듬직하고, 믿음직스럽고, 지위도 높으시고. 양아버지로서 이보다 더 좋은 사람은 없을 거예요."

그래도 가족과 있고 싶다. 길어도 열 살까지로 기한이 정해졌는데,

이보다 더 짧아지는 건 싫었다.

"떨어져 지내는 동안 가족이 그리워지는 건 하는 수 없지. ……집에 돌아가서 듬뿍 어리광을 부린 후에 다시 생각해도 좋다. 다른 대답이 나올지도 모르지."

피식 웃는 신관장의 얼굴이 승리를 자신하는 것처럼 보였다. 내가 책을 참지 못하고, 열 살이 되기 전에 양녀가 되겠다고 말하리라고 확신하는 얼굴이다. 나는 무릎 위에 올린 손을 꼭 쥐고 그런 신관장을 똑바로 올려보았다.

"다른 대답 따위 없어요. 허락된 시간 직전까지 가족과 있고 싶어요. ……책을 제일 최우선으로 생각했던 제가 얼마나 불효자였는지, 왜 지금 가족을 소중히 해야 하는지 깨우치게 해 주신 건 신관장님이세요."

마술구로 오감을 자극하는 진짜 같은 과거를 경험한 덕분에 두 번 다시 돌아갈 수 없는 잃어버린 가족의 존재가 강하게 내 가슴에 새겨졌다. 책을 위해서 다른 모든 걸 희생했던 우라노는 이제 없다. 내 말에 신관장은 조금 감상적인 표정을 지었다.

"그렇게 결의가 굳다면 어쩔 수 없지. 남은 2년 동안은 어린이용 책의 질을 높이는 노력을 해라."

"……네.

"마인, 데리러 왔다."

"신관장님과 얘기는 끝났어?"

신관장과 얘기를 끝내고 방으로 돌아오니, 1층 거실에 아빠와 투리가 이미 데리러 와 있었다.

"아빠. 투리!"

두 사람의 얼굴을 보자마자 신관장과 대화했을 때 있던 마음속 응어리가 단숨에 사라졌다. 나는 프랑과 다무엘을 문 쪽에 내버려 두고 그대로 달려가 아빠에게 안겼다.

"웃챠!"

아빠에게 달려가 안기자 아빠는 예상했다는 듯 나를 번쩍 안아 올려 주었다. 높이 들어 올려 휘두르듯 한 바퀴를 돌린 뒤 땅에 내려 주었다. 그리고 아빠가 커다란 손으로 머리가 엉망이 될 때까지 거칠게 쓰다듬는 패턴이 이어진다.

"마인도 참, 또 머리가 엉망이야."

아빠와 나의 재회를 지켜보던 투리가 웃으면서 내 비녀를 빼더니 머리를 빗으로 정리해 주었다. 나는 투리가 빼 준 비녀를 쥐고, 머리를 정리해 주는 그리웠던 손길을 느꼈다.

"금방 갈아입고 올 테니까 기다려."

나는 들뜬 기분으로 2층으로 올라갔고, 델리아의 도움을 받으며 옷을 갈아입었다. 파란 무녀복을 벗고, 귀족 아가씨처럼 소매가 너풀거리는 겉옷도 벗고 오랜만에 길베르타 상회의 수습복을 입었다. 옷이 조금 작아진 느낌이다. 기분 탓일지도 모르지만.

신전에서 지내게 됐을 땐 눈이 내리기 직전이라 두꺼운 코트를 입어야 할 만큼 추운 날씨였는데, 겨우 집에 돌아가게 된 지금은 코트가 필요 없는 날씨로 바뀌어 있었다.

"……저기, 마인 님. 가족이 그렇게 좋은 건가요?"

블라우스 단추를 채우면서 델리아가 고개를 갸웃거렸다.

"제가 아무리 열심히 시중을 들어도 마인 님은 결국 집에 돌아가시잖아요. 저희랑 있는 것보다 가족과 있는 편이 좋으신 거죠?"

"이곳에서 겨울을 보내기 싫었던 게 아니에요. 모두 저를 잘 돌봐 준 덕분에 저도 쾌적한 생활을 보냈답니다. 그래도 역시 외로워서 돌아가고 싶었고, 가족과 함께 있고 싶어요."

델리아가 열심히 시중을 들어 준 건 알지만, 그래도 나는 집에 돌아가고 싶었다. 가족이 있는 곳으로 돌아가고 싶었다.

"미안해요, 델리아."

"딱히 마인 님께서 사과하실 필요는 없어요. ……그저 정말 이해가 안 돼서. 가족이란 대체 뭔가요?"

가족에게 돌아가고 싶어 하는 주인을 비판하는 어조가 아니다. 정말 궁금하다는 듯이 하늘색 눈동자를 깜빡이며 델리아가 물었다. 고아원 출신이며 부모의 얼굴도 모르고 함께 자란 고아들을 피하는 델리아에게는 가족에 가까운 관계자도 없다.

"음, 사람마다 다르겠지만, 저한텐 '내가 있을 곳'일까요?"

"'내가 있을 곳'이요?"

"네, 가장 안심할 수 있는 장소예요."

내 대답을 듣던 델리아가 부러운 눈빛으로 계단 쪽을 바라보았다.

"……그건 확실히 좋은 거네요."

옷을 다 갈아입고, 나는 집에 가져갈 짐으로 손을 뻗었다. 그 모습을 지켜보던 로지나가 내게 충고했다.

"마인 님, 여유가 부족해요. 진정하시고 좀 더 우아하게 행동해 주세요. 겨울 동안 페슈필 실력도 많이 느셨고, 행동도 개선되셨습니다. 마인 님은 환경에 잘 휘둘리시니까 집으로 돌아가셔도 잊지 않도록 항상 주의해 주십시오."

로지나는 마치 신관장처럼 집에 돌아가서도 조심하라며 간곡히 주의하기 시작했다. 목록에 정리해 줬으면 싶어지는 양이다. 도저히 외울 수 있을 것 같지가 않다. 다시는 못 만나는 이별도 아닌데 참 요란스럽다.

"로지나, 내일 다시 올 텐데 나머지는 내일 해 줄래요?"

"그렇군요. ……마인 님은 내일도 오시죠."

로지나가 아차 싶은 듯 입을 틀어막았다. 그리고 조금 쓸쓸한 미소를 지으며 부드럽게 웃었다.

"왠지 더 이상 이곳에 오지 않을 것 같은 느낌이 들었거든요. 크리스티네 님께서도 집에 갔다가 더는 볼 수 없게 되었으니까요."

주인에게 버림받았던 슬픔을 떠올려 버린 로지나의 표정에 나는 앞선 주인이 남긴 상처가 예상보다 깊었음을 깨달았다.

"로지나, 전 금방 다시 신전에 올 거예요."

"네. 기다리고 있겠습니다."

집에 가져갈 짐은 별로 없었다. 화려한 옷도, 구두도 필요 없다. 생활용품도 집에 있다. 왔을 때 가져온 토트백만 들고 가면 된다. 내가 가방을 들고 아래층으로 내려가자, 델리아와 로지나도 내 뒤를 따라 내려왔다. 현관까지 배웅할 생각인 듯했다.

"아빠, 투리, 기다렸지."

1층에는 시종들이 모두 모여 있었다. 길은 공방에서 서둘러 돌아온 차림새였고, 프랑은 지금부터 함께 집까지 배웅해 줄 요량으로 외출복 차림이었다.

"자, 돌아가자. 여러분, 긴 시간 동안 우리 마인이 신세 많이 졌습니다."

"그야 당연히 우리가 마인 님을 돌봐야죠. 우린 마인 님의 시종이 잖아."

아빠의 말에 길이 씩 웃었다. 공손한 말투와 지금까지 쓰던 말투가 섞인 말에 키득거리며 나는 모두를 둘러보았다.

"그럼 다녀오겠습니다."

"어서 빨리 돌아오시기를 기다리고 있겠습니다."

시종들은 일제히 가슴 앞에서 손을 교차하며 무릎을 꿇었다.


호위인 다무엘은 집까지 함께 가야 한다. 지금까지 우리 집에 와 본 적 없는 다무엘에게 돌아가는 길을 안내하기 위해 프랑이 동행하 기로 했다. 공방에서 일을 끝낸 루츠도 공방 앞에서 합류해서 함께 집 에 돌아가게 되었다.

신전 문을 나오고, 완연히 눈이 없어진 돌바닥 위를 그리운 마음으 로 걸었다. 마을을 내 발로 걷는 것도 오랜만이다. 오늘은 루츠와 투 리와 손을 잡고 걸었다. 신전에 있으면 이런 식으로 누군가와 손을 잡 고 걷지 못했다. 양손에서 전해지는 온기가 마음마저 따뜻하게 했다.

아빠는 다무엘, 프랑과 신변의 위험이나 마을 경비에 관한 대화를 나누며 우리 뒤를 따라왔다.

"마인의 속도로 걷는 것도 오랜만이네."

"있지, 마인. 신전에서 지내면서 걸음걸이가 느려지지 않았어?"

"거짓말!? 느려졌어!?"

신전에서 이동할 땐 아무도 나를 재촉하지 않았다. 바쁠 땐 누군가 가 나를 안고 옮겨 줬다. 누구의 간섭 없이 내 기분대로 걸어 다니던 버릇 때문에 느려졌을 가능성이 있었다.

"전에는 어느 정도였어? 이 정도?"

내가 열심히 발을 움직이려고 하자 루츠가 웃으면서 고개를 저었다.

"그만해, 마인. 열심히 안 해도 돼. 오랜만인데 천천히 돌아가자."

주변을 돌아보면서 타박타박 걸어가자 길베르타 상회가 보였다. 나는 신관장에게 당분간 인쇄하지 말라던 명령을 떠올렸다.

"내일은 벤노 씨한테 얘기하러 가야겠네……."

"무슨 일 있어?"

"당분간 인쇄는 하지 말라는 말을 들어 버렸거든."

내가 어깨를 들썩이자 투리가 휘둥그레진 파란 눈동자로 나를 보았다.

"어? 왜? 인쇄는 마인이 굉장히 원해서 노력했잖아?"

"귀족의 사정 때문에."

"……그렇구나. 안타깝네."

투리가 비어 있는 손으로 내 머리를 쓰다듬으며 달래 주었다. 나는 가볍게 눈을 감고, 그 손길을 느끼며 조그맣게 웃었다.

"절대 하지 말라는 건 아니야. 2년 남짓 참으면 되니까 괜찮아."

이렇게 슬프고 외로울 때 다가와 주는 가족과 떨어지지 않길 잘했다고 새삼 나의 선택이 옳았음을 느꼈다.

"그럼 내일 두 점 종이 울리면 데리러 오겠다. 그 전까지 돌아다니지 말도록."

우물 광장에 도착하자 다무엘이 엄격한 표정으로 그렇게 말했다. 호위가 올 때까지 외출 금지인 건 신전이나 집에 와서나 마찬가지인 모양이다.

"알겠습니다, 다무엘 님. 프랑도 왕복하기 힘들겠지만, 잘 부탁해요."

"네. 오늘 밤은 가족에게 마음 편히 어리광을 부리십시오. 내일 또 이곳에 돌아오시길 기다리고 있겠습니다."

프랑이 가슴 앞에서 손을 교차했다.

"고마워요, 프랑, 다무엘 님. 그럼 내일 뵙겠습니다."

우물 광장에서 다무엘과 프랑이 발걸음을 돌리고 멀어져 갔다. 그리고 루츠와 손을 흔들며 헤어진 후 5층까지 헐떡이며 계단을 올라갔다.

"마인. 힘내라. 이제 곧 도착이다."

아빠와 투리의 응원을 받아야 집에 도달하다니, 정말 겨울 동안 체력이 떨어졌나 보다. 가뜩이나 없는데 더 떨어지면 어찌할꼬.

"나 왔어, 엄마."

오랜만에 우리 집 문을 열었다. 그 순간, 식사를 준비하는 맛있는 냄새가 날아 들어왔다. 계단을 올라오는 소리를 들었는지 엄마가 상을 차리고 있었다. 오랜만에 맡는 엄마의 요리 냄새에 배시시 미소가 번졌다.

"어서 오렴, 마인."

커다란 배를 안은 엄마가 식탁 위에 접시를 올리고 고개를 들었다. 엄마의 미소로 기쁨과 그리움과 행복함이 쓸쓸했던 마음을 채워 갔다.

"오랜만에 바깥을 걸었더니 배고파."

"짐을 놔두고 준비를 도와주렴."

"네~"

토트백을 놓고 손을 씻은 후, 나는 투리와 함께 상을 차리기 시작했다. 오랜만에 스스로 일하니 조금 즐거웠다.

"엄마. 언제 태어나?"

내가 터질 만치 부풀어 오른 배를 보고 묻자, 엄마는 사랑스럽게 웃으면서 배를 쓰다듬었다.

"이제 곧 태어날 거야. 아기가 마인이 돌아오길 기다렸나 봐."

정말 기다려 줬다면 얼마나 기쁠까. 나도 엄마의 배를 어루만지며 "동생아, 돌아왔어." 하고 말을 걸어 봤다. 그러자 마치 대답이라도 하듯 배 속의 아기가 내 손바닥을 발로 찼다.

"우왓! 발로 찼어! 대답한 모양이야!"

내 목소리에 가족들이 웃었다.

엄마가 만든 음식을 먹고, 투리와 장난치면서 목욕하고, 뒤척이면 투리와 부딪칠 것 같은 좁은 침대에서 가족들끼리 옹기종기 모여 잠이 들었다.

다음 날 새벽, 엄마가 진통으로 신음하기 시작했다.

# 새로운 가족

날이 새기 시작했을 무렵, 엄마의 신음에 가장 먼저 아빠가 벌떡 일어났다.

"투리, 마인. 엄마가 해산할 것 같다. 산파를 불러오마! 너희도 옷 갈아입고 움직여."

우리에게 옷을 갈아입으라는 말을 남기고 아빠는 서둘러 옷을 갈아입고 산파를 부르러 집을 뛰쳐나갔다. 나를 제외한 가족들은 이미 역할 분담을 한 모양이다. 투리도 얼른 옷을 갈아입고 현관 쪽으로 달려갔다.

"나 칼라 아줌마 불러올 테니까 마인은 옷 갈아입고 엄마 옆에 꼭 붙어 있어."

"응!"

투리의 기세에 휩쓸려 크게 끄덕이며 옷을 갈아입었지만, 진통으로 괴로워하는 엄마 옆에서 대체 내가 뭘 할 수 있단 말인가. 패닉이 일어난 머리에는 순간적으로 아무것도 떠오르지 않았다.

"어, 어……."

"마인, 물을, 주겠니?"

숨을 헐떡이며 괴로워하는 엄마의 부탁에 나는 서둘러 부엌으로 달렸다. 엄마의 소망대로 컵에 물을 채워서 가져갔다.

진통을 느끼는 엄마에게 건네자, 엄마는 희미한 미소를 지으면서 한 모금 마셨다. 나는 엄마의 이마에 맺힌 굵은 땀방울을 보고 천을 준비하려다가 아차 했다.

'청결! 소독! 절대 필요!'

집안은 바깥과 비하면 청결한 편이다. 내가 철저한 청소를 강조하는 깔끔쟁이라고 생각하는 엄마와 투리가 내게 맞춰 주변을 깨끗하게 해 주고, 손 씻기도 제법 습관이 되었다. 하지만 도우러 와 주는 산파나 이웃 아줌마는 그렇지 않다.

"어, 어어어, 어떡하지?"

적어도 손을 씻고 알코올로 소독했으면 싶지만, 소독용 알코올 따위 집 안에 있을 리가 만무했다.

"아, 알코올 소독이 되는 술……어, 음…….."

소독 대용으로 보드카 같은 술이 있으면 좋으련만 우리 집에는 없다. 룸토프에 썼던 술은 알코올 도수는 높지만, 소독용으로 쓰기엔 불순물이 많을 것 같았다. 내가 좀 더 빨리 신전에서 돌아왔더라면, 벤노에게 흥정해서 알코올 도수가 높은 증류수를 구해 달라고 했을 텐데.

"……하지만 두 손 놓고 있는 것보다는 낫겠지?"

술 속의 불순물보다 지저분한 주변 사람들이 문제다. 나는 술과 깨끗한 천을 찾아서 소독 준비를 했다.

"나 왔어. 잠깐 물을 길어 올게."

투리는 돌아오자마자 통을 들고 다시 나갔다. 투리와 교대하면서 칼라가 이웃 아줌마들 몇 명과 함께 들어왔다. 아줌마들은 각자의 통에 우물에서 물을 잔뜩 길어서 들고 왔고, 냄비에 물을 끓이기 시작했다.

"투리, 모두의 손을 청결하고 깨끗하게 하고, 사용할 도구는 펄펄 끓인 물에 소독하고, 그리고…….”

“응, 응. 청결 말이지? 알았어, 알았어. 알았으니까 마인은 엄마한
테 붙어 있어.”

물을 길으러 다시 집을 나서려던 투리에게 달려갔지만, 투리는 노
동면에서 전혀 도움이 안 되는 내 의견을 무시하고 침실에 잡아넣
었다.

후, 후 하고 숨을 내뿜으며 괴로움에 신음하는 엄마에게 다가가 손
을 꼭 쥐었다. 엄마는 진통에 괴로워할 때면 뼈가 부서질 만큼 힘주어
세게 내 손을 잡았다.

“엄마, 출산 때는 ‘히히후—’야. ‘라마즈 호흡법’이 좋대.”

“그게 뭐니?”

고통의 순간에도 엄마가 작게 미소 지었다.

“음, 진통을 덜어 주는 호흡법이었을 거야. 미안, 자세하게는 기억
이 안 나.”

우라노 때 내가 임신하거나, 출산할 예정 따위 전혀 없었고, 주변
에도 임산부가 없었기에 그쪽 지식은 제로에 가까웠다. 라마즈 호흡
법이란 이름은 알아도 왜 방법이 좋은지, 어떻게 좋은지 설명할 만큼
기억이 나지 않았다.

“‘히히후—’지?”

엄마가 키득거렸고, 둘이서 히히후—하고 호흡하며 진통의 시간을
견뎠다. 그러자 산파와 이웃 아줌마들이 침실로 들어왔다. 그녀들의
모습을 보자 놀라서 “힉!” 하고 숨을 마시곤 엄마 근처에 못 오도록
침대 앞에서 팔을 벌리고 섰다.

“우선 손을 씻어서 청결히 해 주세요!”

"마인이 병적으로 깔끔쟁이였지, 참."

칼라가 질렸다는 듯 말하며 다른 아줌마들에게도 손을 씻으라고 말해 주었다. 그 뒤에 술을 머금은 천으로 손을 닦게 했다. 이걸로 조금은 깨끗해졌으리라.

"마인은 방해되니까 침실에서 나가 있어. 그리고 저기 어슬렁거리기만 하고 도움 안 되는 권터한테 얼른 의자나 조립하라고 전해 줘. 벌써 몇 번째 출산인데, 전혀 말을 듣질 않네."

아줌마들이 물로 손을 씻고, 그 손을 닦은 꾀죄죄한 천을 인상을 찡그리며 바라보는 나를 칼라가 침실에서 쫓아냈다. 하는 수 없이 부엌에서 어슬렁거리는 아빠에게 칼라의 말을 전하고, 우리는 의자를 조립하기로 했다.

"아빠, 이 의자 같이 생긴 거 뭐야?"

나는 군데군데 때로 얼룩진 판자를 의심스럽게 바라보면서 물었다. 아빠는 출산할 때 앉는 의자라고 대답해 주었다. '옛날식 분만대 같은 거구나' 하고 이해한 순간, 깜짝 놀라 천과 수건을 손에 들었다.

"……소독해야 해."

"마인, 이 녀석, 술로 무슨 짓이냐!?"

"엄마가 쓰는 거잖아. 알코올 소독해서 깨끗하게 할 거야."

아빠의 비명을 무시하고, 나는 천에 술을 듬뿍 적셔 의자를 빡빡 닦았다. 그러는 와중에 어느 아줌마가 의자를 가지러 왔다. 내가 필사적으로 닦고 있는 모습을 보고 쓴웃음을 지었다.

"어머, 이것도 깨끗하게 닦니? 정말 넌 유난스러울 만치 깔끔하구나. 권터, 이제 자네가 여기서 할 일은 끝이야. 어서 아래층으로 내려가."

출산하는 장소는 남자 금지인 모양이다. 이 자리에서 아버지가 할 수 있는 임무를 끝냈으니 아래층으로 가라고 아빠를 쫓아냈다.

"난 엄마한테…….."

"마인도 밑이야. 네가 있으면 청결이니 소독이니 시끄러워서 방해돼."

"하지만 정말 중요한데…….."

"네, 네. 어서 가. 어서."

투리는 거드느라 왔다 갔다 하는데, 나는 냉큼 바깥으로 쫓겨나고 말았다. 탕 하고 현관문도 닫혀 버린 바람에 안에 들어갈 수도 없다.

"엄마…….."

내가 고작 그 정도로 청결을 요구했다고 병적이라고 한다. 산욕기 감염으로 인한 사망률을 생각만 해도 오싹했다. 저 아줌마들에게 전신 소독을 시키고 싶을 정도로 엄마가 걱정되는데 내가 할 수 있는 건 이제 아무것도 없었다.


엄마가 진통을 시작한 건 어렴풋이 해가 뜨기 시작할 새벽 시간이었다. 지금은 조금 해가 올라와 우물 광장이 밝아졌다. 타박타박 우물 광장으로 걸어 나와 보니 광장에 이웃 아저씨들이 새를 손질하고 있었다.

"아빠, 다들 뭐하는 거야?"

혼자만 안절부절못하고 우물 주변을 서성거리며 도는 아빠에게 다가간 나는 아빠를 따라 우물 주위를 돌면서 물었다.

"출산 자리에 남자는 들어가면 안 되니까 작명회 준비다."

"작명회가 뭐야?"

세례식까지 어린이는 신전에 들어갈 수 없으므로 아마 종교적인 의식은 아닐 터였다. 작명회라는 이름에서 이웃끼리 여는 피로연이지 않을까 추측했다.

아빠의 말에 의하면 출산 때 여성들은 출산 도우미로 동원되고, 남성들은 새를 사다 요리해서 작명회를 준비한다고 한다. 음식을 만드는 여성이 없기 때문에 자기들 배를 채우기 위해, 출산을 도운 여성들에게 수고했다는 뜻으로, 그리고 태어날 아이의 탄생을 축하하고, 이름을 공개하기 위한 준비 중이라고 했다.

"귄터 아저씨랑 마인은 왜 둘이서 우물 주위를 돌고 있어?"

어이없어 하는 목소리에 뒤돌아보니 길베르타 상회의 수습복 차림인 루츠가 웃음을 꾹 참는 표정으로 서 있었다.

"루츠!"

"……에파 아줌마는? 아직이야?"

힐끗 우리 집 쪽을 쳐다보는 루츠에게 나는 고개를 끄덕였다.

"오늘은 신전에 못 가겠네. 난 연락하고 올게."

"고마워, 루츠."

"내친김에 나도 상점을 쉬겠다고 해야겠어. 오늘은 작명회지?"

분명 무사히 아기가 태어날 테니까 일을 쉬겠다며 루츠가 웃자, 아빠는 환하게 미소를 지으며 "물론이다!" 하고 강하게 끄덕였다.

달려가는 루츠를 보낸 나는 또다시 우물 주변을 돌기 시작한 아빠에게 물었다.

"아빠는 직장에 쉬겠다고 보고하지 않아도 돼?"

"알이 장 보는 김에 보고하러 가 줬단다. 아빠는 여기서 꼼짝할 수 없으니까."

"그렇구나."

나와 아빠가 우물 주변을 돌고 있는데 루츠의 아빠 디도가 큰소리로 외쳤다.

"귄터! 마인! 이쪽을 돕든 아니면 가만히 좀 있어. 성가시게 몇 바퀴째 도냐!"

나와 아빠는 디도에게 채소를 씻으라는 지시를 받아 우물 앞에 쭈그리고 앉았다. 그리고 채소를 뽀득뽀득 씻으면서 속닥이며 수다를 이었다. 이곳의 출산이 얼마나 위험한지 파악하지 못하는 나는 뭐든 하지 않으면 불안이 커져서 집안에 뛰어들어가고 싶어지기 때문이다.

"아빠, 출산은 시간이 얼마나 걸려?"

"투리나 마인 때도 오래 기다렸던 기억밖에 없구나."

"너희 쪽은 꽤 빠른 편 아니었나? 알네 집이 훨씬 오래 걸렸어."

우물물을 길으러 온 디도가 그렇게 말하며 어깨를 들썩였다. 아빠의 관점에서는 굉장히 길었다지만, 다른 사람의 의견을 들으면 엄마는 비교적 출산이 빠른 편인 모양이었다. 그 말에 나는 가슴을 쓸어내렸다. 하지만 아빠는 인상을 찌푸리며 울상이 되었다.

"시간이 어떻든 무슨 상관이냐. 이번엔 무사히 태어나 주기만 한다면……."

"이번이라니?"

나 같은 허약아 말고 건강한 아이가 태어나 줬으면 한다는 말인가. 아무 생각 없이 듣고 있으니 아빠는 무거운 한숨과 함께 의외의 말을 뱉었다.

"첫 아이는 유산했다. 그다음에 태어난 아들은 태어난 지 1년도 못 넘기고 죽었지. 투리와 마인은 무사히 자랐지만, 다음 아이도 겨울을 넘기지 못했어. 그다음은 태어나지 못하고 유산했단다. 이번엔 무사히 태어나서 자라 줬으면 좋겠구나."

가혹한 출산 상황에 내 입이 쩍 벌어졌다. 우라노 때 중세 시대의 출산이 가혹하고 아이를 키우기 힘들다는 이야기를 책에서 읽은 적이 있지만, 현실과 거리가 멀 줄 알았다. 실제로 자식을 먼저 떠나보낸 아빠에게 들으니, 출산의 공포와 불안이 책에서 읽었을 때와 전혀 다르게 느껴졌다. 무서워진 나는 우리 집이 있는 5층을 올려다보았다. 저기에서 엄마가 지금 힘내고 있을 터였다.

"엄마, 괜찮겠지?"

"……네가 신에게 기도해 주겠냐?"

나는 척하고 팔을 들어 신에게 간절히 빌었다.

"엄마에게 물의 여신의 권속, 출산의 여신 엔트린두게의 축복과 가호가 있기를."


길베르타 상회와 신전에 연락하러 갔던 루츠가 커다란 바구니를 메고 돌아왔다. 우리들 앞에 쿵 하고 바구니를 놓고 안에 든 물건을 꺼냈다.

"마인, 이거 주인님이 선물로 주신 옷감이야. 그리고 공방이랑 시종들한테 전했더니, 질 님이 잡은 고기 몇 점을 푸고가 공방 선물로 줬어."

"아직 태어나지도 않았는데."

그래도 모두의 마음이 기뻐서 울컥한 나머지 얼굴이 일그러졌다.

"이 작은 새고기는 엄마한테 먹어 보게 하고 싶으니까 집에 가져갈게. 이쪽 큰 새고기랑 사슴고기는 작명회에서 먹자. ……그래도 우선은 아기가 태어나고 고생한 아줌마들이 나온 뒤에 내자. 루츠가 가져다줬으니까 루츠가 제일 먼저 먹어도 돼."

그렇게 말하며 고깃덩어리를 루츠에게 건넸고, 아빠도 기뻐하며 끄덕였다. 그때 투리가 환한 웃음으로 등 뒤로 댕기머리를 흔들며 우물 광장으로 뛰어나왔다.

"아빠, 마인! 태어났어! 아들이야!"

"오오오오오! 축하해!"

광장에 환성이 일었다. 무사히 태어났으니 지금부터 작명회가 시작되고, 술 금지령이 풀렸다. 아저씨들은 축하의 말을 건네면서 앞다투어 술로 손을 뻗기 시작했다. 준비된 철판에서는 계속해서 고기를 굽기 시작했다.

"가족은 들어와도 좋대. 들어가자."

태어난 아기를 제일 먼저 만나는 사람은 가족이다. 아빠는 루츠가 들고 온 바구니를 메고, 나를 안아 올린 후 계단을 두 계단씩 뛰어올라갔다. 5층까지 뛰어갈 정도로 기쁨으로 흥분한 듯하다.

아빠는 집안에 뛰어 들어가서 뒤처리를 마무리 중인 아줌마들에게 감사와 고생했다는 말을 걸었다. 반대로 아줌마들은 "축하해요." "건강한 아들이야." 하고 말해주었다.

"아빠, '세균'을 침실로 들이면 안 돼!"

조급히 침실로 가려던 아빠에게 바구니를 내리고, 손을 씻긴 뒤 입안을 철저하게 헹구게 했다. 아줌마들은 나를 '병적'이라고 했지만, 아무렴 어때. 나도 한다.

"엄마, 들어가도 돼?"

"여보, 마인. 남자애야."

"에파, 수고했다! 둘 다 무사해서 다행이야!"

아빠는 엄마의 머리맡에 앉아 엄마의 손을 잡고, 반복해서 손등에 입을 맞췄다.

피곤한 기색이 역력한 엄마의 가슴 위에 안긴 아기는 정말 불그스름하고, 쪼그맣고, 쭈글쭈글했다. 더운물로 깨끗이 몸을 씻고, 투리가 만든 배내옷을 입은 작은 존재를 보니 감탄의 한숨이 나왔다.

"있잖아, 아기 이름은 어떻게 할 거야?"

"이미 정했지? 무슨 이름으로 했어?"

투리가 설레는 표정으로 부모의 얼굴을 보았다. 부모는 동시에 끄덕였다. 조심스레 아기를 어루만지면서 서로 얼굴을 마주 보더니 가볍게 미소를 지었다.

"카밀이라고 붙일 생각이야. 어때?"

"카밀, 카밀이구나."

투리가 "후훗" 하고 웃으며 카밀의 볼을 콕 찔렀다. 엄마는 그 모습을 웃으며 지켜보다가 내게 시선을 돌렸다.

"마인, 카밀을 안아 볼래? 투리는 이미 해 봤으니까."

물론 나도 굉장히 안아보고 싶다. 하지만 떨어뜨릴 것 같아 무섭다. 분명 신생아의 평균 체중은 3kg 정도다. 허약한 내가 안아도 될까. 그렇게 고민하자 엄마의 표정이 조금 어두워졌다.

"싫니?"

"아니, 싫지 않아. ……어떻게 안아야 할지 모르겠어. 떨어뜨릴까 봐 무섭고."

내 말에 아빠가 웃음을 터트렸다. 아빠는 나를 안아 올려서 구두를 벗기고 침대 위에 앉혔다.

"거기에 앉아서 안으면 떨어뜨려도 다치지 않아."

나는 엄마 옆에 앉은 자세로 조심스럽게 카밀을 안아 올렸다. 내가 안을 수 있을 정도로 작고 가벼웠다. 아기가 입가를 우물거리며 눈을 떴다. 시점이 맞지 않는 멍한 눈동자가 나를 향했다. 살아 있다는 감동에 가슴이 벅차올랐다.

"카밀, 카밀, 누나야."

내가 말을 걸자, 카밀의 쭈글쭈글한 얼굴이 더욱 쭈글쭈글해졌다. 그리고 가늘고 작은 목소리를 내며 울기 시작했다.

"어, 엄마. 울어 버렸어. 카밀이, 어, 어쩌지……."

"그렇게 당황하지 않아도 돼. 원래 아기는 다 운단다."

그렇게 말해도 곤란하다. 이 뒤에 어떻게 해야 좋을지 모르겠다. 나까지 울고 싶어져서 안절부절못하고 주변을 둘러보자 나를 웃으면서 지켜보던 아빠가 카밀을 안았다. 카밀이 항의하듯이 가느다란 소리로 울어 댔지만, 아빠는 전혀 신경 쓰지 않았다.

"자, 카밀을 선보이러 데리고 나가 볼까."

"뭐? 방금 태어난 아기를 밖에 데리고 나간다고?"

"공개는 꼭 해야 하니까 당연하지."

이제 막 태어난 저항력도 없는 신생아를 밖에 데리고 나가면 사망률이 올라갈 게 뻔하다. 나는 깜짝 놀라 숨을 들이켰다.

"아빠, 꼭 공개해야 해?"

"그래. 무슨 말을 하는 거냐?"

"아직 추운데 방금 태어난 아기를 '세균' 범벅인 바깥에 데리고 나가면 너무 위험해. 병에 걸릴 위험이 커져."

내가 필사적으로 막자 아빠의 표정이 조금 험악해졌다. 아빠는 안고 있는 카밀과 나를 번갈아 보고, 잠시 고민하더니 고개를 저었다.

"하지만 카밀을 선보이지 않을 순 없어."

"꼭 데리고 나가야겠다면 반드시 춥지 않게 꼭꼭 싸매고, 다들 흙투성이인 손으로 못 만지게 아빠가 안은 상태로 사람들 주위를 돌고, 금방 들어오도록 해야 해. 그래도 걱정이지만……."

"마인은 너무 예민해."

투리는 가볍게 어깨를 들썩였다. 하지만 신생아는 까딱하다간 죽기 쉽다. 이곳 같은 환경이면 더더욱 그렇다.

이번엔 무사히 자라 주길 바란다고 우물가에서 중얼거리던 아빠는 결심한 듯 고개를 들고, 카밀을 따뜻한 천으로 춥지 않게 돌돌 감쌌다.

"금방 돌아오면 되지?"

"응. 다른 사람에겐 건네지 않게 주의해."

"아빠도 마인도 너무 과보호야……. 누구나 다 태어나면 선보이는 법이야."

투리가 질렸다는 듯이 말했지만, 그런 환경에서 무사히 키우려면 과보호도 아직 부족할 정도다.

카밀을 안은 아빠와 투리와 함께 다시 우물 광장으로 내려갔다. 우물 광장은 작명회라는 이름의 바비큐 파티가 되어 있었다. 이 작명회는 도와준 이웃 아줌마들의 수고를 치하하고, 아기를 선보이는 모임이다. 이웃들과 함께 어느 집 누구랑 같은 해에 태어났다, 누가 세례식 나이다, 봄에 이런 일이 있었다, 등 서로의 기억을 확인하는 것이다. 기록으로 남길 수 없기에 이렇게 많은 사람에게 공개함으로써 기억에 남기는 방법밖에 없다.

"여러분, 오늘은 이른 아침부터 고맙다. 무사히 아들이 태어났어. 이름은 카밀. 우리의 새로운 동료를 귀여워해 줘."

아빠는 카밀의 이름을 발표하고 주변을 돌며 모두에게 아기를 보여 주며 돌고는 "마인처럼 몸이 약할지도 모른다." 라 변명하고 금방 투리에게 카밀을 데리고 가도록 했다. 언제 죽을지 모를 만큼 몸이 약해서 금방 열이 끓는 나의 존재에 이웃들은 납득하듯 끄덕였다.

"마인에 이어서 카밀까지 허약하면 큰일이네."

"종종 아프지만, 그래도 마인은 조금 건강해지고 있잖아? 세례식도 마쳤고, 이대로 잘 크면 좋겠네."

몇 번이고 죽을 고비를 넘긴 내가 세례식까지 살 줄 몰랐다며 모두가 입을 모았다. 나는 카밀을 안은 투리와 함께 얼른 집 안으로 들어왔다. 광장에서 누가 얼마나 더러운 손으로 만진 고기일지 상상하고 전전긍긍하며 먹는 것보다 차라리 집에서 편하게 먹는 편이 좋다. 그리고 나는 호위가 없이는 밖에 나가지 말라는 주의 사항을 들었다. 출산하는 동안 집에 못 들어간 시간은 둘째 치고, 너무 밖에서 어슬렁거리지 않는 편이 좋다.

"투리, 엄마 식사는 어떻게 해?"

"밑에서 받아 올게."

투리는 광장의 모임에 참가하고 싶은지 카밀을 엄마 옆에 눕히고 얼른 집을 뛰쳐나갔다. 나는 아궁이에 불을 지피고, 어젯밤 남은 수프를 데웠다. 그동안 내동댕이쳤던 바구니 속을 정리했다. 푸고가 손질해 준 새고기는 겨울 준비 방에, 벤노에게 받은 옷감은 창고에 놓아뒀다.

"엄마, 배고프면 수프를 데우고 있는데 먹을래? 영양을 섭취하지 않으면 모유가 잘 안 나와."

"그러네, 먹어 볼까?"

침대에 앉은 엄마에게 수프를 그릇에 담아 가져왔다. 내가 먹을 몫도 그릇에 담고, 침대 옆에 의자를 두고 함께 먹기로 했다.

"마인은 광장에 안 가니?"

"응, 다무엘 님이 없으면 밖에 안 나가는 게 좋대."

"그렇구나."

엄마는 내가 이웃과 교류가 없다고 걱정했다. 알고는 있지만, 위생 관념이 너무 달라서 내가 힘들었다.

"아, 맞다. 루츠가 가져와 줬는데 벤노 씨는 옷감을, 신전 공방과 시종들은 고기를 선물로 줬어. 보답으로 뭔가 줘야 할까?"

이쪽 습관이 생소한 내가 묻자, 엄마는 살짝 고개를 저었다. 선물을 준 사람에게 자식이 생겼을 때 선물을 주면 된다고 했다. 독신주의자인 벤노도 신전 관계자들도 결혼과는 거리가 멀 것 같은데 이대로 괜찮을까?

"그리고 네가 카밀이 태어났다고 보고해 주렴. 카밀의 탄생을 되도록 많은 사람이 기억해야 하니까."

"알았어. 맡겨 줘."

나는 크게 끄덕이면서 엄마 옆에 잠든 작은 남동생을 보았다. 감기에 걸리지 않게 따뜻한 천을 감싼 채 쌔근쌔근 잠든 카밀을 보고 있자니 자연스레 배시시 웃음이 나왔다.

"카밀, 귀여워."

"그러네."

나는 카밀과 함께 지낼 시간이 그리 많지 않다. 2살 때 헤어지게 되면 카밀의 기억 속에 내가 남아 있지 않을지도 모른다. 그럼 카밀의 장래에 도움이 되도록, 그리고 조금이라도 카밀의 기억에 내가 누나라는 걸 남길 수 있도록 다양한 그림책과 장난감을 만들고 싶다.

　'그림책밖에 못 만든다면 귀여운 남동생을 위해 어린이용 그림책을 엄청 많이 만들면 돼.'

　2, 3개월부터 반년 정도까지는 이미 만들어 놓은 흑백 그림책도 괜찮다. 그 뒤엔 알록달록한 그림책이 필요하다. 그러려면 색깔 잉크를 개발해야 하고, 아기가 읽을 내용도 고민해야 한다.

　'어라? 혹시 그림책밖에 못 만드는 2년간이지만 제법 할 일이 많아서 바쁘겠는데?'

　카밀의 성장에 맞추도록 어린이용 그림책을 만들려면 글자가 빽빽한 책을 인쇄하고 있을 여유가 없을지도 모른다. 활판 인쇄가 금지라면, 등사기 인쇄의 기능을 향상시키면 된다.

　'시간은 아직 있어. 누나 힘낼게!'

# 에필로그

델리아가 우물에서 길어 온 물을 2층으로 옮기는 동안 공방에 갔었던 길이 돌아왔다. 주인인 마인이 아직 도착하기 전인 이 시간에 길이 돌아올 때는 루츠의 전언을 받았을 때가 대부분이다. 아마 또 마인이 아픈 게 틀림없다.

'그렇게 가족이 있는 집에 간다고 기대하시더니 돌아가자마자 앓아눕고, 마인 님도 정말이지!'

마음속으로 정말 자주 몸이 아픈 주인에게 불평을 터트리면서 델리아는 "오늘은 마인 님 쉬시나요?" 하고 길에게 물었다. 그러자 길이 움찔거리며 어깨를 떨더니 델리아가 있는 계단을 올려보았다.

"이삼 일은 쉬어야 하나 봐. 아, 프랑. 있지……."

길은 빠르게 그렇게 말하고는 바로 프랑에게 달려갔다.

"길, 뛸 필요는 없습니다. 그리고 예의에 맞는 말투로 보고해 주세요."

평소처럼 프랑이 길에게 하는 주의를 귀담아들으며 델리아는 2층으로 물을 옮겼다. 2층에서는 이미 로지나가 프랑의 지시를 받은 서류 업무를 끝내고 페슈필을 조율하는 중이었다. 정성스럽게 닦고 조율하는 모습이 고상하고 아름다웠다. 악기를 만지기 위해 손톱을 짧게 깎아 정리했지만, 노동을 모르는 상처 하나 없이 새하얀 손이었다. 악기 선생을 맡은 로지나가 물을 옮기는 육체노동은 하지 않고, 서류 업무에 힘쓰고 있기 때문이다.

'능력에 따라 업무 내용이 다르니까 당연한걸. 나도 빨리 다양한 능력을 키워서 신전장님의 애첩이 되어야지!'

같은 시종 회색 견습무녀 사이에서도 또렷한 능력 차이를 직접 확인할 때마다 델리아는 그런 결심을 강하게 먹었다. 함께 지낸 아이들이 한 명씩 죽어 가는 끔찍한 고아원 지하에서도 살아남았다. 앞으로는 신전에서 최고 권력자인 신전장의 보호 아래에서 제일 귀염받으며 사는 것이 델리아의 인생 목표였다. 그러기 위해 로지나를 본보기로 조금씩 우아한 동작과 교양을 몸에 익혀야 했다.

'지금 신전장님의 총애를 받는 예니도 크리스티네 님의 시종 출신인걸.'

델리아는 그렇게 생각하면서 물병이 있는 욕실로 향했다. 그리고 통을 힘껏 들어 올려서 물병 가득 물을 부어 넣었다. 이렇게 2층에도 물을 모아 두지 않으면 2층을 청소할 때도, 볼일을 볼 때도 불편하다. 우물에서 물을 길어 오는 일이 델리아에겐 가장 힘든 육체노동이었다.

"응, 이제 두 번 정도 옮기면 되려나?"

마인이 쉬므로 물은 많이 필요하지 않다. 델리아는 물병의 물을 확인하고, 빈 통을 들고서 욕실에서 나왔다. 그러자 프랑이 로지나에게 크기를 지정하면서 천을 찾아 달라고 지시하던 참이었다.

"프랑, 제가 찾을까요?"

"델리아는 우선 물을 마저 옮겨 주세요."

미소 짓는 프랑에게 완곡하게 거절당했다. 천 찾기라면 델리아에게 부탁하는 편이 확실할 텐데, 굳이 로지나에게 부탁하는 건 신전장에게 알리기 싫은 일이 일어났음이 틀림없다.

'무슨 일이지?'

의문을 가지고 물어 봤자 프랑에게서 명확한 대답을 들을 리 없다. 그건 델리아도 알고 있었다. 그래서 굳이 묻지 않았다. 일부러 델리아가 질문하면 오히려 상대방의 경계심만 키울 뿐이다. 아무것도 모르는 얼굴로 움직이면 로지나가 대신 물어봐 줄 터이다.

"어디에 쓸 건가요, 프랑?"

"고기를 포장할 거니까 비싼 천은 필요 없습니다."

'고기를 포장한다고?'

로지나와 프랑의 대화에 귀를 기울이면서 델리아는 빈 통을 흔들거리며 계단을 내려갔다. 위층의 소리가 작아졌고, 그 대신 보고를 끝내면 바로 공방에 돌아가는 길의 목소리가 주방에서 들려왔다.

"마을에서 신세 진 사람들에게 마인 님의 선물이라는 형태로 돌리고 싶거든."

"그건 상관없는데, 어느 정도 필요해?"

"우리도 잘 모르니까 푸고한테 맡길게. 어느 정도냐면 일반적인 마을 기준을 중시해 달래, 프랑이……."

"아아, 평민 기준이 필요한 거군요. 축하하는 자리이고, 지금은 새도 사슴도 있으니까 공방에서 보내는 축하 선물로 분발해도 좋지 않을까요?"

엘라의 목소리는 활짝 열린 주방에서 현관 홀까지 아주 잘 울렸다.

'뭘 축하하는 자리지?'

회색 견습무녀의 생활에서 축하할 일은 세례식과 성인식이 전부다. 다른 건 없다. 하지만 지금은 어느 쪽 시기도 아니었다. 평민촌에서는 그 외에도 축하할 의식이 있는 걸까. 델리아는 그런 생각을 하면서 밖으로 나왔다.

다시 물을 길은 델리아가 방에 돌아왔을 땐 어수선하던 분위기가 말끔히 사라진 상태였다. 축하 행사에 필요한 고기는 길이 가져간 모양이고, 프랑은 평소와 똑같은 얼굴로 서류 업무 중이었고, 손이 빈 로지나도 프랑을 돕고 있었다. 주방과 연결된 문은 닫혀 있었다.

마인이 신전에 오지 않는 순간, 델리아는 한가해진다. 식사 시중도 안 해도 되고, 휴식 때마다 차를 달일 필요도 없다. 목욕과 옷 시중을 하지 않아도 되고, 빨래와 청소도 시종 몫만 하면 간단히 끝난다.

프랑은 마인이 있든 없든 바쁘다. 프랑의 업무를 제법 돕게 된 로지나도 낮에는 바쁘다가 조금이라도 짬이 생기면 페슈필을 연주했다. 그리고 길은 요즘 대부분 시간을 공방과 고아원에서 지냈다. 루츠가 업무상 장기간 부재중이어도 공방을 돌려야 하기 때문에 다양한 업무를 익히려고 필사적이다.

하지만 델리아에게는 새로운 업무가 돌아오지 않는다. 그것이 왠지 따돌림당하는 것 같아서 조금 쓸쓸한 동시에 신전의 최고 권력자와 연결된 델리아의 자랑이기도 했다.

"신관장님께 다녀오겠습니다."

세 점 종이 울리면 프랑은 마인이 있든 없든 신관장의 집무를 도우러 방을 나선다. 겨우 서류 업무에서 해방된 로지나가 페슈필에 손을 뻗었다. 앞으로 네 점 종까지는 방에서 할 일이 없다. 델리아는 원장실을 나와서 곧장 신전장실로 향했다.

"델리아입니다. 신전장님께 보고하러 왔습니다."

문 앞에 보초를 서는 회색 신관에게 용건을 말하고 조금 기다리자 문이 열렸다. 씽긋 웃으며 맞이해 주는 사람은 예니였다.

　"미안해요, 델리아. 신전장님은 기베의 초대를 받고 자리를 비우셨답니다."

　"맡으신 작은 성배를 귀족 마을에 옮기는 일은 겨울 끝 무렵이니까 벌써 끝나지 않았나요? 기원식도 끝난 이 시기에 신전장님께서 마을을 나가셔야 할 용무가 있나요?"

　델리아는 신전장실에서 시종 수습생을 지내던 무렵의 예정을 떠올리면서 고개를 갸웃거렸다.

　"저도 잘 모르지만, 남쪽의 기베가 초청했다고 하시더군요."

　예니는 그렇게 말하며 손바닥으로 볼을 괴었다. 아마도 땅을 가진 귀족이 신전장님께 뭔가 볼 일이 있는 모양이다.

　"신전장님께 보고할 내용은 제가 대신 듣겠습니다."

　델리아는 마인의 평민 관계자에게 축하할 일이 생겼다는 것, 그 축하 선물로 고기를 포장하더라는 정보를 보고했다. 예니는 그 내용을 목패에 기록했다.

　모든 기록을 끝낸 예니는 델리아를 바라보면서 상냥하게 웃음을 지었다.

　"델리아, 움직임과 태도가 무척 아름다워졌군요."

　마인과 로지나도 델리아의 향상심을 칭찬해 줬지만, 신전장의 애첩인 예니에게 듣는 칭찬은 목적에 가까워졌다는 말로 들려서 평소보다 훨씬 기뻤다.

　"지금은 로지나를 흉내 내고 있습니다. 전 신전장님의 애첩이 목표니까요."

"그렇군요, 훌륭한 포부네요. 지금 로지나는 어떻게 지내나요? 보고 싶네요."

델리아는 예니의 질문에 마인의 시종으로 지내는 로지나의 상황과 고아원의 빌마에 관해서 알고 있는 것들을 얘기했다. 예니는 생글거리며 들어 주었다.

"계속해서 자신을 갈고 닦으세요, 델리아. 분명 가까운 시일 내에 귀족 손님이 방문하십니다."

"신전장님은 그때 저도 동석하게 해 주실까요? ……그치만 무리예요. 프랑이 절대 보내주지 않을 거예요."

하늘색 눈동자를 반짝이더니 금방 자신의 입장에 침울해하는 델리아를 바라보면서 예니는 싱긋 미소를 지었다.

"그 귀족은 어린아이를 좋아한대요. 그러니 분명 괜찮을 겁니다. 신전장님께서 델리아를 불러 주실 거예요."

그 귀족의 마음에 든다면 신전장의 첩이 아니라 귀족의 첩이 될지도 모른다. 어쩌면 신전에서 나갈 수 있을지도 모른다. 그런 가능성에 눈을 뜬 델리아는 들뜬 가슴을 안고 신전장실을 나왔다. 넓게 펼쳐지는 자신의 미래가 보이는 느낌에 들뜬 델리아는 예니의 나직한 중얼거림을 놓쳐 버렸다.

"신식 아이를 찾았다더군요."

신전의 점심시간

네 점 종이 울리면 점심시간이다. 페르디난드 님의 업무를 돕는 견습무녀를 고아원 원장실로 보내며 "내가 돌아올 때까지 방에서 꼼짝 말 것." 이라고 말해 둔 후, 나는 다시 페르디난드 님의 집무실로 향했다. 나의 점심을 페르디난드 님께서 준비해 주시기 때문이다.

신전에 통근하게 된 초반에는 페르디난드 님과 함께 점심을 먹는다는 긴장감에 맛도 잘 느껴지지 않았다. 하지만 한 계절이 지난 지금은 다소 익숙해져서 식사를 즐길 여유도 생겼다.

'하급 귀족인 우리 집에서는 손님을 맞이할 때에나 나오는 요리들이 일상적으로 나온단 말이지.'


"페르디난드 님, 실례하겠습니다."

회색 신관의 시종에게 안내받아 집무실에 들어가면 식사가 준비되는 와중에도 페르디난드 님은 아직 집무를 계속하고 있었다. 입실하면 살짝만 고개를 들고, 나를 힐끗 보는 게 다다. 처음엔 방해해 버린 줄 알고 잔뜩 움츠렸지만, 이제는 항상 반복되는 패턴에 익숙해졌다. 식사를 준비하는 회색 신관들에게 방해되지 않게 나는 페르디난드 님이 앉은 집무 책상 쪽으로 갔다.

"다무엘, 그 목패는 뭔가?"

"견습무녀가 준 질문장입니다. 시간이 있을 때 회답을 부탁한답니다."

내가 손에 든 목패를 건네받은 페르디난드 님은 쭉 훑어보고, 조금 기가 막힌 표정을 지었다.

"꽤 오래된 성경을 읽기 시작했군."

그렇게 중얼거리며 바로 답장을 적기 시작했다.

견습무녀의 질문은 현재 읽고 있는 책 속에 등장하는 모르는 단어나 표현에 관한 것이었다. 견습무녀가 며칠 전부터 읽기 시작한 책은 귀족원을 졸업한 나도 읽기 어려운 고어로 기록된 성경 사본이다. 아무리 생각해도 이제 막 세례식을 마친 어린애가 읽고 싶어할 만한 책이 아니다. 하지만 견습무녀는 재밌다는 듯 책장을 넘겼고, 현대 단어로 쓰인 사본과 비교하면서 암호를 풀어 나갔다.

　"현대의 말로 쓰인 성경과 비교하는 것도 재미있고, 처음 보는 글자를 보는 것만으로 행복하다고 했습니다."

　"그 녀석은 책만 있으면 대체로 기분이 좋다."

　"알고 있습니다. 신전에 와서 가장 놀란 것이 견습무녀의 책을 향한 집착이었습니다."

　내가 호위로 붙게 되어 겨우 방에서 나오는 허가를 받은 견습무녀는 가장 먼저 난로도 없어서 극도로 추운 도서실에 가려고 했다. 금방 상태가 안 좋아지는 허약 체질의 견습무녀가 건강한 사람도 장시간 있기를 싫어할 법한 추운 도서실에서 독서를 하겠다고 마음이 들떠 있는 것이었다.

　프랑과 내가 페르디난드 님께 청원하여 도서실 책을 고아원 원장실로 가져올 수 있도록 허락을 받은 덕분에 지금은 난로 앞에서 책을 읽는다. 하지만 그 견습무녀는 진심으로 극심히 추운 도서실에서 책을 읽을 생각이었고, 나는 그녀를 따라야 했을 처지였다. 참으로 위험할 뻔했다.

　"몸이 아프면 침대에까지 책을 들고 들어간다고 합니다. 열이 펄펄 끓어서 앓아누울 때도 책, 책, 울면서 노래 부르는 통에 결국 프랑이 두손 두발 다 들었다고 들었습니다."

"그 어리석은 녀석이⋯⋯."

내 이야기를 들으면서 페르디난드 님은 귀족원에서 배우지도 않는 오래된 단어에 관한 해답을 술술 적어 내려갔다. 형에게 들었던 페르디난드 님의 우수함을 눈앞에서 직접 목격하고 감탄하면서 그 손 밑을 가만히 바라보았다. 나도 견습무녀에게 질문을 받았지만 결국 대답하지 못했기에 이 기회에 조금이라도 옛말을 배워볼까 생각하던 참이었다.

'평민 견습무녀가 아는데, 하급이라도 귀족인 내가 모르다니 부끄럽지 않은가!'

실수를 저지른 처벌로 신전에 오게 됐는데 귀족원에 다니던 때보다 더 어려운 공부를 하게 되다니 왠지 느낌이 이상했다.


"신관장님, 다무엘 님. 식사 준비가 다 되었습니다."

회색 신관의 목소리에 우리는 집무 책상에서 이동했다. 그곳에는 접시에 아름답게 담아낸 전채 요리가 차려져 있었다. 식사는 기사 기숙사나 친가보다 신전이 훨씬 화려했다. 꾸루룩 울 것 같은 배에 억지로 힘을 주며 자리에 앉았다. 내게 선망의 대상인 페르디난드 님 앞에서 부끄럽게 배를 울릴 수 없었다.

오늘 메인은 새고기를 푹 삶은 타슈니츠였다. 한 눈에도 푹 삶았을 것 같은 저 고기를 입에 넣으면 혀 위에서 부드럽게 녹아내리겠지.

"어제는 어땠지?"

페르디난드 님의 시종에게 시중을 받으며 어제 오후부터 지금까지 견습무녀의 행동을 페르디난드 님에게 보고하는 것이 일과가 되었다. 견습무녀의 시종인 프랑에게도 보고받는 듯하지만, 페르디난드 님은 다수의 시점을 통해 정보를 모으고 싶어 하셨다. 솔직히 이 보고는 내게도 귀중한 화젯거리였다. 무거운 침묵 속에서 페르디난드 님의 맞은편에서 밥을 먹기가 어색했기 때문이다.

"어제 오후는 길베르타 상회 사람과 투리가 면회를 왔습니다. 기원식으로 자리를 비우는 동안 어떻게 공방을 운영할지 길베르타 상회와 의논했습니다."

대화를 하면서 부드럽게 데친 하얗고 길쭉한 발게일을 나이프로 한 입 크게 썰고, 크림 소스를 듬뿍 묻혀서 입에 넣었다. 버터의 풍미를 머금은 크림이 입속에 매끄럽게 퍼졌고, 부드러운 발게일이 사르르 녹는 듯했다.

'아. 발게일 크림 소스가 있으니 봄이 왔다는 실감이 나네.'

봄의 미각은 기쁘지만, 고아원에서만 먹을 수 있는 파루 케이크의 계절이 끝나 버린 건 아쉬웠다. 귀족 마을에서는 먹어 본 적 없는 평민 과자의 한 마디로 표현이 불가능한 부드러운 달콤함이 참으로 맛있었다. 견습무녀는 내년을 기대하라고 했지만, 내년 겨울이면 나의 호위 임무가 끝난다는 걸 모르는 듯했다.

'하긴 내가 평민들이랑 파루 채집을 갈 리가 없지. 아쉽네.'

파루 케이크의 맛을 떠올리자, 페르디난드 님이 입을 열었다.

"그러고 보니 투리라는 이름을 자주 듣는데, 그녀는 고아원 원장실에서 뭘 하는가? 길베르타 상회처럼 딱히 역할이 있는 건 아니지 않나?"

보고 내용 중에 자주 이름이 거론되는 투리는 길베르타 상회 사람과 함께 신전에 오면 대체로 금방 고아원에 가 버린다. 견습무녀는 중요한 의논을 길베르타 상회의 사람과 하므로 투리에 관한 보고가 적었음을 깨달았다.

투리는 견습무녀의 언니이면서 극히 평범한 평민이다. 사이는 좋지만, 나란히 세워도 자매로 보이지 않는다. 동작이나 말투도 전혀 다르다. 같은 환경에서 자란 것 같지 않았다.

"투리는 고아원에서 글자와 계산을 공부하고 대신 바느질과 요리를 고아들에게 가르치고 있습니다. 봄이 되고 본업이 재개되면서 격일로 원장실을 방문하지만, 견습무녀는 정기적인 가족 방문으로 제법 안정을 찾은 듯합니다."

"그건 다행이군."

심해진 눈보라 때문에 가족들이 전혀 방문하지 못했던 시기에 정신적으로 불안정해진 견습무녀는 어미 새를 졸졸 따르는 아기 새처럼 페르디난드 님의 뒤를 따라다녔다. 그 상태가 심해지면 페르디난드 님은 자신의 공방에 견습무녀를 들이기도 했다. 굉장히 싫은 표정을 하시지만, 공방을 빌려주고 견습무녀가 안정을 찾아 가는 게 기쁘신 것이리라.

'보통은 비밀의 방에 남을 들이지 않는데 말이지.'

페르디난드 님의 공방은 비밀의 방이기도 했다. 비밀의 방은 귀족이 자기 마음을 안정시키는 데에 쓰는 가장 개인적인 장소다. 어릴 땐 부모도 들어가도록 같이 마력 등록을 하지만, 세례식을 끝낼 무렵에는 본인만 출입하도록 다시 마력 등록을 수정할 정도로 개인적인 공간이다. 그런 곳에 페르디난드 님이 생판 남인 견습무녀를 들였을 땐 얼마나 놀랐던지.

하지만 귀족과 달리 비밀의 방을 만들지 못하는 견습무녀에게 감정을 발산할 장소로 자신의 공방을 빌려주고 있다는 페르디난드 님의 설명을 듣고 납득했다. 언젠가 귀족의 양녀가 될 견습무녀의 감정 숨기기 연습인 셈이기도 하단다.

"다무엘, 그대는 한 계절 동안 마인을 봐 왔겠지만, 그녀가 칼스테드의 양녀가 되는 점을 어떻게 생각하나?"

그런 질문에 나는 한입 크게 썰었던 타슈니츠에서 나이프를 떼고, 천천히 겨우내 봐 온 견습무녀의 언행을 떠올렸다.

"……가족이나 길베르타 상회 사람과 즐겁게 지낸 뒤, 떨어지면 외로워하는 모습을 보니 어린 견습무녀를 가족과 떨어뜨리는 건 불쌍합니다. 하지만 치유의 의식에서 본 강대한 마력, 이익을 올리는 공방 경영자로서의 능력, 그 경제력, 덧붙여 놀랄 만큼 허약한 점을 고려하면 평민으로서 편하게 살기는 힘들 겁니다."

"역시 그렇게 생각하는가?"

페르디난드 님은 그렇게 중얼거리며 포크를 입에 가져갔다.

"고아원과 공방 운영 방식을 가까이서 지켜보면, 견습무녀가 얼마나 이질적인지 뼈저리게 느껴집니다. 귀족과 평민이라는 차이 외에도 혼자만 이상하리만치 뛰어난 겁니다."

귀족과 평민은 마력으로 정확히 구분된다. 그래서 양자가 다른 건 당연하다. 그런데 견습무녀는 귀족과도 평민과도 달랐다. 마력이 있고 없고가 아니다. 사고방식이나 언행 하나하나가 독특하다. 그 점은 견습무녀의 가족과 길베르타 상회의 평민들과 비교해 봐도 명확했다.

"놀랍게도 견습무녀는 고아원 공방을 자신의 취미를 위해 운영한다고 했습니다. 빈곤한 평민이 생활 때문이 아니라 취미로 공방을 세운다니 말도 안 되지요. 그런데 어마어마한 이익을 창출하고 있습니다. 솔직히 이 눈으로 봐도 믿기지 않습니다."

고아원 원장실에서 견습무녀를 경호하다 보면 프랑과 길이 공방의 이익을 계산하는 모습을 보거나, 길베르타 상회 사람과의 대화가 귀에 들어올 때가 많다. 세례식이 끝나고 1년도 채 지나지 않은 견습무녀의 수입이 하급 귀족인 나보다도 훨씬 많았다.

"여러 가지 의미로 뛰어난 견습무녀가 조금이라도 편안하게 살아가려면 칼스테드 님의 보호를 받는 것이 제일입니다."

영주와도 혈연 관계가 있는 기사단장의 보호는 아무나 받을 수 없다. 악질적이고 난폭한 시키코자 같은 중급 귀족 밑에 들어가는 것보다 훨씬 행복해질 터이다. 그리고 칼스테드 님의 양녀가 되고, 상급 귀족으로 높은 지위에 선 견습무녀가 귀족 사회에서 나를 후원해 주면 비록 실수를 저질렀지만, 조금은 편하게 살게 될지도 모른다. 내가 신전에서 견습무녀를 두고 이런저런 고민을 하는 건 나의 장래를 위한 계산적인 부분도 분명 있었다.

"……그렇게까지 마인을 옹호하다니 그대도 제법 신전과 마인에게 정이 들었나 보군. 신전에 오게 된 초반과 비교하면 표정도 꽤 바뀌었구나."

페르디난드 님의 지적에 나는 타슈니츠를 먹으면서 쓴웃음을 지었다. 입속에 사르르 녹으며 허물어져 가는 고기의 식감이 마치 자신의 입장이 급히 허물어졌던 가을 끝 무렵을 연상시켰다. 내 입장에 큰 변화를 주게 된 건 토론베 토벌 때였다.

"그날은 성인이 되고 처음 참여한 토론베 토벌로 굉장히 흥분했었습니다. 하급 기사지만, 조금이라도 활약하고 싶어서 검은 무기를 얻으려고 긴 기도문도 외었지요."

"하긴 검은 무기 사용이 허가된 첫 토벌 때면 매년 신입들이 의욕적이긴 하지.”

기사로서 토벌에 참가한 페르디난드에게도 첫 토벌의 흥분이 있었는지 그 기분에 공감해 주셨다. 나는 그것이 무엇보다 기뻤다.

“칼스테드 님이 호위를 고르실 때 수습생에서 이제 막 기사가 되어서 토론베 토벌 경험도 없고, 하급 귀족이라 마력이 낮은 저를 고르시는 건 어쩔 수 없습니다. 하지만 함께 호위를 맡은 사람이 시키코자가 아니었다면 좋았겠다고, 지금도 그렇게 생각합니다.”

시키코자는 중급 귀족이지만 정변을 계기로 귀족으로 돌아온 신전 출신 귀족이다. 신전 출신은 마력이 낮아서 주위에 얕보이는 경향이 있다. 그래서 자신보다 신분이 아래인 하급 귀족에게 상당히 위압적으로 변한다. 아무리 분하고 화가 나도 하급 귀족인 자신은 절대 거역하지 못한다.

“시키코자가 신분을 방패로 견습무녀를 해하고, 저도 공범자로서 강등되었습니다. 목숨은 부지했지만, 정말 이런저런 일이 많았습니다. 견습무녀의 의상을 변상할 벌금을 형에게 빌리고, 수습생으로 강등되었다는 이유로 다른 영지의 약혼녀에게 파혼도 당했습니다. 그리고 마력이 없는 자들의 집합소인 신전에 출근하게 되고, 평민 견습무녀가 새로운 주인이 되었습니다. 같은 기사 동료들은 불쌍해서 놀리기도 미안하다고 할 정도랍니다.”

정말 순식간에 귀족으로서의 입지가 무너져 내렸다. 주변 사람들은 시키코자에게 연루되어서 힘들겠다며 위로해 주었지만, 그렇다고 내 입지가 올라가는 건 아니다. 1년간 신전 업무가 끝나더라도 내게는 ‘실수를 저지르고 신전으로 좌천되었던 기사’라는 씻을 수 없는 오명을 남긴 셈이다.

나는 전락한 내 인생을 조금이라도 우스꽝스럽게 얘기했다. 그러자 페르디난드는 잠시 생각하듯 나이프와 포크를 내려놓더니 진지한 표정으로 나를 보았다.

"확실히 재난으로 인생이 기구해진 건 사실이다. 하지만 시키코자에게 연루되어 처분되었다는 말은 틀렸다. 아직 그대 자신에게도 죄가 있음을 자각하지 못했구나."

'내 죄?'

나는 그저 연루된 것뿐이라고 생각했다. 기사 동료들도 '운이 나빴다' '재난이었다'라며 말해 주었고, 내가 잘못했다는 말은 하지 않았다.

"중급 기사인 시키코자가 난폭하게 굴면 하급 기사인 전 대체 어떻게 해야 했단 말입니까?"

신분이 위인 사람의 지시에 무조건 복종해야 하는 하급 귀족이 대체 뭘 할 수 있다는 건가. 울컥한 심정이 담겨 튀어나온 내 말에 페르디난드 님의 한쪽 눈썹이 씰룩거렸다.

"다무엘, 그대는 시키코자를 막지 못하겠다고 판단했을 때, 즉시 로트를 쏘아야 했다."

로트는 슈타프를 써서 지원을 요청하는 붉은빛이다. 토론베 토벌 중인 기사들을 불러서라도 견습무녀를 지켜야 했다고 페르디난드 님은 말했다. 하지만 나는 그때 평민 견습무녀의 호위보다 거대하고 흉포한 토론베 토벌이 우선이라고 판단했었다.

"······로트 사용은 생각하지 못했습니다."

"만약 그대의 호위 대상이 상급 귀족이나 타 영지의 공주였다면 로트를 썼겠지, 안 그런가?"

그렇다. 호위 대상이 상급 귀족의 공자라면 분명 시키코자의 폭주를 몸을 던져서라도 막았을 것이고, 상황이 심각하다고 판단했다면 로트를 썼을 터였다. 내게도 시키코자와 똑같이 견습무녀를 평민이라는 이유로 깔보는 시선이 있었다는 지적을 받자 등골이 서늘해졌다.

　"호위 대상은 항상 자신보다 윗사람이라고 생각하고 대하라. 그리고 스스로 해결하지 못하는 사태가 되면 우선 로트를 올려서 알려라. 난폭한 중급 귀족에게 슬슬 기기 전에 더 신분이 위인 자에게 조력을 구했어야지. 그 정도도 못하고 비굴하게 눈치를 보며 임무를 수행하지 못한 점, 그리고 그런 자신의 불행을 한탄만 하는 점이 바로 그대의 죄다."

　표정은 분명 엄격한데 "어리석은 녀석." 이라고 말하는 목소리가 예상 외로 상냥했다. 페르디난드 님은 지원 신호를 올리면 도우러 간다고 단언했다. 지금까지 상급 귀족에게 도움을 받아 본 적이 없던 나는 눈을 크게 떴다.

　"……사흘 후에 출발하는 기원식이 그대에게 아주 중요한 임무가 될 거다. 몇몇 불길한 소문도 돌고 있다. 임무 수행에는 자존심이나 비굴한 언행 따위 아무런 쓸모가 없다는 점을 명심하라."

　"네! 이번엔 반드시 견습무녀를 지키겠습니다."


　점심을 먹고 고아원 원장실로 돌아가려는 나를 페르디난드 님이 불러 세웠다.

　"그러고 보니 형에게 빚을 졌다고 들었는데, 괜찮은가?"

　'전혀 괜찮지 않습니다.'

　수습생 신분으로 강등된 탓에 급료도 수습생과 같은 금액으로 줄었다. 지금까지 저축한 돈은 약혼했을 때 약혼 예물로 써 버리고 말았다. 적은 금액이라도 반환해 주기를 요청했지만, 전부 내 실수로 벌어진 파혼이므로 되돌려 받을 수 있을지 의문이라는 형의 말에 현재 빚을 갚을 여력이 전혀 없다.

"솔직히 귀족원에 있을 때처럼 필사나 강의 참고서를 작성하며 용돈을 벌 수 없는 지금이 그때보다 더 힘듭니다."

"필사와 참고서? ……왜 기사인 그대가 문관들이 하는 벌이를 하는가?"

'문관들이 하는 벌이'라는 페르디난드 님의 말에 나는 조금 시선을 떨구었다. 기사는 대부분 마물을 쓰러뜨려서 마석이나 마력이 담긴 재료를 얻고, 그것을 팔아 돈을 번다. 하지만 마력이 풍부한 상급 귀족보다 훨씬 마력이 낮은 하급 귀족은 좀처럼 강한 마수를 쓰러뜨리기 힘들었다. 즉, 품질 좋은 재료를 얻기도 어려워서 큰돈이 되지 않는 셈이다.

"전 재료를 구하는 일보다 기사 코스 참고서를 작성해서 파는 편이 훨씬 효율적이었습니다."

"호오……. 효율적으로 돈을 벌 정도로 참고서 작성 실력이 뛰어나다면 어느 정도 문관 업무도 가능하겠구나."

페르디난드의 말에 나는 가볍게 고개를 끄덕였다. 집에 돌아가면 형의 업무를 도와 약간의 돈을 받기도 하고, 애초에 문관 업무를 싫어하지 않는다. 형과 진로를 의논한 끝에 순전히 정보 수집의 관점에서 형은 문관을 선택하고 나는 기사를 선택했다. 내 말에 페르디난드 님은 옅은 금색 눈을 살짝 크게 뜨고, 입꼬리를 올렸다.

"다무엘, 기원식에서 돌아온 후에 그대도 마인과 함께 문관 업무에 힘써 봄이 어떠한가? 일한 만큼 급료를 주겠다."

'윽!'

급료라는 단어에 마음이 흔들렸지만, 여기서 간단히 받아들여서는 안 된다. 어떤 함정일지도 모르고, 지금의 난 문관이 아니라 기사이기 때문이다.

"페르디난드 님, 말씀은 감사합니다만, 저는 문관이 아닙니다."

"자신의 능력을 활용하며 효율적으로 돈을 버는 것이 중요하다고 생각한다만?"

"그건 그렇지만, 전 견습무녀의 호위입니다. 처벌을 받는 몸으로 그런……."

이미 내 마음은 기사의 자존심과 현실 생활을 놓고 저울질하고 있었다. 돈을 벌고 싶은 마음은 굴뚝같았다. 정말 절실했다. 그런 마음이 얼굴에 드러났는지 페르디난드 님의 눈이 웃었다.

"물론 그대의 문관 업무는 마인이 내 방에 있을 때에만 하는 것이다. 이곳에 있을 동안은 무슨 일이 일어나도 내 몸은 내가 더 확실히 지킬 수 있으니."

나직이 덧붙인 '너보다 내가 강하다' 라는 말에도 나는 반론도 못 하고 말문이 막혔다. 내 입을 봉한 페르디난드 님은 목패에 숫자를 쓰기 시작했다.

"내 일이 바쁜 건 이미 알 테고. 부리기 편한 도우미가 몇 명이든 절실히 필요한 상황이지. ……흠. 세 점 종부터 네 점 종까지 도와주는 급료로 이 금액은 어떤가? 능력이 좋으면 더 올려 줄 수도 있다."

제시한 금액은 한 달 빡빡하게 일하면 인정받는 하급 기사의 급료와 거의 비슷한 금액이 된다. 신전에서 호위로 장시간 구속되는 지금의 내가 절대 벌 수 없는 금액이다. 수습생 급료로는 정말 생활이 어려웠다. 호위하면서 부업을 할 수 있다면 그보다 더 좋은 방법이 없었다. 꿀꺽, 하고 침을 삼켰다.

"……하, 하게 해 주십시오."

기사의 자존심보다 현실의 생활을 택한 나를 페르디난드는 비웃지 않고 진지한 표정으로 입을 열었다.

"열심히 해라. 빚을 빨리 갚으면 귀족 사회에 돌아가서도 금방 새 애인이 생기지 않겠느냐?"

현실적인 지적에 우울해졌지만, 위로를 해 주려는 페르디난드 님의 마음만큼은 깊이 느껴졌다. 하지만 말하고 싶다. 새 애인이 생길지 어떨지는 돈 문제만이 아니다.

'신전에 드나드는 남자한테 간단히 새 애인이 생길 리가 없지 않습니까!'

페르디난드의 마음 씀씀이가 내 가슴을 아프게 했다.

# 구텐베르크의 칭호

"준비는 됐냐, 구텐베르크?"

"주인장님, 그 칭호로 부르지 좀 말아 줘요!"

"슬슬 가지 않으면 세 점 종이 울리겠다. 자, 가자. 구텐베르크."

나의 저항을 코웃음 친 주인장님이 짐이 든 봉투를 들고 문을 열어 젖혔다. "빨리 와라." 라는 말에 나는 금속 활자를 담은 무거운 상자를 안고 문으로 가면서 입을 삐죽거렸다. 오늘은 지금부터 주인장님과 함께 대장간 협회에 다프라 과제를 제출하러 간다. 공방 동료들이 우리를 배웅하듯 고개를 들며 씩 웃었다.

"구텐베르크, 벌벌 떨지 말고 강하게 어필하고 와."

"나는 요한이야! 구텐베르크라고 부르지 마!"

"하하하…… 후원자한테 특별히 받은 엄청난 칭호잖냐. 대장간 협회에도 자랑해 둬."

'큭. 전부 다 놀리기나 하고!'

주인장님 때문에 공방 동료들까지 나를 '구텐베르크' 라고 부르게 되었다. 애초에 원인은 나의 유일한 후원자인 마인 님 때문이다. 나는 금속 활자가 든 무거운 상자를 나르며 칭호를 받았던 날을 떠올렸다.

그날은 내가 다프라로 인정받기 위해 길베르타 상회에서 과제를 평가받는 날이었다. 주문을 받으면 꼬치꼬치 질문하는 내게는 후원자가 되려는 손님이 없었다. 그때 겨우 찾아낸 후원자가 바로 마인 님이다. 도저히 세례식이 끝난 나이로 보이지 않을 정도로 어리고 조그마한 마인 님은 겉모습과 반대로 말과 행동이 어른스러웠다. 주문할 때 내 질문의 대답이나 설계도, 필요한 물건을 조율하는 돈 씀씀이는 정말 어린아이한테서는 나올 수 없는 것들이었다.

그리고 내게 금속 활자라는 과제를 냈다. 모든 문자를 세세하게 정해진 설계도대로 만들어야 했다. 성취감은 있었지만, 상당히 힘든 작업이었다.

'마인 님한테 높은 평가를 받을 수 있을까?'

상자를 덮은 천을 벗기고, 금속 활자를 선보인 나는 유일한 후원자에게 대체 어떤 평가를 받게 될지 전전긍긍하며 기다렸다.

"와아……."

마인 님은 감격했는지 금색 눈동자를 흔들며 황홀한 표정으로 금속 활자를 바라봤다. 햇볕을 쬔 적이 없는 것 같은 새하얀 피부가 뺨만큼은 상기되어 불그스름했다. 가슴을 누르며 가볍게 숨을 내쉬는 모습이 마치 사랑에 빠진 소녀 같았고, 어린아이로 보이지 않는 매력마저 느끼게 했다. 조심스럽게 금속 활자 하나를 쥔 마인 님은 마치 소중한 보물을 보듯 작은 손바닥 위에 금속 활자를 굴렸다.

'이 정도면 만족하겠지?'

몰래 안도의 한숨을 내뱉은 순간, 황홀한 듯 촉촉하게 젖어 있던 마인 님의 눈이 냉정하고 엄격하게 변했다. 그러더니 상자에서 금속 활자 하나를 더 꺼내 테이블 위에 나열하더니 그것과 수평이 되는 위치로 얼굴을 움직였다. 그리고 눈을 가늘게 뜨며 활자의 크기나 높이를 검사하기 시작했다.

'꽤, 괜찮을까?'

어떤 평가를 받을지 불안해진 내게 이런 평가가 내려졌다.

"훌륭해요! 그야말로 구텐베르크예요! 전 요한에게 구텐베르크라는 칭호를 내리겠어요!"

'구텐베르크라는 칭호……가 뭐지?'

의미를 모르는 나는 바보처럼 입을 벌린 채 마인 님을 보았다. 지금까지 만나며 보였던 부잣집 아가씨다운 청초하고 여리여리한 분위기가 그 순간 사라져 버렸다고 내 장담할 수 있다.

루츠가 어떻게든 진정시키려고 움직였지만, 마인 님의 흥분은 쉬이 가라앉지 않았다. 루츠를 떨쳐내듯 벌떡 일어서더니 뺨이 상기된 채 빠르게 재잘거렸다.

"인쇄 시대의 개막이야! 지금 역사가 바뀌는 순간을 맞이한 거야! 구텐베르크라니까!? 구텐베르크의 이름도 요하네스, 즉 요한이야. 어쩜 이리도 훌륭한 우연과 기적적인 만남이! 신에게 기도를!"

'처음부터 마지막까지 마인 님이 무슨 말을 하는지 모르겠다.'

양손을 번쩍 들고 왼쪽 다리를 드는 기묘한 자세는 성인식 때 신전에서 나도 따라 했던 자세였다. 하지만 평소에도 신에게 기도를 바치면서 이런 자세를 취하는 사람은 처음 봤다. 모두가 아연실색했지만, 마인 님의 폭주는 멈추지 않았다.

"마치 신처럼 책의 역사를 바꾸어 버린 업적을 남긴 위인이에요. 요한은 그야말로 이 마을의 구텐베르크죠!"

너무나도 무거운 칭호를 받고 어리둥절하는 사이, 마인 님은 '모두 구텐베르크 동지'라며 벤노 씨와 루츠까지도 구텐베르크라 부르며 동지를 늘려 갔다.

'그런 칭호야 어찌 됐든 좋으니까, 이 수습하기 어려운 분위기 좀 해결해 줘.'

내가 마인 님의 뒤에 서 있는 신분 높아 보이는 시종에게 시선을 보내자, 동시에 마인 님이 또다시 "지혜의 여신 메스티오노라에게 감사를!" 하고 신에게 기도했다.

다음 순간, 마인 님은 기도를 바치며 행복하게 미소 지은 표정 그대로 벌러덩 쓰러졌다. 개미 한 마리의 움직임도 없이 방 안에 침묵이 퍼졌다.

"……으앗!? 마인 님!?"

"어이!? 아가씨."

"무, 무슨 일이야!?"

깜짝 놀라 자리에서 벌떡 일어난 건 나와 주인장님과 호위 시종 세 사람뿐이었다. 서둘러 무릎을 꿇고 마인 님의 상태를 보는 호위 시종과 바들바들 떠는 나와 주인장님 외의 나머지 사람들은 다 같이 한숨을 내쉬었다.

"드디어 쓰러졌군. 이제 좀 조용해지겠네."

의자에 앉은 채 꿈쩍도 안 하는 벤노 씨를 시작으로, 마인 님을 진정시키려던 루츠도, 마인 님의 시종도 전혀 동요하지 않는 듯했다.

"프랑, 마인은 저 긴 의자에 눕혀 두면 돼. 어차피 마차 타고 갈 테니까."

"알겠습니다. 다무엘 님, 실례하겠습니다."

프랑이라 불린 시종이 축 늘어진 마인 님을 안아 올렸다. 그리고 어째선지 난로에 가까운 긴 의자에 옮겼다. 그곳에 조심스럽게 눕히고 두껍고 따뜻해 보이는 외투를 덮었다.

이런 결과를 예측했다는 듯한 능수능란한 행동에 내가 눈을 깜빡이며 쳐다보자, 벤노 씨가 손끝으로 테이블을 가볍게 톡톡 두드렸다.

"평가를 시작하자. 마인은 의식을 잃었으니 대신 내가 보증인으로서 평가하겠다. 괜찮지?"

"네? ……마인 님은 저대로 놔두고요?"

아무리 그래도 갑자기 의식을 잃은 어린애를 이대로 내버려 두고 느긋하게 과제 평가 따위를 하고 있어도 될까 싶어 나는 마인 님이 잠든 긴 의자로 시선을 돌렸다.

"어때, 루츠."

"아마 해가 질 때쯤에 정신을 차릴 겁니다. 너무 흥분한 탓에 열은 있겠지만, 본인이 난리를 쳐서 저렇게 됐으니 어쩔 수 없습니다."

어깨를 으쓱이며 어쩔 수 없다고 딱 잘라 말하는 루츠는 마인 님에 상당히 익숙해 보였다.

"이번엔 며칠 정도일까요?"

"……흥분 상태가 얼마나 이어질지가 관건일 거야. 도통 알 수가 있어야지."

프랑과 루츠의 대화에서 마인 님이 자주 쓰러지는 분이라는 것을 알았다. 하지만 심장에 안 좋다. 내 심장이 멈추는 줄 알았다.

"우선 후원자는 실신할 정도로 기뻤다고 평가하면 되겠군."

"하긴 아주 대놓고 흥분했으니. 벤노가 보증인이니 대신 써 줘도 문제없어. ……이걸 대체 어디에 쓰는지 듣고 싶었다만."

주인장님이 금속 활자를 보면서 그렇게 말하자 마인 님의 시종인 소년이 뭔가 떠오른 듯 고개를 들고 손에 쥐고 있던 짐을 얼른 내놓았다.

"내가 직접 보여줄게. 마인 님 지시로 준비했었거든."

"길, 뭘 할 건데?"

"당연히 잉크를 칠해서 인쇄해야지. 헤헷~"

어딘가 들뜬 모습으로 길이 짐 속에서 익숙하게 도구들을 꺼냈다. 롤러, 종이, 잉크, 본 적 없는 동그란 물건 등을 테이블 위에 올렸다.

예전에 마인 님에게 주문받고 내가 만든 롤러가 새까매져 있었다. 길은 그 롤러에 잉크를 묻혔다.

"마인 님이 그러는데, 우선 이 금속 활자를 나열해서 문장으로 만든대. 그러고 나서 이렇게 잉크를 묻혀."

길이 재빠르게 금속 활자 위에 롤러를 굴렸다. 은색으로 빛나던 금속 활자에 검은색 잉크가 전체적으로 발라졌다.

"으앗!"

후원자인 마인 님의 허가도 없이 더러워지는 금속 활자를 보자 나나도 모르는 사이에 소리를 질렀다. 하지만 경악하는 나를 무시하고, 길은 그 위에 종이를 살짝 올렸다.

"원래는 압착기 같은 기계로 꾹 눌러서 잉크를 묻힌다는데, 지금은 어떤 식으로 금속 활자를 쓰는지 시범만 보이는 거니까 이 바렌이란 놈으로 위에서 문지르면 돼."

길은 자신만만하게 설명하면서 동그랗고 납작한 물건으로 종이 위를 힘 있게 문질렀다. 창백해진 나를 제외하고 다른 사람들은 모두 흥미진진하게 길의 손끝을 뚫어져라 쳐다보았다.

"이렇게 잉크를 묻히고 난 뒤 종이를 떼고 말리는 거야."

길이 조심스럽게 벗긴 종이에는 검은 잉크로 또렷하게 찍힌 글자가 나열되어 있었다. 길은 또 다른 한 장에 똑같은 순서로 아까와 같은 글자를 찍었다. 그리고 헤헤헤 웃으며 양손에 종이를 들고 쫙 펼쳤다.

'그래서 어쩌라고? 이게 결국 뭐가 되는데? 괜히 종이만 낭비했잖아.'

종이를 보며 그렇게 생각한 사람은 나뿐이었나 보다. 벤노 씨도, 주인장님도, 호위 시종도 안색이 싹 변하며 표정이 험악해졌다. 특히 다무엘이라는 마인 님의 호위 시종이 길의 손에서 종이를 뺏더니 험악한 눈으로 두 개를 비교해 보았다.

"이렇게 단시간에 한 장이 완성된다고? 말도 안 돼."

그리고 주인장님은 잉크가 묻지 않은 금속 활자 여러 개를 꺼내어 손바닥 위에 배열하더니 신음했다.

"……한 글자씩 만든 금속 활자를 나열하면 간단하게 문장을 만들 수 있단 말이군."

"한 글자씩 판지를 자르기보다 훨씬 빨라질 거라고 했습니다."

루츠의 말에 모두가 인상을 찡그렸다.

"이건 정말 마인의 말대로 역사가 바뀌겠어."

인쇄라는 기술 자체는 알았지만, 이렇게도 쉽게 문장을 짜게 되리라고는 생각지 못했다고 벤노 씨가 가볍게 한숨을 내쉬며 고개를 저었다.

"대체 뭘 만들어 낸 거야, 저 멍청이가……."

그 말이 모두의 심정을 표현하는 말이었는지, 긴 의자 위에 의식을 잃고 누워 있는 마인 님에게 일제히 시선이 집중되었다. 하지만 상황을 이해한 다른 사람들과 달리 나는 전혀 어떻게 돌아가는지 파악되지 않았다. 그저 마인 님을 후원자로 두게 됨으로써 강한 역사의 흐름에 휩쓸려가게 된 느낌이다.

"이제부터 인쇄기를 만든다니까, 당분간은 움직이지 않을 거다."

조금 낙관적인 목소리로 말하는 벤노 씨의 말에 주인장님은 곤란한 얼굴로 고개를 저었다.

"목공방에 주문하겠다고 했으니까 분명 대략적인 구상은 머릿속에 있을 거야. 요한한테 주는 것처럼 상세한 설계도를 그릴 수 있을 정도면 인쇄기가 만들어지는 날도 그리 멀지는 않아."

마인 님이 가져오는 설계도는 아주 세밀하다. 나의 꼼꼼함에 대응해서인지 점점 더 세밀해져 갔다. 그만큼 완벽한 설계도를 준비한다면 금방 만들 수 있을 터였다.

"아니. 인쇄기가 움직이게 돼도 금방 큰 영향을 끼치진 않을 거다. 식물지 공방도 아직 이 마을뿐이고, 잉크도 식물지 전용 잉크를 공방에서 만들겠다는 계약을 겨우 얼마 전에 맺었으니까. 재료가 압도적으로 부족해. ……하긴 옆 마을 공방이 봄부터 움직이기 시작하면 시간문제겠지만."

벤노 씨가 그렇게 말하며 머리를 벅벅 긁었다. 그리고 나를 날카로운 눈빛으로 응시했다. 온화하던 지금까지와 달리 흉악해진 분위기에 나는 숨을 삼켰다.

"요한. 넌 구텐베르크다. 마인이 직접 칭호를 내린 것이다. 마인한테서 도망칠 생각은 꿈도 꾸지 마."

벤노 씨의 무시무시한 위협에 나는 아무 생각도 못 하고 그저 재차 고개를 끄덕였다.

무섭다. 뭐든 만들 테니까 용서해 줘. 그런 내 심경이 전해졌는지, 벤노 씨는 만족스럽게 끄덕였다.

"그래, 좋아."


'다른 후원자가 없으니까 도망칠 수도 없겠지만.'

길베르타 상회에서 있었던 일을 떠올리며 입술을 삐죽이는 내게 "평가가 나오면 길베르타 상회에 보고하러 갈 거다."라고 주인장님이 말했다. 순간 내 생각이 읽혔는가 싶어 깜짝 놀라며 나는 대장간 협회로 들어갔다.

대장간 협회는 마을 중앙에 있다. 중앙이라는 건 중앙 광장을 중심으로 큰길을 사각으로 빙글 도는 범위 안에 들어오는 부분이며, 이곳에 상업 길드와 장인 협회 등 수많은 협회가 모여 있다. 중앙 남서부에는 대장간 협회를 시작으로 건축 협회, 목공 협회와 같은 장인 협회가 있고, 재봉 협회나 염색 협회는 북서부에, 남동부에는 외식업 협회, 숙박 협회가 있고, 북동부에는 상업 길드나 병사의 회의실 등이 있다.

봄이 된 지금, 수많은 협회가 모여 있는 중앙은 사람들의 출입이 잦다. 대장간 협회에 들어가자 겨울 수작업으로 만든 물건들이 수북이 쌓여 있고, 팔려고 들고 온 사람부터 나와 마찬가지로 과제를 들고 온 사람들로 북새통이었다.

"여어, 요한. 후원자를 찾았다면서? 잘 됐네."

내가 필사적으로 후원자를 찾는다는 소문은 대장간 협회에서 유명하다. 걱정해 준 듯한 접수원에게 나는 금속 활자가 든 상자를 살짝 들어 올려서 보였다.

"그래. 과제도 평가받아. 일단은 안심이야."

후원자를 발견하고, 과제를 달성하고, 평가를 얻었으므로 다프라 계약 파기만큼은 피했다. 이제 이곳에서 성인이 된 다프라들의 제출 과제를 평가받는 일만 남았지만, 나는 계약이 유지된 것만으로 충분했다.

"그걸로 충분하다니……. 넌 기술은 훌륭한데 참 욕심이 없어."

자주 듣는 소리다. 하지만 욕심이 없는 것은 아니다. 대장간 협회의 평가가 높든 낮든 후원자가 늘어나지는 않으므로 아무래도 좋을

뿐이다. 공방과 협회의 평가가 아무리 높아도 손님의 평가가 낮으면 아무런 쓸모가 없다는 걸 나는 잘 알고 있다.

접수를 마치고 나는 주인장님과 함께 2층으로 올라갔다. 그곳에는 막 성인이 된 다프라들이 과제 작품을 안고 자신의 스승과 함께 와 있었다.

"흥. 그렇게 후원자가 없다고 떠들어대더니 과제를 받았구나?"

그렇게 말을 걸어 온 사람은 짧은 주황색 머리와 도전적인 회색 눈동자를 가진 소년이었다. 이곳에 있다는 건 나와 동갑이거나 아래위로 한 살 차이이리라. 후원자를 빨리 찾거나 과제 완성 속도에 따라 다소 나이 차이가 있어서 정확한 나이는 모른다.

'누구지?'

주인장님과 동료들의 부탁으로 주문이나 재료를 받으러 외출하긴 해도 나는 대개 공방에 틀어박혀서 일한다. 솔직히 말하면 아는 사람이 적다. 그런 좁은 인간관계도 후원자 찾기에 어려움을 겪는 이유 중 하나라고 주인장님께 혼난 적이 있을 정도다.

"뭘 만들었는지 몰라도 난 안 져."

얼굴도 이름도 모르는 상대에게 갑자기 그런 말을 들어도 난처하다. "그, 그래." 라는 대답이 고작이었다. 그는 콧방귀를 끼며 어깨로 바람을 가르듯 자신의 스승이 있는 곳으로 돌아갔다.

"뭐였지?"

"베르데 공방의 자크라는 녀석이 널 라이벌로 본 거야. 평가받는 긴장된 분위기 속에서 멍청히 있지 마. 이 얼빠진 놈아."

남자가 승부를 받았으면 되받아쳐야지! 하고 거친 콧김을 내뿜으며 말하는 주인장님의 말에 그제야 그 소년의 이름이 자크라는 걸 알았다. 베르데 공방이라면 마을 안에서도 가장 사람이 많고, 인기가 높은 대장간이다. 그곳의 다프라인 자크는 분명 실력이 뛰어난 장인임이 틀림없다.

'그러고 보니 주인장님이 꽤 오래전에 동갑 중에 우수한 녀석이 있다고 말했었던 것 같은데.'

세 점 종이 울리자 과제를 평가하는 대장간 협회 관계자들이 방으로 들어왔다. 호출하는 순서대로 물건을 가지고 들어가서 관계자들에게 보이면 후원자가 지금까지 어떤 주문을 했는지, 이번엔 무엇을 주문받고, 어떤 평가를 얻었는지 등의 질문을 받게 된다. 우리는 주인장님이 들고 온 주문서와 후원자의 평가를 적은 목패를 보여주고 평가가 정당한지를 증명한다.

"주문량이 꽤 많군."

내가 마인 님의 주문을 받게 된 짧은 기간에 비해 주문량이 매우 많다. 보통은 이렇게 한 후원자가 연달아 주문하지 않는다. 게다가 마인 님은 특이한 주문들뿐이다.

"마인 님은 요한의 기술력을 높이 사서 비상식적으로 세밀한 주문을 하셨지."

주인장님은 그렇게 말하며 마인 님이 주문할 때 가져오는 설계도를 펼쳤다. 대장간 협회 관계자는 모두가 대장장이다. 얼마나 세밀한 주문인지 설계도를 보면 안다.

"그런데 마인 공방장? 처음 듣는데. 어디 공방이지?"

주문서와 평가 목패에 쓰인 이름을 본 협회 관계자가 수상쩍은 듯 인상을 찌푸렸다. 그러고 보니 나 역시 후원자인 마인 님의 공방이 어디에 있는지 모른다.

"어, 그게…….'

횡설수설하기 시작한 내 어깨를 덥석 잡은 주인장님이 평가 목패를 가리켰다.

"마인 공방장은 미성년자라 길베르타 상회의 벤노가 보증인을 서고 있다. 자세히는 길베르타 상회나 상업 길드에 문의해 봐."

"길베르타 상회가 보증인이라."

목패에 쓰인 이름을 본 협회 관계자들은 감탄하듯 중얼거렸다. 길베르타 상회는 이 마을에서 제법 큰 상회다. 역사는 깊지 않지만, 성장이 빠르고 거래량은 마을에서 상위권을 차지한다. 관계자들은 길베르타 상회가 보증인이 되어 준 점을 높이 사서 마인 님을 거액 후원자로 인정했다.

"그럼 이번 과제를 내 주게."

후원자에게 문제가 없는 사실을 확인한 협회 관계자들의 재촉에 나는 나무상자를 싼 천을 벗기고 금속 활자를 선보였다.

"이건 대체 뭐지?

'하긴 뭐. 다들 그렇게 생각하겠지.'

길에게 금속 활자 사용법을 배운 지금도 나는 이 금속 활자의 가치를 이해하지 못했다. 한눈에 그 가치를 알아보는 장인은 없으리라.

"금속 활자라고 글자를 새긴 물건이다. 요한, 어떤 주문을 받았는지 설명해라."

"네, 주인장님. 주문을 받았을 때 가장 중요한 건 아주 약간의 오차도 없어야 하는 점이었습니다. 이렇게 나열했을 때 높이가 반듯하고 빈틈없이 정렬되도록 만들었습니다."

나는 금속 활자 몇 개를 꺼내어 옆으로 나열하기도, 쌓기도 하면서 마인 님이 했듯이 얼굴을 금속 활자와 수평이 되는 위치에서 움직였다. 협회 관계자들도 똑같이 얼굴을 움직이며 금속 활자를 관찰했다.

　"아주 세밀한 주문이군."

　"반듯하게 고르지 않으면 부서지기 쉽다고 합니다."

　"어찌 이리 세세하게 만들었을꼬."

　무엇에 쓰는지 몰라도 그 세밀함만은 인정한 듯하다. 협회 사람들은 감탄하면서 칭찬해 주었다.

　"길베르타 상회의 주인 말로는 역사가 바뀔 정도의 발명이라더군."

　주인장님의 말은 벤노 씨의 발언이었지만, 그 말을 들은 협회 관계자들의 반응은 완전히 두 가지로 갈렸다. "하하, 허풍은……." 하고 웃는 사람, "정말인가?" 하고 안색이 변하는 사람으로.

　"요한은 이걸 만들고 후원자에게서 구텐베르크라는 칭호를 받았다. 책의 역사를 뒤바꾼 업적을 남긴 위인에게 하사하는 칭호라더군. 요한은 길베르타 상회의 주인과 더불어 에렌페스트의 구텐베르크다."

　그곳에 모인 사람들 귀에까지 들릴 정도로 큰소리로 외친 주인장님 때문에 주변이 소란스러운 가운데, 나는 부끄러움에 머리를 감싸쥐고 쥐구멍에 숨고 싶은 기분을 필사적으로 참았다.


　"그래서 결과는 어떻게 됐어?"

　대장간 협회에서 과제 평가를 받고, 나와 주인장님은 길베르타 상회로 발걸음을 옮겼다. 평가가 끝난 금속 활자는 마인 님께 납품하고, 대장간 협회에서 어떤 결과가 나왔는지 보고해야 했기 때문이다. 평가를 받았던 날처럼 안방으로 안내받자 벤노 씨가 결과를 물었다.

"요한이 가장 좋은 평가를 받았어. 당연하지. 이만큼 세밀한 주문을 소화할 새로운 장인은 요한밖에 없지."

나는 후원자가 한 명뿐인 데 비해 그 주문량과 가격이 출중하고, 기술이 없으면 소화하지 못하는 특이한 물건뿐이다. 그리고 칭호를 받은 점을 매우 높이 평가받았다. 공방장을 비롯하여 공방 내에서는 놀림거리인 칭호가 밖에서는 상당히 명예로운 일인 듯했다.

'아무리 명예롭대도 나는 필요 없어!'

구텐베르크라는 칭호를 받았다는 사실이 알려지면서 내가 가장 높은 평가를 받았다. 그 때문에 2등이었던 자크에게 큰 적개심을 심어 주게 되었다. 자크는 "시험이 시작되기 직전까지 후원자도 못 잡아서 평가도 못 받던 요한이 갑자기 이런 평가를 얻다니 수상하다!" 하고 협회 관계자들에게 항의했다.

'줄 수만 있다면 구텐베르크라는 칭호 따위 자크에게 떠넘겨 버리고 싶네.'

나는 후원자가 만족하는 물건을 만들기 위한 기술력이라면 얼마든지 원하지만, 칭호 따위 딱히 필요가 없었다.

"그렇게 싫은 표정 짓지 마라, 요한. 평가는 굉장히 중요한 거다."

내 어깨를 거세게 두드리면서 그렇게 말하는 주인장님에게 마르크 씨도 고개를 끄덕이며 동의했다.

"주인장의 말씀처럼 공방의 경영면에서도 바깥의 평가는 중요합니다. 요한은 다프라이니 공방의 장래에 관해서도 생각해야 합니다."

기술 향상에만 집중해 온 나는 공방의 앞날과 대장간 협회 내의 입지 따위는 생각한 적이 없었다. 하지만 다프라라면 꼭 생각해 봐야 하는 부분이라고 한다.

"뭐, 상인과 장인은 다르니까. 넌 품질 좋은 물건을 부지런히 만들어라. 그것이 곧 공방의 평가다. 공방 경영은 할 수 있는 녀석에게 맡기면 되니까 걱정하지 마. 넌 실력을 갈고닦아서 마인 님 같이 너와 상성이 좋은 후원자를 찾으면 돼."

"……주인장님."

사람을 놀리는 데에 전력을 다하는 주인장님이지만, 이렇게 믿음직스러운 데가 있다. 내가 감동하면서 앞으로 더욱 높은 기술을 익히겠다고 결심하자, 마르크 씨가 부드럽게 웃으면서 반으로 접은 종이 몇 장을 내밀었다.

"그럼 요한. 더욱 실력을 키우기 위해서 이걸 받으십시오. 마인 님께서 보내신 겁니다."

나는 고개를 갸웃거리면서 건네받은 종이를 펼쳤다. 그것은 상세한 설계도가 그려진 주문서였다.

"엥!?"

건네받은 주문서에 담긴 도면은 지금까지 만든 글자가 아니었다. 공백과 문장 기호의 금속 활자에 대한 설계도가 꼼꼼하게 그려져 있었다. 설마 금속 활자가 더 있을 줄 생각지도 못했던 나는 떨리는 손으로 종이를 꽉 쥐었다.

"이건 또 뭐야?"

"요한이 주문대로 물건을 만들면 추가 주문을 하겠다고 마인 님께서 의욕을 불태우고 계십니다. 기호 제작이 끝나면, 다음은 크기별로 주문할 계획이시랍니다. 힘내십시오."

격려도 전혀 기쁘지 않았다. 마르크의 부드러운 미소가 마치 내게 귀찮은 물건을 떠맡기려는 기분 나쁜 미소로 보였다.

"너 엄청난 후원자를 골랐구나."

어깨에 툭 올라온 주인장님의 손이 굉장히 무겁다. 내가 주인장님 쪽을 돌아보자, 주인장님의 눈은 재밌어 죽겠다는 기색이 역력했다.

"이 악물고 주문을 소화하면 틀림없이 역사에 이름을 남길 거다, 구텐베르크."

"주인장님, 제발 부탁이니까 그 칭호로 부르지 말아 줘요!"

'조금 전의 감동을 돌려줘!' 하고 머리를 감싸는 나를 보고 루츠가 가볍게 어깨를 으쓱했다.

"마인한테 찍혔으니 네 운은 여기서 끝이야. 포기해, 구텐베르크."

"우리 중에 제일 먼저 칭호를 받은 요한, 네가 구텐베르크다."

벤노 씨가 진지한 얼굴로 끔찍한 말을 아무렇지 않게 했다. 여기서 반론하지 않으면 녀석들이 내뺄지 모른다. 소중한 길동무…… 아니, 동지를 놓칠까 보냐. 나의 본능적인 판단으로 입을 열었다.

"루츠도 벤노 씨도 구텐베르크 동지잖아요! 마인 님께서 그렇게 말씀하셨다고요!"

혀를 차며 나를 노려보지만, 나는 혼자서 이런 칭호를 짊어질 생각은 추호도 없다.

"나이와 지위를 고려하면 구텐베르크 대표는 벤노 씨잖아요."

"안 됐지만 요한. 빠른 사람의 패배다."

"뭐야, 그게."

결국 그 자리에서는 누가 구텐베르크 대표인지 결론짓지 못했다.

후일에 마인 님께 넌지시 구텐베르크 대표로 벤노 씨를 추천했더니 "걱정 마세요. 모두 구텐베르크 동지예요. 우열은 없답니다." 라는 예상과 다른 대답을 들었다.

'아냐! 난 그런 대답을 바란 게 아니라고.'

「지혜의 여신 메스티오노라의 사자로서 인쇄술을 발명하고, 대량의 책을 세상에 내놓는 일에 일생을 보내게 된 구텐베르크라는 집단이 에렌페스트에 탄생한 순간이었다.」

역사가는 그렇게 전했다.

# 후기

오랜만입니다, 카즈키 미야입니다.

「책벌레의 하극상~사서가 되기 위해서라면 뭐든지 할 수 있어~ 제2부 신전의 견습무녀 Ⅲ」을 구매해주셔서 감사합니다.

요한이라는 소년이 각오하고 마인을 후원자로 정하면서 금속 활자가 탄생했습니다. 마인은 인쇄를 향한 큰 전진에 매우 기뻐합니다. 구텐베르크들은 앞으로 계속해서 마인에게 휘둘리며, 아니지, 다시. 지혜의 여신 메스티오노라의 인도로 손을 잡고 협력하며 인쇄를 향해 힘차게 나아가게 됩니다.

신관장에게 기억을 보여주는 과정에서 가족을 소중하게 대하려고 결심한 찰나 잉크 협회의 불온한 움직임으로 앞당겨진 신전에서의 겨울 동면 생활. 일일이 신경을 써 주며 자신을 섬겨도 결코 자신의 어리광은 받아 주지 않는 시종들 사이에서 마인은 참을 수 없는 고독을 느낍니다. 그리고 가족과 만나지 못하는 시간도 줄어든 채 척척 진행되는 귀족의 양녀 이야기에 마인의 마음은 더욱 가족에게로 기울어지게 됩니다.

이번 권에서 마인은 처음으로 에렌페스트의 이곳저곳을 돌아보게 되었습니다. 제1부에 기재된 마을 지도와 비교하면 세계가 아주 넓어진 게 보이시죠? 열심히 작성한 지도가 여러분이 상상을 펼치는 데에 도움이 되었으면 좋겠습니다.

그리고 이번 단편은 다무엘과 요한의 이야기입니다. 이 둘의 공통점이라면 앞으로 마인에게 휘둘리게 되고, 울고불고해도 운명에서 도망치지 못하게 되는 점이랄까요. (웃음) 처벌로 신전에 오게 된 다무엘과 대장간 협회에까지 구텐베르크의 칭호가 소문나 버린 요한, 기대해 주셨으면 좋겠습니다.


자, 꽤 빠듯한 기간에 지도를 넣어 달라는 제 부탁을 흔쾌히 허락해 주신 TO북스님, 정말 감사합니다.

그리고 이번 표지는 담녹색 기원식 의상을 입은 마인입니다. 이렇게 의상이 계속해서 바뀌는 표지를 보면 마인이 제법 부자가 된 실감이 나는군요. 이번 권에 처음 등장하는 질베스타입니다만, 일러스트가 제가 머릿속에 그렸던 이미지대로라서 감동에 몸이 떨렸습니다. 시이나 유우 님, 감사합니다.

마지막으로 이 책을 구매해 주신 여러분께 최상급의 감사를 바칩니다.

다음 출판은 초여름이 될 예정입니다. 그때 다시 만납시다.


2016년 2월 카즈키 미야

# 책벌레의 하극상 [2부] 신전의 견습무녀 Ⅲ

초판 1쇄 발행   2017년 6월 30일
초판 3쇄 발행   2021년 12월 10일

**저자** 카즈키 미야

**발행인** 원종우
**발행처** (주)이미지프레임

**주소** (13814) 경기도 과천시 뒷골로 26, 2층
**영업부** 02-3667-2653   **편집부** 02-3667-2654   **팩스** 02-3667-2655
**메일** edit01@imageframe.kr   **웹** vnovel.kr

**ISBN** 978-89-6052-016-5 02830